REBECCA SOPHIA HAMMER / Adios Patchwork ?!

Wichtigste Regeln, um den Patchworkalltag zu
überleben:

1. Keine Aktivitäten gemeinsam machen.
2. Weghören und wegschauen.
3. In jeder Situation tief durchatmen.
4. Immer die Möglichkeit zur Flucht haben.

Was ist die richtige Entscheidung , woran erkennt man
sie und wie weiß man , dass man sie nicht bereuen
wird?

Impressum:

Bibliografische Information der Deutschen Nationalbibliothek: Die Deutsche Nationalbibliothek verzeichnet diese Publikation in der Deutschen Nationalbibliografie; detaillierte bibliografische Daten sind im Internet über dnb.dnb.de abrufbar.

©2018 Rebecca Sophia Hammer

Herstellung & Verlag

BoD – Books on Demand, Norderstedt

ISBN: 9783752815320

Für meinen Opa
Du fehlst mir jeden Tag.

Und für dich, Jano,
bleib so liebenswert und schelmisch wie er.

Glückliche Menschen haben nicht das Beste von allem, glückliche Menschen machen das Beste aus allem

Das Flugzeug kommt zum Stehen. Ich atme durch, gelandet. Juhu, zu Hause. Ich möchte so schnell wie möglich hier raus. Loui schnallt sich bereits ab und steht auf. Die Stewardess öffnet die Tür und wir laufen die Treppe hinunter. Ich merke, wie sich mein ganzer Körper entspannt. Endlich bin ich wieder in Spanien! Es ist schön warm. Den Kerosingeruch ignoriere ich. Ich freue mich so auf meine Familie, ein paar Tage nichts tun und niemanden sehen, auf den ich keine Lust habe. Mein Sohn zieht mich hektisch am Arm. »Mama komm, Oma wartet bestimmt schon!« Da wir nur Handgepäck haben, laufen wir eilig aus dem Gepäckbereich heraus. Als sich die Türen öffnen, warten viele Menschen auf ihre Familien und Freunde. Wir treffen meine Oma immer direkt am Ausgang. So muss sie mit ihren 78 Jahren nicht mehr in das viel zu enge Parkhaus fahren. Loui flitzt freudig vor. Da sehe ich sie. »Abuela!«, rufe ich laut. Sie ist eine freundliche Frau mit kurzen, schwarzen Haaren und lieben, dunklen Augen. Sie trägt eine große, rote Brosche auf ihrer weißen Bluse und strahlt herzlich, als sie uns sieht. Loui rennt ihr in die Arme. »Mein kleiner Guapo«, sagt sie liebevoll. Er ist mit seinen acht Jahren zwar fast so groß wie sie, aber wird wohl immer ihr Baby bleiben. »Meine Bonita«, begrüßt sie mich und ich rieche ihren vertrauten Duft, eine Mischung aus Blumen und frisch gebackenem Kuchen, als sie mich herzlich an sich drückt.
»Lasst uns losfahren, bevor wir in den Feierabendverkehr kommen«, sagt sie. »Carli, du siehst so erschöpft aus.

Du musst viel öfter nach Hause kommen als nur alle zehn Wochen«, stellt meine Oma besorgt fest. Und dann fragt sie natürlich:»Warum sind Max und Mathilda eigentlich nicht dabei?« Ich atme laut aus.

»Weil ich sie im Moment nicht ertragen kann«, erwidere ich resigniert.

»Was ist denn schon wieder los? Seit fünf Jahren seid ihr ein Paar, habt euch von euren Partnern getrennt und doch habe ich immer das Gefühl, es kehrt keine Ruhe ein. Ihr habt ein wunderschönes Haus gekauft, auch wenn es im kalten Deutschland steht«, sagt sie und knufft mich ins Bein.»Ihr seid ein tolles Paar. Ich sehe doch immer, wie euch alle bewundernd anschauen. Du verdienst gut und er als Tierarzt auch. Beide seid ihr selbständig. Und ihr habt zwei gesunde Kinder, wenn auch nicht gemeinsam. Was ist los Bonita?«

»Ich weiß das alles«, sage ich genervt.»Ute, seine Exfrau, ist wahnsinnig anstrengend und du weißt, dass Mathilda jetzt schon arrogant, aufmerksamkeitssüchtig und oft richtig narzisstisch ist.«

Ich vergewissere mich, dass Loui seine Kopfhörer auch wirklich auf hat. Er guckt ganz entspannt aus dem Fenster.»Ach Abuela, hätte ich gewusst, wie anstrengend Patchwork ist, hätte ich das nicht gemacht.«

Sie sieht mich besorgt von der Seite an.»Du musst lernen, unangenehme Realitäten zu akzeptieren. Und du als Psychologin solltest dich wirklich nicht von einer Dreizehnjährigen und ihrer impertinenten, geldgierigen Mutter ärgern lassen!«

»Das sagst du so leicht. Wenn er wüsste, dass ich seinen Handycode kenne und ihre lächerlichen Forderungen lese und er auch immer noch um des lieben Frieden willens drauf eingeht, würde er begreifen, warum ich manchmal so launisch bin.«

»Du kleine Hexe«, lächelt meine Oma verschwörerisch. Endlich biegen wir nach einer Stunde Richtung Javea ab. Das ist der Ort, den ich mit vier Jahren verlassen habe. Meine Mutter, eine Kinderärztin, hat einen sehr gut bezahlten Job in einer Frankfurter Klinik angeboten bekommen. Und mein deutscher Vater kann als absoluter Perfektionist den tiefenentspannten Lifestyle der Spanier - komme ich heute nicht, komme ich morgen - nur schwer auf Dauer ertragen. Auch musste er jede Woche nach Deutschland fliegen, um an Meetings teilzunehmen. Er arbeitet bei einer großen Wirtschaftszeitung als Journalist. Aus diesen Gründen sind wir in Idstein, einer kleinen Stadt in Hessen, gelandet. Zum Glück habe ich mich schnell eingelebt, dennoch kehre ich seitdem alle zehn Wochen zurück nach Javea. Das ist nun mal meine Heimat. Und ich bin, im Gegensatz zu meinem Vater, was den Lifestyle und das positive Denken betrifft, ganz und gar Spanierin. Ich kenne hier jede Gasse und habe noch sehr viele Freunde. Obwohl meine tolle Stadt stetig wächst. Mittlerweile haben auch in unserer Straße leider viele reiche Menschen riesige Häuser bauen lassen. Und unsere Straße ist keine einsame Gasse mehr zum Meer hin, sondern eine absolute Villengegend geworden. Jedoch sind die meisten Häuser nur in den Sommermonaten bewohnt. Außer meinen Großeltern wohnen nur wenige Menschen fest in dieser Gegend von Javea. Als wir um die Ecke biegen, schreit Loui laut, er hört aufgrund der Kopfhörer und seines Hörspiels nicht gut:»Juhuu, ich sehe das Meer, gleich sind wir da!«

9

»Ja mein Schatz«, sagt meine Oma, »Opa freut sich wie verrückt auf dich. Und natürlich auf dich, Carla.«

»Und ich mich erst«, sage ich. Mein Opa ist für mich in meiner Familie eigentlich der wichtigste männliche Bezugsmensch. Es war damals für mich das Schlimmste, ihn verlassen zu müssen. Ich habe nächtelang nur geweint, weil ich ihn mehr als meine Kindergartenfreunde vermisst habe. Wir hatten schon immer eine ganz besondere Verbindung. Er ist auch etwas ganz Besonderes, ein Mann voll ansteckender Fröhlichkeit und großem Optimismus. Als meine Abuela am Haus anhält, steige ich aus, um die Garage zu öffnen.

Allein dieser Moment, wenn man hier aussteigt, das Tor öffnet, unter sich das weite, weite Meer sieht und die kleine Insel, ist seit 35 Jahren unbeschreiblich. Ich rieche den Jasmin, welchen meine Mutter überall angepflanzt hat, sowie das Meer. Ich fühle mich jetzt schon entspannt. Wir nehmen unsere kleinen Koffer und gehen die 28 Stufen nach unten zu unserem Haus. Manchmal kann ich nicht fassen, dass meine Familie auf diesem Fleckchen Erde ein Zuhause besitzt. Ich gehe hinein und rieche sofort den frischen Kuchen, den meine Oma sicher ganz früh heute Morgen gebacken hat. Wo ist mein Opa nur, ich kann es nicht erwarten ihn zu sehen, denke ich sehnsüchtig. Loui rennt direkt Richtung Pool, da er ihn draußen vermutet. Ich gehe auf den Balkon und schaue nach unten zum Schwimmbad. Da steht er: braungebrannt, in einer modernen Badeshorts, sehr durchtrainiert und muskulös für seine 79 Jahre. Das weiße Haar wirkt von Besuch zu Besuch heller und ausgeblichener von der Sonne. Loui stürmt auf ihn zu und sie drücken sich fest. Immer, wenn ich das sehe,

bin ich gerührt und glücklich. Meine Oma stellt sich neben mich und streicht mir über den Arm.
»Ich bin so froh, dass ihr zwei da seid. Dein Opa tut immer so vital und stark, aber es geht ihm gar nicht gut.«
Sofort spüre ich den vertrauten Kloß in meinem Hals, wenn es um seine Gesundheit geht. Er hat sechs Bypässe und sehr starken Diabetes. Der Diabetes schädigt sein peripheres Nervensystem, zudem hat er häufig starke Schmerzen im ganzen Körper. Meine Mutter bespricht sich ständig mit den besten Diabetologen in der Klinik, auch ist er schon gut mit Insulin eingestellt, aber Diabetes ist leider teuflisch. Allein der Gedanke, dass er irgendwann nicht mehr da sein könnte, lässt sich kaum aushalten.
»Ich werde euch die nächsten Tage einiges abnehmen und ihr ruht euch bitte aus.« Meine Oma lächelt dankbar.»
Na, auf Carla, geh runter, er freut sich so auf dich.« Ich laufe zum Pool, den mein Opa gerade reinigt.»Guapa«, ruft er.»Wie schön, dass ihr das seid.« Ich drücke mich an ihn und fühle mich sofort beruhigt und uneingeschränkt geliebt.

»Deine Paella war so lecker wie immer.«
Ich kratze den kleinsten Krümel aus dem Teller. Meine Oma macht jedes Mal zum Abendessen Paella, wenn wir ankommen. Aber ohne Fisch. Es ist für Spanier zwar untypisch, aber unsere Familie mag keine Meerestiere.
»So, ich werde mich mal fertig machen«, sage ich in die Runde. Denn ich bin heute Abend mit meinen Freunden aus dem Kindergarten im Achill verabredet. Wir haben den Kontakt durch meine regelmäßigen Besuche in

Spanien nie verloren. Und Ana, meine liebste Freundin, war schon oft in Deutschland zu Besuch.

Als ich das Achill betrete, sind alle schon da. »Carli!«, ruft Ana und umarmt mich stürmisch. »Es ist so schön, dich zu sehen!« Das Achill ist vor zehn Jahren eröffnet worden. Es ist etwas oberhalb der Promenade und man hat einen einmaligen Blick über den Strand, das Meer und den Berg Montgo, der eine Art Wahrzeichen unserer Stadt ist. Ich lasse mich zwischen Ana und Emilio in eines der bequemen Strandbetten fallen. Mein Rock rutscht etwas zu hoch, Emilio ist das natürlich nicht entgangen. Schnell zupple ich an mir herum. Er zwinkert mir zu und ich fühle wie immer, wenn ich ihn sehe, dieses schöne Gefühl in mir. Jose bestellt sofort acht Hierbas, einen spanischen Kräuterschnaps. Für meinen Geschmack viel zu süß. Ich bin aus Deutschland gute Brände für die Verdauung gewöhnt. In Spanien gibt es eigentlich nur süße Schnäpse. Aber ich stoße natürlich mit an. Heute legt ein DJ im Achill auf. Es wird immer voller, irgendwann können wir uns nicht mehr auf den Strandbetten halten und gehen alle zusammen auf die Tanzfläche. Ich entdecke noch mehr Bekannte, die ich drücke und begrüße. Auf einmal kommt Rihanna mit Umbrella. Das war das Lied, zu dem Emilio und ich in Valencia die Nacht zum Tag gemacht haben. Emilio ist meine erste große Liebe. Wir waren während meines Auslandssemester in Valencia sechzehn Monate zusammen. Er studierte dort Medizin und ich ein Jahr Psychologie. Ich fühlte mich seit meiner Jugend sehr zu ihm hingezogen. Wir küssten uns, als ich fünfzehn war, immer wieder bei Partys im Moli Blanc, einer große

Freiraumdisco. Wir gingen morgens im Meer baden, telefonierten Stunden, wenn ich wieder in Deutschland war. Aber so richtig wurde es erst was in Valencia. Ich wohnte in so einer kleinen WG Wohnung, dass er jedes Mal, wenn er bei mir schlief, durch das Zimmer meines Mitbewohners Xavi durchgehen musste. Wir hatten eine tolle Zeit. Aber es war klar, dass unsere Liebe die Entfernung nicht überstehen konnte. Ich wusste immer, dass ich als Psychologin nur in Deutschland arbeiten möchte. Auch wenn ich wegen der ganzen Bürokratie oft an unserem Gesundheitssystem verzweifle, ist es doch eines der besten weltweit.

Ich nehme gerade einen großen Schluck von meinem Champagner, als ich seine Arme um meine Taille spüre. »Komm Carli«, sagt Emilio »Lass uns tanzen, es ist unser Song.«Emilio ist etwa 1,90 und sehr attraktiv. Er war schon immer ein absoluter Frauentyp. Und jetzt, dank seiner Stelle in Alicante im Krankenhaus General Universitario als leitender Chirurg, vermutlich noch mehr. Es fühlt sich alles so leicht mit ihm an. Er ist immer lustig, positiv und wahnsinnig sexy. Als er mich über die Tanzfläche zieht und wir uns ständig anschauen, muss ich an Max denken. Eigentlich vermisse ich ihn immer, sobald er nicht bei mir ist. Aber er ist oft so kalt zu mir und so unerreichbar. In einem Moment zeigt er mir so viel Liebe, dann macht er wieder zu.

Psychologisch habe ich das alles schon hundert Mal analysiert. Sicher liegt es an seiner Kindheit, er hatte nie wirkliche Liebe erfahren. Seine Mutter starb, als er und seine Schwester noch klein waren. Sein Vater hatte ständig wechselnde Partnerinnen. Und er konnte durch den Tod seiner Frau selbst kaum Gefühle zeigen. Er ist

ein guter Mann, aber er hat den Tod von seiner Frau nie überwunden. Und war für seine Kinder auch nur der Versorger und nie der Vater, den sie dringend gebraucht hätten.
»Carli, bist du noch hier?« Emilio holt mich aus meinen Gedanken zurück._»Komm, lass uns mal an die Bar gehen, ich möchte mit dir alleine etwas trinken und hören, wie es dir geht.« Eigentlich weiß ich, wie gefährlich es wird, sobald wir alleine sind. Aber ich kann ihm einfach nie widerstehen. »Wie läuft es mit Max?«, fragt er mich. Ich senke den Blick und merke, dass ich eigentlich kurz davor stehe zu weinen. »So schlimm?« Emilio sieht mich liebevoll an. Ich trinke einen großen Schluck aus meinem Glas, das mir Pepa, die Barkeeperin, eben hingestellt hat.

»Weißt du, Emilio«, beginne ich, »es ist so komisch, mit dir darüber zu sprechen, da zwischen uns ja auch immer was war. Und dieses Gefühl, wenn ich dich sehe, hört nie auf, glaube ich.« Etwas erstaunt über meine Ehrlichkeit, aber ich kann auch den Stolz in seinen dunklen Augen erkennen, nimmt er meine Hand.

»Carla, ich möchte, dass du glücklich bist, und ich mache mir Sorgen, dass du deine Zeit mit Max vergeudest. Außerdem kümmert er sich nie wirklich um Loui und du kannst seine Tochter nun mal nur schwer ertragen. Und da frage ich mich, ob das alles eine Zukunft haben kann? Und jetzt erzähl mir, was genau los ist.«

»Eigentlich das Übliche. Ständig gibt es Ärger mit Ute, sie möchte, dass er die teure Privatschule alleine finanziert, dabei zahlt er ihr ja so schon viel mehr als er müsste. Er soll ständig zu allen Terminen erscheinen, bei denen es um Mathildas schlechtes Verhalten in der Schule geht. Täglich ruft Ute an und heult ins Telefon, weil Mathilda wieder abgehauen ist und die halbe Nacht weg war. Oder Mathilda macht Max ein schlechtes Gewissen, er sei an allem schuld, weil er ihre Mutter und sie meinetwegen verlassen habe. Sie schreibt eine Fünf nach der anderen und es macht ihr vermutlich Spaß, damit im Vordergrund zu stehen.

Max macht alles, was sie sagt, weil er sich wahrscheinlich insgeheim wirklich schuldig fühlt. Was natürlich absoluter Quatsch ist, das habe ich ihm schon hundertmal gesagt. Aber er denkt es, das spüre ich. Dann hat er natürlich auch viel Stress im Job. In der Nähe hat sich jetzt noch ein Tierarzt niedergelassen, das ist alles nicht leicht für ihn. Aber all das belastet unsere Beziehung. Und ich kann manchmal auch nicht mehr. Ich weiß, dass er mich wirklich liebt. Ich kann ja allmählich mit seiner ambivalenten Art mir gegenüber umgehen. Ich akzeptiere es, dass er sich manchmal zurückziehen muss, dass er leiden muss, um danach wieder glücklich zu sein. Aber oft überlege ich, warum ich mir das alles antue. Ich liebe ihn wirklich sehr. Ist das okay, wenn ich dir das so sage?«, frage ich etwas zerknirscht.

»Ja, es ist ok«, sagt er mit seiner herzlichen Art und drückt meine Hand.

»Aber ich habe Angst vor der Zukunft. Wie wird Mathilda sich mir gegenüber verhalten, wenn sie älter ist? Sie ist schon jetzt oft abweisend. Ich weiß, dass Ute ihr immer das Gefühl gibt, mich nicht mögen zu dürfen, ansonsten verrate sie ihre Mutter. Ich würde so gerne mal heiraten. Will er das wirklich nochmal? Ich wollte immer ein weiteres Kind. Obwohl ich natürlich auch die Freiheiten, die wir durch die abwechselnden Wochenenden von Loui und Mathilda haben, genieße.

Und wäre Max überhaupt in der Lage, ein anderes Kind so zu lieben, ja wirklich zu vergöttern, wie Mathilda?«
»Bist du eifersüchtig auf sie, Carla?«, fragt mich Emilio. »Ich würde es nicht eifersüchtig nennen. Aber ich spüre sehr oft, da gibt es einen Bereich im Leben meines Partners, in den ich nicht reingehöre. Das verletzt mich. Es fühlt sich immer wie zwei Fronten an. Loui und ich, Max und sie. Ach lass uns noch was trinken, ich bin so glücklich hier zu sein. Pepa, mach uns bitte zwei Daiquiri de fresa.« Nirgends auf der Welt habe ich je bessere Erdbeerdaiquiri getrunken als im Achill. Sie werden nämlich nicht aus so einer künstlichen Erdbeerpampe gemacht, sondern aus frischen, zerstampften Erdbeeren, Limettensaft, frischer Minze und natürlich weißem Rum. Meine Eltern trinken so gut wie nie Alkohol, höchstens mal ein Glas zum Essen. Aber ich habe das Party-Gen von meinen Großeltern geerbt, die beiden waren auch auf jeder Fiesta vertreten. Manchmal denke ich, ich bin zu alt und eigentlich beruflich in einer zu angesehenen Position, aber ich gehe zu gerne abends mit Freunden aus, wenn Loui bei seinem Papa ist. Des Öfteren frage ich mich, warum ich nie zur Ruhe komme. Warum muss ich immer raus, was erleben?
Vom Meer kommt eine kühle Brise und ich ziehe mir mein schwarzes Seidenjäckchen über. Ich hole mir eine Zigarette aus meiner Clutch und schnappe mir das Feuerzeug, das auf der Theke liegt.»Wollen wir nochmal rein zu den anderen, wenn ich fertig geraucht habe? Es wird doch auch etwas kühl im Mai.«»Gib mir auch eine.« Emilio und ich sind einige der wenigen Menschen, die wirklich nur auf Partys und Festen rauchen. Sobald Alkohol im Spiel ist, rauchen wir, ansonsten sind wir absolute Nichtraucher.

Ich kann es dann nicht mal riechen, wenn jemand mit einer Zigarette in der Hand vor mir läuft. Gerade, als ich meine Zigarette im Aschenbecher ausdrücken will, kommen Ana, Jose, Linda, Paolo und seine Frau Amanda raus. »Was ist mit euch beiden? Wir müssten uns alle bald auf den Weg machen«, sagt Ana. »Luiza ist im Moment jeden Morgen um fünf wach und die anderen müssen arbeiten.« Luiza ist Anas süße zweijährige Tochter. Ana hat in meinen Augen das perfekte Leben. Ihr Mann Leo ist toll, immer gut gelaunt, gönnt Ana alles und liebt seine Tochter über alles. Natürlich wollen sie gerne zwei weitere Kinder. Warum konnte ich nicht mit dem Mann, mit dem ich ein tolles Kind habe, zusammen bleiben? Tja, weil Marc, Louis Papa, mir zu langweilig wurde und er und ich einfach so verschieden sind. Er ist ein ganz lieber Mensch, aber irgendwie hat es nicht mehr gepasst.

Zwischen uns wird immer diese eine Geschichte sein, aber sie bleibt unvollendet

Emilio und ich verabschieden alle anderen und ich verspreche, dass wir uns nochmal sehen, bevor ich in fünf Tagen schon wieder abreise.
»So Fräulein Cruz, da sind es nur noch zwei«, sagt er und sieht mich verschmitzt an.
»Ehrlich gesagt, hatte ich das schon gehofft, als ich dich vorhin sah«, antworte ich. Puh, ich merke, wie der Alkohol mich mutig, redselig und anhänglich macht. Ich bin von Natur aus schon nicht auf den Mund gefallen, aber sobald ich etwas angetrunken bin, kann ich ohne

Probleme einen ganzen Saal unterhalten.»Ich möchte tanzen, Milo.« Ich trinke noch einen großen Schluck von meinem Daiquiri und wir gehen zur Tanzfläche. Drinnen ist es wegen der guten Belüftung angenehm warm. Als ob es geplant ist, legt der DJ Salsa Musik auf. Emilio und ich hatten in Valencia einen Salsa Kurs besucht und wir waren ziemlich gut. Er ist ein sehr talentierter Tänzer. »Los geht's Carli!« Er packt mich und wir beide bewegen uns gekonnt zur Musik, ich spüre seinen Atem an meinem Hals und drücke mich näher an ihn. Er schaut mir tief in die Augen und ich denke: Er will mich doch küssen! Da überlegt er es sich anders und dreht mich, um mich dann wieder in seine Arme zu ziehen. Da sind nur noch Emilio und ich. Warum habe ich mich damals von ihm getrennt? Ich verstehe mich manchmal nicht. Er nimmt meinen Kopf in seine Hände und küsst mich. Ganz vorsichtig und zaghaft. Es fühlt sich so vertraut und doch so spannend und neu an. Er konnte schon immer gut küssen. Ich drücke mich an ihn und erwidere seinen Kuss. Als ich die Augen wieder aufmache, bin ich etwas beschämt, da einige Gäste uns nach unserer Tanzeinlage wohl beobachtet haben.»Lass uns gehen«, sage ich und schnappe meine Jacke. Als wir die Stufen vom Achill nach unten gehen, zieht Emilio mich am Arm und drückt mich in eine Ecke zwischen zwei Bars, die mittlerweile geschlossen haben. Wir küssen uns so wild, dass ich kaum noch Luft bekomme. Als hätten wir uns die letzten Jahre fürchterlich vermisst.

Ich merke seinen heißen Atem an meinem Ohr,»Carli, komm mit zu mir.« Ich nicke nur und kann kaum die Finger von ihm lassen.

Ich schaue mich in Emilios Badezimmerspiegel an. Der Spiegel gefällt mir. So ein Vintageteil mit goldenen Verzierungen. Passt super zu seinem ansonsten modern in grau gehaltenen Badezimmer. Ich sollte mich aber auf das Wesentliche konzentrieren. Soll ich Max ernsthaft so richtig betrügen? Nehme ich uns damit nicht die Chance, eine wirklich ernsthafte Beziehung zu beginnen? Wenn Max von all den Flirts wüsste in unseren gemeinsamen fünf Jahren, er würde mich erschlagen. Okay, es war bisher eigentlich immer nur harmlos. Milo wäre aber jetzt der erste, mit dem ich schlafe. Aber eigentlich kennen wir uns ja schon länger als Max und ich. Zählt das dann? Ich muss aufhören, mir irgendwelche Pseudoausreden auszudenken. Okay, ich bin sehr betrunken. Mmh, diese Ausrede zählt vermutlich auch nicht. Was willst du eigentlich, Carla, frage ich mein Spiegelbild. Oft merke ich es gar nicht, aber ich denke und spreche immer Spanisch, wenn ich alleine bin. Komisch, obwohl ich in meinem Job nur deutsch rede und zwar permanent. Was willst du? Ja, eigentlich weiß ich die Antwort. Ich möchte ein glückliches Leben mit Max. Ich liebe ihn sehr. Und wenn ich versuche mich objektiv zu betrachten, mache ich das oft aus Rache und weil ich unglücklich bin. Ich bin mir eigentlich sicher: Wäre Max konstant liebevoll zu mir, würde ich keine Abenteuer suchen. Aber so fühle ich mich besser und nicht so klein und hilflos gegen seine Stimmungsschwankungen. Würde er sich mir und Loui gegenüber anders verhalten, hätte er uns wenigstens Tschüss gesagt, als wir zum Flughafen losgefahren sind, wäre ich jetzt nicht bei Emilio im Badezimmer.

Aber so, Pech Max. Ich spüle mir den Mund mit Zahnpasta aus, mache mich kurz frisch, bürste meine langen, dunklen Haare und geh ins Schlafzimmer.

Lautes Gerede von draußen weckt mich. Ich kann mich erst überhaupt nicht orientieren. Und mein Kopf tut derart weh, dass ich einen Brechreiz spüre. Milo liegt neben mir und pennt. Typisch Mann, die können einfach immer ausschlafen, egal wer neben ihnen liegt. Ich brauche dringend eine Ibuprofen . Zum Glück habe ich immer welche in meiner Tasche. Ich muss mir unbedingt, bevor ich nach Hause fliege, in der Farmacia welche holen. Die spanischen Ibuprofen sind um einiges günstiger als in Deutschland und viel stärker. Was ich auch brauche, bei meinen Kopfschmerzen. Und wo ist mein Handy? Ich muss zu Hause Bescheid geben, dass alles in Ordnung ist und überhaupt, ich muss heim. Meine Oma ist sonst enttäuscht.

Emilio hält oben vor unserem Haus. »Carla«, sagt er und schaut mich lange an.
»Was ist?«, frage ich.
»Ich werde Vater.«
»Was?« Ich starre ihn entsetzt an. »Was, von wem, warum, und wann?«
»Ich bin eigentlich mehr oder weniger mit Laura Gonzales zusammen«, sagt er.
»Bitte? Mit der Laura, die mit ihren Eltern auf dem Pferdehof bei Ondarra lebt? Die ich schon immer furchtbar nervig fand, mit ihrer veganen Lebensweise und ihren Greenpeacetreffen?

Die noch nie wirklich lustig war und mit 25 schon tat, als wäre sie ach so weise und erwachsen?«
»Ja genau die. Und eigentlich ist sie gar nicht so übel, Carli. Wir treffen uns seit ein paar Monaten. Ich muss endlich mal mein Privatleben in den Griff bekommen. Nach der Trennung von Sophia habe ich doch außer der Arbeit im Krankenhaus, Party und Affären nichts mehr hinbekommen. Und Carli, du hast ja bereits ein Kind. Und wir wissen beide, dass du Max nicht verlassen wirst. Ich war deine erste große Liebe, aber er ist schon immer, seit du ihn vor 15 Jahren das erste Mal kennengelernt hast, dein Traummann. Da kann ich nicht mithalten. Und ich möchte Familie, Carla, und mal zur Ruhe kommen. Laura ist perfekt dafür.«
»Wie kannst du das so sagen, Emilio? Sie ist perfekt, weil sie zuverlässig, langweilig, eine gute Mutter und Ehefrau abgeben wird? Was ist mit der Liebe, Emilio?«, bricht es wütender aus mir heraus, als ich es wollte.
»Carla, jeder Mann hat eine Frau, die er nie vergessen wird, an die nie eine andere herankommen wird. Aber wer heiratet diese Frau denn schon? Du weißt, dass du das für mich bist«, sagt er und sieht mich so traurig an.
»Aber, Milo, ich kann das irgendwie nicht verstehen, warum hast du heute Nacht mit mir geschlafen?«
»Weil du eigentlich die Eine bist für mich. Ich werde immer jede Möglichkeit nutzen, mit dir zu schlafen«, antwortet er und grinst mich schelmisch an. »Eine Frau wie du ist mir zu anstrengend zum Heiraten.«
»Was soll das heißen, Emilio?« Ich merke, dass ich gleich ausraste, der wenige Schlaf, mein Kater, diese Nachricht und mein schlechtes Gewissen gegenüber Max, das sich nicht wegdrücken lässt.»Anstrengend, aber hallo.

21

Ich verdiene viel Geld, mache den Haushalt, kümmere mich gut um mein Kind, jammere nie rum, bekomme alles hin. Mit mir kann man sich gut unterhalten, ich bin für alle da, kann feiern wie 'ne Zwanzigjährige. Jackpot würde ich sagen. Und du nennst mich anstrengend!«, funkle ich ihn zornig an. »Was glaubst du, wie anstrengend dein Leben sein wird, wenn du von deiner Öko-Tusse nicht mal mehr ein Steak auf den Tisch bekommst. Und du dir täglich Berichte über die Zwangsarbeit indischer Straßenkinder anhören kannst.

Sag mir das, Emilio!« Ich schreie mittlerweile. »Mach's gut und jammer mir in ein paar Jahren ja nicht über dein langweiliges Leben die Ohren voll.« Ich packe meine Tasche und möchte die Tür öffnen.

»Carla, verdammt nochmal, du Krawallschachtel, was ist denn los?« Milo weiß immer, wie er mich zum Lachen bringen kann. Krawallschachtel, allein dieses Wort lässt mich etwas runter kommen. »Hast du noch 'ne halbe Stunde?«

»Warum?«, will ich wissen. »Lass uns nochmal runter an den Ambolo Strand fahren, ich möchte dir was erklären. Wir dürfen nicht so auseinander gehen.«

»Moment, ich muss Loui drinnen schnell Hallo sagen und Abuela und Abuelo Bescheid geben, dass wir noch was klären müssen«, sage ich schnippisch und springe raus.

Der Ambolo Strand befindet sich direkt unter unserem Wohngebiet. Er ist naturbelassen und wunderschön. Das Wasser ist so türkis und blau, wie in der Karibik. Nur der Weg dorthin hat es in sich. Im Sommer stehen die Autos der Besucher, die zu diesem Geheimtipp wollen, bis zu uns ans Haus. Und es ist alles Steilküste. Ich war seit Monaten nicht mehr hier unten, weil ich den Weg so

verabscheue. Emilio und ich können heute im Mai zwar um einiges weiter runter fahren als im Sommer, wenn die Touristen schon um sieben Uhr morgens alles zuparken. Aber bis circa einen Kilometer vor dem Strand ist es gesperrt. Man muss zu Fuß laufen. Der Strand ist nämlich von der Stadt nicht als öffentlicher Strand freigegeben. Es fallen alle Jahre mal Steine herab. Deshalb wurde er als zu gefährlich eingestuft. Vor drei Jahren wurde aus der Stadtkasse eine etwa 300 Stufen lange Treppe gebaut. Heute kann man die steile Treppe zwar noch nutzen, aber auf eigene Gefahr. Puh, der Weg runter macht Emilio und mich jetzt schon fertig, da merkt man das Alter und die letzte Nacht in den Knochen. Ich muss mich immer wieder setzen, da ich denke, mein Kreislauf macht schlapp. »Es waren eindeutig zu viele Drinks gestern«, sagt Emilio und knufft mir in die Seite. Endlich sind wir unten angekommen. Es gibt hier nur Kiesstrand, deshalb nehmen wir im Sommer, wenn wir denn mal runter gehen, immer Badeschuhe mit. Emilio und ich setzten uns in den Kies. Die Saison hat im Mai in Javea noch nicht richtig begonnen, es ist niemand hier, außer uns beiden. Auch ist das Wasser zum Baden noch etwas zu frisch.
»Also was möchtest du mir erklären, Señor Emilio Sanchez?«
»Carla, du bist doch nicht anstrengend in der Form, in der du das jetzt verstanden hast. Ich weiß, was für eine tolle Frau du bist. Aber es ist anstrengend, mit dir Schritt halten zu wollen. Wie steht man denn als Mann neben dir, du kannst alles alleine. Naja, handwerkliche Arbeiten gehören jetzt nicht dazu«, sagt er und grinst mich an.
»Jaja, natürlich kann ich nicht alles«, erwidere ich schnell.

»Aber du wirkst so. Wie fühlt man sich neben einer so taffen Frau als Mann? Wir Männer möchten gerne noch den Versorger, Beschützer spielen. Das ist in uns drin.«

»Emilio, bitte«, sage ich impulsiv, »wir leben nicht mehr in Höhlen. Dann seid ihr eben alles Weicheier, wenn ihr so Mäuschen lieber habt, die euch den ganzen Tag anbeten. Denen geht ihr dann nämlich mit Frauen wie mir fremd«, sage ich aufgebracht.

»Siehst du, du sagst es doch selber. Zu Hause das Mäuschen aber eigentlich das Verlangen nach jemandem wie dir. Männer sind wohl so« Ich gucke ihn entgeistert an.

»Also werde ich deshalb nie heiraten?«

»Carla«, Emilio lacht und streicht mir freundschaftlich durchs Haar. »Du hättest schon, wenn ich richtig gerechnet habe, vier Mal verheiratet sein können. Aber du verlässt ja jeden.«

»Pah, laut deiner These hätte mich ja eh keiner geheiratet.«

»Doch, das hätten sie alle. Aber du warst auch immer, bis auf Max und mich, mit Männern zusammen, die dir unterlegen waren. Entweder beruflich nicht so erfolgreich wie du oder vom Typ her viel defensiver. Aber jemand der genauso stark ist wie du und auch gerne den Ton angeben möchte, fühlt sich durch dich verunsichert. Die anderen, die zu dir aufsehen, reflektieren das nicht. Aber jemand wie Max, der selbst ein Alphatier ist, hat Angst, bei dir nicht seinen Mann stehen zu können. Und das Gefühl braucht er unbedingt, um sich stark zu fühlen. Auch hat er, und so würde es mir auch gehen, Angst, von dir verlassen und betrogen zu werden. Du bist dir deiner Wirkung auf Männer bewusst. Du weißt genau, dass du immer jemanden finden wirst. Eine Frau wie Laura ist viel bodenständiger als du. Und sei mir nicht böse, somit auch viel leichter glücklich zu machen. Außerdem ist die Gefahr, dass sie dir von einem anderen weggenommen wird, eher gering. Solche Frauen sind gewöhnlich und das meine ich nicht negativ, aber es gibt sie häufig. Du bist einfach anders und hat man dich, bekommt man Angst, dich zu verlieren. Und das wird auf Dauer sehr anstrengend. Ach Carla, guck mich nicht so fassungslos an.«

»Ich muss das erst mal alles sortieren, Emilio. Also weil ich, sagen wir es mal in deinen Worten, anders bin , ist es für einen Mann schwer, sich an mich für immer zu binden, da er Angst hat, mir entweder zu verfallen und sich somit nicht mehr als richtiger Mann zu fühlen oder immer mit der Angst lebt, dass ich von einem anderen weggenommen werde?«»Wenn du es so kurz zusammenfassen willst, stimmt das, ja«, sagt er.

»Mmh okay, irgendwie toll und irgendwie sehr traurig. Es tut mir leid, dass ich dich ebenso angefahren habe, aber der Gedanke „Du bist bald Vater, verheiratet und ich habe gar kein Recht mehr auf dich" macht mich irgendwie so traurig. Wir haben es uns doch so oft gesagt: Wenn wir 50 sind, heiraten wir zwei.« Er zwinkert mir zu und nimmt mich in den Arm. Keiner sagt mehr was. Wir sitzen im Kies, gucken aufs Meer, Emilio hat beschützend seinen Arm um mich gelegt. Irgendwie kann ich es nicht ändern, mir laufen die Tränen.

»Hey Guapa, warum weinst du denn?«

»Es ist einfach so kompliziert alles. Warum konnten wir nicht zusammen bleiben, warum muss ich in dieser Patchworkfamilie leben und warum musst du Vater werden?«

»Carli, ich glaube manchmal, es gibt keinen Mann, der es schafft, dich ruhiger zu bekommen und sesshafter. Ich denke, du willst das gar nicht. Du bist gerne frei und unabhängig.«
»Manchmal frage ich mich, wer von uns der Psychologe ist«, sage ich. »Wann soll das Baby kommen?«
»Im Dezember.«
»Willst du vorher heiraten? Erwartet deine Mutter das?«
»Das mag sein, du weißt wie katholisch sie ist, aber nein das möchte ich erst mal nicht.«
»Puh, zum Glück«, sage ich. »Ach Mensch, Milo, ich habe dich so gerne, du bist einfach so toll.«
»Danke, das gebe ich zurück. Und du bist 'ne Granate im Bett.«
»Du Spinner!« Ich muss laut lachen und trete ihm zart ans Bein. »Lass uns hochgehen, ich möchte Zeit mit meinen Großeltern und Loui verbringen.«

But, my Darling, this is not Wonderland and you`re not Alice

Loui gewinnt jede Runde von Memory. Es ist mir unbegreiflich, wie ein Kind sich so viele Dinge korrekt hintereinander merken kann. Wir sitzen auf der Terrasse, essen Mandelkuchen und spielen. Ich bin so entspannt hier. Der ständige Streit mit Max ist gefühlt Wochen her. Warum distanziere ich mich immer so schnell von ihm? Ich muss unbedingt mit ihm sprechen, wenn wir zu Hause sind. So kann es einfach nicht weitergehen. Wir machen uns das Leben, das in unserem Fall wirklich schön sein könnte, gegenseitig zur Hölle. Auch hat er sich nicht einmal gemeldet, seit wir von Deutschland weg sind. Und das ist immerhin schon achtundvierzig Stunden her. Wo ist mein Handy überhaupt? Es liegt noch immer brav in meiner Partytasche, der Akku ist natürlich leer.

Loui hat im Flieger einfach zu viele Ninjago-Hörspiele gehört. Ich stecke das Ladegerät in die Steckdose, oh, drei verschiedene Whatsapp Nachrichten.

Eine davon ist von Max: *Carla, seid ihr gut angekommen? Es tut mir leid wegen unseres Streits, ich weiß, dass ich ein alter Sturkopf sein kann. Ich freu mich auf dich in 6 Tagen und hoffe sehr du meldest dich mal.*

Kuss

Die nächste ist von Ana, natürlich möchte sie wissen, ob ich mit Milo heim bin. Ach Ana, sie kennt mich einfach zu gut. Und die andere ist aus der Junggesellenabschiedsgruppe. Das steht auch noch an. In vier Wochen mit sechzehn Mädels an den Ballermann. Julia wird tot umfallen, wenn wir sie nachts abholen und an den Flughafen zerren. Drei Tage Party und Palmen.

Ich befürchte ein bisschen, dass wir dafür schon zu alt sind. Zweimal während meines Studiums war ich schon einmal dort. Aber ich freue mich auch sehr. Mal völlig alles hinter uns lassen und bisschen durchdrehen. Max gefällt es natürlich nicht sonderlich. Aber er würde es niemals zugeben. Ich merke es nur an seinem Tonfall, wenn er mich zu diesem Thema etwas fragt, oder an seiner Laune, sobald ich was dafür planen muss. Ja Max, mmh, was antworte ich dir? Wenn du wüsstest, wie gerne ich immer mit dir glücklich wäre. Aber wir drehen uns seit Jahren im Kreis. Es sind immer dieselben Themen. Mathilda, Ute, seine Stimmungsschwankungen und mein Partyleben. Aber ich denke, würde es bei uns besser laufen, wäre ich nicht so oft weg. Ich hätte dann gar kein Bedürfnis danach. Wenn er ahnen würde, wo ich heute Nacht war! Er und Emilio haben sich mal auf dem Geburtstag meiner Mutter kennengelernt, aber sie mochten sich komischerweise direkt nicht. Ich muss schelmisch grinsen.

Mein Opa fährt mit Loui an den Hafen, Boote gucken. Und ich helfe meiner Oma im Garten. Wir haben ein 1500 Quadratmeter großes Anwesen. Das Grundstück endet direkt an der Straße, die zum Ambolo Strand führt. Meine Mutter hat hier alles angepflanzt, was in Spanien wachsen kann. Ein einziges Blütenmeer. Aber es macht auch viel Arbeit. Ich habe leider keinen grünen Daumen vererbt bekommen, aber ich nutze die Zeit, um mit meiner Oma reden zu können.

»Emilio wird Vater, hat er mir gesagt.« Meine Oma zerrt gerade an einem großen Stängel Unkraut und blickt nicht wirklich entsetzt auf.

»Oh wie schön für ihn. Ich muss ihm gratulieren, wenn ich ihn das nächste Mal in der Stadt sehe.«

»Oma, warum solltest du ihm gratulieren und übrigens finde ich es gar nicht toll und auch noch mit dieser Ökotante.«

»Carli, manchmal bist du wirklich noch wie ein kleines Mädchen, impulsiv und egoistisch.«

»Was meinst du damit?« Meine Oma zieht ihre Handschuhe aus, setzt sich auf die Treppenstufen, die mein Opa mit seinen Händen gemauert hat, und trinkt einen großen Schluck Weinschorle. Das trinkt sie irgendwie immer. Ein winziger Schluck Wein und ganz viel Wasser. Andere tun das mit Apfelsaft, sie mit Wein. Ich muss schmunzeln.

»Mein lieber Schatz«, sie schaut aufs Meer, während sie spricht, »du kannst nicht alle Männer haben.«

» Häh, was soll das denn?«

»Carla, du hättest eigentlich gerne alle für dich. Ob Emilio, Max, deine anderen Exfreunde, damals hat es dir auch nicht gefallen, als einer nach dem anderen, dem du das Herz gebrochen hast, es gewagt hat, nochmal neu zu beginnen. Auch mit denen du immer diese Nachrichten auf deinem Telefon schreibst oder mit den ganzen Männern mit denen du befreundet bist. Carla, als ob ich nicht wüsste, dass du mit Sicherheit mindestens einen von ihnen mehr als nur freundschaftlich siehst.«

Ich blicke sie unschuldig an. »Das ist nicht wahr!«, ich spüre, dass ich etwas rot werde. Verdammt, wie kann eine Frau von 78 Jahren mich so gut einschätzen. Mist.

»Freu dich doch für Emilio! Er ist ein toller Mann und ich denke, Laura kann ihn glücklich machen. Du kannst nicht alles haben. Ich muss noch oben neue Setzlinge holen«, sagt sie und lässt mich mit dieser Ansage sitzen. Ich geh

Stufe für Stufe nach unten. Unfassbar, dass mein Opa alles alleine gemauert hat. Ich muss die Tage mit Loui alle Stufen einmal zählen. Überall gibt es kleine Sitzmöglichkeiten. Teilweise in die Mauer integriert, teilweise kleine Bänkchen. Ich setze mich auf die Schaukel, die zwischen zwei Felsen festgemacht ist, und blicke aufs Meer. Ich muss irgendwas an meinem Leben ändern, das merke ich. Erfüllt mich mein Beruf wirklich? Sollten Max und ich uns doch trennen? Sollte ich ganz hierher kommen? Aber Loui hat seine Freunde, seine Klasse, sein soziales Leben nun mal in Deutschland. Und ich ja auch. Ich habe so liebe Freunde in Deutschland und ich bin noch nicht soweit, mich von Max zu trennen.

Lass dir dein Funkeln nicht nehmen, nur weil es andere blendet

»Filipo, dreh auf der Stelle diese Klimaanlage wärmer«, schimpft meine Oma. »Es ist heiß, stimmt's, Carli und Loui, euch ist auch immer warm«, motzt mein Opa. Ich möchte ihn nicht enttäuschen, aber seit ich vierzehn bin, friere ich eigentlich immer. Als Kind war mir auch immer zu warm und mein Opa liebt diese Verbundenheit und Bestätigung durch mich. Dass ich mich mittlerweile wie in der Sibirischen Tundra in seinem Auto fühle, möchte ich deshalb nicht sagen. »Na, vielleicht können wir es ja zwei Grad nach oben drehen, damit Abuela keine Erkältung bekommt«, werfe ich schlichtend ein. »Wenn du es sagst, macht er es wenigstens, Schatz«, brummt meine Oma halb erfroren. »Loui, möchtest du in Rosas Laden wieder einen kleinen Hubschrauber?«, frage ich meinen Sohn. »Ja, das ist dann Nummer acht, du weißt ja, dass ich sie unbedingt alle haben möchte.« Rosa war in meiner Kindergartengruppe und hat einen kleinen Laden in Javeas Altstadt. Der schönsten Altstadt meiner Meinung nach. Oft denke ich, dass ihr Geschäft nicht so gut läuft. Deshalb kaufe ich mir jedes Mal ein Armband, einen Ring oder anderen Schmuck bei ihr. Loui bekommt immer einen Holzhubschrauber. Jeder sieht anders aus, Rosa macht alle selbst. Ich besuche sie immer, wenn ich im Land bin. Mitten in der Altstadt befindet sich die große Kirche *Esglesia de Sant Bertomeu* aus dem Jahre 1513. Um die Kirche herum sind viele kleine Cafés, Kneipen, Restaurants und Geschäftchen. Hätte ich mehr gespart, würde ich mir sofort eine kleine Wohnung in der Altstadt kaufen. Dieses Flair und das Leben hier wirken nochmal anders als bei uns zu Hause über dem Meer. Alles ist langsam, gemütlich und besonders. Die kleinen Gassen, die alle irgendwie zur Bertomeu Kirche führen, kenne ich wie meine Westentasche.»Lasst uns erst mal ins Mi Lola gehen«, schlägt mein Opa vor,»ich habe nämlich Durst.« Durch seinen starken Diabetes hat er sehr häufig großen Durst.

Das Mi Lola ist ein kleines Eckcafé mit leckeren Tapas. Jorge, der Inhaber, und ich kennen uns durch meine ständigen Besuche mittlerweile gut.»Hola Carli, beehrst du uns mal wieder?« Wir drücken uns.»Champagner für die Damen?« Meine Oma und ich gucken uns an, es ist zwar erst 13 Uhr, aber was soll's. In einem Land, in dem die Polizei mittags Rotwein in der Pause trinkt, können wir auch einen Champagner bestellen. Loui bekommt einen frisch gepressten Saft und mein Opa wie immer eine viel zu süße Limo. Wie auf Kommando beginnt meine Oma zu schimpfen:»Filipo, du wirst dich noch selbst umbringen, weißt du eigentlich wie dieses Zeug, was du da trinkst, deine Blutzuckerwerte nach oben treibt?« Mein Opa guckt gelangweilt und genervt zu mir und winkt ab. Ich könnte mich immer über die beiden amüsieren.

Ich kenne ihre Abläufe und den Umgang miteinander auswendig. Es gibt nie böse Überraschungen, es ist immer gleich liebevoll, zornig und aufbrausend. Irgendwie ist das ein schönes Gefühl, dass sich ihre Liebe füreinander nie ändern wird. Nicht so wie bei Max und mir.

»Ich würde gerne noch in die Markthalle«, werfe ich ein.

»Du und deine Markthalle!«, mein Opa petzt mir zart in die Wange und lächelt.

»Ja, du weißt, wie sehr ich die Markthalle und ihr Treiben liebe.«

»Ich kann nicht mehr so viel laufen. Carli, lass uns hier sitzen und lauf doch gerade hin, wir warten hier. Loui, gehst du mit deiner Mama oder bleibst du bei uns?«

»Natürlich bleibe ich bei dir, Abuelo!«, er klettert direkt auf den Schoß meines Opas.

»Na dann, ich komme, wenn ich meine Rituale beendet habe, wieder«, sage ich und laufe fröhlich Richtung Markthalle.

Die Mercado Municipal, wie sie korrekt in Spanisch heißt, wurde im Jahr 1946 auf dem Grundstück des ehemaligen Nonnenklosters mitten in der Altstadt errichtet. Dabei wurde darauf geachtet, dass die Gestaltung der Architektur der Halle in Einklang mit der wunderschönen Umgebung steht. In der Halle bieten einheimische Händler wie Metzger, Fischer, Bäcker, Obst- und Gemüsehändler ihre Waren an. An der urigen Bar am Eingang der Halle kann man sich während des

Einkaufs mit einem Imbiss oder einem Getränk stärken. Ich weiß nicht, was mich schon seit meiner Kindheit an dieser Halle so fasziniert. Es ist das bunte Treiben, was trotzdem nie hektisch ist oder zu laut. Jeder verkauft entspannt und gut gelaunt seine Waren. In Deutschland sind die Menschen oft schlecht gelaunt und bekommen von dem, was um sie herum passiert, gar nichts mit. Hier ist das anders, jeder hat ein Lächeln für den anderen übrig. Mein erstes Ritual besteht darin, ganz langsam durch die Halle zu schlendern und mir alles anzugucken. Ich grüße die Händler und erfreue mich an den leckeren Waren, die verkauft werden. Mein zweites Ritual sieht vor, an Mateos kleiner Bar einen Prosecco zu trinken. Mmh, jetzt hatte ich aber außer der Reihe schon einen Champagner bei Jorge. Mist, ich hätte eben nichts trinken sollen und mir das Gläschen für den Tagesdrink in der Markthalle aufsparen sollen. Ach egal, ich werfe meine in mir scheinbar doch vorhandenen deutschen Zweifel, wenn es um Alkohol am Tag geht, über Bord und schlendere zu Mateo. Mateo ist ein freundlicher Mann, der bestimmt schon siebzig Jahre alt ist. Aber er steht täglich hinter seinem Tresen und bedient die Kunden. Wir kennen uns mittlerweile einige Jahre. Ich brauche nie zu bestellen, er sieht mich und weiß, was ich möchte. Einen kleinen Prosecco und eine kleine Schale mit knusprigen Salzchips stellt er vor mich. Mateo ist froh, dass es noch ruhig ist und die Touristen erst im nächsten Monat wieder in Strömen die beschauliche Altstadt unter Beschlag nehmen. Aber er weiß wie ich, dass Javea ohne die Touristen nicht überleben würde. Und es gibt ja auch wirklich Nette unter ihnen. Ich lasse erst einmal alles auf mich wirken. Obwohl hier Gemurmel herrscht und viele Menschen unterwegs sind, beruhigt mich dieser Ort. Ich sitze auf meinem Barhocker, lehne mich gemütlich mit dem Rücken an die Bar, trinke meinen Prosecco, als ich plötzlich die beiden sehe. Verdammt, das darf doch nicht wahr sein! Keine drei Meter von mir entfernt gucken sich Emilio und diese dumme Gans Laura einen Salatkopf an. Beim Metzger wird man sie wohl nicht finden können, denke ich biestig. Laura hält den Salatkopf in der Hand und betrachtet ihn von allen Seiten. So was Lächerliches, als ob es da so viel zu analysieren gibt! Emilio steht ziemlich ruhig daneben und sagt etwas.

Ich weiß nicht, ob er glücklich aussieht. Irgendwie wirkt er teilnahmslos. Sie möchte ihn scheinbar in die Salatentscheidung unbedingt mit einbeziehen. Jetzt lacht sie, igitt, und streicht ihm durchs Haar. Oh, wie ich sie hasse! Durch dieses Haar habe ich vor drei Tagen noch gestrichen und ganz woanders auch, du blöde Kuh, denke ich mir.

»Carla, was guckst du so giftig?« Mateo klopft auf die Theke.

»Ach entschuldige, ich war nur in Gedanken.« Oh Scheiße, Emilio hat mich entdeckt und kommt auf mich zu.

»Carli, gehst du wieder deinen Ritualen nach?« Er lächelt.

»Was für Rituale?«, höre ich ihre dämliche Froschstimme. Sie hat wirklich genauso eine Stimme wie ein quakender Frosch. Ich dachte, das würde sich über die Jahre verwachsen, aber scheinbar nicht. Ich an ihrer Stelle hätte schon lange einen Kehlkopfspezialisten aufgesucht. Hoffentlich erbt das Kind Emilios schöne Stimme.

»Ach, Carla geht immer, wenn sie nach Hause kommt, in die Markthalle und trinkt ihren Prosecco hier bei Mateo«, erklärt ihr Emilio.

»Weil sie mich vermisst«, wirft Mateo lachend ein.

»Ganz genau, so sieht es aus. Abuela und Abuelo sind im Mi Lola, wir wollen gleich noch Maria besuchen. Und was macht ihr?«, frage ich, so höflich ich es über die Lippen bringe.

»Wir kaufen für heute Abend ein, meine Eltern und Emilios Eltern haben wir zu Emilio eingeladen. Wo ich ja auch bald wohnen werde«, sagt sie und guckt ihn fordernd an.

»Ja, darauf wird es wohl hinauslaufen«, gibt er irgendwie peinlich berührt zurück. Mist, ich weiß, dass ich ihr zur Schwangerschaft gratulieren müsste. Aber ich möchte einfach nicht. Verdammt, was sage ich immer zu den Eltern meiner Patienten? Wenn Sie merken, dass Sie gleich sehr wütend werden, denken Sie sich nicht: Ach, was ein Ärger, so ein Mist, Frechheit! Sondern versuchen Sie es mit: Ach wie schade, wie traurig! Schon wird Ihr Gefühl ein anderes. Okay, ich versuche es. Ach wie schade, denke ich mir, dass Emilio ein Kind mit dieser blöden Kuh bekommt. Ach wie schade für Laura, dass er trotzdem immer mit mir fremdgehen wird. Ahh, ich fühle mich viel besser!

»Laura, ich muss dir ja noch gratulieren, zum Baby«, sage ich, so höflich wie es mich meine gute Erziehung gelehrt hat. Laura schaut mich etwas irritiert an, so viel Freundlichkeit hätte sie wohl nicht erwartet.

»Danke Carla«, sagt sie etwas verwirrt. Aber da sehe ich ein fieses Blitzen in ihren Augen, was sie hinter ihrer Gutmenschart immer versucht zu verstecken.

Das nehmen ihr auch viele Menschen ab, aber ich fand sie schon immer falsch.

»Emilio wird ein toller Vater sein.« Sie greift nach seinem Arm und schmiegt sich an ihn. »Ich hoffe, ein Patchworkleben, wie du es hast, bleibt uns erspart«, sagt sie süffisant. Ich schäume vor Wut. Hauptsache mir unterschwellig noch einen mitgeben. Aber ich atme und denke mir nur, dafür liebt der Vater deines Kindes auf eine spezielle Art mich.

»Das wünsche ich euch von Herzen, Laura«, gebe ich zuckersüß zurück. Ich nehme meine Tasche und stehe auf, sie ist viel kleiner als ich und sie sieht auch viel blöder aus.

Im Stehen trinke ich mein Glas leer und winke Mateo. Drücke Emilio an mich und sage:

»Ich muss los, die anderen warten auf mich.« Hocherhobenen Hauptes laufe ich aus der Halle. Zum Glück sehe ich in meiner weißen Shorts, meinem rosa T-Shirt und den flachen weißen Sandalen gut zurechtgemacht aus. Als ich draußen stehe, merke ich, wie mein Herz klopft. Ich hoffe, es hat keiner gemerkt, wie aufgeregt und angespannt ich eigentlich war. Schauspielern konnte ich schon immer recht gut. Verdammt, warum musste das noch sein? Warum musste ich die beiden sehen! Dass Emilio Vater wird, trifft mich doch sehr. Und ihn mit ihr in ihrem gemeinsamen Alltag zu sehen, tut unglaublich weh.

Die letzten beiden Tage verbringe ich mit meinen Großeltern und Loui zu Hause. Meine Freunde sind enttäuscht, wir wollten eigentlich nochmal gemeinsam Mittagessen gehen, aber mir ist die Zeit zu kostbar.

Wer weiß, wie lange ich meine Großeltern noch habe. Als wir den Tisch abräumen, klingelt mein Handy, es ist Max.

Ich freue mich, dass er anruft, aber irgendwie ging es mir gerade ohne ihn gut und ich muss mir endlich klar werden, was ich will. Der Abstand war jetzt genau das Richtige für mich.

»Hi«, melde ich mich.

»Hi Süße, wie geht's dir?«

»Ja, ganz gut und dir?«

»Ach, viel Arbeit, drei Stuten haben ihre Fohlen mitten in der Nacht bekommen und ich musste raus. Sei froh, dass du nicht da warst. Obwohl du mir fehlst«, sagt er zerknirscht.

Ich atme tief ein. »Du mir auch, aber ich kann so nicht weitermachen. Wir müssen miteinander sprechen, wenn wir morgen nach Hause kommen.«

»Ich weiß, dass es so nicht weitergeht. Ach und Ute hat sich den Oberschenkel beim Reiten gebrochen, sie ist ziemlich schwer gestürzt.

Deshalb ist Mathilda jetzt für mindestens zwei Wochen bei uns«, fügt er hinzu.

Ich kann kaum sprechen, so geschockt bin ich. Nicht über Utes Unfall, sondern wegen der Tatsache, dass dieses Kind zwei Wochen am Stück bei uns sein wird. In dieser Zeit werden wir sowieso wieder nur streiten, überlege ich traurig. »Ähm, okay, und wie machst du es? Es sind doch keine Ferien, sie muss doch in die Schule.«

»Wir sind gestern schon zusammen die Zugroute gefahren und es geht wirklich gut. Sie muss nur einmal umsteigen.«

Oh, tatsächlich, muss die Prinzessin mal mit dem Zug fahren, wird es selbst dir zu viel, sie täglich zu fahren,

rutscht es mir fast heraus. Aber ich schlucke es runter und sage stattdessen:»Toll, dass ihr das so macht.«
»Ja, ich dachte mir, sie fährt in der Stadt ja auch dauernd mit ihren Freundinnen zum Shoppen, dann packt sie das ja wohl auch«, sagt Max gut gelaunt. Ah, er hat gerade wieder seinen „er vermisst mich"-Moment. Dann ist es bei Max immer so, dass er mich unbedingt beeindrucken möchte. Leider hält das nie so lange an. Obwohl er wahrscheinlich super happy sein wird, dass Mathilda so lange da ist. Und ich werde wieder alles runterschlucken müssen, damit wir uns nicht zerfleischen.
»Carla, vielleicht möchtest du ja gerne mit mir in die Lodge, ich lade dich ein.« Die Lodge ist Max und mein Lieblingsrestaurant. Es ist ziemlich teuer und man hat eine tolle Aussicht auf den Zoo, der direkt danebenliegt. Max und ich waren schon so häufig da, dass wir alle Angestellten kennen und immer herzlich begrüßt werden. Max weiß genau, dass ich zu dem Vorschlag nur schwer nein sagen kann.»Komm, Carla, Mathilda passt auf Loui auf und wir lassen es uns richtig gut gehen.« Das letzte Mal, als sie auf Loui aufpassen sollte, hat sie heimlich im Garten geraucht und ihn bis Mitternacht einen Thriller gucken lassen. Als ob er meine Gedanken lesen könnte, wirft er beschwichtigend ein:»Ich sage ihr klipp und klar, was an diesem Abend zu laufen hat, versprochen.«
»Ok, lass uns morgen drüber sprechen, ich möchte gleich ins Bett. Schlaf gut Schatz.«
»Du auch, bis morgen.« Ich lege auf. Verdammt, warum muss ich ihn nur so gerne haben, manchmal denke ich, wir *sind* verflucht.

Ich verabschiede mich gar nicht gerne von meinen Großeltern. Ich habe immer so ein ungutes Gefühl, wenn ich sie alleine hier lasse. Wir stehen in Alicante am Flughafen und mir wird das Herz schwer.

Ich umarme meinen Opa ganz fest und versuche mir den Duft seines After Shaves Tabac gemischt mit seinem eigenen, vertrauten, guten Geruch einzuprägen.

»Ach Opi, ich bin immer so traurig, wenn ich von dir weg muss!« Schon bekomme ich Tränen in die Augen.

»Es war schön, dass ihr da wart. Carla?«, er sieht mich ernst und besorgt an.

»Ja, was ist denn?« Ich werde sofort unruhig und hoffe, er möchte mir nichts bezüglich seiner gesundheitlichen Verfassung sagen.

»Bitte versuch das mit Max alles hinzubekommen. Er ist doch ein guter Mann, er ist fleißig und hat dich so gern. Oma und ich haben uns auch schon so oft gestritten, aber man muss sich auch wieder zusammenraufen. Ich möchte dich glücklich und gut aufgehoben wissen. Wenn ihr immer streitet, ist das schlecht für dich. Du bist so eine gute Erwachsene geworden. Als du ein Kind warst, hatte ich oft Sorgen wegen dir. Du warst so wild und furchtlos. Keiner sollte dir was anhaben können. Carla, leg das endlich ab, man wird immer so behandelt, wie man sich gibt. Dir wird viel mehr aufgeladen und abverlangt, weil du so stark sein willst. Zeig, wie sehr dir Dinge weh tun und dass dich vieles verletzt. Und du wirst sehen, die Menschen gehen auch viel behutsamer mit dir um.« Er hält mich immer noch in seinem Arm und spricht leise in mein Ohr. »Verliere dein Funkeln nicht, mein Mädchen, und deinen Glauben daran, dass immer alles irgendwie gut werden wird.« Wir gucken uns tief in die Augen und auch bei ihm sehe ich Tränen glitzern.

»Ach Abuelo, ich bin so froh, dass es dich gibt. Danke, dass du mich so lieb hast.«

»Danke dir mein Schatz», erwidert er gütig. Loui kommt mit meiner Oma von der Toilette und wir verabschieden uns alle. Ich bin traurig und auch gerührt von seinen Worten.

Setze kein Fragezeichen, wo das Schicksal schon längst einen Punkt gemacht hat

Als Loui und ich unser Haus betreten, würde ich am liebsten wieder fahren. Im Flur liegen überall Klamotten herum und der Boden ist im Eingangsbereich dreckig. Max weiß, dass ich ein absoluter Ordnungsfanatiker bin. Wenn er sich doch freut, dass ich nach Hause komme, warum gibt er sich nicht einmal bisschen Mühe? Okay, ich werde jetzt keinen Streit anfangen deswegen. Ich denke mir meinen Leitsatz. Nicht: Ach wie mies und blöder Idiot! Sondern: Ach wie schade, dass Max wohl keine Zeit hatte. Ich muss mich von der Situation distanzieren.

»Hallo«, rufe ich.

»Hi«, ruft Max und kommt auf mich zu. Er steht kurz unsicher vor mir, dann küsst er mich. »Hallo Loui, alles klar?« Auch wenn wir schon fünf Jahre zusammen sind, habe ich immer ein Kribbeln im Bauch, wenn ich ihn sehe. Max sieht sehr gut aus. Er ist groß, sportlich und seine dunkelblonden Haare sind immer leicht verwuschelt, das ärgert ihn. Nie liegen sie so, wie er es gerne hätte. Er möchte gerne als absolut uneitel gelten und tut immer so, als wäre es ihm egal, wie er aussehen würde. Aber dafür hat er zu viele teure und schöne

Klamotten. Sein Badezimmerfach ist nicht übertrieben voll, aber für einen Mann, dem sein Äußeres egal ist, definitiv zu voll.

Er sieht immer leicht braun gebrannt aus, da er durch seinen Job als Tierarzt für Großtiere häufig auf die Weiden muss. Er hat liebevolle braune Augen. Aber haben wir einen unserer schlimmen Streite, sind sie eiskalt und er wird mir fremd.

»Dad!«, brüllt Mathilda von oben.

»Dad?«, sage ich und schaue ihn belustigt an.

»Ja«, er wirkt peinlich berührt, »das findet sie im Moment sehr cool. Ich mag es auch nicht.«

»Dann sag es«, erwidere ich. Und hänge meine Jacke an die Garderobe.

»Kommst du vielleicht mal runter, Hallo sagen«, ruft Max nach oben. »Carli und Loui sind wieder da.« Keine Antwort. »Mathilda, hey, komm runter, was soll das?« Max ist die Situation unangenehm und er wirkt gereizt. Er möchte es mir so gerne recht machen und mir immer wieder zeigen, dass sie eigentlich doch ein anständiges Mädchen ist. Fast tut er mir leid, weil sie es immer wieder kaputt macht. Zum einen meine Meinung von ihr, zum anderen unsere Beziehung.

»Ja ja, okay, liebe Güte, soll ich den roten Teppich ausrollen?«, fragt sie frech.

»Ey Fräulein, was soll das, reiß dich zusammen!«, sagt Max scharf.

»Hi Carla, hi kleiner Stinker«, sie struppelt Loui durchs Haar. Und guckt mich teilnahmslos an.

»Hallo Mathilda«, sage ich so liebenswürdig, wie ich es hinbekomme.

»Es gibt Essen«, sagt Max und lockert die unangenehme Situation auf. Unglaublich, dass ich mich unwohl fühlen muss, wenn ich mein eigenes Zuhause betrete. Ich wünschte, die zwei Wochen wären schon vorbei.

Mein großer Wunsch war es, in unserem Haus ein eigenes Zimmer zu haben, nur für meine ganzen Klamotten, Taschen und meinen Schmuck. Da Max und ich ja kein gemeinsames Kind haben, ist aus dem Zimmer, was ich gerne als Babyzimmer genommen hätte, vorerst mein Zimmer geworden. Der Raum hat an beiden Seiten weiße Schränke, auf denen Schuhe, Schmuck, Taschen und viel anderer Krimskrams steht, von dem ich mich nicht trennen kann. Am Ende des Raums guckt man auf ein Fenster, das eine schöne Aussicht auf die Felder zulässt. Davor steht mein Schminkschrank, an dem ich mich schminke, frisiere und meine Nägel mache. Natürlich habe ich mir ein spezielles Licht um den Schminkspiegel herum angebracht, damit ich auch wirklich alles gut erkennen kann. Ich liebe diesen Raum. Er ist mit einem weißen, dicken Teppich ausgelegt und an den weißen Wänden hängen Bilder meiner Freundinnen und verschiedene Postkarten mit Frauensprüchen. Ich sitze an meinem Schminktisch und lackiere mir die Nägel dunkelrot. Max hat mich ja heute Abend zum Essen eingeladen. Wir haben es seit meiner Ankunft vor drei Tagen geschafft, keinen Streit anzufangen. Zwar haben wir uns kaum gesehen, da wir beide arbeiten mussten, aber trotzdem: Kein Streit ist schon einmal prima. Letzte Nacht, als er wieder von irgendeinem Einsatz in Sachen Tiere zurückkam, hat er sich an mich gekuschelt und wohl gehofft, ich sei wach. Ich habe mich schlafend gestellt. Ich möchte nicht, dass es wieder so ist wie immer. Wir beleidigen uns bis aufs unterste Niveau, ich weine, jeder versucht sein eigenes Kind besser dastehen zu lassen, wir zeigen einander alle Fehler auf und sprechen Tage kein Wort miteinander. Dann nach zwei bis drei Tagen, wenn der Wind sich gelegt hat, kommt einer von uns wieder an und möchte Frieden haben. Und in der Regel kann der andere nicht widerstehen und wir landen im Bett. Ich führe das auf unsere große Anziehung füreinander zurück. Eigentlich lieben wir uns und sollten glücklich sein. Aber der Alltag frisst uns auf. Manchmal reicht die Liebe nicht, habe ich mir schon häufig gedacht. Haben wir dann miteinander geschlafen, sprechen wir nicht mehr über die Ursache des Streits oder über eine Problemlösung. Wir möchten dann einfach den Frieden bewahren und hoffen, es bleibt so. Aber das tut es natürlich nicht. Und so geht es immer weiter. Deshalb habe ich mich gestern schlafend gestellt, ich möchte heute in Ruhe mit ihm sprechen. Wenn ich ehrlich bin, haben wir das auch schon zwanzig Mal getan. Aber irgendwie kann ich ihn nicht verlassen. Ich weiß eigentlich, dass wir zusammengehören. Und das macht alles nur noch schwerer. Wäre er mir egal, hätte ich niemals dieses Haus mit ihm zusammen gekauft, ich hätte ihn lange mit Mathilda in die Wüste geschickt.

Ich tippe vorsichtig an meinen kleinen Finger, der Lack scheint trocken zu sein. Das dauert immer so lange, da müsste auch mal was anderes erfunden werden. Ich gehe zu dem großen Schrank auf der rechten Raumseite. Da habe ich alle Kleider, Röcke, Jumpsuits, Blazer und schicken Teile aufgehängt. Heute Abend werde ich mein schwarzes kurzes Spitzenkleid, dunkle blickdichte Strumpfhosen und meine schwarzen Louboutins mit zehn Zentimeter Absätzen anziehen. Ich muss gestehen, dass mir beim Laufen in diesen Schuhen schnell die Füße weh tun. Aber um an den Tisch zu gehen, mal auf die Toilette und später wieder zum Auto ist es zu ertragen. Ich mag diese Schuhe einfach. Und im Job kann ich sie definitiv nicht tragen. Wo ich meinen Faible für alles Teure her habe, weiß ich eigentlich gar nicht. Also von meinen Eltern nicht unbedingt und meine Abuela ist zwar immer schick, aber sie schaut sehr auf Preise. Würde sie alles, was in meinem Zimmer steht, zusammenrechnen, würde sie vermutlich tot umfallen. Dafür arbeite ich auch viel und kann mir dann mal was gönnen, denke ich mir. Aber manchmal hinterfrage ich diesen Kram doch und überlege, ob es wirklich sein muss. Ich habe einfach Spaß, hier zu sitzen mir meine schönen Sachen zu betrachten und mich zurecht zu machen. Das ist wohl die Abwechslung, die ich zu meinem, teilweise traurigen, beruflichen Alltag brauche. Die Schicksale meiner Patienten gehen nie spurlos an mir vorbei. Und ich nehme viel davon mit nach Hause. Die meisten Kollegen können sich gut distanzieren, mir fällt das schwer.

Ich bin froh, dass Loui heute bei seinem Freund Oskar schläft, so kann Mathilda hier alleine mit sich machen, was sie will. Max leicht besorgter Blick - die arme Prinzessin von dreizehn Jahren mal drei Stunden alleine zu lassen - entgeht mir nicht. Schon fühle ich mich wieder fehl am Platz und würde am liebsten absagen. Soll er doch mit ihr einen Fernsehabend machen und ich geh zu Lina oder einer anderen Freundin. Eigentlich war ich ohnehin mit drei guten Freunden zu einem kleinen Konzert verabredet. Auch wenn Abuela bei unserem Gespräch im Garten mit vielem recht hatte, sind das wirklich nur Freunde, mit denen ich unbeschwert die

Zeit genieße. Ich denke, in ihrer Generation war es nicht normal, genauso viele weibliche wie männliche Freunde zu haben. Bei mir war das schon immer so. Ich kann mit Frauen und Männern gleichermaßen befreundet sein. Ich stehe fertig in der Küche und höre wie Max Mathilda vorschlägt, dafür morgen mit ihr ins Kino zu gehen. Dieses kleine Biest, musste sie ihm wieder einmal ein schlechtes Gewissen machen, dass er sie alleine lässt. Ich schäume schon wieder vor Wut. »Weißte was, dann bleiben wir einfach zu Hause«, sage ich scharf. »Mathilda, ich finde es nicht okay, dass du deinem Vater nicht mal einen freien Abend gönnst. Du bist dreizehn Jahre alt. Er arbeitet den ganzen Tag oder trägt dir was nach, dann hat auch er sich mal eine Auszeit verdient!«»Carla, das muss doch nicht sein.« Max versucht Haltung zu wahren, aber ich sehe, dass er mich am liebsten anschreien würde. Sobald ich etwas gegen die Madame vorbringe oder etwas zu ihr sage, was ihr nicht passen könnte, wird er sauer. Er kann sich von ihr nicht abgrenzen und fühlt sich dann persönlich angegriffen. Schrecklich, wie teilweise die Eltern in meiner Praxis. Aber die möchten wenigstens Hilfe. Er erkennt einfach nicht, wie sie ihn immer wieder manipuliert. Ist er nicht mit ihr zusammen, soll er sich schlecht fühlen. Und ich denke, sie hat wirklich geschafft, dass er sich häufig als Versagervater fühlt. Obwohl er sich mehr kümmert und bemüht als manche, die mit ihren Kindern unter einem Dach leben. Und leider spüre ich sein unglückliches Gefühl oft. Und dann fühle ich mich traurig und nicht als Teil seines Lebens. Patchwork, was habe ich mir da angetan?
Mathilda schaut mit ihrem Dackelblick zu ihm und mit einem eisigen Blick zu mir. »Ich bin halt am liebsten mit

Daddy zusammen und wenn ich traurig bin, dass er geht, kann ich das sagen, sagt meine Mum.«

»Ja das kannst du«, schieße ich impulsiv raus. »Aber du bist dreizehn Jahre alt und wir sind drei Stunden weg. Dich zurücknehmen, um ihm was zu gönnen, könntest du auch. Gehst du zum Shoppen mit deinen Freundinnen, ist es auch egal, ob er zwei Stunden auf dich warten muss. Es geht nicht immer nur um dich, Mathilda!«

»Carla, es reicht jetzt.« Max Stimme ist kalt und sein Blick sagt mir, dass ich für seine Verhältnisse übers Ziel hinausgegangen bin.

»Weißt du was, bleib mit deiner Tochter zu Hause, auf diesen Zirkus habe ich keine Lust. Und du Fräulein, freu dich. Du hast es wieder mal geschafft. Aber ich lass mir den Abend von dir nicht verderben!« Ich packe meine Tasche, ziehe meinen Mantel über und schmeiße die Tür zu. Für Mai ist es immer noch ziemlich kalt. Na prima, ich könnte gerade heulen. Ich hasse sie! Sofort komme ich mir albern vor, das über ein Kind zu denken. Aber sie ist so raffiniert und geltungssüchtig und er ist so blöd und sieht es einfach nicht. Was mache ich jetzt total aufgestylt? Loui ist sowieso über Nacht weg und ich möchte heute nicht hier sein. Ich bin in meinem eigenen Zuhause sowieso nicht erwünscht. Max kommt ja nicht mal raus. Er hat jetzt wieder eine riesige Wut auf mich. Und denkt natürlich, ich solle mich entschuldigen. Ja, vielleicht müsste ich mich besser im Griff haben und dürfte mich durch ihre Art nicht so aus dem Konzept bringen lassen. Aber ich mach das seit fünf Jahren mit und ich kann nicht mehr. Ich werde immer an zweiter Stelle stehen. Und da bin ich nicht der Typ für, ich muss die Nummer eins sein. Was mache ich nur?

Meine Freundinnen haben alle ihre Kinder heute Abend. Ich könnte natürlich zu ihnen heim fahren. Aber irgendwie brauch ich mehr Ablenkung. Und ich habe auch keine Lust darüber zu sprechen. Ich denke, dass meine Freunde es auch nicht mehr hören können. Die meisten sagen, ich soll mich trennen. Aber ich kann es nicht. Das Konzert, genau! Perfekt, das mache ich. Aber in diesem Outfit eher unpassend. Verdammt, ich möchte die beiden jetzt nicht sehen. Ich muss irgendwie rein, um mich umziehen zu können. Aber wahrscheinlich sind sie unten im Wohnzimmer und sehen mich direkt. Ich bin so enttäuscht, ich dachte wirklich, wir sprechen heute Abend mal in aller Ruhe miteinander. Aber wenn ich richtig in mich reinfühle, weiß ich doch, dass sich sowieso nichts ändern wird. Was kann er so liebevoll und toll sein. Aber will er überhaupt, was ich will? Ich fürchte, er kann mir die Geborgenheit und Nähe überhaupt nicht geben, die ich brauche. Mathilda kann er sie geben, damit ist es dann auch genug. Eigentlich möchte ich mich so gerne mit Max vertragen, mich an ihn kuscheln und glücklich sein. Aber es wird nie funktionieren. Ich bin resigniert. Langsam wird mir kalt. Ich habe wirklich keine Lust weiter auf unserer Fußmatte zu stehen und traurig zu sein. Ich habe das Fenster in meinem Klamottenzimmer aufgelassen, fällt mir ein, der Nagellack hatte so gestunken. Ich laufe zur linken Seite vom Haus und schaue nach oben. Tatsächlich, das Fenster ist noch auf. Aber wie soll ich da hoch kommen? Die Mülltonnen stehen hier, ich könnte auf die Mülltonnen klettern und es versuchen. Aber in den Schuhen gewiss nicht. Ich ziehe meine Schuhe aus und klemme sie mir an meine Tasche, ich kann diese schönen

Schühchen ja wohl schlecht die ganze Nacht draußen lassen. Mist, die Mülltonne rappelt so laut, ich ziehe sie Stück für Stück unter das Fenster. Wenn alles nicht so traurig wäre, müsste ich tatsächlich darüber lachen, wie ich als Fünfunddreißigjährige auf 'ne Mülltonne klettere und versuche, trotz Schlüssel in mein eigenes Haus zu kommen. Mist, ich hatte nicht in Erinnerung, dass eine Mülltonne so hoch ist. Jetzt rutscht mir das Kleid noch bis zum Bauch hoch, als ich versuche meinen Fuß drauf zu bekommen. Mein Muskelkater in meinen Beinen von meinem gestrigen fürchterlichen Personal Training ist jetzt auch wenig förderlich bei dieser Aktion.

So, jetzt bin ich schon mal auf der Mülltonne drauf. Ich ziehe mir das Kleid wieder runter und versuche an die Sicherheitsstange zu greifen, die vor dem Fenster befestigt ist. Wenn mich jemand sieht, heißt es wieder, typisch Psychologe, die studieren das doch nur, weil sie alle selbst Probleme haben. Ich zerre mich an der Stange hoch und lege meinen Fuß auf die Fensterbank, dann ziehe ich den Rest von mir hoch und falle ins Zimmer. Mir ist heiß und ich bin total zerzaust, na prima, meine Strumpfhose hat eine Laufmasche und mein Bein ist vom Putz aufgekratzt. Egal. Hauptsache, ich muss niemanden sehen. Ich ziehe leise meine Sachen aus, lege alles auf meinen Stuhl, hole mir eine Jeans, ein Top und Sneakers aus dem Schrank. Den Schmuck muss ich auch reduzieren, es ist zu viel für ein kleines Konzert in einer Kneipe. Verdammt, ich höre jemanden hochkommen, leise lehne ich die Tür von meinem Zimmer an und stelle mich dahinter. Ich komme mir so albern vor. Aber ich weiß, dass es richtig böse werden wird, wenn wir uns sehen. Die Stimmung ist noch zu aufgeheizt. Mathilda ist wohl in ihr Zimmer gegangen.

»Hi Süße«, höre ich Mathilda sagen, »wollen wir uns nochmal treffen? Klar, ich darf bestimmt nochmal raus. Okay, ich komme, bis gleich.« Unglaublich, jetzt hat sie den Abend zwischen Max und mir zerstört und geht selbst zu Lena. Lena wohnt eine Straße weiter. Sie ist schon 15 und bekannt dafür, dass sie nicht unbedingt der beste Umgang ist. Ihre Eltern haben sich schon mal bei mir in der Praxis nach einer Therapie erkundigt, aber ich habe mir abgewöhnt, Kinder von Freunden, Bekannten oder Nachbarn zu behandeln, das gibt nur Ärger. Ob Max sauer auf sie ist oder ob er es akzeptiert, jetzt alleine da zu sitzen und wegen ihr mit mir Ärger zu haben? Er wird sie nie durchschauen und sie immer machen lassen, was sie will. Dass er nicht sieht, zu was sie sich entwickelt hat! Ich habe Mathilda wirklich versucht aufzunehmen wie mein eigenes Kind. Ich habe Stunden mit ihr gespielt, als sie klein war. Immer versucht ihre teilweise fiesen Bemerkungen zu mir oder ihr oft gemeines Verhalten gegenüber Loui, als er noch ganz klein war, zu verstehen. Aber sie hat nie von Ute oder Max Konsequenzen gezeigt bekommen. Auf all ihre Wünsche wurde eingegangen. Max hatte immer ein schlechtes Gewissen sie „verlassen" zu haben. Und Ute hatte so viele wechselnde Partner, die sie leider alle Mathilda vorstellen musste, sodass Mathilda nie ein stabiles Umfeld erleben konnte. Ute selbst hat psychisch große Probleme und meiner Meinung nach hat sie überhaupt kein Gefühl dafür, ein Kind zu erziehen. Sie ist viel zu sehr mit sich beschäftigt. Dadurch hat Mathilda immer ihren Kopf durchsetzen können und wurde behandelt wie ein rohes Ei. Eigentlich tut sie mir leid. Aber ich mir auch. Und ändert Max nichts an seiner Erziehung, werden wir beide keine Chance mehr haben.

Ich werde jetzt hier wieder verschwinden, cool wie Supergirl durchs Fenster. Max wird am Abend das Fenster wohl zu machen. Ich hänge mich wieder an die Stange am Fenster und komme gerade so mit den Füßen auf die Mülltonne. In Jeans und Turnschuhen klappt das definitiv leichter als Barfuß und mit Kleidchen.

Wer erinnert sich später an die Nächte, in denen er geschlafen hat

Als ich das Irish Pub betrete, ist der Laden schon sehr voll. Ich quetsche mich zwischen den Menschen durch und hoffe, Peter, Michi und Kai endlich zu entdecken. Man fühlt sich alleine und nüchtern unter einer feierwütigen Meute immer so schutzlos. Da sind sie ja. »Carli, hier!« Michi hat mich auch gesehen, ich winke erleichtert zurück und begrüße die drei. »Hast du uns gesucht?«, fragt Kai lachend. Er drückt mich und sagt: »Du weißt doch, man braucht uns nicht zu suchen, wir sind immer an der Bar.« Ich lache und freue mich hergekommen zu sein. Es ist zwar sehr heiß und stickig hier, aber ich habe immer so viel Spaß mit den Jungs, sodass es garantiert ein super Abend werden wird. Die Band spielt die besten Songs aus den 70ern und 80ern. Wir stehen ziemlich weit vorne und tanzen alle. Ich habe mittlerweile einige Schnäpse und Bacardi Cola getrunken. Und quetsche mich, um die vier weiteren Shots zu holen, zur Theke. Es ist immer so eklig, dass manche Menschen stark schwitzen und man dann ihren Schweiß an den Armen spürt. Bäh, ich schüttele mich, als ich an einen ziemlich dicken, schwitzigen Mann gedrückt werde. Endlich stehe ich an der Theke und versuche durch Blickkontakt und Winken den Barkeeper auf mich aufmerksam zu machen. Leider ist die Hölle los und der Gute scheint etwas überfordert. Warten zählt überhaupt nicht zu meinen Stärken. Ich denke an Javea und das Achill, wie stilvoll dort alles ist. Kein Vergleich zu hier. Max lobt mich immer, dass ich so wandelbar sei, auf einer schicken Spenden Gala genauso Zuhause wie in einer einfachen Kneipe. Mir gefällt auch einfach beides sehr. Durch meinen Job häufig das vornehme Leben und privat mit Freunden eher so wie hier. Aber grundsätzlich habe ich gegen Luxus gar nichts einzuwenden. Das liebe ich auch an Max, dass er sich überall bewegen kann. Und er wirkt überall entspannt. Nur beim Thema Mathilda leider nie. Ich spüre, wie die Wut wieder in mir hoch kommt. Sofort hole ich mein Handy aus meiner Tasche. Oh, er hat mir was geschrieben:

Hey, Mathilda wollte nochmal zu Lena gehen. Ich habe es verboten. Sie ist völlig ausgeflippt. Und jetzt sitze ich hier. Es tut mir leid, dass ich so barsch zu dir war. Du hast ja mit vielem Recht. Wo bist du? Kuss

Ach, da hatte ich wohl recht. Wir könnten jetzt gemütlich bei Schampus und Steak in der Lodge sitzen. Ich hätte meine Strumpfhose bei meiner Kletteraktion nicht zerrissen und würde mich hier nicht vollschwitzen lassen. Ich packe mein Handy in die Tasche und versuche mir nicht den Abend verderben zu lassen. Endlich bin ich dran. Als ich mich mit meinen vier Schnäpsen umdrehe und mich wieder zu den Jungs quetschen will, werde ich unsanft von hinten geschubst.»Mann, kannst du nicht aufpassen!«, zische ich und drehe mich genervt um. Die Schnäpse sind leer, meine Finger und meine Tasche voll mit Schnaps.»Sorry, das tut mir leid, ich wurde selbst gestoßen.« Oh hallo, der sieht aber gut aus. Der Schubser ist circa Mitte zwanzig und irgendwie anders als der Rest der Typen, die hier rumlaufen. Trotz seines jungen Alters wirkt er wie ein Macher und sehr selbstbewusst. Er ist locker einen Kopf größer als ich, hat wuschelige dunkle Haare und wirkt ziemlich sportlich. Auf seinem rechten Arm sind viele Tattoos, was bei ihm aber wie bei David Beckham nicht prollig wirkt, sondern cool. Es passt zu ihm. Er wirkt irgendwie bisschen bad-boy-mäßig auf der einen Seite und dann wie Mamas Liebling auf der anderen. Schuldbewusst grinst er mich an.

»Ja, das Anstehen an der Theke war wohl umsonst«, sage ich zerknirscht.

»Nee, komm, ich hole dir deine Bestellung nochmal.«
Er quetscht sich zurück zur Theke und ich folge ihm.

»Was hattest du denn?«

»Vier Waldmeister«, sage ich.

»Okay, dann hole ich mir auch gerade noch ein Bier mit. Und als Entschuldigung, dass du jetzt nochmal warten musst, lade ich dich noch auf ein Getränk ein. Was magst du?«, fragt er freundlich.

»Mmh, dann nehme ich noch einen Bacardi Cola dazu. Vielen Dank, das ist wirklich zuvorkommend von dir.»

»Gerne.« Er lächelt und legt sein Portemonnaie auf die Theke. »Bist du alleine hier?«, will er wissen.

»Ja, deshalb hole ich mir auch vier Schnäpse auf einmal«, sage ich lachend.

Er haut sich mit der flachen Hand leicht an den Kopf »Blöde Frage, sorry.«

»Nee, dahinten sind meine Freunde.« Ich zeige zu den Jungs.

»Einer davon dein Mann?«, fragt er

»Nee, nur richtig gute Freunde von mir.«

»Ahh, gut zu wissen.« Er lächelt lässig. Warum auch immer, macht mein Herz einen kleinen Hüpfer. Mist, er gefällt mir wirklich gut. Er wirkt so locker, aber nicht auf diese Nichtskönner-Art, sondern irgendwie entspannt und trotzdem bodenständig.

»Was arbeitest du denn?«, frage ich.

»Ich studiere Maschinenbau«, sagt er. »Und du?«

»Ich bin selbständige Kinder- und Jugendlichenpsychotherapeutin.«

»Oh wow, bestimmt interessanter Job», sagt er und guckt mich ein wenig ehrfürchtig an. »Wie alt bist du denn, darf man das eine Frau fragen?«, grinst er verschmitzt.

»Ja das darfst du.« Ich lächle aufmunternd. »Mit Sicherheit um einiges älter als du«, sage ich.

«Ich bin 23», sagt er. »Und du bist doch vielleicht höchstens 29?«

Ich lache und fahre mir durch die Haare. »Oh, vielen Dank, nee, leider nicht, ich bin 35.«

»Was?« Er guckt mich ernsthaft erstaunt an. »Das hätte ich niemals gedacht. Du siehst wirklich noch richtig gut aus!«

»Oh, vielen Dank.« Ich lache.

»Wie heißt du überhaupt?«, fragt er.

»Carla und du?«

»Nils«, antwortet er. Der Barkeeper stellt unsere Getränke vor uns auf die Theke. Nils bezahlt und gibt Trinkgeld. Das gefällt mir schon mal. Ich mag keine geizigen Männer. Auch wirkt er dadurch erwachsen und freundlich.

»So Carla, auf dich und schön, dass ich dich kennengelernt habe.« Ich stoße mit ihm an, aber habe das Gefühl, dass unser Gespräch zu Ende geht. Irgendwie enttäuscht mich das. »Okay Nils, ich fand es auch schön, aber jetzt muss ich meinen Jungs mal ihren Schnaps bringen, die wundern sich sicher, wo ich bleibe.« Lieber komme ich ihm zuvor, bevor er mich mit Ausreden stehen lässt. Komisch, jetzt guckt er enttäuscht.

»Ja okay, dann viel Spaß dir noch.« Er schaut mir tief in die Augen und ich finde es richtig schade, dass es vorbei ist, ich hätte sehr gerne weiter mit ihm hier gestanden. »Danke dir auch«, sage ich stattdessen und lache.

Ich drücke mich an den Menschenmassen vorbei vor zur Bühne. Zum Glück komme ich diesmal ohne Schweißangriffe durch die Menschenmenge. Die Jungs nehmen mir die Schnäpse ab und ich berichte, warum es so lange dauerte. Wir tanzen die nächsten zwei Stunden, trinken, lachen und unterhalten uns, soweit es bei der Lautstärke möglich ist. Ich halte ständig nach Nils Ausschau, leider ist er nirgends mehr zu sehen. Ich stütze meine Ellenbogen am Stehtisch ab und ziehe an meiner Zigarette, als ich an meiner Schulter angetippt werde. Ich drehe mich um und da steht Nils und hält mir eine Bacardi Cola vor die Nase. »Hier für dich, dann musst du dich nicht wieder anstellen.« »Oh wie lieb von dir, vielen Dank!« Ich freue mich total ihn zu sehen. Peter, Michi und Kai gucken interessiert. Ich stelle Nils vor und schon trinken wir alle einen Schnaps zusammen. Michi hat eine ganze Flasche geholt, so haben wir uns das ständige Anstehen erspart.

»Ich habe dich gar nicht mehr gesehen. Ich habe immer mal geguckt, ob ich dich irgendwo entdecken kann«, gestehe ich Nils.

»Ich war mit drei Freunden vorne in der Lounge, bisschen quatschen. Ehrlich gesagt, habe ich gehofft dich nochmal zu sehen.« Er grinst mich frech an. Ich nehme den Strohhalm an meine Lippen, trinke von meinem Bacardi und schaue ihn keck an. »Das freut mich«, sage ich und stelle mein Glas ab. Nils erzählt, dass er für sein Studium nach Mainz gezogen ist. Und davor in der zweiten Bundesliga Fußball gespielt hat. Seine Mannschaft war kurz vorm Aufstieg in die erste Liga, als er sich das Kreuzband so stark verletzt hat, dass es mit der Fußballkarriere vorbei war. Ich merke, dass ihn das noch sehr belastet.

»Es war ein ganz anderes Leben«, sagt er, »schon sehr besonders. Der Verein kümmert sich um alles, du hast Agenten, Berater und bist den ganzen Tag nur mit Sport beschäftigt. Ich bin in ein ziemliches Loch gefallen, als es hieß, dass es keine Chance mehr gibt, als Profi weiter spielen zu können.«

»Das tut mir leid für dich«, sage ich mitfühlend und berühre seinen Arm. Er gefällt mir richtig gut. »Du kommst mir so erwachsen vor, gar nicht wie 23.«

»Das liegt wohl daran, dass ich, seit ich achtzehn geworden und mein Abitur beendet habe, alleine wohne. Ich wurde von einem Verein dreihundert Kilometer von meiner Familie entfernt übernommen und musste früh alleine klar kommen.«

»Hat dir nicht geschadet«, sage ich und gucke ihn lange an.

»Carla, du gefällst mir sehr gut«, sagt er und kommt ganz nah an mich heran. Er umfasst meine Taille und wir unterhalten uns weiter. Ich traue mich kaum zu bewegen, da ich nicht möchte, dass er seine Hand von mir nimmt oder sich auch nur ein Stück entfernt.

Kai kommt zu uns getanzt und flüstert mir unauffällig ins Ohr:»Carla, das ist doch ein cooler Typ. Du weißt, ich kann eh zu Max nicht viel sagen. Ich kenne ihn kaum. Nur scheinst du häufig unglücklich zu sein, von daher...« Er zwinkert mir zu und tanzt wieder zu der Blonden, an der er schon die ganze Zeit rumbaggert. Ihr scheint es wohl auch zu gefallen, denn sie strahlt wie verrückt, als er sich ihr wieder zuwendet. Max hat relativ wenig Interesse an meinen Freunden. Zum einen hat er wenig Zeit und zum anderen sind alle doch um einiges jünger als er. So hatte noch niemand großen Kontakt zu ihm. Sie kennen sich zwar von verschiedenen Geburtstagen, aber ein wirkliches Verhältnis hat sich nie entwickelt. Und eigentlich stört mich das auch nicht.

Nils und ich stehen etwas abseits an unserem Stehtisch und ich kann nicht aufhören zu grinsen. Es fühlt sich toll an mit ihm. Er scheint es genauso zu sehen. Wir haben mittlerweile noch drei Schnäpse getrunken und bewegen uns eng aneinander geschmiegt zur Musik.

»Nils!«, höre ich eine schrille und laute Frauenstimme. Wir drehen uns um. Hinter uns steht ein Mädel um die zwanzig Jahre mit langen blonden Haaren, einer tollen Figur und einem ziemlich sauren Gesichtsausdruck. Für meinen Geschmack ist sie zu stark geschminkt. Und ich frage mich, in welcher Beziehung sie zu ihm steht, da sie nicht begeistert wirkt bei unserem Anblick.

»Leni, was ist los?«, fragt Nils genervt.

»Was soll los sein«, sagt sie schnippisch, »wir wollen gehen und ich möchte dich holen.«

»Ich bleibe aber noch«, sagt er entspannt zu ihr.

»Ah, was soll das?«, fragt sie mit leichter Panik in der Stimme.

»Carla, gibst du mir zwei Minuten, ich geh mich von meinen Jungs verabschieden und komme wieder, okay?«, sagt Nils zu mir gewandt.

»Ja klar, kein Problem.« Ich lächle ihm zu.

»Wer war diese Leni?«, frage ich, als Nils nach kurzer Zeit wieder zurückkommt.

»Leni und ich hatten vor paar Monaten mal was miteinander. Aber ich hatte auf mehr keine Lust, sie ist mir zu jung. Aber sie sieht das nicht ein. Und hofft jedes Mal, wenn wir mit der Clique losziehen, dass wir wieder in der Kiste landen. Ich möchte aber lieber hier bleiben, Carla.« Er blickt mir tief in die Augen, zieht mich an sich und küsst mich. Ich bin erst etwas überrumpelt, da ich damit so spontan nicht gerechnet habe. Er küsst wahnsinnig gut. Seine Lippen sind ganz zart und sein Bart kitzelt mich. Er küsst mich so liebevoll und vorsichtig, als könne er mich kaputt machen. Er legt seine Hand in meinen Nacken und zieht mich ganz eng an sich heran. Würde ich nicht küssen, würde ich strahlen und grinsen, alles auf einmal. Ich habe ein richtiges Kribbeln im ganzen Körper. Ich weiß nicht, wann Max mich das letzte Mal so zärtlich und liebevoll geküsst hat. Er küsst mich immer hart und fordernd. Max, verdammt, er soll jetzt aus meinem Kopf verschwinden. Ich denke an Mathilda und sein Verhalten. Zum Glück, da kommt meine Wut und löscht das schmerzende Gefühl, das ich eben noch empfunden habe, aus. Ich gebe mich ganz Nils und seinen Küssen hin.

»Ähm, sorry, wir wollen nicht stören.« Meine Freunde stehen um uns herum.

»Carli Maus, wir wollen fahren, noch After Hour bei Peter machen. Nils, hast du Lust?« Nils guckt uns fragend an.

»After Hour?«

»Wir bekommen nie genug und gehen nach der eigentlichen Party immer noch zu einem von uns nach Hause und machen noch bisschen weiter. Es zieht uns alle nie so nach Hause», sagt Michi. Er lacht und klopft Nils freundschaftlich auf die Schulter. »Du kannst gerne mitkommen. Unsere Carli freut sich sicher.«

Hahaa, ich merke, wie ich rot werde. Nils guckt mich fragend an.

»Wenn es dich freuen würde, sehr gerne.« Er guckt mich so tief und lieb an, dass ich mich richtig glücklich fühle.

»Ja unbedingt!«, antworte ich und drücke seine Hand.

Alles passiert aus einem bestimmten Grund, außer du bist betrunken, dann passieren Dinge einfach so

Das Taxi hält vor Peters Haus. Michi, Nils, Peter, Kai, ich und Leo, die Blonde, die Kai aufgerissen hat, steigen aus. Peter wurde vor fünf Monaten von seiner Frau wegen eines Arbeitskollegen verlassen. Sie hat die beiden Kinder mitgenommen und er bekommt sie wie fast jeder getrennt lebende Vater nur noch alle zwei Wochen zu sehen. Am Anfang ging es ihm sehr schlecht und ich habe oft bei ihm gesessen und ihn getröstet. Mittlerweile kommt er recht gut mit dem Zustand zurecht. Seit er alleine wohnt, steigen die After Hour Partys immer bei ihm. Was auch ziemlich praktisch für uns ist. Als wir das Haus betreten, muss ich erst mal sehr dringend auf Toilette. Und ich muss mal dringend mein Äußeres überprüfen. Nils sieht so attraktiv aus, dass ich aufpassen muss, keine Minderwertigkeitskomplexe zu bekommen. Nachdem ich auf Toilette war, wasche ich mir die Hände und schaue mich kritisch in Peters Spiegel an. Na, so übel sehe ich gar nicht aus für vier Uhr morgens. Ich pudere mein Gesicht nach, damit ich nicht so glänze. Dann hole ich meine Wimperntusche aus meiner kleinen schwarzen Handtasche und tusche meine Wimpern nach. Haare nochmal bürsten und bisschen Lipgloss drauf. Früher habe ich mich immer so eitel gefühlt, wenn ich eine Bürste, Puder und Wimperntusche mit hatte. Heute weiß ich, dass es sehr wichtig ist, um auch um vier Uhr morgens noch einigermaßen akzeptabel auszusehen. Außerdem geht man um dreiundzwanzig Uhr in eine Damentoilette in einem Club, kann man froh sein, wenn man vor dem Spiegel noch einen Platz bekommt.

Die jungen Mädels haben ihren kompletten Badezimmerschrank dabei. Ich packe meine Bürste wieder in meine Tasche. Da sehe ich, dass mein Handy blinkt. Neue Nachrichten. Louis Papa hat geschrieben: *Hi, kann ich Loui morgen direkt um zehn von Oskar abholen? Wir sind ja eh ab Nachmittag auf dem Geburtstag meiner Mutter. Möchten aber morgen früh noch mit meiner Schwester und den Kindern das Geschenk basteln. Ich bringe ihn dann Montag in die Schule. Du holst ihn wie immer ab. Ist das okay?* Eigentlich hätte ich Loui um zwölf Uhr bei Oskar abgeholt. Aber Marc ist bei mir auch immer flexibel, wenn ich Termine ändern muss. Und Loui spielt so gerne mit seinen Cousins. Von daher antworte ich mit Ja und gehe wieder ins Wohnzimmer. Nils, Michi und Peter sitzen zusammen auf der Couch, trinken Bier und unterhalten sich. Auf der anderen Couch liegen Kai und Leo und küssen sich. Ich lächle, was habe ich für einen guten Freundeskreis, mit denen ist immer was los. Und es ist so unkompliziert. Im Gegensatz zu meinem Leben zu Hause. Max, schon wieder muss ich an ihn denken. Ich komme mir gemein und verräterisch vor, weil ich Nils kein Wort von ihm gesagt habe. Auch von Loui nicht. Ich straffe meine Schultern und schiebe die fiesen Gedanken beiseite. Ich gehe in die Küche und hole eine Flasche Sekt aus dem Kühlschrank.

»Noch jemand ein Sektglas?«, rufe ich ins Wohnzimmer.

»Nee, wir bleiben bei Bier.«

»Ich hätte gerne eins«, ruft Leo. Scheinbar konnte sie sich kurz von Kais Lippen lösen. Ich grinse und merke, wie glücklich ich gerade bin. Es ist alles so unbeschwert hier und die Probleme, die zu Hause auf mich warten, sind weit weg. Ich setze mich zwischen Nils und Michi.

Michi klopft mir aufs Bein und sagt:»Unser bestes Stück bist du.«»Ach du!«Ich umarme ihn und fühle mich so lieb gehabt. Leo und Kai lösen sich voneinander und Nils öffnet die Sektflasche. Wir stoßen alle an und Peter dreht die Musik lauter. Wir tanzen durchs Wohnzimmer. Nils zieht mich immer wieder an sich und küsst mich heimlich. Die Jungs sind ziemlich beeindruckt davon, dass er bis vor drei Jahren Profifußballer war. Und erkennen ihn jetzt auch alle. Nils erzählt einige Geschichten von bekannten Fußballspielern. Wir lachen uns fast tot oder sind verblüfft, was wir über den ein oder anderen zu hören bekommen. Mittlerweile ist es halb sechs und ich werde sehr müde. Leo ist ziemlich gut drauf, wir haben bestimmt eine Stunde auf der Couch getanzt und noch einige Schnäpschen getrunken. »Freunde der Nacht, ich muss echt mal ins Bett«, sage ich in die Runde. Nils guckt mich enttäuscht an.»Ja, Leute, ich geh auch pennen, wer will, kann sich hier hinhauen, aber ich brauche bisschen Schlaf. Lisa bringt mir die Kinder um eins«, sagt Peter.»Ich werde mir ein Taxi bestellen«, sagt Nils. Er guckt mich fragend an, wahrscheinlich denkt er, dass er mit zu mir kann. Er rechnet ja damit, dass ich in einem Singlehaushalt lebe. Mist, ich muss reinen Tisch machen, das ist sonst unfair. Ich finde ihn wirklich toll. Er ist lustig und intelligent, dann hat er immer beschützend den Arm um mich gelegt und wirkte dabei so männlich. Bei seiner Optik und Art kann er jede haben. Er wird sich nicht weiter mit mir abgeben, wenn er meinen Background kennt. Das macht mich irgendwie traurig und meine gute Stimmung lässt schnell nach.

Ich gehe zu Nils und sage leise:»Kommst du gerade nochmal mit in die Küche?« Nils folgt mir. In der Küche lehne ich mich an die Arbeitsplatte und spiele an meinen Fingern rum.

»Carla, alles ok? Du guckst irgendwie unglücklich.« Nils sieht mich fragend und besorgt an.

»Nils, es war so ein schöner Abend mit dir und ehrlich gesagt, finde ich dich ziemlich toll.« Ich lächle verlegen und trinke einen Schluck Wasser. Nils nimmt mir das Glas aus der Hand und trinkt auch einen Schluck.

»Genau so sehe ich das auch«, sagt er und will mich küssen. Ich drehe mich zur Seite und sein Kuss landet auf meiner Wange.

Nils schaut mich verwirrt an. »Was ist denn jetzt los?«

»Nils, ich bin kein Single, ich lebe in einem ziemlichen Patchworkchaos. Mein Freund und ich sind seit fünf Jahren zusammen und haben nur Ärger. Leider haben wir vor einem Jahr gemeinsam ein Haus gekauft. Außerdem habe ich einen Sohn, der ist acht. Sein Vater und ich verstehen uns gut und er ist mittlerweile glücklich verheiratet. So, jetzt weißt du alles. Und wenn du jetzt sauer bist, versteh ich das.« Ich sehe ihn endlich wieder an und schäme mich, dass ich erst jetzt damit rausrücke.

Nils schaut mich sehr erstaunt an. »Wow, das sind mal paar Informationen«, sagt er ruhig. »Weiß dein Freund denn, wo du bist?«

»Nein, wir hatten Streit und ich bin gegangen.« Meine Kletteraktion verschweige ich lieber.

»Carla, ich bin froh, dass du es mir gesagt hast. Ich dachte vorhin schon mal, so eine Frau wie du, ist nicht alleine. Es wäre auch alles zu schön gewesen«, sagt er und guckt ziemlich resigniert. »Ich bestelle mir jetzt mal ein Taxi. Ich melde mich bei dir, okay?«

»Okay«, antworte ich zerknirscht. »Es ist alles sehr kompliziert bei mir. Schade, ich fand es sehr schön mit dir«, sage ich leise.

»Ich auch.« Nils gibt mir einen schnellen Kuss auf die Wange und verabschiedet sich von den anderen, dann zieht er die Tür zu.

Peter kommt in die Küche und bringt leere Gläser rein.

»Hey, Miss Carli, was los? Hast du ihm gesagt, wie dein wahres Leben aussieht?«

»Ja, habe ich, ach es ist doch alles Mist, Peter. Ich mochte ihn wirklich. Aber Max, es ist zwischen uns nun mal wie es ist.«

»Ja, das wissen wir. Auch wenn keiner es versteht, Carla. Sieht Max auch noch so toll aus, ist er manchmal auch noch so super, bist du doch meistens unglücklich oder alleine unterwegs. Das musst du doch sehen, Carli?! Aber du bist die Psychologin und musst am besten wissen, was euch zusammenhält.«

»Es ist etwas Großes zwischen Max und mir, wir müssen nur lernen, anders miteinander umzugehen.« Ich merke, wie ich anfange, mich vor Peter zu rechtfertigen.

»Carla, das musst du wissen, du brauchst mir das nicht erklären.« Peter zwinkert mir zu und drückt mich.

»Du bist lieb, ich mach mich heim. Schlaf gut«

»Gute Nacht, Carli.« Ich drücke die anderen, die scheinbar alle hier schlafen, und mache mich auf den Heimweg. Es ist hell draußen und die Vögel zwitschern. Die frische Luft tut mir gut, ich atme tief ein und aus. Ich habe gerade so eine Sehnsucht nach Max. Ich möchte mich an ihn kuscheln und hoffe so, dass wir uns vertragen können. Ich hätte Nils nicht küssen dürfen, aber egal jetzt. Es hat mir nur wieder klar gezeigt, dass Max, egal wer kommt, immer die Nummer eins sein wird. Ob die Flirts der letzten Jahre, ob Emilio, den ich immer irgendwie lieb haben werde oder jetzt Nils. Nils ist eigentlich vom Typ und der Ausstrahlung her ein junger Max, nur ohne Anhang. Der Traummann wohl für die meisten Frauen. Aber ich will Max und das merke ich ganz genau. Unsere Zeit ist noch nicht vorbei.

Liebe bedeutet nicht, dass es immer einfach ist, Liebe bedeutet aber, dass es die Mühe wert ist

Ich schließe leise die Haustür auf, ziehe meine Schuhe aus und gehe hoch. Im Badezimmer schminke ich mich ab und ziehe mich um. Ich bin doch eigentlich so gerne zu Hause, ich liebe dieses Haus. Ich gehe auf Zehenspitzen ins Schlafzimmer. Alles ist dunkel, aber ich sehe Max im Bett liegen.

»Carla?« Ich erschrecke mich und hole Luft.

»Mann, hast du mich erschreckt«, sage ich leise.

»Komm her.« Max streckt seinen Arm nach mir aus. Ich bin erleichtert, gehe auf meine Seite und lege mich ins Bett.

Er zieht mich direkt an sich. »Schatz, es tut mir leid, dass ich dich so angegangen bin. Das war albern von mir, dass ich Mathilda nicht mal gestern Abend alleine lassen wollte. Du hast mir so gefehlt, ich bin so froh, dass du wieder da bist. Ich habe die ganze Nacht kaum geschlafen.« Er flüstert alles in mein Haar und hält mich ganz fest. »Ich bin manchmal so stur und denke immer, dass du nicht verstehst, wie sehr ich Mathilda vermisse. Ich möchte dann einfach jede Minute mit ihr genießen, ich sehe sie nun mal so selten. Aber du hast recht, sie spielt schon sehr ihre Trümpfe aus und versucht mich zu lenken. Ich war stinksauer auf sie gestern Abend. Sie wollte tatsächlich noch zu Lena. Und ich habe das Essen mit dir wegen ihr ausfallen lassen. Ich habe es ihr verboten, sie hat ihre Tür zugeknallt und mir ziemlich üble Dinge an den Kopf geworfen. Ich habe Sorgen, dass sie kein guter Mensch wird, Carla. Sie kann so raffiniert sein. Und oft bin ich böse auf dich, weil ich weiß, dass du das schon lange erkannt hast, ich aber nicht möchte, dass du so über mein Kind denkst. Auch wenn du wohl leider recht hast. Ich habe die ganze Nacht über deine ganzen Ratschläge und Tipps bezüglich ihrer Erziehung nachgedacht. Auch ihre Lehrer bestätigen das alles. Ich werde Ute heute anrufen, wir müssen endlich anders mit ihr umgehen. Es tut mir so leid, Schatz. Ich liebe dich und ich möchte dich nicht verlieren. Es tut mir leid, dass ich ständig gegen dich gekämpft habe, Carla.«

»Ich wollte dir immer nur helfen, Max«, sage ich, während ich weine.

Max drückt sein Gesicht an mich und weint auch. »Ich bin so gestresst Carla, ich mach mir Sorgen, was aus ihr werden soll. Ich habe dir aus Scham gar nicht alles erzählt. Mathilda hat geklaut und wurde erwischt. Dann hat sie in der Schule ein Mädchen dazu erpresst, ihr täglich Geld zu geben. Ich schäme mich so dafür. Wie konnte das alles passieren?« Max schluchzt in meine Haare und drückt mich an sich. Er tut mir so leid. Und ich bin so froh darüber, wie nah wir uns endlich mal wieder sind. Ich streichle seinen Rücken und mir gehen hundert Gedanken durch den Kopf.

»Max, mir tut es leid, dass ich mich so oft in deine Erziehung eingemischt habe. Du hast recht, das Gefühl, mein Kind zu vermissen, kenne ich kaum. Loui ist nun mal hauptsächlich bei mir. Wenn ihr jetzt was ändert und Mathilda Konsequenzen aufzeigt, wird sie sich ändern. Sie muss lernen, wieder Respekt vor euch zu haben. Im Moment sieht sie sich als eure Chefin. Es wird lange dauern, da ihre Verhaltensweisen seit Jahren von ihr eingeübt wurden. Und sie hatte ja immer Erfolg damit. Aber wenn ihr durchhaltet, hat sie eine Chance. Es tut mir so leid, dass du so viele Sorgen hast.« Ich streiche ihm durch die Haare. Wir liegen ganz eng in unserem Bett und ich fühle mich zum ersten Mal seit Wochen endlich wieder verbunden mit ihm. Er hat mir so gefehlt!

»Ich bin so froh, dass ich dich habe, Carla. Bitte verzeih mir, dass ich oft ungerecht zu dir war. Wenn es um Mathilda geht, bin ich so unsicher und habe immer ein schlechtes Gewissen, weil ich sie ja tatsächlich irgendwie verlassen habe.« Max schluchzt so laut und ich spüre, dass es ihm gut tut, alles raus zu lassen. »Aber Ute und ich hätten nie zusammen bleiben können, das weißt du ja. Und dich wollte ich nun mal auch unbedingt behalten. Und das möchte ich für immer, Carli. Gibst du uns noch eine Chance?«, sagt Max fast flehentlich. Nichts von seiner teilweise so harten und distanzierten Seite ist im Moment da.

»Ja, natürlich, ich liebe dich auch. Aber du musst mich endlich richtig in dein Leben lassen, nicht nur, wenn es dir gut geht. Ich bin deine Partnerin, ich möchte dich unterstützen und mit dir wirklich zusammen sein. Und nicht nur jeder in seiner Welt. Solange wir beide nur nach unseren eigenen Wünschen und Bedürfnissen leben, werden wir uns immer gegenseitig verletzen. Und uns auch selbst verletzen, leider. Wir müssen finden, was uns verbindet, Max, anstatt dem nachzujagen, was uns entzweit.

Wir müssen endlich ein Team werden. Und miteinander kämpfen und nicht immer gegeneinander. Ich möchte dir aber gewisse Dinge aufzeigen dürfen, wenn ich spüre, du tust dir damit nicht gut, da du mir wichtig bist. Das ist doch dann kein Angriff oder eine Kritik. Und das erwarte ich auch von dir. Aber wenn ich dir manchmal zu emotional vorkomme oder mich nach Liebe sehne, irritiert dich das, glaube ich?« Ich sehe Max fragend an.

»Ja, das ist manchmal so, weil ich Schiss vor Gefühlen habe. Es tut so weh, Mathilda zu vermissen und der Gedanke, ich lasse mich ganz auf dich ein und du mit deiner wilden und impulsiven Art verschwindest, das ertrage ich nicht auch noch. Carla, kann ich mich wirklich ganz auf dich verlassen?«

Ich spüre, wie sich mein Magen zusammenzieht, ich muss an Emilio und Nils denken, mit denen ich ihn betrogen habe. Ich atme tief ein und Max dreht sein Gesicht ganz dicht an meins.

»Max, ich muss wissen, dass sich was ändert. Lass mich endlich ganz an dich ran und nicht nur in seltenen Momenten, dann wirst du dich immer auf mich verlassen können.« Und das meine ich ehrlich, denke ich mir. Ab heute wird es anders, versprochen. Er drückt seine Lippen auf meinen Mund und wir küssen uns endlich wieder. Der Gedanke an Nils, den ich noch vor drei Stunden geküsst habe, schleicht sich mit einem düsteren Gefühl herbei. Bin ich ein schlechter Mensch, eine Schlampe? Ich komme mir so gemein vor. Max ging es die ganze Nacht schlecht und ich habe mich amüsiert. Aber er war auch schon so oft unfair zu mir. Ich schiebe die dunklen Gedanken wieder in die Racheschublade und fühle mich besser. Und ab heute wollen wir neu starten, also ab heute keine anderen Flirts mehr.

Alles, was mich stresst, werfe ich einfach über Bord, das Leben ist zu kurz für unschönes Zeug

Ich liege nackt und glücklich neben Max in unserem Bett. Er schläft noch und atmet ganz ruhig. Sein Brustkorb hebt und senkt sich und ich streichle vorsichtig über seinen Bauch. Der Spalt im Rollladen lässt Licht ins Schlafzimmer fallen. Max ist wirklich der attraktivste Mann, den ich kenne. Emilio sieht auch gut aus, aber dieses Besondere, dieses Verwegene und Raue, das Max ausmacht, das fehlt ihm. Sieht man Max zum ersten Mal, wirkt er etwas angsteinflößend durch seine starke, harte Ausstrahlung. Die meisten Menschen haben erst mal großen Respekt vor ihm. Kennt man ihn besser, ist er ein lockerer Kumpeltyp. Ich beobachte immer, wenn wir zusammen unterwegs sind, dass Frauen wie Männer ihn gleichermaßen beeindruckt anschauen. Frauen möchten ihn als Partner oder mit ihm ins Bett. Und Männer wollen so sein wie er. Aber was denke ich mir dann immer: Es ist nicht alles Gold, was glänzt. Ich kenne ihn so gut mit seinen ganzen Selbstzweifeln und Stimmungsschwankungen. Und das weiß er. Ich vermute, dass er auch deshalb oft unterschwellig sauer auf mich ist. Weil er es hasst, dass ich seine ganzen Sorgen und Ängste kenne. Und er vor mir nicht den Starken, Unantastbaren, den er gerne gibt, aufrechterhalten kann. Am Anfang, als wir uns heimlich trafen und so verliebt waren, konnte ich mir nie vorstellen, dass er mich einmal zum Weinen bringen würde. Oder dass ich auch nur eine Minute an seiner Seite unglücklich sein könnte. Ihn jemals zu betrügen, hätte ich mir ebenfalls niemals vorstellen können. Er war der liebevollste, lustigste, intelligenteste und tollste

Mann, den ich bis dahin getroffen hatte. Wir hatten uns vor sechs Jahren zufällig auf einem Reitturnier wieder getroffen. Max war der Tierarzt dort. Ich war von meinem Patenkind Mali eingeladen worden, um ihr beim Dressurreiten die Daumen zu drücken. Als ich Anfang zwanzig war, hatte ich Max das erste Mal durch eine Kommilitonin kennengelernt. Er war bereits über dreißig. Wir unterhielten uns den ganzen Abend auf einem Straßenfest miteinander. Es lag damals schon etwas in der Luft, das spürten wir beide. Aber ich war am Anfang meines Studiums, mein Valencia-Aufenthalt stand bevor und er war mir damals auch irgendwie zu erwachsen, ich ihm wahrscheinlich zu jung. Wir haben uns tatsächlich nie wieder gesehen. Und dann stand er da, in der Pferdebox, als ich Loui gerade die Pferde zeigen wollte. Wir haben uns sofort wiedererkannt. Ich habe von dem eigentlichen Turnier nichts mehr mitbekommen, Max und ich holten uns Kaffee und unterhielten uns den ganzen Tag miteinander. Manchmal musste er nach den Pferden sehen, die vom Turnier zurückkamen. Ich war beeindruckt, wie er mit den Tieren umging. Und überhaupt, seine ganze Art mit mir zu sprechen, ich war total verknallt in ihn. Und ihm ging es nicht anders, das spürte ich. Nach dem zufälligen Treffen verabredeten wir uns fast wöchentlich. Es lief fünf Wochen nichts zwischen uns. Wir führten nur endlose Gespräche, erzählten von unseren eigentlich unglücklichen Beziehungen, die wir führten, von was wir träumten und allem, was uns bewegte. Ich wollte ihn so gerne endlich küssen. Ich merkte, dass er es eigentlich auch unbedingt wollte, aber genau wie ich Angst hatte, dass wir dann tatsächlich betrügen würden. Eines Tages lud er mich ein, mit ihm zu einem Spendenball zur

Erhaltung eines Zoos zu gehen. Zu Hause erzählte ich, ich sei über Nacht bei einem Lehrgang. Marc, so lieb wie er ist, glaubte es mir natürlich. Max und ich trafen uns an einem Parkplatz und ich stieg in sein Auto ein. Er sah so gut aus in seinem Smoking. Ich trug ein knielanges schwarzes Cocktailkleid, rote hohe Louboutins und eine rote Brosche. Ich weiß, dass mir damals das erste Mal auffiel, dass uns die Menschen wohlwollend anschauten. Wir waren und sind auch heute noch ein attraktives Paar. Wir tranken viele Champagner und hatten so viel Spaß.

Niemand kannte uns hier. Wir waren zu weit von zu Hause weg. Und konnten uns endlich als Paar fühlen und auch so verhalten. Max stellte mich jedem einfach als seine Frau vor. Ich fühlte mich so glücklich und schob alle Gedanken an Marc und mein Zuhause weit weg. Wir verbrachten die Nacht in einem Fünf-Sterne-Hotel und sagten uns das erste Mal, dass wir uns liebten. Drei Monate hielten wir unsere Affäre noch geheim. Aber bei uns beiden kam die Eifersucht hoch, wenn wir den anderen wieder im Kreis der Familie wussten und das schlechte Gewissen machte uns verrückt. Marc und ich hatten eigentlich eine harmonische Beziehung. Er war der ruhige Part und ich das Energiebündel, das alles organisierte und plante. Er sagte mir mal, nachdem alle Wut und Verletzungen verheilt waren, dass er gewusst hatte, dass er mich niemals ruhig bekommen bzw. bei sich hätte halten können. Und so trennten Max und ich uns von Ute und Marc. Wegen der Kinder zogen wir beide erst mal in getrennte Wohnungen. Und eigentlich fingen mit den Trennungen die Probleme an. Mathilda war damals acht Jahre und bekam die Trennung natürlich viel bewusster mit, als Loui mit drei Jahren.

Sie machte Max immer schon große Vorwürfe und er ließ es zu sehr an sich heran. Ganz langsam unternahmen wir mit den Kindern gemeinsam was und versuchten, uns alle irgendwie unseren neuen Platz in der „neuen" Familie zu sichern. Loui fragte mich oft traurig, warum wir nicht mehr mit dem Papa zusammen wohnen. Es brach mir immer das Herz, aber ich wusste, dass es kein Zurück gab. Oft kam ich mir egoistisch und selbstsüchtig vor. Für meine Liebe zu Max hatte ich Loui die Familie genommen. Nach und nach gewöhnten wir uns alle an die neue Situation. Auch Mathilda wurde zugänglicher und ich kam eine Zeit lang gut mit ihr zurecht. Max hatte sehr oft Ärger mit Ute, die durch ihr verletztes Ego und den Umstand, jetzt einiges alleine schaffen zu müssen, an ihre Grenzen kam. Und uns so oft wie möglich Ärger machte. Vor einem Jahr sind wir dann in unser Haus gezogen.

Und dadurch wurde es eher schlechter. Max begann Loui und mich immer als Einheit zu sehen und betrachtete sich als Außenseiter, wenn Mathilda nicht da war. Und das spürte ich und fühlte mich immer etwas unbehaglich. Mathilda kam in die Pubertät und hatte große Probleme damit, dass Loui und ich jetzt immer da waren. Sie wollte am Anfang nicht mehr kommen und Max machte unterschwellig mich dafür verantwortlich, da es bei uns Regeln gab, an die auch Mathilda sich halten musste. Ute setzte allem noch die Krone auf, indem sie Mathilda aufstachelte, sie müsse sich von mir nichts sagen lassen. Dadurch wurde das Verhältnis von Mathilda und mir schlechter und sie immer giftiger mir gegenüber. Wenn ich an all die anstrengenden Tage denke, die wir hinter uns haben, muss ich stolz auf mich sein, dass ich nicht schon lange davon gelaufen bin.

In dem Moment, in dem du darüber nachdenkst aufzugeben, solltest du überlegen, warum du schon so lange durchgehalten hast

Tatsächlich waren die letzten Tage zu Hause ganz okay. Mathilda hat mit uns ein paar Spiele gespielt, sie und ich haben gekocht und es war recht angenehm. Zu Loui ist sie ja eigentlich immer recht lieb. Sie hat sich seine gesamten Star Wars Figuren erklären lassen und schien nicht mal genervt. Max ist liebevoll zu mir und versucht sich von ihr nicht ständig um den Finger wickeln zu lassen. Aber ehrlich gesagt traue ich dem ganzen Frieden noch nicht. Dennoch möchte ich keine bösen Energien heraufbeschwören. Ich versuche allem positiv und offen gegenüber zu treten.

Ich ziehe die Praxistür hinter mir zu. So, geschafft für diese Woche, juhu Wochenende. Mathilda ist wieder bei Ute und Loui bei seinem Papa. Max und ich wollten uns ein richtig schönes Wochenende machen. Er hat alle Termine, die er jederzeit auf Abruf bekommen könnte, einem befreundeten Kollegen übertragen. Ich freue mich so auf endlich einmal wieder Zeit nur für uns. Ich weiß überhaupt nicht, wann wir das letzte Mal ein Wochenende für uns hatten. Vor allem an dem wir nicht gestritten haben. Man soll den Tag ja nicht vor dem Abend loben, denke ich mir verunsichert. Ach was, alles wird toll. Gute Energien heraufbeschwören ist jetzt meine Devise. Als ich in unsere Einfahrt lenke, ist Max Auto schon da. Mein Herz hüpft, ich freue mich. Wie oft schon habe ich bei diesem Anblick Magenschmerzen bekommen, wenn die Stimmung so kühl und bösartig war zwischen uns.

»Hey Schatz.« Max begrüßt mich freudig und umarmt mich.

»Warum steht da ein Koffer?«, frage ich verwundert.

»Tja meine Lady, pack du bitte auch deine Sachen.«

»Was?« Ich schaue ihn verwirrt an.

»Überraschung!«, ruft Max »Pack was bis Sonntag ein. Ich sag dir aber noch nicht, wo wir hinfahren.«

»Juhu!« Ich umarme ihn und freue mich. Ich renne die Treppe hoch, ziehe meinen Trolly unter meinem Schrank hervor und reiße die Schranktüren auf.

»Was soll ich mitnehmen, schick oder casual?«, rufe ich nach unten.

»Süße, was macht dir am meisten Spaß?«, ruft Max zurück.

»Schick natürlich«, antworte ich lachend.

»Na dann hau alles, was du super schick findest, in den Koffer, du wirst es brauchen.«

Meine Vorfreude steigt noch mehr. »Du bist verrückt!«, brülle ich kichernd nach unten.

»Hauptsache wir lassen es uns gut gehen, Carli.« Max steht in meinem Zimmer und guckt mich so herzensgut an, dass ich ein glückliches und warmes Gefühl in mir spüre. »Wir machen uns ein richtig schönes Wochenende, Süße.« Er zieht mich an sich und küsst mich.

Manchmal ist böse sein nur eine Art zu verbergen, wie traurig man ist

Sechs Stunden und einen langen Stau später sind wir angekommen. Im schönen Achenkirch in Tirol, Österreich. Max hat es ausgewählt, weil wir hier das erste Mal gemeinsam übernachtet hatten, als wir auf dem Spendenball waren. An das Hotel haben wir nur schöne Erinnerungen. Da waren wir noch so verliebt und unbeschwert. Ich bin gerührt, dass er wohl auch daran dachte, wie alles zwischen uns anfing und wie leicht es sich mal angefühlt hat. Bevor die Patchworkfalle zugeschnappt hat.

»Wow, du hast ja sogar das gleiche Zimmer gebucht!«, stelle ich anerkennend fest.

»Na klar.« Er zwinkert mir zu. »Es war Glück, dass es frei war.«

»So, wann wollen wir Abend essen, ich habe ziemlich Hunger«, sage ich.

»Du riesigen Hunger und dann muss ich doch wieder deine Reste essen!«

»Gar nicht!« Ich schlinge die Arme um ihn, was sind wir doch eigentlich für ein perfekt eingespieltes Team, er drückt mich fest und ich bin einfach nur glücklich. Leider hatten wir schon viele dieser perfekten Momente, hätten wir sie nicht in Erinnerung, wären wir lange getrennt. Aber die Erfahrung hat mir leider immer wieder gezeigt, dass von einem auf den anderen Moment aus perfekt und harmonisch, bösartig, fremd und laut zwischen uns entstehen kann. Aber jetzt möchte ich nicht dran denken, was kommen kann, ich lebe im Hier und Jetzt und ich bin unglaublich glücklich.

»Max, das Zimmer und das ganze Hotel,

es ist nach wie vor der Wahnsinn.« Ich reiße die Vorhänge zurück. Wir schauen direkt auf die riesigen Berge und auf nach wie vor blauen Himmel. Bald wird die Sonne untergehen.

»Ob es hier wie das letzte Mal noch jeden Abend Musik am Piano gibt?«, überlege ich laut und euphorisch.

»Ich denke ja, tanzen wir!« Ich sehe Max erwartungsvoll an.

»Mal sehen, Schatz, du weißt doch, mit deinem Tangokurs kann ich nicht mithalten.«

» Als ich vor drei Wochen zu Hause war, habe ich mit Emilio so 'ne heiße Sohle aufs Parkett gelegt, dass alle im Achill um uns herum standen.«

Max Blick verfinstert sich. »Ach, Emilio? Du hast mir nicht mal erzählt, dass du ihn gesehen hast, geschweige denn, dass ihr 'ne heiße Sohle aufs Parkett gelegt habt!«

»Max, um dich mal kurz zu erinnern, wir haben eigentlich die letzten Wochen über gar nichts Persönliches gesprochen. Bitte, das ist doch nichts Schlimmes. Übrigens wird er Vater«, sage ich.

»Was, oh!« Max Gesichtszüge werden wieder weicher.

»Mit wem bekommt er ein Baby?«

»Du kennst sie nicht. Ich gehe jetzt duschen.« Ich stehe auf und kicke ihm neckend gegen sein Bein, »Übrigens ist es süß, wenn du bisschen eifersüchtig bist.«

»Haha.« Max guckt gespielt verblüfft. »Ich und eifersüchtig?«

»Ja ja, bloß nie zugeben und keine Schwäche zeigen.« Ich flitze ins Bad und lache.

»Du fühlst dich wohl sehr überlegen«, sagt Max und lacht ebenfalls.

Das Restaurant des Hotels ist noch glamouröser, als ich es in Erinnerung habe. Die Wände bestehen komplett aus Glas und geben eine wunderschöne Aussicht auf das Bergpanorama frei. Wir haben einen traumhaften Platz, für meinen Geschmack der beste im Restaurant. Wir sitzen nebeneinander auf einer Couch mit Blick auf die Berge und trinken Champagner. Max legt den Arm um mich und ich lege meinen Kopf an seine Schulter.

»Mann, haben wir es eigentlich gut«, sagt er.

»Ja, das stimmt wohl«, stimme ich zu. »Es geht uns wirklich gut. Letztens habe ich einen Spruch gehört, der auf dich passt, Max.«

»Dann schieß mal los, Süße.« Er guckt mich interessiert an.

»Manchmal denkt man zu viel nach, anstatt einfach glücklich zu sein.«

Nach einem kurzen Moment der Stille sagt Max: »Ja, Carla, das stimmt wohl, aber es ist auch alles nicht einfach.«

»Das wollte ich damit auch nicht sagen, aber ich finde, du machst dir durch dein schlechtes Gewissen und deine häufige Grübelei das Leben schwer.«

»Menschen sind nun mal verschieden, Carla, es kann nicht jeder so ein Optimist wie du sein.« Ich höre wie seine Stimme kühler wird. Nein, nein, das kann jetzt nicht sein, warum fühlt er sich sofort angegriffen, ich habe es doch lieb gemeint, denke ich traurig. Max zieht seinen Arm, der eben noch um meine Schultern lag, zurück und verschränkt seine Arme.

»Du bist jetzt nicht ernsthaft sauer?«, frage ich verblüfft und leicht gereizt.

»Nein, bin ich nicht, es stinkt mir nur, dass du mich immer als Grübler und Problemtyp darstellst«, sagt er ziemlich spitz.

»Das tue ich überhaupt nicht, es ist nur, wie eben gesagt, dass ich finde, du machst dir viel zu viele Sorgen, wo es nicht nötig ist«, verteidige ich mich.

»Ach, ich mache mir Sorgen, wo es nicht nötig ist!« Max ist mittlerweile laut und es ist mir peinlich. Am Nachbartisch wird das Gespräch unterbrochen und ich merke, wie die Leute heimlich zu uns sehen.

»Kannst du vielleicht leiser reden, es gucken schon die Leute«, versuche ich ihn zu beruhigen.

»Das ist mir scheiß egal, Carla, ich mache mir zu Recht Sorgen. Meine Tochter erpresst ein anderes Mädchen, klaut und schreibt nur Fünfen. Und ich soll mir keine Sorgen machen?«

»Lass gut sein, echt.«

»Du fandest doch schon immer, ich übertreibe bei allem, was Mathilda angeht. Die Sorgen hast du nicht, du hast ja schön die Kontrolle über alles, was Loui angeht«, schießt er aggressiv hervor.

»Max verdammt, jetzt beruhige dich. Warum bist du immer so wütend auf mich?« Ich merke wie mir die Tränen kommen, ich hatte mich so auf das Wochenende gefreut und sobald ich eine winzige Kleinigkeit sage, flippt er aus. Kann das wirklich Liebe sein? Ich würde am liebsten losheulen. Der Kellner kommt mit der Vorspeise und sieht etwas unsicher in meine tränengefüllten Augen. »Alles in Ordnung bei ihnen?« fragt er vorsichtig und besorgt nach. »Ja vielen Dank«, antworte ich bemüht freundlich. »Dann guten Appetit, lassen Sie es sich schmecken.« Er füllt den Champagner nach und geht. Ich nehme mein Glas und trinke einen großen Schluck. »Wenn die Stimmung so bleibt, möchte ich morgen abreisen«, sage ich gefasst. »Wenn das dein Wunsch, ist dann reisen wir ab.« Max beginnt zu essen und starrt aus dem Fenster. Das Fünf-Gänge-Menü nehmen wir schweigend ein. Ich fühle mich so resigniert und traurig. Es kann doch nicht sein, dass es jetzt paar Tage gut lief und sobald ich etwas sage, wird er sauer. Ich habe da keine Lust mehr drauf. Das halten meine Nerven nicht mehr aus. Immerhin hat er das hier bezahlt, sonst würde ich mich noch mehr ärgern. Als Max wortlos auf Toilette geht, ziehe ich mein Handy aus der Tasche. Zwei Whatsapp-Nachrichten. Eine von Emilio und eine, oh, von Nils. Ich öffne zuerst die von Emilio.

Wir heiraten am 22.8.2016 um 14 Uhr in der Sankt Batolomeu in Javea. Danach gehen wir ins Siesta. Bitte gebt bis zum 10. Juli Bescheid, ob ihr kommen könnt. Emilio und Laura PS: Schriftliche Einladungen folgen

Meine Hände zittern und mein Bauch zieht sich zusammen. Ich fasse es nicht, er heiratet sie. In der Kirche, in meiner geliebten Altstadt und im Siesta. Ganz genauso sollte meine Hochzeit werden. Ich möchte am liebsten alleine sein. Ich fühle mich so niedergeschlagen. Das kann alles nicht sein. Ich wusste, dass das passieren würde, aber so plötzlich? Und er schreibt mir eine Nachricht, die an alle ging. Nichts Persönliches. Als wäre nichts zwischen uns gewesen. Das ärgert mich. Aber so ist Emilio, er möchte jetzt alles richtig machen. Und er weiß, dass er mich, um mit ihr tatsächlich eine Chance zu haben, auf Abstand halten muss. Es verletzt mich trotzdem sehr. Ich sitze hier mit meinem Freund, der mich nie heiraten wird, der keine Kinder mehr möchte und diesem scheiß verdammten Patchworkchaos. Und Emilio heiratet, bekommt ein Baby und lebt das Leben, das ich eigentlich gerne wollte. Ich spüre wie meine Augen sich mit Tränen füllen und wie neidisch ich auf die beiden bin. Warum habe ich das hier alles am Hals?

Wann kommt endlich der Moment, auf den ich eigentlich immer warte? Das kann doch noch nicht alles gewesen sein! Irgendwas passiert doch in meinem Leben noch. Ich möchte nicht so mittelmäßig sein. Ich weiß, dass ich auf sehr hohem Niveau jammere. Ich hatte eine schöne Kindheit, war auf Privatschulen, habe tolle Freunde, ein tolles Kind, wir sind alle gesund. Aber dieses Gefühl in mir hört nicht auf. Ich hasse mich oft für meine ewige Suche, wonach nur? Vielleicht einfach nach der wahren Liebe? Aber irgendwie werde ich sie mit Max nicht finden. Das fühlt sich zumindest gerade so an. Vor allem nach der Einladung von Emilio. Er macht Nägel mit Köpfen, er möchte Laura und ein Leben mit ihr. Max dagegen zaudert seit fünf Jahren. Ich bekomme so eine verdammte Wut auf ihn. Soll er doch alleine bleiben und mich aber endgültig in Ruhe lassen. Ich trinke einen Schluck Wasser und lehne mich zurück. Ich möchte, glaube ich, nicht mehr. Ich kann das so nicht mehr. Nicht mal hier, wo wir uns entspannen könnten, sind wir dauerhaft lieb zueinander. Ach, Nils hatte ja noch was geschrieben, ich habe seit dem besagten Abend nichts mehr von ihm gehört. Ich hole mein Handy wieder aus der Tasche und öffne die Nachricht.

Hi Carli, irgendwie möchte ich gerne wissen, wie es dir geht?! Nils ☺

Impulsiv und ohne genau zu überlegen, tippe ich:

Schön von dir zu hören. Es geht so. Patchworklage entspannt sich nicht. Sitzen in Tirol fest, aber ich möchte heim.

Eine Minute später antwortet Nils:

Das tut mir leid. Ich würde mich freuen, wenn wir uns sehen, wenn du zurück bist!

Ja sehr gerne, ich melde mich.

Ich pack mein Handy zurück in meine Tasche und schaue aus dem Fenster. Ich möchte mich nicht wirklich mit Nils treffen. Ich möchte Max nicht geplant betrügen, aber dass Nils Interesse an mir hat, tut mir gerade so gut. »Wir können aufs Zimmer gehen.« Max steht wartend und mit derselben Laune wie vor fünf Minuten neben dem Tisch. »Weißt du was«, sage ich »ich habe noch keine Lust, ich setze mich an die Bar.«»Wie du meinst«, sagt er und lässt mich sitzen. Unmöglich der Typ, wirklich. So stur und beleidigt wegen wirklich gar nichts. Ich nehme mein Glas Champagner und gehe aus dem schönen Speisesaal Richtung Bar. Als ich die Bar betrete, sehe ich die heutige Zwei-Mann-Band. Ein Mann sitzt am Piano und eine Frau singt durch das Mikrofon Whitney Houston, One Moment in Time.

Ich suche mir einen Platz an der imposanten Theke und setze mich auf einen roten, gemütlichen Barhocker mit Lehne. Ich liebe Barhocker mit Rückenlehne, das ist so viel bequemer. Ich bestelle mir einen Martini Rosso auf Eis, höre der Musik zu und beobachte die anderen Gäste. Es sind nur Paare in diesem Hotel und alle scheinen sich blendend zu verstehen. Nur ich sitze alleine hier und bin, wenn ich ehrlich zu mir selbst bin, ziemlich traurig. Warum hat er mich überhaupt hierher gebracht, wenn er sowieso nicht mit mir glücklich sein kann? Die Sängerin singt *I`ve lived to be the very best I want it all no time for less.* Ich streiche mir eine Haarsträhne aus der Stirn, trinke in einem Zug mein Glas leer und bestelle mir ein Neues. Ja, der Text passt wohl zu mir. Nur, was will ich alles? Meine Eltern behaupten immer, ich hätte ein tolles Leben. Bla Bla, was wissen die schon? Wäre mit Max alles in Ordnung, wäre ich dann glücklicher und zufriedener?

Wenn ich ernsthaft überlege, war ich noch in keiner Beziehung wirklich länger glücklich. Was suche ich eigentlich? Mich beschleicht das Gefühl, dass ich selber einfach nicht zur Ruhe kommen werde. Mein Abuelo ist auch so. Er hat was ich aus Erzählungen weiß, immer gerne geflirtet, er war auch immer rastlos und immer auf der Suche. Er hat sich immer die neuesten Autos gekauft, hat Länder bereist, Sportwettbewerbe unbedingt gewinnen müssen und vieles andere. Ich bin ja eigentlich grundsätzlich positiv gestimmt, aber wohl immer auf der Suche nach dem großen Glück. Als ich klein war und es noch Peseten in Spanien gab, wollte ich immer unbedingt die 25 Pesetenmünze haben, die mit dem Loch in der Mitte. Ich weiß noch ganz genau, dass meine Abuela immer zu meinem Opa sagte:»Unsere Carlita, immer auf der Suche nach dem Besonderen.« Sie sah mich dann an und sagte»Carli, die 25 sind aber nicht so viel wert wie die 100 Pesetenmünze.« Aber ich wollte immer nur das 25 Pesetenstück. Irgendwie kam es so im Laufe der Jahre, dass meine Großmutter es nur noch den großen Fünfer nannte.»Carli ist auf der Suche nach dem großen Fünfer.«
Ich schmunzle und fühle mich entspannt, wenn ich an die beiden denke. Leider sehe ich sie erst in acht Wochen wieder. Ich habe so viel in der Praxis zu tun und Loui hat wegen der Schule dann erst wieder die Möglichkeit mitzukommen. Und der Junggesellenabschied auf Mallorca steht auch noch bevor.
»Rauchen Sie?«, fragt mich der Barkeeper. Ich erschrecke mich, so sehr war ich in meine Gedanken vertieft.

»Oh, verzeihen Sie, ich wollte Sie nicht erschrecken«, sagt er verunsichert.

»Schon in Ordnung, ja, ich könnte wirklich mal rauchen«, beantworte ich seine Frage.

»Kommen Sie, wir gehen in die Lounge, da ist das Rauchen erlaubt.« Die Raucherlounge in diesem Hotel ist nicht mit den kleinen, stinkigen, kalten und kahlen Räumen zu vergleichen, die man ansonsten als Raucher benutzen darf. Der Raum hat einen Kamin, dazu hat er natürlich eine genauso tolle Sicht auf die Berge, auch wenn es mittlerweile dunkel ist, und ist sehr modern gestaltet. Vor dem Kamin liegen Sitzsäcke aus Fellimitat und von der Decke hängen Mobiles aus Stahlseilen mit riesigen Holzscheiten daran. Tolle Idee, denke ich beeindruckt. So einfach und macht so viel her. Der ganze Raum ist mit seinen Farben und Möbeln perfekt designt. Sogar Lautsprecher bringen die Live Musik von außen nach hier innen.

»Könntest du mich bitte duzen«, sage ich zum Barkeeper.

»Gerne, hi, ich bin der Anton«, sagt er in österreichischem Deutsch und streckt mir die Hand hin.

»Hi, ich bin Carla.« Sein Händedruck ist angenehm fest und seine Hand zum Glück nicht schwitzig.

Wir setzen uns in die Sitzsäcke vor den gemütlichen Kamin.

»Magst du?« Anton hält mir eine Zigarette hin.

»Danke gerne.« Ich nehme sie an meine Lippen und Anton gibt mir Feuer. Ich ziehe an der Zigarette und blase den Rauch langsam aus. »Hast du Pause?«, frage ich Anton

»Nein, ich bin seit 23 Uhr fertig mit meiner Schicht.«

»Was?«, sage ich verdutzt,»Es ist tatsächlich schon elf Uhr?«

»Ja, das ist es.« Anton lächelt.»Wo ist dein Mann?«, fragt er.

Ich blicke auf den Kamin, merke aber, wie Anton mich interessiert von der Seite anschaut.»Ach, wie das manchmal ist, bisschen Ärger im Urlaub, er ist ins Bett.« Ich winke lässig ab.»Das klärt sich morgen wieder.« Ich habe überhaupt keine Lust über Max und unsere langweiligen Probleme zu sprechen. Außerdem sieht Anton recht attraktiv aus. Er ist mir auf dem Weg zum Restaurant vor dem Essen schon aufgefallen. Ich drücke meine Zigarette im Aschenbecher aus und trinke von meinem Martini.»Weißt du was, Anton, was habt ihr denn für Schnäpse? Da du ja nicht mehr im Dienst bist, kannst du doch einen mit mir trinken.«

Ich sehe ihn vermutlich ziemlich flehend an. Denn Anton steht auf und sagt:»Ich hole uns mal was. Scheinbar kannst du heute einen vertragen.« Er zwinkert mir zu. Heute, denke ich sarkastisch, eigentlich könnte ich seit fünf Jahren täglich einen gebrauchen. Wenn ich an das alles denke, könnte ich mich eigentlich übergeben. Das Leben ist viel zu kostbar, um es mit Menschen zu verbringen, die alles nur mies machen.

»Da bist du ja schon.« Anton steht mit zwei schönen Schnapsgläsern und einer durchsichtigen Flüssigkeit vor mir.»Setz dich.« Ich klopfe auf den Platz neben mir. Ich nehme Anton die Schnäpse ab und er setzt sich neben mich. Unsere Beine berühren sich. Ich ziehe mein Bein nicht weg, es fühlt sich gut an und ich bin ziemlich betrunken, glaube ich.»Prost Carla.«»Prost Anton.« Wir heben die Gläser und schauen uns in die Augen.

Ich grinse und Anton lächelt zurück. Wir kippen den Schnaps in einem Zug herunter, so wie sich das gehört.

»Oh lecker, was ist das?«, frage ich.

»Das ist der teuerste Schnaps, den wir im Haus haben. Ich dachte irgendwie, zu dir passt nur was richtig Gutes.« Ich schaue verschämt zur Seite. »Vielen Dank.

»Du hast so was Spezielles an dir«, sagt Anton und mustert mich eindringlich. Ich weiche seinem Blick aus und schaue aufs Feuer.

»Aber besonders viel gebracht hat es mir bisher noch nicht«, sage ich resigniert.

»Was meinst du damit?«, fragt er ehrlich interessiert.

»Du hast mir nur gesagt, dass dies der teuerste Schnaps ist, aber nicht was es für einer ist«, umgehe ich seine Frage.

»Es ist ein Zirbenschnaps, der hier in Tirol hergestellt wird.«

»Interessant, wie wird der hergestellt?«, frage ich.

»Der Zirbenschnaps ist eine österreichische Spezialität, die durch die Zapfen der Zirbelkiefer veredelt wird«, erklärt Anton.

»Ziemlich lecker, Anton würdest du uns noch einen besorgen?«, bitte ich ihn. Ich fühle mich irgendwie ziemlich resigniert und mir tut es gut hier zu sitzen und über gar nichts, was mit Max zu tun hat, nachzudenken. Und Anton ist eine äußerst nette Unterhaltung.

»Du bist lustig, Carla, du wirkst so prinzessinnenmäßig und dann kannst du mehr saufen als ein strammer Kerl.« Er grinst beeindruckt. Ich muss laut lachen, mit seinem Akzent hört es sich so lustig an. »Ich hol mal was.« Er wendet sich zur Tür.

»Ach Anton, wärst du so lieb und bringst uns auch noch einen Longdrink mit?«

»Gerne. 'ne besondere Mischung?«

»Ich bin für alles offen, wenn ich schon mit einem Barkeeper was trinke, dann möchte ich auch mal was Neues testen.« Ich lächle verschmitzt. »Und bitte schreibe alles auf die Zirben-Suite.« Ich muss grinsen, Zirbenschnaps, Zirben-Suite, alles mit Zirben hier. Nur dass ich die Zirbe mit zwei verschiedenen Männern teile. Mit Max das Zimmer, falls er mich nicht vor die Tür gesetzt hat. Und mit dem süßen Anton den Schnaps und wie es aussieht, den restlichen Abend. Ich muss schmunzeln, wie heißt es doch immer: Schließt sich wo eine Tür, öffnet sich woanders ein Fenster. Das hier ist wohl das beste Beispiel dafür. Ich spüre, wie der Alkohol sich bemerkbar macht, ich werde total locker und mir ist es gerade mal egal, was mit Max ist. Soll er doch für immer alleine sein oder seine dämliche Tochter heiraten. Mir reicht es. Und ich bekomme immer wieder irgendwo einen Mann her. Nur will ich überhaupt einen anderen? Da kommt es wieder, das Gefühl doch traurig zu sein. Nein, nein, ich werde jetzt fröhlich sein. Auf der morgigen Autofahrt kann ich genug traurig sein. Jetzt amüsiere ich mich einfach. Anton kommt mit einem Tablett und zwei Sektgläsern sowie zwei Zirbenschnäpse zurück.

»Wow, du bist ja schnell«, stelle ich lächelnd fest. »Was ist das?« Ich zeige auf die Sektgläser. Anton stellt das Tablett auf den Boden neben unseren Sitzsack.

»Also das ist ein Sepperl.« Er zeigt auf die Sektgläser.

»Ah, ein Sepperl!« Ich lache. »Und was ist da so drin, Herr Barkeeper?« Ich klimpere mit den Augen und lache.

»Da ist hausgemachter Most, Apfelsaft, Zitronensaft und Sekt drinnen«, erklärt Anton.

»Oh vielen Dank.« Ich bin nicht so der Safttyp, aber ich möchte Anton nicht enttäuschen und stoße mit ihm an. Zu meinem Erstaunen muss ich feststellen, dass der Sepperl ziemlich gut schmeckt. »Wow, Anton, du hast wirklich den richtigen Beruf gewählt«, sage ich anerkennend. »Es ist wirklich lecker.«

»Soll ich dir was sagen, Carla?« Anton rutscht dicht an mich heran und flüstert mir verschwörerisch ins Ohr. »Für dich habe ich anstatt Sekt Champagner genommen und ich glaube, das schmeckt man.« Er zwinkert mir zu.

»Das ist so, Anton, ich schmecke es ganz genau heraus.« Ich grinse frech und wir lachen beide. Anton und ich quatschen über Gott und die Welt. Anton kommt aus Wien und hat dort die Hotelfachschule besucht. Hier ist er erst seit drei Monaten angestellt. Warum kann ich mit Max nicht mehr so ausgelassen reden und Spaß haben? Ich werde schon wieder traurig, wenn ich an ihn denke.

»Carla?« Anton stößt leicht gegen mein Bein. »Alles ok?« Er schaut mich fragend an.

»Ja, ich denke, ich sollte langsam mal ins Bett«, erwidere ich.

»Schade.« Anton grinst schelmisch. »Ich hätte noch länger mit dir hier sitzen können. Es gefällt mir, mich mit dir zu unterhalten. Und weißt du, was mir noch besser gefallen würde?«, sagt Anton. Er dreht seinen Kopf ganz dicht an meinen und schaut mich an.

»Was denn?«, frage ich und mir wird ein wenig flau im Magen. Anton legt seine Hand an meinen Nacken und zieht mich zu sich.

»Das hier!«, flüstert er und küsst mich auf den Mund. Ich bin sehr überrascht, aber zu willenlos mittlerweile, um mein Hirn einzuschalten. Also erwidere ich seinen Kuss. Und er kann sehr gut küssen.

Anton zieht mich näher an sich und wir küssen uns und es gefällt mir gut. Plötzlich spüre ich einen Tritt gegen den Sitzsack und höre, wie Max brüllt: »Was soll der Scheiß, Carla, ich glaube das nicht, du bist das Letzte!«
Ich erstarre augenblicklich. Anton erschreckt sich genauso und zieht seinen Kopf blitzschnell weg von mir. Ich rappele mich aus dem Sitzsack hoch und starre auf Max. Er steht da in seinen Klamotten vom Abendessen und guckt mich so wütend und voller Hass und Kälte an, dass ich richtig Angst bekomme. Augenblicklich bin ich nüchtern und ich würde am liebsten tot umfallen. »Ich bin auf dem Zimmer und du Schlampe knutschst mit dem Personal rum.« Max Stimme ist eiskalt und abwertend. Er guckt hasserfüllt von Anton zu mir. Er geht auf Anton zu und kurz denke ich, er wird ihm eine reinhauen. Anton dreht sich reflexartig zur Seite. Aber Max guckt ihn nur abwertend an und sagt zu mir gewandt: »Auch noch mit so einem Bübchen, du bist das Letzte, Carla.« Dass Anton in keinster Weise ein Bübchen ist, sieht Max selbst. Aber Anton ist mit Sicherheit fünfzehn Jahre jünger als Max und das verletzt ihn wahrscheinlich noch mehr. Um nicht ganz blöd dazustehen, musste er natürlich irgendetwas Verletzendes über ihn sagen. »Verdammt Max, das ist eine Sache zwischen dir und mir. Lass uns das klären, es war nur ein Kuss!« Ich weiß genau, wie dämlich dieser Einwand, um die Sache herunterzuspielen, klingen muss. Für Max gibt es nichts Schlimmeres, als betrogen zu werden, sein Ego kann mit so was nicht umgehen und er ist vom Typ sowieso jemand, der sich schnell benachteiligt fühlt. »Nur ein Kuss?« Er brüllt mich an. Ich bin heilfroh, dass die Tür von der Raucherlounge zu ist und an der Bar nur noch ein Paar sitzt. Trotzdem muss

ich hier weg. Max wird lauter werden und das muss ich vermeiden. Ich packe meine Tasche und sage an Max gewandt:»Lass uns das im Zimmer klären«, und gehe so schnell wie möglich Richtung Zimmer. Meine Hände zittern, als ich versuche mit der Zimmerkarte die Tür zu öffnen. Verfluchter Mist, warum musste er jetzt kommen, wollte er sich mit mir vertragen? Sofort bekomme ich ein schlechtes Gewissen. Endlich bin ich im Zimmer, Max ist mir noch nicht gefolgt. Komisch, unsere Koffer sind alle wieder gepackt und stehen zur Abfahrt bereit. Was geht hier vor? Er war niemals so sauer, um heute Nacht noch die weite Strecke wieder zurückzufahren. Er würde normalerweise immer ausschlafen, noch frühstücken und eigentlich dachte ich, wir vertragen uns wieder. Er hatte diese zwei Tage Erholung auch dringend nötig. Das verstehe ich nicht, was geht hier vor sich? Da geht die Tür auf, Max steht so wütend im Zimmer, das ich automatisch einen Schritt nach hinten trete.

»Geh mir aus dem Weg, du Schlampe«, brüllt er mich an.

»Hör mir bitte zu«, flehe ich, ich spüre, dass ich im Moment dieser ganzen Situation nicht gewachsen bin. »Bitte lass mich das erklären, ich war so wütend, dass du mich immer falsch verstehst. Und ich bin total angetrunken, bitte lass uns das klären.« Ich möchte seinen Arm zu mir ziehen. Meine Stimme zittert, ebenso wie meine Knie und ich fühle mich völlig hilflos.

»Wage es nicht, mich anzufassen. Mathilda ist im Krankenhaus, sie hat versucht sich umzubringen, nur weil ich auf deine scheiß Erziehungstipps gehört habe. Wegen dir Schlampe habe ich meine Familie verlassen und fast meine Tochter verloren.« Max schaut mich so eiskalt und abwertend an als sei ich der letzte Dreck.

Mir wird schlecht und ich habe das Gefühl, ich kippe gleich um, mir kommen die Tränen.

»Was?«, bringe ich nur hervor.

»Ja, sie wollte sich umbringen mit Aspirin und Wodka, sie liegt in der Klinik, ihr wurde der Magen ausgepumpt. Und ich fahre jetzt auf der Stelle dahin, deshalb wollte ich dich holen. Aber während mein Kind sich das Leben nehmen will, besäuft meine Freundin sich und macht mit einem anderen rum. Carla, ich will dich nie wiedersehen.« Max schaut mich so vernichtend an, dass ich glaube gleich ohnmächtig zu werden. Mein ganzer Körper zittert. »Das mit dem Haus klären Anwälte. Ich ziehe vorübergehend in ein Hotel in der Nähe des Krankenhauses. Melde dich nie wieder bei mir. Das war es mit uns.« Er greift nach seinem Koffer und öffnet die Tür. Ich werde panisch und beginne laut zu weinen, ich möchte Max festhalten, aber er reißt sich von mir los und funkelt mich böse an. »Mach's gut, Carla. Es war der größte Fehler, was mit dir anzufangen.« Und dann knallt er die Tür zu.

Denke daran, dass etwas, was du nicht bekommst, manchmal eine wunderbare Fügung des Schicksals sein kann *Dalai Lama*

Ich glaube, ich habe überhaupt nicht geschlafen. Ich stehe im Bad und erschrecke mich über mein eigenes Spiegelbild. Meine eigentlich ziemlich großen braunen Augen sind kleine geschwollene Schlitze und mein Gesicht ist blass und mit schwarzer Schminke verschmiert. Ich spule wieder und wieder den gestrigen Abend zurück. Wie konnte das alles passieren? Mathilda wollte sich umbringen, das passt nicht zu ihr. Also, die Möglichkeit dadurch im Vordergrund zu stehen auf jeden Fall. Aber niemals wirklich sterben zu wollen. Dafür ist sie viel zu sehr in sich selbst verliebt, um sich auslöschen zu wollen. Auch hat sie keinerlei Anzeichen einer Depression oder von etwas Ähnlichem. Das ist wieder nur eine Möglichkeit aufzufallen und vor allem Max Erziehungsversuche der letzten Tage im Keim zu ersticken. Ich muss rausbekommen, was sie wirklich geschluckt hat. Mir fällt ein, dass Mathilda mich merkwürdig über eine Patientin mit einem Suizidversuch ausgefragt hat. Das Mädchen hatte eine Packung Aspirin mit 48 Tabletten genommen und eine Flasche Wodka getrunken. Sie lag im Koma und hat gerade so überlebt. Mathilda fragte mich, ab wann man vielleicht sterben könne und bis zu welcher Menge es nicht gefährlich sei. Ich antwortete ihr, man trinkt grundsätzlich keinen Alkohol und nimmt Tabletten. Aber eins, zwei Aspirin und ein bisschen Wodka bringen niemanden um. Soweit ich die Situation gestern Nacht noch zusammenbekomme, hat Max von Aspirin und Wodka gesprochen.

Ich tippe auf drei Aspirin und ein Schnapsglas Wodka. Aber vielleicht täusche ich mich auch. Ich sehe Max Blick und höre seine vernichtende Stimme. Er hasst mich abgrundtief. Ich muss so stark weinen, dass ich mir das Kissen vor den Mund halte, um mein Schluchzen zu unterdrücken. Wie kann er mich so hassen?
Der Kuss mit Anton hat ihn so wütend gemacht. Aber unterschwellig hat er genau das gedacht, was er im Zorn sagte. Ich sei schuld an Mathildas Zustand. Und das finde ich so schrecklich. Warum denkt er so von mir? Als ob Erziehung ein Kind in den Selbstmord treiben würde. Hätte er sie normal erzogen und nicht sich schon immer von ihr manipulieren lassen, wäre es überhaupt nie soweit gekommen. Ich bin so traurig und fertig. Und was mache ich jetzt? Ich muss überlegen, wie ich nach Hause komme. Ich rufe jetzt erst mal Lina an, ich muss mit einer vertrauten Person sprechen. Lina ist meine beste Freundin in Deutschland so wie Ana in Spanien. Ich kenne sie seit der Schule. Lina ist mit ihren Eltern, als sie 16 Jahre alt war, nach Idstein gezogen. Sie kam in meine Klasse und wir verstanden uns sofort. Genau wie ich und wie viele andere in meinem Umfeld, ist sie alleinerziehend. Ihr Mann, eigentlich war er seit meiner Kindheit mit mir befreundet, hat sie wegen einer 15 Jahre jüngeren Arbeitskollegin sitzen lassen. Sie hatten gerade gebaut. Das Haus war fast zum Einzug bereit, da hat er sie eiskalt verlassen. Das alles ist jetzt vier Jahre her. Die gemeinsame Tochter Mia ist, wie es überall so ist, alle zwei Wochen bei ihm. Nur kommt er damit prima zurecht. Im Gegensatz zu Max, der immer aus allem, was mit Mathilda zu tun hat, ein Drama machen muss. Ich fange schon wieder an zu weinen. Ich kann es nicht glauben, was hier gestern passiert ist. Und dass wir

tatsächlich und wohl endgültig getrennt sind. So oft dachte ich schon, dass wir uns trennen müssen, aber immer wieder sind wir zurückgerudert. Aber so wie letzte Nacht war er noch nie zu mir. Ich kuschle mich in die Decke ein, ich friere so sehr.

»Carli, mir tut das alles so leid! Was willst du jetzt machen?«, fragt mich Lina mitfühlend.

»Ich muss mich erst mal sortieren und irgendwie nach Hause kommen«, entgegne ich traurig. »Lina, bist du noch dran?«, frage ich.

»Ich überlege gerade«, sagt sie nachdenklich. »Wir haben jetzt neun Uhr, wenn ich sofort losfahre, hätten wir noch eine Nacht und einen Tag auf Max Kosten im Luxus, stimmt das?«, fragt Lina mich verschwörerisch.

»Ja, das stimmt. Du willst wirklich kommen?« Meine Stimme überschlägt sich fast, so hoffnungsvoll bin ich.

»Klar, Mia ist bei dem Idioten und ich lass dich nicht hängen. Und bisschen Luxus kann ich auch vertragen. Schick mir die Adresse, ich packe schnell was. Bis gleich, Schatz!« Und Lina legt auf.

»Wow, das nenn ich mal schick!« Lina sieht sich beeindruckt im Speisesaal um. »Carli, dein Leben, echt. Luxus pur.«

Ich gucke sie traurig und resigniert an. »Im Moment würde ich gerne mit dir tauschen.«

Lina stellt ihr Wasserglas ab und sieht mich ernst an. »Carla, es kommt jetzt einiges auf dich zu, mit dem Haus, dem Trennungsschmerz und so weiter. Aber du wirst das schaffen, du bist stark. Rede doch mal mit deinen Eltern, ob sie dir vielleicht aus der Patsche helfen und Max Anteil finanzieren. Sie können es sich doch leisten. Loui soll doch in seinem Umfeld bleiben.«

»Ich möchte nichts von ihnen«, antworte ich. Aber wie ich alleine monatlich so viel Geld aufbringen soll, weiß ich leider auch nicht, denke ich mir hoffnungslos.

»Am Montag rufst du bei der Bank an und erkundigst dich nach den Möglichkeiten. Vielleicht kannst du auch eine andere Finanzierung aushandeln.« Lina wirkt so, als wolle sie mir unbedingt Mut machen, aber ich fühle mich so leer und traurig, dass ich schon wieder leise weine. Lina reicht mir ein Taschentuch und sieht mich so mitfühlend an, dass mir noch mehr die Tränen kommen. Zum Glück ist am Nachmittag das Restaurant kaum besetzt.

»Ich kann über so was noch gar nicht nachdenken«, schniefe ich. »Eigentlich überlege ich nur, wie ich Max wieder zurückbekommen kann.«

»Carla, ich denke wirklich, dass Max dir das niemals verzeihen wird. Und bitte höre mal in dich rein, willst du das alles weiter ertragen? Der ganze Stress, den du wegen Mathilda schon hattest, Ute nicht zu vergessen. Wie sehr hast du darunter gelitten, wenn er zu ihnen gefahren ist und einen Tag wieder Familie gespielt hat, um Mathilda zu sehen. Ute musste natürlich immer dabei sein.

Du warst immer so traurig und es hat dir nie gefallen. Dann Mathildas Art, ich hätte es niemals so lange ausgehalten wie du. Ich weiß, dass Max bisher der Mann für dich war. Aber doch eigentlich nur in seinen guten Momenten. Seine Launen und Schuldgefühle Mathilda gegenüber hast du nie akzeptieren können. Aber das gehört nun mal zu ihm dazu. Er liebt dich, da bin ich sicher, aber er wird dich nie so behandeln, wie du es zum Glücklichsein brauchst. Er ist viel zu sehr darauf fixiert, seine Tochter glücklich zu machen, so dass für dich immer nur ein bisschen was übrig bleibt. Ute muss er es auch immer recht machen, da er Angst hat, sie hetzt Mathilda sonst gegen ihn auf. Und du bist nicht der Typ, der sich was sagen lässt. Und Carli, du bist auch nicht der Typ Frau, der alles runterschluckt. Dafür bist du selbst zu erfolgreich und unabhängig. Ute machte schon immer das hilflose Küken und das guckt Mathilda sich ab. Du bist in seinen Augen die Starke, die auch alleine klar kommt. Du zeigst ihm nun mal auch nur diese Seite«, sagt Lina.

Ich muss an die Worte meines Opas denken, dass ich so behandelt werde, wie ich mich gebe. Ich zeige nun mal nicht gerne Schwächen. Ich wurde selbständig erzogen und fühle mich auch selten hilflos. Aber deswegen bekomme ich auch mehr zugemutet als z.B. Ute und Mathilda. So oft habe ich neben Max im Bett gelegen und geweint, geweint, weil er mich mal wieder falsch verstanden hat und ich mich so ungeliebt gefühlt habe.

»Carli, versteh mich nicht falsch, aber ehrlich gesagt bin ich froh, dass er dich beim Knutschen erwischt hat.«

»Was?« Ich starre Lina fassungslos an.

»Doch, es muss endlich zu Ende sein. Du gehst kaputt dabei. Und ich gucke mir das eigentlich schon zu lange an«, antwortet Lina und drückt meine Hand, die auf dem Tisch liegt. Der Kellner räumt das Essen ab und ich bemerke, dass ich eigentlich fast überhaupt nichts gegessen habe. Mir ist einfach nur schlecht und ich vermisse Max. Der Gedanke, er hat bald eine andere Frau an seiner Seite, ist nicht zu ertragen.

»Carla, hör auf, dir jetzt noch Horrorszenen auszumalen, ich sehe an deinem Blick, dass du dir gerade was zusammenspinnst.«

»Lina, ich möchte ihn wieder haben!« Ich schluchze so laut auf, dass der Kellner am Nachbartisch erschrocken zu uns schaut. Es ist mir egal, ich kann einfach nicht mehr. Ich habe Max bestimmt schon zwanzig Mal angerufen, aber er geht nicht dran. Er hasst mich so sehr, dass ich mich fast selbst hasse. Warum musste ich mich immer überall einmischen, was seine Erziehung angeht, warum musste ich ihm immer das Gefühl geben, dass er zu weich ist und sich alles gefallen lässt. Warum, warum? In meinem Kopf schwirren alle möglichen Situationen durcheinander.

»Lina, ich pack das nicht, ich kann nicht ohne ihn sein. Niemand kann ihm das Wasser reichen«, sage ich mit tränenerstickter Stimme.

»Hey Carli«, Lina streichelt meine Hand und sieht mich fest und entschlossen an. »Wenn das jemand packt, dann du, du bist stark und wir schaffen das. Jetzt lass uns mal in den Wellnessbereich gehen. Danach sieht die Welt schon anders aus.« Sie greift entschlossen meinen Arm und zieht mich hoch.

Wäre ich nicht wie ferngesteuert, wäre ich hellauf begeistert von der Biosauna, in der Lina und ich uns befinden.

Die ganze Sauna ist aus Glas und direkt vor der Scheibe sind riesige Berge und strahlend blauer Himmel zu sehen. Die Temperatur beträgt angenehme vierzig Grad. Ich bin so übernächtigt und friere schon den ganzen Tag, dass mir die Wärme sehr gut tut. Irgendwie schwitze ich nie, fällt mir auf. Die drei anderen Personen, die sich mit uns in der Sauna befinden, schwitzen wie verrückt. Ich schwitze kaum, nur frieren, das geht bei mir ganz schnell. Ich blicke aus dem Fenster und bin froh, dass in der Sauna nicht gesprochen werden soll. Ich bin tatsächlich seit acht Jahren zum ersten Mal wieder Single. Von Marc bin ich ja nahtlos zu Max gewechselt. Ich kann eigentlich gut alleine leben, aber im Moment habe ich eine Heidenangst davor, was jetzt alles auf mich zukommen wird. Lina hat teilweise recht, überlege ich. Es ging mir so oft schlecht in diesem Patchworkdschungel. Unsere Streitigkeiten waren eigentlich immer Mathilda und Ute geschuldet. Und seiner Art damit umzugehen oder seiner Unfähigkeit sich abzugrenzen. Wie habe ich die Tage verflucht, wenn Mathilda da war, was habe ich mir alles bieten lassen, um bloß nicht wieder mit ihm zu streiten. Ständig Utes Anrufe und ihre Forderungen. Wer konnte es dann immer ausbaden? Ich natürlich, weil er dann gestresst oder traurig war. So viele Abende waren ruiniert deswegen. Jedes Mal ist er eingeknickt, wenn die beiden wieder gefordert haben. Und ich konnte sehen, wie sie ihn manipulieren, aber er ist immer so wütend auf mich geworden, weil ich ihm die Augen öffnen wollte.

»Carli«, flüstert Lina, »wollen wir raus gehen?« Ich zucke zusammen, ich war so in Gedanken. Tatsächlich schwitze ich mittlerweile ein bisschen. Ich binde mir mein Handtuch um und gehe hinter Lina hinaus.

Als wir geduscht und im Bademantel auf der Liege ruhen, fühle ich mich wie in einem schlechten Film.

»Lina, ich realisiere das alles noch gar nicht«, sage ich resigniert. »Warum ist Patchwork so schwer, warum trennen sich ständig alle Menschen?«

»Das weiß ich nicht, Carla.«

»Unsere ganze Gesellschaft ist beschissen. In der Generation meiner Großeltern konnte man sich überhaupt nicht einfach mal trennen. Man hat sich nicht einfach gegenseitig weggeworfen, sondern hat versucht, die Dinge gemeinsam zu meistern. Heute hat doch jeder sein eigenes Leben. Es fängt schon mit dem eigenen Handy an, dem persönlichen Facebook-Account, Instagram und so weiter. Jeder hat seine Nische, in der in den meisten Fällen auch der eigene Partner nichts zu suchen hat«, sage ich.

»Da hast du recht«, bestätigt mich Lina. »Fremdgehen wird dadurch auch ganz leicht. Früher auf dem einzigen Familienanschluss anrufen war 'ne andere Herausforderung, als eine Whatsapp zu schicken. Siehst du doch bei mir und dem Idioten, sein kleines Mäuschen und er haben sich permanent Nachrichten geschrieben. Und ich musste es entdecken. Sie hätte mit Sicherheit nicht bei uns Zuhause angerufen. Carli, die ganze Welt und ihre Menschen sind Scheiße. Allein schon, dass jeder in der Regel genug verdient, um irgendwie alleine durchzukommen. Früher ging es einfach nicht ohne den anderen. Auf der einen Seite schön, so unabhängig zu sein, auf der anderen Seite aber auch für jede Ehe schwierig.« Lina lehnt sich in ihrem Liegestuhl zurück und atmet theatralisch aus.

Ich setze mich energisch aufrecht und drehe mich zu Lina. »Weißt du was?«

»Nein was?« Lina sieht mich interessiert an.

»Ich habe gerade so eine Stinkwut auf Max.«

»Sehr gut Carli, so gefällst du mir besser. Dein Funkeln ist zurück«, sagt Lina begeistert.

»Nein, im Ernst, Lina, was bildet er sich eigentlich ein? Immer sollte alles so laufen, dass es ihm gut geht. Er hat sich einen Scheiß um Loui gekümmert. Bloß, dass er ja nicht an Mathilda erinnert wird, wenn er ihn gesehen hat. Keinen Abend war er zu Hause, bevor Loui im Bett war. Nie hat er gefragt, was wir den Tag über gemacht haben. Immer sollte ich mich seinem ganzen Mist zuwenden, immer empathisch und verständnisvoll sein. So ein Arsch, wirklich!« Ich spüre, wie mein Herz schneller schlägt, so sehr rege ich mich auf.

»Immer nur er und sie. Und ich habe ja nur Positives in meinem Leben, findet er. Loui lebt bei mir, Marc ist nicht anstrengend, und so weiter. Er, der arme Tropf und seine arme, kleine Maus! Ich bin so froh, dass ich diese Scheiße nicht mehr hören muss!«, sage ich zornig.

Lina guckt mich begeistert an. »Sehr gut Carli, jawohl, so ist es richtig«, applaudiert sie mir.

»Er hätte nie noch ein Kind mit mir bekommen oder mich geheiratet. Oh je, die kleine Mathilda könnte sich dann ja zurückgestoßen fühlen und das geht natürlich nicht. Nein Lina, ich schwöre dir hier in Österreich, ich werde nie wieder mit einem Mann zusammenkommen, der ein Kind hat!«, versichere ich. »Ich weiß, es klingt immer so albern, aber ich weiß, auf mich wartet noch was. Ich weiß, ihr findet immer alle, ich soll zufrieden sein, wie es ist. Aber, Lina, wirklich, ich denke immer, dass im Verborgenen noch etwas Wundervolles auf mich wartet. Ich dachte manchmal, mit Max an meiner Seite müsste das Gefühl verschwinden, da ich doch alles hatte. Aber nein, es ging nie weg. Ich lag oft nachts neben ihm und überlegte, auf was ich eigentlich wartete. Lina, ich weiß es auch jetzt nicht, aber das mit Max war eine Illusion. Und ich weiß, dass ich wieder irgendwann glücklich sein werde. Und ich hoffe, dass es irgendwann den Moment gibt, in dem ich spüre, es geschafft zu haben, mit allem zufrieden zu sein und nicht mehr zu suchen.«

Lina guckt mich mit feuchten Augen an. »Carli, komm mal her.« Sie kommt auf meine Liege und drückt mich fest. Dann sieht sie mir entschlossen in die Augen. »Ich glaube wirklich, dass du wieder glücklich wirst. Und ja, vielleicht kommt dein großer Moment. Wenn ihn einer haben wird, dann du.«

Lina streicht mir durch die Haare und gibt mir einen Kuss auf die Wange. »Ich liebe deinen Optimismus«, sagt sie.

»Und ich dich, danke, dass du hergekommen bist.« Ich lege meinen Kopf an Linas Schulter.

»Sehr gerne, Carli, und den Luxus auf Max Kosten haben wir uns verdient!«, sie lacht laut.

»Absolut», entgegne ich. »Weißt du, welche These ich letztens aufgestellt habe?«, frage ich Lina .

»Na, sag schon«, sie lächelt.

»Ich glaube, Schneewittchen, Aschenputtel, Hänsel und Gretel und wie die ganzen armen Stiefkinder hießen, sind alle verwöhnte Arschlöcher«, sage ich.

Lina guckt mich belustigt und irritiert an. »Wie meinst du das?«

»Na, die Stiefmütter werden ja immer so böse hingestellt. Aber ich glaube, dass die dämlichen Väter ihre Kinder permanent verwöhnt haben und die Stiefmütter nichts zu lachen hatten. Und dann wurde kurzer Prozess gemacht und die blöden Bälger wurden in den Wald gescheucht.«

Lina lacht so laut, dass die anderen Gäste interessiert zu uns schauen. »Du hast einen Knall«, sagt sie liebevoll. »Aber an deiner These könnte was dran sein«, überlegt sie.

»Glaube mir«, sage ich entschlossen, »ich hätte Mathilda zu gerne in den Wald geschickt.« Lina und ich müssen so lachen, dass ich für einen kurzen Moment meine eigentlich sehr unglückliche Situation vergesse.

»Lass uns schwimmen gehen«, schlägt meine Freundin vor.

»Gute Idee!« Ich schnappe mir mein Handtuch und ziehe meine Flip Flops an. Das Wasser des Außenpools ist angenehm warm und die frische Luft tut gut. Wir schwimmen ein paar Bahnen und auch hier ist diese wunderschöne Aussicht.

»Ich liebe die Berge genauso wie das Meer«, sage ich.

»Ich liebe das Meer noch mehr«, antwortet Lina. »Übrigens, ich möchte endlich mal wieder mit nach Javea.«

»Apropos Javea...«, entgegne ich mit trauriger Stimme. »Ich habe gestern Abend die Einladung von Emilios Hochzeit per Whatsapp bekommen.«

»Nicht dein Ernst!« Lina hört abrupt auf zu schwimmen und stellt sich mir zugewandt hin. »Bitte was?«, fragt sie nochmal entsetzt. »Ich dachte, er wolle erst einmal nicht heiraten?«

»Tja, scheinbar kann es der blöden Nuss nicht schnell genug gehen«, antworte ich und schwimme weiter.

»Äh, Carli, warte mal.« Lina zieht neben mich. »Willst du hingehen, wann ist es überhaupt?«

»Schon im August und ehrlich gesagt weiß ich nicht, ob ich hingehen möchte«, sage ich nachdenklich. »Komm, wir schwimmen weiter, ich friere sonst.« Ich stoße mich mit meinen Füßen vom Beckenrand ab und ziehe schwungvoll nach vorne. Herrlich, das warme Wasser, der Blick auf die Berge und die frische Luft. Eigentlich könnte alles so schön sein, wäre nicht die Trennung und alles, was auf mich zukommen wird. Emilios Hochzeit rückt damit zumindest in den Hintergrund. Manchmal glaube ich, dass ich Drama brauche, um glücklich zu sein. Habe ich nichts nachzudenken oder zu planen, zu grübeln, wird mir langweilig. Aber der riesige Fels Planung mit Haus und überhaupt, der jetzt auf mich fällt, wird selbst mir zu schwer. Ich sehne mich nach Ruhe und damit vielleicht auch nach Langeweile.

»Carli, verdammt, was schwimmst du denn, als wäre der weiße Hai hinter dir her?« Lina kommt völlig außer Atem neben mich geschwommen.

»Tut mir leid, ich hatte gerade so viele Gedanken im Kopf. Vielleicht wollte ich von den ganzen Dramen davon schwimmen, die sich mir ab morgen, wenn wir zu Hause sind, nähern werden.«

Lina guckt mich mitleidig an. »Ich hätte an deiner Stelle auch Angst, Carla. Es wird hart werden, aber es wird eine Lösung geben.«

»Lina, ich bewundere dich echt. Du warst so stark, als der Idiot dich verlassen hatte. Mia war noch so klein. Auch dass du ihm und der kleinen Kröte jedes zweite Wochenende Mia anvertraust.«

Lina schaut mich verschwörerisch an. »Das tue ich nur, weil ich meine Ruhe brauche.« Wir lachen. »Im Ernst, Carli, du weißt es selbst, alleinerziehend ist wirklich hart.«

»Oh ja«, stimme ich zu. »Niemand, der auch mal aufsteht, wenn wieder Albträume, Bauchschmerzen oder anderes die Nacht bestimmen.«

»Ja genau«, Lina nickt. »Niemand, der mal Regeln aufstellt, die den Alltag bestimmen, niemand, mit dem man sich an seinem Kind erfreuen kann, und niemand, dem man sagen kann, wie sehr das eigene Kind zum Kotzen war.«

»Genau, Lina. Und das hatte ich alles trotz Max nie. Ich konnte ihm nie was erzählen, weil ich wusste, ihn interessiert es einfach nicht. Obwohl wir Tisch und Bett geteilt haben.«

»Aber den Tisch nur, wenn Mathilda mit daran saß«, wirft Lina ein.

»Da hast du Recht«, ich lache bitter. Wie oft war das ein Streitthema zwischen Max und mir. Nie wollte er an Louis Leben teilnehmen. Nur wenn Mathilda da war. Ansonsten wollte er ihn ausblenden. Er war definitiv nicht als Stiefvater zu gebrauchen. Er war nie unfreundlich zu Loui, aber er hatte einfach kein Interesse. Es hat mir so weh getan, aber ich habe es scheinbar Jahre weggedrückt, das Gefühl, dass mein Partner eigentlich kein Interesse an meinem Kind hat.

»Ich möchte keinen Ersatzvater für mein Kind, Lina. Marc ist als Vater super. Aber einen Mann, der sich für mein Kind wenigstens interessiert«, sage ich verletzt.

»Schnucki, das ist schwierig. Du weißt, dass ich seit der Trennung von dem Idioten viermal den Versuch einer neuen Beziehung gestartet habe, aber es ist jedes Mal gescheitert. Manchmal hatten die Männer zu viele Probleme mit der Ex-Frau, andere wollten Mias Super Daddy sein, das war aber auch zu viel oder es waren die typisch leidenden ich-bin-aber-von-meinem-Kind-getrennt-Väter und darf aus diesem Grund egal wann jammern.« Lina schlägt sich die Hände vor die Augen, »Carli, es ist grauenhaft.«

»Ich weiß«, sage ich kläglich.

»Komm, wir gehen raus. Es ist trotz des warmen Wassers langsam kühl«, Lina zieht mich am Arm.

Frisch geduscht und schick sitzen wir im Speisesaal. »Die Kürbiscremesuppe schmeckt wahnsinnig gut!«, schwärme ich begeistert.

»Sag mal, Carli, wann kam das eigentlich in Mode mit den getrennt lebenden Vätern, die so tragisch am Leiden sind, dass sie ihr eigenes Leben kaum noch genießen können, sobald der Nachwuchs wieder zur Mutter fährt? Beobachtest du das in der Praxis auch?«

»Ja, tatsächlich scheint es mir eine Neuerscheinung zu sein«, antworte ich. Ich weiß, dass man in vornehmen Restaurants immer ein wenig in der Suppenschale drin lassen soll. Es gehört sich nämlich nicht, die Schale zu kippen. Mir ist das gerade so egal, dass ich alles auskratze. Auch nur ein bisschen dieser Suppe übrig zu lassen, das würde sich nicht gehören. Was sagt Abuelo immer: Gutes Essen hält Leib und Seele zusammen. Wahrhaftig fühle ich mich besser.

»Lina, früher hatten die meisten Männer diese Symptome, ich bin nur ein guter Vater, wenn ich mich immer kümmere und meinem Nachwuchs alles von den Augen ablese, nicht. Denk doch mal an deinen Großvater, was hat er wohl mit deiner Mutter groß gemacht, außer vielleicht einen Sonntagsspaziergang? Niemals hätten Männer Elternzeit genommen, wären mit auf Elternabende gegangen, hätten Stunden gebastelt oder, oder. Heute ist alles so verschoben, dass Männer unbedingt das gleiche Verhältnis zu den Kindern möchten wie Mütter. Aber lebt der Vater mit dem Kind nicht unter einem Dach, muss er sich schlecht fühlen, da er so ja nie so nah an seinem Kind dran sein kann. Also packt der arme Mann, der von Natur aus gar nicht dazu gemacht ist, diese ganzen Gefühle einer Erziehung überhaupt zu verkraften, alles in ein Wochenende und kann so natürlich nur versagen. Die Kinder spüren die Unsicherheit im Umgang mit ihnen und schon tanzen sie dem armen Mann auf der Nase herum. Anstatt mal auf den Tisch zu hauen, wie eine Mutter es tun würde, hat er Angst die Sympathie zu verlieren und wird noch umsorgender und die Sache gestaltet sich für alle noch schwieriger und unsicherer. Die Kinder spüren die Unsicherheit des Vaters, lenken ihn damit und werden selbst auch unzufrieden und unsicher. Kinder suchen grundsätzlich Eltern, die Stabilität bieten und einen klaren Erziehungsfaden vorgeben. Auch die Mütter haben von der neuen Spezies Vater kaum einen Nutzen. Leben sie unter einem Dach oder sind sie getrennt, in beiden Fällen kann die Mutter nur verlieren. Der Vater macht dem Kind alles recht, da er das richtige Gespür von liebevoller Konsequenz einfach nicht hat. Und die Mutter steht immer nur als die da, die Regeln aufstellt und die Spielverderberin ist.«

Lina schaut nachdenklich: »Das stimmt absolut. Mia wurde letztens von ihrer Turnlehrerin gefragt, was sie gerne mit dem Papa macht. Mia wusste direkt zehn Dinge: in den Zoo, im Wald spielen und noch mehr. Als es um mich ging, überlegte sie und sagte: „Mit der Mama mach ich eigentlich immer nur Hausaufgaben, esse mit ihr und Vorlesen im Bett." Na toll, dachte ich«, sagt Lina, »den langweiligen Alltag.«

»Siehst du«, ich nehme mein Weinglas und halte es Lina entgegen. »Auf uns Mütter, die immer die Dummen sind. Und auf uns Alleinerziehende, die nur an Idioten geraten.« Wir stoßen an und ich fühle mich einen kleinen Moment besser.

Lina und ich stehen seit einer Stunde im Stau und mir wird angst und bange, wenn ich an zu Hause denke.

Was wird mich erwarten, wird Max da sein? Er muss ja mal wieder zurück-kommen.

»Lina, ich wüsste so gerne, was Mathilda wirklich genommen hat«, sage ich. Max habe ich mittlerweile zehn Mal angerufen, aber er geht nie ans Telefon. Alle SMS bleiben unbeantwortet bisher. Einerseits macht mich das traurig, auf der anderen Seite werde ich richtig wütend. Wir sind Verpflichtungen zusammen eingegangen mit dem Haus, er kann nicht alles klären, ohne mit mir zu sprechen, außerdem liebten wir uns mal sehr. Und ich tue es immer noch.

»Lina, glaubst du wirklich, dass Max mich einfach vergessen kann?«, frage ich traurig.

»Carli, ich glaube, dass Max irgendwann wieder angeschissen kommt. Es war doch bisher immer so. Okay, das mit dem heißen Barkeeper und das Drama um Mathildas Kram ist 'ne harte Nummer. Aber er liebt dich, Carla und er wird immer an dir hängen. Aber ich sagte dir schon, dass ich denke, es ist besser, ihr trennt euch. In dein Leben muss endlich Ruhe einkehren. Und du musst dir mal klar werden, was wirklich zählt. Schick Essen gehen und Luxus ist ja nett, aber die Basis in eurer Beziehung hat durch die ganze Patchworksituation einfach immer gefehlt. Jeder für sich, das ist doch nichts und das weißt du auch.«

»Ja«, gebe ich kleinlaut zurück, »aber trotzdem fehlt er mir so.«

»Das glaube ich dir absolut, Carli. Aber das wird irgendwann besser werden, ich spreche aus Erfahrung.« Lina seufzt schwer.

Endlich geht es weiter und wir bewegen uns mit 60 km/h fort.

»Was ein Mist!«, schimpfe ich. Stau kann ich überhaupt nicht leiden.

Lina tätschelt mein Bein »Ruhig, Brauner, Geduld ist nicht deine Stärke, aber schneller heim kommen wir durchs Aufregen auch nicht.«

»Ja, ja«, sage ich gespielt genervt. Die nächsten Minuten verbringen wir still und ich hänge meinen Gedanken nach. Ich wüsste doch zu gerne, was Mathilda wirklich genommen hat und ehrlich gesagt würde ich auch gerne wissen, wie es ihr geht. Ich möchte natürlich nicht, dass ihr etwas Schlimmes passiert ist. Aber ich denke nicht, dass sie Ernst machen wollte.

»Lina!«

»Verdammt Carli, du hast mich erschreckt, ich war gerade so in Gedanken.«

»Sorry, ich weiß jetzt, wie ich rausbekomme, was bei Mathilda los ist!«

»Ja und wie, bitte?«

»Ich rufe Silke an.«

»Gute Idee, ruf jetzt an, ich bin auch gespannt.« Ich hole mein Handy aus der Tasche und drücke auf Silkes Namen. Die Verbindung wird hergestellt. Silke ist Max fünf Jahre jüngere Schwester. Sie und ich verstehen uns schon immer gut. Wir haben ein entspanntes Verhältnis, was aber über Familienangelegenheiten nicht hinaus geht. Wir planen Geschenke für Max Vater, gehen an Weihnachten essen und können uns gemeinsam über Mathilda aufregen. Silke hat ihre einzige Nichte natürlich lieb, aber sie kann auch objektiv erkennen, wie Mathilda ist. Und ich tue ihr oft leid, das hat sie mir schon häufig gesagt.

»Carli, gut, dass du anrufst, ich wollte dich gestern eigentlich schon anrufen«, plappert Silke hektisch in mein Telefon.»Max war so komisch, als ich ihn gestern auf dich angesprochen habe. Ich war bei Ute zu Hause. Mathilda ist ja direkt wieder entlassen worden. Was ist denn bei euch los?«, fragt Silke.

»Silke«, ich merke wie meine Stimme versagt. Auszusprechen vor meiner Schwägerin, dass wir getrennt sind, fühlt sich schrecklich an. Es wird dann so real, wenn andere Menschen davon wissen.

»Carli, bist du noch da?«, fragt Silke. Ich atme schwer durch und Lina dreht sich zu mir und drückt meine Hand. Sie sieht, wie schwer mir das alles fällt.

»Silke, Max hat sich von mir getrennt und mich in einem Hotel in Österreich sitzen gelassen. Lina kam und hat mich abgeholt.« Ich atme tief durch und warte auf ihre Reaktion.

Silke klingt bestürzt und verwirrt.»Was? Das verstehe ich nicht. Oh nein, Carli, das ist ja furchtbar.« Durch ihre traurige Stimme kommen mir direkt die Tränen und ich schluchze ins Handy.

»Er hat mir vorgeworfen, dass ich an Mathildas Suizidversuch Schuld sei. Und ich habe mit dem Barkeeper geflirtet, als er mich holen wollte, weil er in der Nacht direkt ins Krankenhaus fahren wollte. Wir hatten bei unserem Abendessen im Hotel schon Streit«, stammle ich heulend.

Silke sagt erst mal nichts, scheinbar muss sie die neuen Informationen sortieren.»So eine Frechheit, dich für ihren Suizid verantwortlich zu machen. Carla, du weißt, dass das Mist ist, oder?«, fragt Silke dann wütend nach.

»Ja, das weiß ich«, stimme ich kleinlaut zu.

»Meiner Meinung nach möchte Mathilda mit dieser dämlichen Aktion Aufmerksamkeit, um ihre Eltern noch besser lenken zu können. Ute hat nämlich auch endlich mal die Zügel angezogen. Und Mathilda ist wütend und das ist für mich ein pubertärer Protest«, sagt Silke. »Sie hat zwei Aspirin genommen und bisschen Wodka getrunken, das war meines Erachtens kein wirklicher Selbstmordversuch. Natürlich bin ich glücklich, dass alles gut ausging. Aber es war alles ein Plan von Mathilda, ihre Eltern wieder gefügig zu machen. Das sehe ich richtig oder, Carli?«

Mmh, ich möchte nicht zu schlecht von Mathilda sprechen. Sie ist Max Tochter und Silkes Nichte. Und irgendwie tut sie mir auch leid, dass sie solche Dinge fabriziert, nur um sich Gehör zu verschaffen, denke ich. Mathilda wurde von Max und Ute von Anfang an nicht richtig erzogen und sie hatte immer das Gefühl, ihre Eltern manipulieren zu können. Sie hat nie gelernt, Respekt vor anderen zu haben oder sich um etwas bemühen zu müssen. Da sie in der Schule mit ihren Noten stark abfiel, andere erpresst und geklaut hat, haben Max und Ute tatsächlich versucht, anders mit ihr umzugehen. Aber das wollte sie sich scheinbar nicht gefallen lassen. Ein wenig kann ich es auch verstehen. Warum sollte sie jetzt auf einmal einsehen, dass nein gesagt wird und im Allgemeinen etwas von ihr verlangt wird? Max und Ute fanden sie uneingeschränkt toll, jetzt mit dreizehn das erste Mal wirklich Gegenwind zu bekommen, scheint sie nicht verstanden zu haben. Ihre Reaktion darauf ist mir unverständlich, aber ein Hilferuf. Betrachte ich alles objektiv aus meiner professionellen Sicht und lasse meine Emotionen weg, tut sie mir leid und Mathilda braucht Hilfe.

»Silke, ich denke, dass du es richtig erfasst hast«, sage ich. »Aber Mathilda braucht Hilfe und Max und ich sind diesmal wirklich getrennt«, meine Stimme zittert.

»Scheiße Carli, das kann doch gar nicht sein. Mein Bruder ist wirklich schwierig, ich sage ihm ja schon immer das Passende zu seiner Tochter. Aber Carli, was bekomme ich zu hören?«

»Ich weiß, dass du keine Kinder hast und ihm da keine Tipps geben kannst«, sage ich genervt. Silke hätte gerne Kinder, leider hat sie Endometriose, eine schmerzhafte Unterleibserkrankung, die eine Schwangerschaft sehr schwierig macht.

»Ja, leider hört er überhaupt nicht auf mich«, sagt Silke frustriert. »Aber was wollt ihr denn jetzt machen, euer schönes Haus und überhaupt?«, fragt Silke traurig.

»Das weiß ich alles noch nicht. Max reagiert überhaupt nicht auf meine Anrufe, ich bin so traurig«, gebe ich zu. Lina sieht mich mitleidig von der Seite an.

»Carli, ich denke, das wird sich wieder regeln, ihr gehört doch zusammen!«, sagt Silke hoffnungsvoll.

»Weißt du zufällig, ob Max noch im Hotel wohnt?« frage ich.

»Im Hotel?« Silke klingt verdutzt. »Nein, er schläft seit gestern bei Mathilda im Zimmer, er meint, sie brauche ihre Eltern jetzt.« Ich versuche mir meine Fassungslosigkeit nicht anmerken zu lassen, aber ich bin wirklich sprachlos.

»Ah ja, wahrscheinlich ist das besser«, sage ich bemüht »Silke, ich melde mich bei dir, wir haben hier kaum Empfang«, beende ich das Gespräch erschüttert.

»Okay meine Liebe, ich drück dich und wir hören uns. Tschüss Carli, Grüße an Lina.« Dann legt Silke auf.

»Carli, was ist los? Du bist noch weißer als vor dem Telefonat.« Lina sieht mich besorgt an.
»Max ist vorerst bei Ute und Mathilda eingezogen, er findet, Mathilda, brauche jetzt beide Elternteile.«
»Was?« Lina sieht entsetzt aus, muss sich aber weiter auf die Straße konzentrieren. »Was soll das denn jetzt?«, fragt sie. Ich starre einfach nach vorne und spüre, dass mir schlecht wird. Max wohnt bei den beiden, er wird wieder was mit Ute anfangen, wahrscheinlich lagen sie sich schon vor Sorge um ihr Kind in den Armen. Mein Herz rast und ich friere.
»Lina, ich... «, mehr kann ich nicht sagen, denn ich muss so laut schluchzen, dass mir die restlichen Worte im Hals stecken bleiben.
»Mist Carli, ich fahre an der nächsten Raststätte raus«, sagt Lina.
Ich starre aus dem Fenster, »Nein, nein fahr weiter bitte, ich möchte heim.« Ich schnäuze meine Nase, trinke Wasser und versuche an etwas Schönes zu denken. Nach einer gefühlten Ewigkeit habe ich mich wieder im Griff. Lina hat meine Hand gehalten und ist ruhig weiter gefahren. Wenn ich sie nicht hätte, denke ich demütig.
»Lina, weißt du, was mich so fertig macht«, sage ich gefasster.
»Was denn?« »Ute und Max sind so wahnsinnig unfähig. Anstatt sich Hilfe zu holen, Mathilda nach so einer Aktion mal einweisen zu lassen, machen sie wieder, was sie will. Sie springen, weil sie Panik vor ihren Reaktionen haben.
Und damit spielt Mathilda. Max hat nicht da zu schlafen, er hat seit seinem Auszug dort nicht mehr geschlafen. Mathilda ist das überhaupt nicht mehr gewöhnt, jetzt wird gefrühstückt, TV geguckt usw. wie eine Familie.

110

Max wird aber nicht immer dort schlafen, da er und Ute sich überhaupt nicht mehr ertragen können auf Dauer. Und dann, was ist dann, Lina?«

»Dann wird dasselbe Theater von vorne losgehen?«, fragt sie unsicher.

»Ja ganz genau«, sage ich wütend. »Wie kann man so dumm sein wie diese beiden? Es ist genauso, wie Max immer sagt, bei Mathilda handelt er nur nach dem Gefühl und die Rationalität setzt komplett aus. Ich handle bei Loui auch nach dem Gefühl, er ist mein Kind, aber ein bisschen müssen Eltern den Verstand nutzen, sonst hat man doch verloren.« Ich rede mich so in Rage, dass ich fast brülle.

»Carli, du weißt, dass ich das genauso wie du sehe, aber Ute und Max waren schon immer unfähig und das Ergebnis haben sie nun mal mit Mathilda bekommen. Carli, so traurig wie du jetzt auch bist und noch sein wirst, sei froh, dass du diese drei nicht mehr ertragen musst. Mit Mathilda war das erst der Anfang, da sie sich keine Hilfe holen werden. Es tut mir leid, dass ich das so sage, aber sei froh, ihn los zu sein«, sagt Lina streng.

»Mein Verstand weiß, dass du Recht hast, aber mein Herz, verdammt mein Herz versteht das nicht«, sage ich traurig.

»Es wird es irgendwann merken«, Lina schaut liebevoll zu mir. »Es wird eine große Last von dir abfallen, Carli.«

»Ja, vielleicht irgendwann.« Ich drehe mich zum Fenster und versuche den Kloß in meinem Hals runter zu schlucken.

Wenn es richtig ist, passiert es. Nichts Gutes geht jemals verloren

Als ich die Haustüre aufschließe, weiß ich, dass ich alleine bin. Max Auto ist nicht da. Ich ziehe meinen Koffer in den Flur und ziehe meine Schuhe aus. Noch sieht alles aus wie immer, ich gehe durch den Flur in die Küche und ins Wohnzimmer. Alles ist so, wie wir es vor zwei Tagen fröhlich und hoffnungsvoll verlassen haben. Wir dachten beide, dass uns die Auszeit zusammen gut tun würde, dass wir wieder merken, warum wir den anderen lieben. Tja, das ging wohl nach hinten los. Ich spüre, wie mir schon wieder die Tränen kommen. Ich möchte hier nicht ausziehen, Loui wird es das Herz brechen. Seine Freunde, sein vertrautes Umfeld, das kann ich ihm nicht nehmen. Und Max werde ich so vermissen, ich kann mir eigentlich ein Leben ohne ihn nicht vorstellen, aber Linas Worte hallen in meinem Kopf wider, sei froh, dass du die drei los bist. Und mein Verstand weiß es auch nach wie vor. Mathilda hätte uns über kurz oder lang vermutlich sowieso auseinander gebracht. Ich gehe in mein Zimmer und ziehe mir eine bequeme Hose an, ich mag es nicht, zu Hause mit den Klamotten von draußen herumzulaufen. Da bin ich sehr pingelig. Max lächelte immer darüber, aber zog sich auch immer um, bevor er sich auf unsere Couch setzte. Jetzt sitzt er bei Ute auf der Couch, mir wird so schwer um mein Herz. Ich gehe wieder nach unten, irgendwie weiß ich gar nicht, wohin mit mir. Loui kommt erst morgen von Marc zurück. Ich setze mich auf die Couch und schalte den Fernseher an. Aber ich kann mich nicht auf das Programm konzentrieren. Was soll ich bloß machen, ich fühle mich so einsam und verloren hier. Ich weiß überhaupt nicht, wie es weitergehen soll. Wo werden Loui und ich wohnen, wird Max sich irgendwann blicken lassen? Wenn ich an seine eiskalten Augen denke, wie er mich angeschrien hat, mir wird jetzt noch übel. Ich habe Max schon oft wütend gesehen, er ist genauso impulsiv wie ich, aber so war er noch nie. Naja, er hat mich auch noch nie beim Fremdgehen erwischt. Und dann noch die Sorge um Mathilda. Er ist ja so schon immer am Ausflippen, sobald es um sie geht. Ich muss zugeben, er wusste da noch nicht, wie es wirklich um sie steht. Ich darf nicht immer alles ins Lächerliche ziehen, das ist wirklich oft unfair von mir gewesen. Aber wie bisher immer, hatte ich auch diesmal recht, was ihr Verhalten angeht. Auch wenn ich natürlich froh bin, dass sie sich nicht wirklich umbringen wollte, war auch das wieder nur eine Maßnahme, um alle zu lenken. Dass Max nicht versteht, dass das wirklich krank ist und sie dringend Hilfe braucht, finde ich sehr bedenklich. Ich schalte den Fernseher an und lege mich auf die Couch. Jetzt liege ich hier, starre an die Decke und habe keine Ahnung, wie das hier alles ausgehen wird. Unser Haus ist so schön. Auf der einen Seite so modern und stylisch, dann wieder so gemütlich und wohnlich. Ich sehe durch die großen Glasfronten nach draußen in den Garten. Alles ist so schön und durchdacht bepflanzt. Auch wenn der Garten viel Arbeit macht, liebe ich es, im Sommer nach einem langen Tag in der Praxis alleine im Liegestuhl zu liegen und mit niemandem sprechen zu müssen. Ich bin von Natur aus ein sehr extrovertierter Mensch, aber durch die täglichen Probleme meiner Patienten brauche ich ab und an einfach nur Zeit für mich. Ich sehe durch die andere Glasfront, da steht Louis Trampolin, er ist am liebsten nur draußen am spielen. Mein Magen krampft sich zusammen, weil wir wahrscheinlich bald woanders wohnen müssen und ich ihn wieder aus seinem gewohnten Umfeld herausreißen muss. Die Vorstellung, ihm das antun zu müssen, ist für mich so schrecklich, dass ich weinen muss. Wenigstens er soll sein Leben in gewohnter Weise weiterführen können, denke ich verzweifelt.

Ich hole mein Handy aus meiner Handtasche und überprüfe, ob Max vielleicht endlich mal geschrieben hat. Nein, natürlich nicht. Aber er meldet sich ja grundsätzlich nie, wenn er bei Mathilda ist. Er möchte dann nur Zeit für sie haben.

»Du Idiot, du siehst ja, zu was deine permanente Aufmerksamkeit sie gemacht hat«, sage ich laut in unser stilles Haus. Ich scrolle die Nachrichten durch und sehe die Einladung von Emilio. Ich habe ihm noch gar nicht geantwortet wegen seiner Hochzeit. Egal, dafür fehlt mir im Moment die Kraft. Ich bin so fertig, als wäre ich auf einem Partymarathon gewesen. Scheiße, was soll ich nur tun? Mir kommen die Tränen und ich weine so laut, dass es im ganzen Haus widerhallt. Ich nehme meine Hände vor mein Gesicht und schluchze und fühle mich so allein und verzweifelt. Ich bin so eine saudumme Kuh, brülle ich mir selbst zu, warum musste ich mich einmischen, warum musste ich Max immer reinreden bei seiner Erziehung, warum war ich so häufig alleine auf Partys? Ich gehe zur Gästetoilette und putze meine Nase, dann drehe ich das Wasser auf und kühle mein Gesicht. Ich trockne mich ab und schaue mein verheultes Gesicht an. Tief durchatmen, Carli, sage ich zu mir selbst. Es gibt immer eine Lösung, eigentlich ist das doch mein Leitsatz. Ich pack das alles.

Ich habe Max immer reingeredet, weil ich fachlich und menschlich weiß, wie man Kinder behandelt und liebevoll, aber konsequent erzieht. Ich wollte ihm helfen, aus Mathilda einen glücklichen und normalen Menschen zu machen. Und geflirtet habe ich leider so häufig ,dafür schäme ich mich auch, weil ich mich so oft unverstanden und wahrscheinlich auch nicht wertgeschätzt gefühlt habe. Darauf bin ich nicht stolz, aber ich kann es nicht mehr ändern. In unseren verliebten Phasen haben mich andere Männer nie interessiert.

Ich gucke auf die Uhr, es ist halb acht, vielleicht sollte ich mal hochgehen und versuchen früh zu schlafen. Morgen habe ich Patienten und Loui kommt nach der Schule heim. Ich möchte wenigstens einigermaßen ausgeruht sein. Ich ziehe mich aus, wasche mich und lege mich ins Bett. In meinem Nachttisch habe ich mein Lieblingsgedicht von Rainer Maria Rilke. Nichts passt gerade besser zu meiner Situation, denke ich.

Beim Lesen muss ich wieder weinen. Aber danach fühle ich mich besser und schlafe vor Erschöpfung ein.

Man muss nie verzweifeln, wenn einem etwas verloren geht, ein Mensch oder eine Freude oder ein Glück; es kommt alles noch herrlicher wieder. Was abfallen muss fällt ab; was zu uns gehört bleibt bei uns, denn es geht alles nach Gesetzen vor sich, die größer sind und mit denen wir nur scheinbar im Widerspruch stehen. Man muss in sich selber leben und an das ganze Leben denken, an alle seine Millionen Möglichkeiten, Weiten und Zukünfte, denen gegenüber es nichts Vergangenes und Verlorenes gibt.

Maya, meine kleine Patientin, verlässt gerade meinen Behandlungsraum, als mein Handy brummt. Ich ziehe meine Schublade auf. Die SMS ist von Max. Vier Tage bin ich wieder zu Hause und ich habe nichts mehr von ihm gehört. Meine Hände zittern, als ich sie öffne.

Wann bist du zu Hause? Ich habe eigentlich keine Lust mit dir zu sprechen, nachdem du mit anderen Männern rummachst. Aber wegen dem Haus usw. muss das leider sein.

Er ist nach wie vor so verletzt, sonst hätte er die Aktion mit Anton nicht nochmal erwähnt. Und das kann ich verstehen, ich wäre es auch. Es ist so scheiße von mir, denke ich ärgerlich. Aber das heißt ja eigentlich auch, dass ich ihm noch was bedeute, überlege ich hoffnungsvoll.

Können wir um acht reden? Loui schläft dann. Es tut mir alles so leid. Zum Glück geht es Mathilda besser. Bitte lass uns vernünftig sprechen, du fehlst mir so.

Ich erwarte keine Antwort und hoffe den ganzen Tag, dass Max wirklich kommen wird. Loui spürt wohl meine Anspannung, denn er ist heute auch ein kleiner Teufel. In sein Fußballtraining möchte er nicht und er möchte alles ausdiskutieren.

Es fällt mir sehr schwer, in meinem emotionalen Zustand hart zu bleiben und ihm klar zu machen, dass er immer außer bei einer Krankheit ins Training zu gehen hat. Würde ich ihn heute gewähren lassen, wird er grundsätzlich immer diskutieren wollen. So ist es nach einem kurzen »Du bist gemein!« und sich motzig anziehen getan. Und im Auto ist er wieder gut gelaunt. Ich lächle und beobachte Loui im Rückspiegel. Er ist wie mein Opa. Möchte seinen Kopf durchsetzen, aber weiß er, dass er auf Granit beißen wird, ist er nie nachtragend

und sofort wieder gut gelaunt. Ich weiß, würde ich ihn nicht konsequent erziehen und hätten wir nicht unseren geregelten Tagesablauf, wäre Loui durch seine impulsive Art eine große Herausforderung. Er ist selbst so unstrukturiert, dass er dringend klare Angaben zur Orientierung braucht. So haben wir, was im täglichen Umgang mit Kindern normal ist, unsere Differenzen, aber er weiß, wann Schluss ist, da es bei uns schon immer die gleichen Regeln und Werte gibt. Und ich muss zugeben, dass Marc es auch toll macht und wir uns glücklich schätzen können, dass wir als Eltern nach wie vor an einem Strang ziehen. Auch kann ich mich über seine neue Frau nicht beschweren. Mona hat einen gesunden Menschenverstand und weiß, wie man mit Kindern umzugehen hat, auch wenn sie keine eigenen hat. Loui mag sie und das ist mir das Wichtigste. Ich war noch nie eifersüchtig auf sie. Im Gegensatz zu Ute fördere ich Louis und Monas gutes Verhältnis. Ich möchte, dass mein Kind glücklich ist. Was bringt es mir dann, mein Kind gegen die neue Frau meines Ex-Partners aufzuhetzen. Das Phänomen verstehe ich auch bei vielen Müttern meiner Praxiskinder nicht. Dass sie sich so in Angst versetzen lassen, dass eine neue Frau sie auch als Mutter ersetzen könne. Ich weiß, was Loui und ich für eine Verbindung haben, da wird keine andere meine Rolle jemals übernehmen können. Ich sehe Mona als eine Art Lehrerin, Erzieherin, wie im Kindergarten. Sie mag mein Kind und das ist doch schön für ihn.
Irgendwie habe ich den Tag rum bekommen. Ich bin so aufgeregt. Max wird, wenn er denn wirklich kommt, in einer Stunde da sein. Jetzt entspanne ich mich erst mal in Louis Bett. Wir liegen ganz eng aneinander geschmiegt und lesen. Jeden Abend der gleiche Ablauf,

das ist wichtig, um sich als Kind sicher zu fühlen. Loui liest eine Seite, dann wieder ich. Sein kleiner Körper ist so warm und ich kuschle mich ganz dicht an ihn. Bei jeder Seite hat er eine Frage und ich komme kaum zum Vorlesen. »Loui, willst du wieder Zeit schinden?«, frage ich lächelnd und gebe ihm einen Kuss auf die Nase. »Mama, wie kommst du denn darauf?«, er lacht schelmisch. Nach sechs Seiten lege ich das Buch auf den Boden, schüttle das Kissen auf und wir löschen das Licht. Loui dreht sich ganz zu mir und umfasst meine Hand. Wie oft bin ich als Alleinerziehende angestrengt, gestresst dadurch, mit der Arbeit und Loui alles unter einen Hut bekommen zu müssen. Aber liegen wir hier so vertraut und eng zusammen, weiß ich immer, dass sich das alles lohnt. Früher fand ich die Aussage von Eltern, nichts ist so stark wie die Liebe zu seinem Kind, häufig kitschig. Aber ich kann es nur bestätigen, niemand gibt einem ein schöneres Gefühl als das eigene Kind.
Ich drücke Loui an mich. »Ich hab dich lieb, Süßi.«
»Ich dich auch«, erwidert er. »Mama, warum sind du und der Papa eigentlich getrennt?«, fragt er in einer Mischung aus Neugier und Trauer. Dieselbe Tonlage, in der er immer diese Fragen stellt. Loui fragt mich auch nach fünf Jahren noch häufig diese Dinge. Und wie immer, wenn er mich so etwas fragt, bekomme ich ein Stechen im Herz und fühle mich traurig. Traurig meinem Kind kein intaktes Elternhaus bieten zu können.
Traurig, weil ich ihm ja eigentlich die unbeschwerte Kindheit genommen habe. Und für was, frage ich mich jetzt.
»Schatz«, ich streiche über seine Haare, »du weißt doch, dass Mama und Papa sich so jetzt besser verstehen.

Wir haben dich beide so lieb und möchten, dass es dir immer gut geht.«

»Mmh, okay«, sagt Loui nachdenklich. »Aber Mama, ich möchte, dass der Papa, du und ich wieder zusammen wohnen. Max kann ausziehen, Mona sucht sich einen anderen Mann und Mathilda geht mit Max weg. Und wir drei wohnen wieder zusammen.« Mir kommen die Tränen, ich bin froh, dass es dunkel ist. Ich möchte Loui nicht noch mehr verwirren, wenn er mich weinen sieht.

Ich atme tief ein, drücke ihn und antworte: »Loui, ich weiß, dass du das am liebsten hättest, und es tut mir so leid, dass das nicht mehr geht. Papa und ich mögen uns gerne, aber zusammen wohnen geht nicht mehr. Wir versuchen, dass du uns beide so oft sehen kannst, wie du magst. Es tut mir leid, Schatz.« Ich ziehe ihn an mich und drücke ihn. Ich weiß, dass ich meinem Sohn nicht die Antwort geben kann, die er sich wünscht. Ich kann es nur erklären und ihn trösten und ernst nehmen. Das sind diese Situationen, die alles infrage stellen. Hat man wirklich richtig gehandelt, war man nicht zu egoistisch? Emotional kommt man an seine Grenzen, wer will sein Kind schon enttäuschen? Für Kinder gehören nun mal Mama und Papa zusammen. Deshalb versuche ich auch meinen Patienten immer zu erklären, wie wichtig ein respektvoller Umgang nach einer Trennung miteinander ist. Kinder spüren sofort, wenn Eltern bösartig miteinander umgehen. Und das verunsichert die Kleinen zur neuen Lebenssituation noch zusätzlich.

Loui plappert schon wieder von seinem neuen Star Wars Raumschiff und ich spüre, dass meine Antwort ihn vorerst beruhigt hat. »Okay Schatz, ich gehe jetzt runter, schlaf schön.

« Wir drücken uns nochmal und ich mache ihm seine CD an. Lehne die Tür an und verlasse den Raum.

Auf die große Liebe folgt nicht selten das große Leid.

Als ich nach unten komme, sitzt Max im Wohnzimmer, mein Herz bleibt fast stehen.

»Du hast mich erschreckt«, meine Stimme zittert.

»Das wollte ich nicht«, sagt er kühl.

Ich setze mich mit schweißnassen Händen gegenüber von ihm auf die Couch. »Wie geht es Mathilda?«, frage ich.

»Danke, es geht ihr besser.«

Keiner sagt etwas, Max schaut mich eindringlich an. Ich würde am liebsten in ein kleines Mauseloch verschwinden, so unwohl fühle ich mich. Ich lächle ihn unsicher an. »Mmh, was ist?«, frage ich unsicher.

Max atmet schwer aus. »Carla, ich habe nachgedacht. Durch deine Aktion mit dem Barkeeper ist mir klar geworden, wie unglücklich du sein musst.«

»Aber...«, ich will ihm ins Wort fallen.

»Carla verdammt, lass mich aussprechen«, Max Stimme wird lauter. »Wir hatten seit dem Einzug und auch davor schon große Probleme. Wir haben uns das Patchworkding zu leicht vorgestellt. Es mag auch einiges an mir liegen, aber ich sehe es nun mal als meine größte Verantwortung, Mathilda zu einem guten Menschen zu machen. Und das schaffe ich nicht, wenn ich 70 Kilometer entfernt wohne. Sie braucht mich ganz und ständig, das hat ihre Aktion gezeigt.«

»Warum durchschaust du sie nicht?«, platzt es wütend und panisch aus mir heraus.

»Carla, wenn du wieder so anfängst, ist das Gespräch hiermit zu Ende!« Max brüllt fast. Zum Glück ist die Tür zum oberen Stockwerk zu. Loui soll bloß nichts mitbekommen.

»Beruhige dich«, gifte ich zurück. »Du bist so blöd«, entfährt es mir.

»Warum lässt du immer alles mit dir machen? Sie manipuliert dich genauso, wie ihre gestörte Mutter es ihr beigebracht hat.«

»Halt deinen Mund!«, Max brüllt mich aggressiv an.

»Oh, fühlst du dich wieder persönlich angegriffen, wenn was gegen deine Maus gesagt wird? Verdammt Max, du wirst es nie gedankt bekommen. Erinnere dich an den Abend, als wir in die Lodge wollten. Sie hat dir alles verdorben und wollte dann einfach gehen, weil es ihr immer nur um sich selbst geht. Aber wenn du meinst, dein eigenes Leben völlig hinten anstellen zu müssen, dann mach so weiter. Aber Max, eins sage ich dir, aus einem Menschen, der nie gelernt hat sich zurückzunehmen und seine eigenen Bedürfnisse auch mal hinten anzustellen, wird kein guter Mensch«, brülle ich mittlerweile auch. Ich schwitze und mein Herz rast.

»Carla, ja, meine Tochter ist dir scheiß egal, das weiß ich. Dir geht es nur um Erziehung. Vielleicht ist sie anders und braucht nicht das Standard-Erziehungsprogramm à la Carla Cruz.«

»Hör auf, verletzend zu werden«, sage ich giftig.

»Du teilst die ganze Zeit aus, Carla.«

»Wir kommen einfach auf keinen Nenner mehr«, sage ich resigniert.

»Genau das denke ich auch«, stimmt Max kalt zu.

Ich spüre, wie mir die Tränen kommen. »Ich hätte es gerne geschafft, Max.«

»Ich auch, aber mein Kind ist mir wichtiger«, sagt er kalt. Mein Magen krampft sich zusammen und ich fühle mich, als hätte er mir eine Ohrfeige gegeben. Loui geht mir auch über alles. Aber ich mache keine Rankingliste zwischen den beiden, denke ich traurig.

»Und was machen wir jetzt mit allem?« Ich zeige mit der Hand durch den Raum.

»Ich habe eine kleine Wohnung angemietet in dem Haus, in dem Mathilda wohnt.«

»Was?«, frage ich schockiert. Er meint das tatsächlich alles ernst. »Wie ging das denn in zwei Tagen?«

»Ute wusste, dass die eine Wohnung ab nächstem Monat frei wird und kennt den Eigentümer.«

»Und deine Praxis und deine Aufträge?«

»Ich werde pendeln. Lieber zum Job als zu meinem Kind«, sagt er überzeugt. Ich kann nichts mehr sagen, Max meint das diesmal alles ernst. Wir hatten schon so oft Trennungs-gedanken, aber er und ich sind immer wieder zurückgerudert. Er ist knallhart und grenzt sich von mir ab. Normalerweise kam immer wieder sein warmer Blick durch und ich wusste, er meint das alles nicht so. Aber diesmal ist er kalt und die Wärme, wenn er mich ansieht, ist verschwunden. Er ist mir so fremd, dass ich mich wie tot fühle.

»Bis die Wohnung frei ist, bleibe ich bei Mathilda wohnen«, setzt er unbeirrt fort. Ich kann nicht mehr sprechen, meine Stimme ist durch den Kloß in meinem Hals verstummt.

»Wegen dem Haus, wir verkaufen es oder du behältst es. Falls du es behältst, bekomme ich fünfzehntausend Euro von dir. Das hatte ich damals mehr eingebracht als du. Wie gesagt, ich habe die letzten drei Tage gerechnet. Ich möchte aber nicht unfair sein.

Loui und du könnt drin bleiben bis August, dann muss es verkauft werden oder du behältst es. Bis August zahle ich meinen Anteil weiter. Werde aber auch teilweise herkommen und hier pennen, wenn ich ganz früh raus muss. Ist das für dich okay?« Max sieht mich jetzt abwartend an.

Er hat mit mir gesprochen wie mit einem Geschäftspartner.

Er hat alles wie auswendig gelernt runtergerattert. Er trinkt einen Schluck Wasser, seine Hand zittert, also ist er nicht so cool, wie er tut. Das erleichtert mich. Und ich werde wieder mutiger.

»Max, was ist denn los mit uns?« Meine Stimme droht zu kippen.

»Carla, ich möchte jetzt nicht wieder alles aufrollen, ich ziehe aus, Ende.« Ich spüre, dass an ihn kein Rankommen mehr ist. Und mich jetzt an ihn klammern kann ich nicht, dafür hat er eine zu große Wand zwischen uns errichtet. Max steht auf, geht in den Abstellraum und holt zwei Koffer. Ich bleibe auf der Couch sitzen und kann es nicht verhindern, dass mir die Tränen laufen. Ganz leise weine ich. Er sieht es nicht. Ich sitze mit dem Rücken zu ihm.

»Schläft Loui? Ich möchte meine Klamotten holen«, fragt er mich.

Ich räuspere mich. »Ja, ich denke schon«, antworte ich schwach. Max geht nach oben und ich bleibe alleine hier sitzen. Das war's, er geht aus meinem Leben für immer. Ich weiß nicht, wie lange er alles gepackt hat, ich sitze noch immer regungslos auf der Couch. Als er mich anspricht, fahre ich zusammen und merke, dass mir die Rotze bis zum Mund hängt. Bäh, ich nehme meinen

Ärmel und wische es ab. Ihh, normalerweise würde mir so was im Traum nicht einfallen, aber mir ist alles egal. »Carla«, er schluckt, »ich glaube, ich habe jetzt alles. Wir telefonieren, was du vorhast bezüglich des Hauses. Und falls ich her muss wegen eines Auftrags, melde ich mich natürlich.« Ich kann ihn nicht ansehen, das schaffe ich nicht. Ich weine so leise, dass ich fast keine Luft mehr bekomme, weil ich sonst so laut schluchzen würde. Max steht noch unschlüssig hinter mir, scheinbar weiß er nicht, was er tun soll. Er berührt zart meinen Kopf. »Carla, pass auf dich auf.« Dann höre ich die Rollen seines Koffers auf unserem Boden, dann die Haustür, dann das Schließen der Heckklappe, dann das Anlassen seines Wagens und das Wegfahren. Max ist weg. Er ist soeben aus meinem Leben gefahren, wieder in das Leben, aus dem er kam. Dort wurde sein Platz freigehalten. Ich weine so laut, dass ich mir zwei Sofakissen auf den Mund drücke aus Angst, Loui zu wecken.

»Mama, Mama«, ich werde durch Louis Rufe geweckt. Ich liege auf der Couch und es ist sechs Uhr, erkenne ich am Backofen. »Ich bin hier unten, alles gut, komm her Schatz«, rufe ich. Ich muss jetzt funktionieren, möchte Loui auf keinen Fall vor der Schule verwirren. Ich gehe ins Gästebad und wasche mein Gesicht, ich sehe furchtbar aus.

Fahle Haut, dicke Augen und rote Flecken. Verdammt, wie oft habe ich wegen Max schon geweint, denke ich.

»Mama, warum hast du hier geschlafen?« Loui kommt ins Bad.

»Ach, ich war so müde, Schatz, da bin ich einfach einge-schlafen. Komm, wir frühstücken«, ich versuche fröhlich zu klingen und wir gehen in die Küche.

Loui mustert mich genau. »Mama, du siehst traurig aus«, sagt er mit seiner lieben Stimme. Ich kann nicht mehr stark sein, ich weiß wie unprofessionell das jetzt ist. Aber ich bin so traurig und fertig, dass ich weinen muss.

»Mama, Mama, was ist denn?« Loui sieht mich erschrocken an und klettert auf meinen Schoß. Ich drücke ihn und gebe ihm einen Kuss.

»Du bist so lieb, Schatz, ich bin einfach heute auch mal traurig«, sage ich.

»Aber warum denn?« Loui sieht mich mit seinen großen braunen Augen fragend an.

»Weil auch Erwachsene mal traurig sind. Max und ich hatten Streit. Du bist auch traurig, wenn du und Oskar Streit haben«, sage ich.

Loui überlegt: »Ja und dann verträgt man sich und alles ist wieder gut.«

»Genau, Süßi, ihr Kinder habt so recht. Los, lass uns was essen. Jetzt geht es mir schon viel besser, weil ich es dir erzählt habe«, sage ich und strubbele durch seine braunen Haare. Und tatsächlich stimmt das, denke ich erstaunt.

Glücklich ist, wer vergisst, was nicht mehr zu ändern ist

»Guapa«, meine Oma klingt besorgt, »was ist los? Ich höre doch, dass was nicht stimmt.«
»Ach Abuela, wie geht es euch denn? Das ist wichtiger«, sage ich.
»Wie immer«, sagt sie. »Ich möchte jetzt wissen, was los ist, Carla«, sie klingt bestimmend.
»Max und ich sind getrennt«, bringe ich schwer hervor. Schweigen, dann atmet sie hörbar durch. »Schatz, ist es jetzt wirklich ernst?«
»Ja, Abuela«, sage ich schluchzend. Ich lehne mich auf meinem Praxisstuhl zurück und weine mal wieder bitterlich. Zum Glück ist mein Vormittag in der Praxis zu Ende und ich habe es bisher für meinen Zustand professionell gemeistert.
»Ach Carli, wann kommst du wieder heim?«, fragt sie mich mitfühlend.
»Wir fliegen doch nach Mallorca zu dem Junggesellenabschied in zehn Tagen. Aber im Anschluss wollte ich kommen«, sage ich.
»Und mein Loui?«, fragt Oma hoffnungsvoll.
»Mama kommt doch mit ihm, und wir treffen uns dann zu Hause bei euch.«
»Ach wie schön, mein Schatz. Das wird dir gut tun«, sagt sie. »Hat es dieses kleine Biest tatsächlich geschafft?« fragt sie.
»Ja, sie hat einen großen Teil dazu beigetragen«, sage ich resigniert.
»Carla, straff deine Schultern, geh mit deinen Freundinnen was trinken und räume dir etwas Abstand ein«, erklärt sie fest. »Und vor allem genieße Mallorca. Auch wenn ich diesen Ballermann verabscheue,

wird es im Moment das Beste sein, was es für dich gibt. Tanz auf jedem Tisch und lass es dir gut gehen, mein lieber Schatz.« Durch ihre warme, liebevolle und starke Art fühle ich mich schon besser.

»Filippo, dein Schatz ist am Telefon, sie und Max sind getrennt, sie weint, sprich mal mit ihr!«, ruft meine Oma durchs Haus. Ich kann mir genau vorstellen, wo sie ist. Sie steht am Fenster, schaut auf das weite Meer hinaus, hat in der anderen Hand vermutlich eine kleine Weinschorle und schaut sich suchend nach meinem Opa um.

»Carlitta, was ist denn los? « Seine vertraute, ruhige und leider manchmal auch schon schwache Stimme haut mich wieder um.

»Ach Opi«, ich versuche mich einigermaßen in den Griff zu bekommen. »Diesmal ist es wirklich vorbei«, schluchze ich.

»Ach Schatz, was ist denn passiert?«, fragt er besorgt, aber ruhig.

»Alles. Mathilda, ich habe Mist gebaut und dies alles unter einen Hut zu bekommen, klappt nicht mehr«, weine ich laut.

»Das tut mir leid. Wann kommst du denn?«, fragt er.

»In 14 Tagen«, heule ich.

»Ach Schatz, meinst du nicht, ihr reißt euch wieder zusammen?«, fragt er besorgt.

»Nein, wirklich nicht«, schluchze ich. Mein armer Opa weiß nicht mehr, was er sagen soll, Männer am Telefon, denke ich etwas schelmisch.

»Mach dir keine Sorgen, ich werde Omas Rat befolgen und freue mich sehr auf euch«, sage ich tapfer. Ich möchte ihn beruhigen, er macht sich sonst zu viele Sorgen. Wir verabschieden uns herzlich und legen auf.

Ich räume meinen Schreibtisch gedankenverloren auf und überlege, was ich am kinderfreien Wochenende machen soll. In zehn Tagen fliegen wir nach Mallorca, vielleicht wäre es besser meinem Körper eine Party-Auszeit zu gönnen, überlege ich. Aber in meinem emotionalen Zustand ist das eigentlich nicht klug. Bleibe ich heute und morgen Abend zu Hause und Loui ist nicht mal da, gehe ich ein. Ich werde mal bisschen meine Freunde fragen, was so los ist. Mmmh, andererseits wollte ich mich auch bei Nils melden.

Die letzten Tage war ich nicht in der Lage, an ihn zu denken. Aber jetzt, vielleicht würde es mir gut tun, mich bisschen umgarnt zu fühlen? Wenn ich mich jetzt aber mit meinen Freundinnen oder den Jungs verabrede, kann ich ihn nicht treffen. Ach was mach ich nur? Eigentlich bin ich emotional ein Wrack. Aber er war so lieb und... Ach scheiß drauf, vielleicht hat er keine Zeit, aber ich versuche es.

Hey Nils, wie geht's dir? Hast du spontan heute Abend Zeit? Und zack ist die Nachricht gesendet.

Dann packe ich zusammen und schließe die Praxis ab. Auf dem Nachhauseweg überprüfe ich ständig mein Handy. Nils hat es noch nicht gelesen. Vielleicht ist er noch in der Uni, überlege ich. Wir haben Freitag, 13 Uhr. Könnte sein, beruhige ich mich. Ich hasse das Warten so sehr. Aber damit wird es auch wieder sehr interessant mit ihm. Ich bin einfach bescheuert. Ich drehe die Musik laut und düse nach Hause. Solange es noch mein Zuhause ist, denke ich betrübt. Max hat sich nicht mehr gemeldet. Er ist ja auch im Mathilda-Land. Mein Sarkasmus kommt wieder etwas durch und das gefällt mir besser als ständig zu weinen. Ich mag mich nicht gerne weinend.

Mittlerweile habe ich gesaugt, geputzt, geduscht und ungefähr zehnmal auf mein Handy geguckt. Mann, er war vor einer Stunde online, aber liest meine Nachricht einfach nicht. Super, es ist jetzt 18 Uhr. Wenn ich mich nicht bald umhöre, wer eventuell heute seine Kinder unter bekommt, sitze ich alleine hier. Und das ist gar nicht gut in meiner Verfassung. Ich überlege trotz meines vollen Praxiskalenders schon den ganzen Vormittag, was Max so macht. Sitze ich dann gleich weiter hier alleine, werde ich ihn wahrscheinlich anrufen und vollheulen. Oh, mein Handy piept. Jaa, es ist Nils: *Hi Señora Carli, nett von dir zu hören. Was hast du denn heute vor?*

Bäh nett, wie ich dieses Wort hasse. Es ist die kleine Schwester von scheiße, sagen meine Mädels immer. Also, er wirkt nicht gerade begeistert, irgendwie. Und mich ihm jetzt anzubiedern, ist mir auch zu blöd.

Ach, nichts Spezielles. Dann dir viel Spaß. LG

Häh, was ist denn jetzt los? Kommt von ihm zurück.

Mmh, überlege ich, Nils scheint verwirrt. Vielleicht habe ich mal wieder zu voreilige Schlüsse gezogen. Ach, was habe ich zu verlieren? Ich soll Spaß haben, wurde mir gesagt. Also schreibe ich mutig, wonach mir ist.

Hätte dich gerne getroffen. Hast du denn Lust?

Müsste eigentlich für die nächste Klausur lernen, aber das wäre 'ne schöne Ablenkung. Wo und wann?

Ich muss schnell überlegen. Was habe ich überhaupt mit ihm vor? Verdammt, irgendwie wirkt es schon so, als ob ich mit ihm ins Bett will. Und ich möchte nicht, dass er das denkt. Es wirkt so billig. Bei unserer ersten Begegnung haben wir ziemlich heiß geflirtet und geknutscht. Und er wollte damals schon mit zu mir. Wenn ich jetzt zu ihm fahre, wirkt es definitiv so, als wolle ich mich anbiedern. Verdammt, ich möchte mit Lina oder Ana oder einer anderen Freundin gerne die Situation durchsprechen. Aber dafür ist irgendwie keine Zeit mehr. Ich glaube, ich lasse das. Als ich mir vorhin seine Facebookseite angeguckt habe, wurde ich noch aufgeregter. Er hat Interviews gegeben während seiner Fußballkarriere und er wirkte einfach unglaublich toll, süß und attraktiv. Seine Stimme ist so schön ruhig und lieb. Die Mädels auf seiner Seite sind alle sein Alter, blond und barbiemäßig. Irgendwie komme ich mir total albern vor, dass ich mich überhaupt mit ihm treffen will. Wahrscheinlich zerreißt er sich mit seinen jungen Kumpels das Maul über mich. Ich komme da als alte Schnalle angefahren, um mich mal von einem jungen Kerl durch die Kiste schieben zu lassen. Irgendwie richtig peinlich und gar nicht mein Niveau. Sicher hatte ich schon One Night Stands, aber nie geplante. Es hat sich im Laufe eines schönen Abends so ergeben. Eigentlich bin ich, wenn ich zu ihm fahre, nicht anders als diese Mädels von Tinder, die sich meine Jungs des Öfteren nach Hause bestellen, überlege ich. Wie oft war ich fassungslos über deren Geschichten bezüglich der Dating App Tinder. Da sieht man ein Foto und gefällt einem die Person, klickt man sie an, gefällt die Person einem nicht, wischt man sie kurzerhand weg. Und gefällt man sich gegenseitig, geht es eigentlich nur darum, sich zum Vögeln zu treffen. Manche Mädels sind 100 Kilometer gefahren, um sich von einem meiner Jungs in die Kiste ziehen zu lassen und sind danach wieder nach Hause gefahren. Ich fand damals eigentlich, dass jede Prostituierte schlauer ist, da sie wenigstens Geld dafür bekommt. Vielleicht bin ich einfach zu alt für diesen Kram.

Ach Max, wir könnten hier zu Hause zusammen sitzen und glücklich sein. Aber du hast mich verlassen und jetzt überlege ich tatsächlich zu einem Kerl Anfang zwanzig zu fahren. Schaffe ich das emotional überhaupt? Ich weiß eigentlich gerade gar nichts, denke ich verwirrt. Nils reizt mich wahnsinnig. Warum, kann ich nicht genau beantworten. Seine einerseits coole, dann wieder sehr höfliche Art, seine Entspanntheit und wahrscheinlich auch ein bisschen, dass er so 'ne Art Promi-Status hatte. Er bewegt sich heute noch in den Kreisen, die ich eigentlich für oberflächlich halte, die mich aber auch faszinieren. Er hat durch sein verletzungsbedingtes Karriere-Aus seine Kontakte und Freunde ja nicht verloren. Und er gefällt mir leider richtig gut. Hierher kann ich ihn einfach nicht bestellen. Das Haus ist im Moment zumindest noch Max und mir. Auch wenn ich so wenigstens die Anfahrt gespart hätte. Und irgendwie nicht ganz so verzweifelt rüberkommen würde. Nils weiß natürlich auch genau, wo das Treffen enden wird. Nämlich im Bett. Also bin ich nicht besser als eine Tinder-Tusse, die sich bestellen lässt. Der Gedanke gefällt mir überhaupt nicht. Ich möchte eigentlich wie eine Königin behandelt werden. Was sagte meine Oma als Kind schon zu mir? »Dann benimm dich auch wie eine. Aber wie eine gütige, Carli, aber das fällt dir nicht schwer«, dann hat sie meinen Kopf geküsst und mich warmherzig angelächelt.

Eine Frau mit einem Bier in der Hand wird anders behandelt als eine, die Champagner trinkt. Das habe ich mal in einem Buch gelesen und da ist tatsächlich was dran. Da ich Bier überhaupt nicht ausstehen kann, war das schon mal nie ein Problem, lächle ich in mich hinein.

So, was tue ich nun, er wartet auf eine Antwort. Ich werde heute die Königin mal beiseitelegen und eine Maitresse sein, überlege ich mutig. Ich tippe in mein Handy.

Ich könnte zu dir kommen und wir gehen was trinken?

Seit 20 Minuten warte ich auf seine Antwort und mein Mut sinkt. Es ist peinlich, er denkt, ich bin bescheuert und billig. Ich raufe meine Haare und weiß nichts mit mir anzufangen. Mein Magen ist wie zugeschnürt und ich fühle mich wie 14 und dämlich. Es piept, bitte lass es ihn sein, bete ich.

Coole Idee. Wann kommst du? Aber du schläfst definitiv hier.

Puh, er weiß, was er will, würde ich mal sagen. Einerseits freue ich mich, aber der billige Beigeschmack bleibt.

Lieber was riskieren als ewig bereuen, sich nicht getraut zu haben

Ich glaube, ich drehe wieder um. Ich stehe mit dem Auto vor Nils Haus und mir ist schlecht. Zum Glück ist es schon dunkel. Irgendwie klebe ich an meinem Sitz. Ich kann nicht fassen, dass ich tatsächlich sowas mache. Wie soll ich ihn begrüßen und soll ich meine Tasche mit meiner Zahnbürste direkt mit reinnehmen? Verdammt. Mit Lina habe ich auf der Fahrt telefoniert, sie findet es völlig okay. Prima, sie sitzt ja auch nicht vor seiner Haustür. Ich bin eigentlich zu alt für den Scheiß. Mein Mut sinkt so in den Keller, dass ich ernsthaft überlege zu fahren. Aber ich weiß, dass ich mich dann immer ärgern werde. Ich fand ihn so toll und als ich ihn sprechen gehört habe in seinen Interviews, die ich gegoogelt habe, fand ich ihn noch toller. Seine Art, er wirkt so erwachsen und ausgeglichen. Max war oft so launisch und laut. Aber auch wahnsinnig warmherzig, lustig und männlich. Scheiße, ach Max, du fehlst mir so. Und ich weiß, dass es dich verrückt machen würde, wenn du mich jetzt sehen würdest. Du wärst nach wie vor eifersüchtig. Wenn ich darüber nachdenke, dass er eine andere hätte oder vielleicht sogar mit der blöden Ute wieder was anfängt, dreht sich mir der Magen um.

Ich bin schon 15 Minuten zu spät. Ich muss aussteigen oder wieder fahren.

Nein, egal, ich steige jetzt aus und lass es mir mal gut gehen. Was soll das? Meine Selbstzweifel schiebe ich jetzt mal beiseite. Ich sehe gut aus und ich habe im Leben was erreicht. Ich brauche mich nicht schlecht zu fühlen, weil er ansonsten nur Barbies gevögelt hat, sage ich mir selbstbewusst. Meine Tasche lasse ich trotzdem erst mal im Auto, sieht sonst zu anhänglich aus. Ich nehme nur meine Handtasche und laufe auf die Eingangstür zu. Nils wohnt in einem Sechs-Parteien Haus, das ziemlich neu sein muss. Scheinbar gönnt er sich von seinem ersparten Geld als ehemaliger Fußballer eine etwas schickere Wohnung als andere Studenten. Ganz oben steht sein Nachname auf der Klingel. Ich drücke und bin dabei so aufgeregt, dass ich am liebsten wieder weglaufen möchte.

»Hallo?«, ertönt seine Stimme.

»Äh, hi, ich bin's, Carla«, sage ich unsicher.

»Ich drück auf, komm ganz hoch«, erwidert er lässig. Der Türsummer schrillt los und ich drücke die Tür auf. Schön gepflegtes Treppenhaus und ein Aufzug, perfekt. Bis ich unsportliche Person im sechsten Stock angekommen wäre, hätte ich ihn vor lauter Atmen kaum begrüßen können. Ich steige dankbar in den Aufzug ein und drücke die Nummer sechs. Meine Hände sind schweißnass, warum mach ich das, frage ich mich panisch. Am liebsten würde ich den Notknopf drücken und den Aufzug stoppen.

Aber da geht die Tür auf. Ich atme tief durch und trete fast ängstlich in den Flur. Die einzige Wohnungstür auf dieser Etage steht offen und ich höre leichte Housemusik. Und dann steht er vor mir.

»Hallo Carla, na hast du es gefunden?« Er drückt mich zur Begrüßung und gibt mir einen leichten Kuss auf die Wange.

»Hi«, ich finde meine Stimme wieder, »ja, das Navi macht das ja«, plappere ich.

»Komm rein«, sagt Nils. Seine Wohnung ist top modern und minimalistisch eingerichtet. Alles in grau und weiß.

»Wie bei mir zu Hause« sage ich,

»die gleichen Töne und der gleiche Stil.«

»Freut mich, wenn es dir gefällt«, antwortet er.

»Wollen wir direkt los?«, frage ich hoffnungsvoll. Ich möchte irgendwie unter Menschen und ich möchte Alkohol trinken. Nüchtern pack ich das alles nicht. Ich bin so aufgeregt, dass ich mich schon total bescheuert finde. Nils scheint leider gar nicht aufgeregt zu sein. Er wirkt lässig und entspannt. Er ist fertig gestylt und hat sich locker angezogen für einen Club. Jeans und ein cooles Shirt. Das Logo sagt mir nichts, wahrscheinlich bin ich dafür zu alt.

»Wenn du magst, können wir direkt gehen.« Er geleitet mich zur Tür und zieht sich Schuhe und Jacke an.

»Wie kommen wir denn hin und wo gehen wir überhaupt hin?« frage ich.

»Wir laufen ein Stück an die Hauptstraße und da wird ein Taxi kommen. Ich dachte, wir gehen ins Mio, das ist ein ganz cooler Club«, sagt er.

»Alles klar, du bist der Reiseführer.« Ich zwinkere ihm zu. Ich hoffe innerlich, dass der Laden nicht nur was für Zwanzigjährige ist. Sonst fühle ich mich ja total blöd.

Meine Sorge war unbegründet, das Mio ist ziemlich cool, muss ich erleichtert feststellen. Es gibt viele Sitzmöglichkeiten, in der Mitte ist eine Tanzfläche und die Musikauswahl ist gut gemischt. Die Musik ist zum Unterhalten nicht zu laut und das Licht ist schön schummrig. Der Altersdurchschnitt liegt zwischen zwanzig und vierzig. Ich gehöre definitiv zum älteren Teil, aber da ich immer auf Ende zwanzig geschätzt werde, ist das okay. Nils und ich haben zwei Plätze an der Theke ergattert. Der Bistrostuhl hat eine Lehne, ich einen Champagner in der Hand und langsam fühle ich mich schon viel besser. Nils dreht seinen Stuhl zu mir so, dass wir uns gegenübersitzen und unsere Knie sich berühren. Meinen Champagner kann ich auf der Theke neben mir abstellen und ich entspanne mich von Minute zu Minute.

»Weiß dein Freund denn, dass du hier bist?« Nils sieht mich interessiert an.

»Nein. Da wir getrennt sind.«

Nils macht große Augen. »Was? Das tut mir leid.« Er sieht mich fragend an.

»Um die Geschichte abzukürzen, dass Patchworkding ist uns über den Kopf gewachsen, seine Tochter wollte sich umbringen, ich sei durch meine Strenge Schuld und das war's.« Ich atme durch und trinke von meinem Champagner.

»Okay.« Nils sieht mich aufmerksam an. »Hört sich alles ziemlich stressig an.« Er greift nach seinem Bier und hält es vor mich. »Dann Prost, Carla, dass du nicht zu traurig bist. Und schön, dass du hier bist.« Er zwinkert mir zu und mein Herz hüpft.

»Die Tochter klingt echt ziemlich schräg«, sagt er.

»Das kannst du laut sagen, sie ist so verwöhnt und ich kann es nicht mehr ertragen. Wir waren jetzt fünf Jahre zusammen, ich war sehr traurig und auch jetzt ist es wirklich hart. Ich habe Angst wegen des gemeinsamen Hauses. Wie ich das finanziell alles stemmen soll, weiß ich noch nicht. Am Montag habe ich einen Termin bei der Bank. Es ist einiges zu tun, aber ich war so oft traurig während der Beziehung und sauer und das ist nicht das Leben, das ich mir wünsche.« Ich schaue Nils eine Spur amüsiert an. »Ich glaube es nicht, dass ich tatsächlich heute hier mit dir sitze«, sage ich.

»Warum?« Er schaut mich verwirrt an.

»Na, weil es eigentlich nicht meins ist, zu einem Mann zu fahren, den ich kaum kenne.«

»Ach so ein Quatsch, stell dich nicht so an. Wir haben uns doch gut verstanden«, er lächelt schelmisch und stupst mir ans Bein.

»Ja«, ich trinke verlegen von meinem Champagner und fühle mich sehr wohl mit ihm. »Warum bist du überhaupt Single?«, frage ich ihn.

»Seit ungefähr acht Monaten bin ich Single. Meine damalige Freundin hat sich von mir getrennt, weil ich durch das Aus beim Fußball wohl ziemlich im Eimer war und sie konnte damit nicht so gut umgehen.«

»Das tut mir leid«, sage ich ehrlich.

»Nein, ist mittlerweile völlig okay. Wir hatten uns auch vorher ständig gestritten.«

»Hast du denn in deinem Bein noch Schmerzen oder darf es einfach nicht mehr so belastet werden?«, frage ich.

»Nein, Schmerzen habe ich keine mehr, aber richtig, die Belastungsfähigkeit, um im Profisport wieder mithalten zu können, wäre nicht gegeben.«

»Das tut mir wirklich so leid. Dass das eine riesige Umstellung sein muss, glaube ich dir.«

»Mittlerweile habe ich es ganz gut im Griff. Mein Studium macht mir wirklich Spaß, aber klar hatte ich mir mein Leben anders vorgestellt.«

»Irgendwie haben wir das uns wohl alle«, sage ich nachdenklich.

»Das glaube ich dir, Carla.«

»Ich wollte nie alleinerziehend sein, ich wollte immer eine große Familie, ich wollte ein Waisenhaus gründen und irgendwie wollte ich vielleicht sogar berühmt werden.« Ich lache verlegen.

»Das kannst du doch alles noch machen. Das mit dem Waisenhaus, coole Idee, wo möchtest du das denn eröffnen?«

»Ich war vor Louis Geburt drei Monate ehrenamtlich in Indien im Waisenhaus. Das war eine sehr traurige Zeit, aber auch eine unfassbar schöne. Die Kinder geben dir so viel und du kannst sie glücklich machen, wenn du sie mal in den Arm nimmst.«

Nils mustert mich. »Du bist wirklich eine tolle Frau, Carla.«

Ich lache und winke ab. »Du Spinner«, sage ich lächelnd.

Nils schaut mich weiter eindringlich an. »Nein, das meine ich ernst.« Er trinkt einen Schluck und lächelt. »Und berühmt kannst du auch werden. Was magst du denn machen?«

»Ach, keine Ahnung, ist nur Quatsch.«

»Jetzt sag schon«, bohrt er nach.

»Ich finde diese ganze Glitzer-Glamour-Welt eigentlich total oberflächlich und dämlich. Und ja, trotzdem würde ich teilweise wirklich gerne was im Fernsehen machen. Immer mehr Eltern haben große Erziehungsprobleme, weil ihnen das Vertrauen in sich selbst als Eltern fehlt. Sie lassen den Kindern zu viel durchgehen, die mit so viel Macht aber auch überfordert sind. Und so ergibt sich ein Teufelskreis. Ich würde - lach aber jetzt nicht!«

Ich schaue Nils belustigt streng an. Aber er sieht mich so aufmerksam und interessiert an, dass ich lachen muss.

»Was denn?«, er schaut verwirrt zu mir.

»Nichts«, sage ich. »Ich würde wirklich gerne eine Show machen, die sich mit dem Thema Erziehung beschäftigt. Aber was Niveauvolles, wo niemand vorgeführt wird.

Ich merke täglich in meinem Job, wie nötig das wäre. Wenn das so weitergeht, gibt es in 15 Jahren nur noch Menschen, die nicht leistungsfähig sind und egoistisch.« »Interessante These«, Nils denkt nach. »Es stimmt tatsächlich, wenn man Kinder und ihre Eltern erlebt, merkt man, dass da kaum noch Respekt herrscht. Meine Cousine zum Beispiel, ihre Tochter ist drei und hat definitiv das Sagen zu Hause. Selbst mir, und ich habe mit Kindern bisher nicht viel zu tun, fällt das auf. Coole Idee, bewirb dich doch mal. Zum Beispiel hier in Mainz beim ZDF. Du bist hübsch, eloquent, das könnte klappen.« Er klopft aufmunternd auf mein Bein.

Ich lächle, »Ach was, mal sehen, was das Leben noch so bringt. Im Moment muss ich erst mal alles geordnet bekommen.« Ich lächle Nils zu und wir bestellen uns die nächste Runde.

Um halb vier schaue ich zum ersten Mal auf die Uhr. Ich stehe in der ziemlich engen Toilette und bürste meine Haare. Leider sehe ich nicht mehr ganz so frisch aus. Aber ich strahle bis über beide Ohren. Der Abend ist einfach schön. Wir reden seit vier Stunden und berühren uns immer zufällig. Was natürlich kein Zufall ist. Nils ist lustig, auf spezielle Art ruhig und als Mensch sehr angenehm. Als ob er in sich selbst ruhen würde. Für einen Menschen, wie ich es bin, kaum vorstellbar. Immer bin ich rast- und ruhelos und auf der Suche. Er tut mir gut, ich bin entspannt und gleichzeitig aufgeregt, was das alles heute noch wird. Ich habe, seit ich mit Nils hier sitze, kaum an Max gedacht. Vier Gläser Champagner habe ich getrunken,
ich fühle mich nur ganz leicht beschwingt und seit Tagen mal wieder glücklich.

139

Als ich aus der Toilette komme, sehe ich zwei Blondinen bei Nils stehen. Direkt fühle ich mich unwohl. Die eine kommt mir bekannt vor, überlege ich. Ach, das ist diese Kleine vom letzten Mal. Die wollte ihn mit heim nehmen damals und war sauer. Na prima, die wird sich ja freuen, mich zu sehen, denke ich genervt.

Ich straffe meine Schultern und gehe zu den dreien. Auf meinem Barhocker sitzt die andere Blonde, was mir stinkt. Nils schiebt mich in die Gruppe und stellt mich vor. Die blonden Barbies starren mich abschätzend an. Ich fühle mich mittlerweile durch die vier Stunden mit Nils und die vier Champagner sicher.

»Sorry, aber das war mein Platz«, sage ich zuckersüß.

Die Blonde, die wirklich sehr hübsch ist, sieht mich giftig an. »Na dann, Alter vor Schönheit« , sagt sie, steht auf und schaut sich triumphierend um.

»Lieber alt als dumm«, sage ich lächelnd und setzte mich. »Nils, noch ein Bier?« frage ich reizend.

Er schaut mich belustigt und stolz an. »Ja, sehr gerne, Carla.« Die Blonden stehen noch immer da und schauen uns beide an. Ich lehne mich über die Theke und bestelle.

»Nils!«, höre ich Leni sagen, ihre schrille Stimme geht mir jedes Mal durch und durch. »Hätte ich gewusst, dass du auf alte Weiber stehst, hätte ich nie was mit dir angefangen« Ihre Stimme klingt nur halb so cool, wie sie möchte. Ohne dass ich mich umdrehen muss, merke ich, wie aufgebracht sie ist.

»Leni, ey, verpiss dich!« Nils Stimme kann auch hart klingen, denke ich mir verblüfft. Der Barkeeper hat mir unsere Getränke gereicht und ich drehe mich wieder zu der netten Runde.

»Mädels, hättet ihr auch was gewollt?«, frage ich freundlich. Die zwei starren mich verdattert an. Freundlichkeit ist immer noch die beste Verteidigung, denke ich mir.

»Äh, nein danke, besser nicht. Leni, ich glaube wir gehen«, sagt die hübsche Blonde. Leni sieht immer noch sehr launisch aus, aber auch sehr verwirrt, stelle ich zufrieden fest. Und sie treten den Rückzug an. Zufrieden lehne ich mich zurück und grinse Nils an. Er lacht laut und zieht mich an sich. Wir sitzen uns gegenüber und unsere Gesichter sind ganz eng zusammen.

»Du bist eine«, sagt er liebevoll und küsst mich ganz leicht. In mir kribbelt alles und ich würde mich am liebsten auf seinen Schoß setzen. Hauptsache ganz nah an ihm dran, denke ich. Ich sehe ihn an und lache.

»Ja, sorry, aber die brauchten eine passende Ansage.«,

»Absolut« Nils sieht sich um, sie sind abgezogen. »Leni ist wirklich schräg, ich weiß einfach nicht, wie ich ihr noch klar machen soll, dass ich kein Interesse habe. Wollen wir langsam gehen?«, fragt er mich. »Es leert sich sehr hier.«

»Ja, gute Idee.« Ich nehme meine Tasche und trinke den letzten Schluck im Stehen.

Draußen ist es mild und angenehm warm. Die Sonne wird bald aufgehen und ich fühle mich wohl. Nils hat meine Hand genommen und wir schlendern langsam durch Mainz.

»Wollen wir noch an den Rhein? Ich kenne da eine tolle Stelle zum Sonnenaufgang gucken.«

»Oh ja, sehr gerne«, stimme ich begeistert zu.

Wir durchqueren die Fußgängerzone. Überall ist es ruhig, die ganze Stadt schläft noch.

»Lass uns hier noch was holen.« Nils bleibt vor einem Kiosk stehen, der vierundzwanzig Stunden geöffnet hat. Ich warte vor der Tür und hoffe insgeheim, dass dieser Tag nicht so schnell enden wird. Als er herauskommt, hält er eine Flasche Sekt hoch, zwei Pappbecher und zum Glück auch eine Flasche Wasser für den Durst.

»Super«, sage ich und strahle ihn an. »Gib mir bitte mal das Wasser, ich habe total Durst.«

Nils reicht mir die Flasche und ich trinke einen riesigen Schluck. Hand in Hand laufen wir weiter und erreichen dann den Rhein.

»Ach, wir sind ja am Winterhafen«, stelle ich fest, »hier im Bootshaus war ich schon oft Essen.«

»Ja, ist super da«, bestätigt er. »Lass uns da vorne auf die Wiese gehen.« Nils zieht seine Jacke aus und breitet sie auf dem Gras aus. Zum Glück ist es für deutsche Verhältnisse mal warm, denke ich dankbar. In Javea ist es im Juni morgens so warm, dass man in kurzen Klamotten draußen sitzen kann. Ach Javea, ich vermisse es und meine Großeltern. In ein paar Tagen bin ich ja endlich wieder da. Emilio habe ich immer noch nicht geantwortet. Nun ja, bei mir ging es auch einfach zu turbulent zu.

»Was überlegst du?« Nils schaut mich interessiert an und hält mir einen Becher Sekt hin.

»Ach, ich habe an zu Hause gedacht, also an Spanien, ich vermisse meine Großeltern, meine Freunde und das ganze Lebensgefühl dort oft. Aber genauso gerne bin ich auch hier. Einerseits schön, sich an zwei Orten zu Hause zu fühlen, andererseits fühle ich mich oft zerrissen. Bin ich hier, vermisse ich Javea, bin ich da, vermisse ich Deutschland. Es ist so, als hätte ich zwei Leben, eins hier und eins in Spanien.«

»Und welches gefällt dir besser?« Nils schaut mich fragend an.
»Mmh, gute Frage, jedes ist auf seine Weise schön und anstrengend«, lächle ich. Ich hebe meinen Becher und halte ihn Nils hin. »Prost Nils, wirklich schön, dass wir uns kennengelernt haben. Gerade bin ich im deutschen Leben lieber.« Ich schaue ihm in die Augen und beuge mich zu ihm. Er küsst mich ganz vorsichtig. Das ist mir bei unserem ersten Treffen schon aufgefallen, er küsst so zart und behutsam. Ich hoffe, dass er im Bett etwas mehr Gas gibt. Ich darf sein Alter ja nicht außer Acht lassen, er ist immerhin 12 Jahre jünger als ich. Eigentlich unfassbar, ich müsste sofort verschwinden, wenn ich genauer darüber nachdenke. Aber was soll's.
Die ganzen Promis haben ja alle ihre sogenannten Toyboys, warum also sollten wir Normalos uns nicht mal was gönnen? Und ich muss mir wirklich eingestehen, ich mag ihn sehr. Außerdem muss ich mich ablenken. Montag muss ich zur Bank und überlegen, wie ich Louis Leben aufrechterhalten kann.
»Vielleicht sollten wir langsam gehen?«, schlage ich vor.
»Bisschen schlafen wäre nicht schlecht.« Mittlerweile haben wir 6:30 und es ist hell. Und ich fühle mich fix und fertig. Wahrscheinlich sehe ich auch so aus. Obwohl Nils und ich die ganze Zeit einiges an Wasser getrunken haben, merke ich, dass ich absolut erschöpft bin. Nils und ich haben so viel gelacht, dass ich mich total euphorisiert fühle.
Ich weiß nicht, wann ich das letzte Mal mit Max so ausgelassen gelacht habe. Ich denke nur in der ersten Verliebtheitsphase. Danach war Max oft zu müde und hatte keine Lust auszugehen. Also bin ich alleine los. Ach, nicht schon wieder, Max, verschwinde aus meinem

Kopf. Und aus meinem Herz, denke ich traurig. Nein, ich lass mich jetzt nicht in dieses Gefühl reinfallen. Stattdessen nehme ich Nils Hand und ziehe ihn hoch. Im Aufzug stehen wir komisch fremd voreinander und keiner sagt etwas. Warum fühlt es sich jetzt so komisch an, denke ich mir. Die ganze Zeit hing er an mir wie eine Klette und jetzt geht er auf Abstand. Steht er plötzlich nicht mehr auf mich? Habe ich was Blödes gesagt? Oder sehe ich aus wie eine versoffene Nutte?

»Willst du lieber deine Ruhe und ich fahre heim?«, frage ich unsicher.

Nils sieht verwundert zu mir. »Nein, du kannst nicht fahren und du bleibst wie besprochen hier«, sagt er bestimmend.

Wir betreten die Wohnung und ich gehe ins Badezimmer.

»Magst du ein Wasser?«, ruft mir Nils nach.

»Ja, gerne«, antworte ich vom Bad aus. Ich sitze auf der Toilette und fühle mich komisch. Es war so lustig und jetzt ist er irgendwie komisch. Total kühl gerade.

Am liebsten würde ich heim, denke ich müde und resigniert. Den super Typen gibt es nun mal nicht. Alle haben irgendwie einen Schuss, leider nicht auf den ersten Blick erkennbar.

Ich habe meine Tasche aus dem Auto mitgenommen und ziehe mich um. Ich mag heim, jammere ich in Gedanken vor mich hin. Aber ich kann jetzt nicht einfach abbrechen und verschwinden. Aber aufs Vögeln habe ich definitiv keine Lust, wenn das hier so bleibt. Ich putze meine Zähne und gehe zurück in die Küche. Bisschen Schminke habe ich auf den Augen gelassen. Ich sehe zwar ungeschminkt noch normal aus, aber fühle mich dann wie eine Nacktschnecke.

Also lasse ich bisschen Wimperntusche drauf. »Ach du bist ja fertig, dann geh ruhig schon rüber, ich geh noch schnell Zähne putzen«, sagt Nils. Sein Schlafzimmer befindet sich im hinteren Bereich der Wohnung. Die Rollläden sind zum Glück zu. Ich kann im Hellen nicht gut schlafen. Sein Bett ist mit grauer Bettwäsche bezogen und sieht gemütlich aus. Fußball- oder Star Wars-Bettwäsche hätte ich von ihm eigentlich auch nicht erwartet. Aber so jung wie er ist, wer weiß. Ich lege mich auf die Seite, die scheinbar die Besucherseite ist. Auf der anderen liegen Uni Unterlagen und ein Ladekabel. Oh, Liegen, was tut das gut. Mein Körper ist so müde und fertig. Auch wenn das Bett bequem ist, ich möchte heim. Ich bin richtig wehmütig. Eben fühlte ich mich noch so wahnsinnig wohl mit ihm und jetzt so fremd. Na, eigentlich ist er ja auch fremd. Emilio ist mir total vertraut gewesen. Das war anders. Das hier ist jetzt fast unangenehm, ich kenne Nils nun mal kaum. Und mit jemandem das Bett teilen ist schon sehr intim. Vor allem später, wenn wir wach werden, ich hoffe, ich kann mich rausschleichen. Ich sehe dann bestimmt schrecklich aus und es ist total unangenehm. Oh Mist, er kommt. Nils macht die Tür zu. Zumindest ist es jetzt stockdunkel hier. Das fühlt sich gut an. Ich möchte niemanden sehen. »Carli, schläfst du? Carli?« Er nennt mich sonst immer bei meinem vollen Namen, ob das jetzt was bedeutet, frage ich mich. Typisch Frau, furchtbar, sofort am Überlegen.

»Nein, noch nicht«, antworte ich übertrieben schläfrig. Ich bin viel zu aufgeregt, um jetzt zu schlafen, denke ich. Ich drehe mich zu ihm. Nils scheint auf dem Rücken zu liegen. »Alles okay?«, frage ich ihn.

»Ja, alles okay.«»Du klingst wenig überzeugend«, gebe ich zurück.

»Carli, schau mal, du hast gerade diese Trennung hinter dir und ich denke, dass du für was Neues nicht bereit bist«, sagt er nachdenklich.

»Ehrlich gesagt habe ich darüber noch nicht nachgedacht. Ich mag dich sehr. Aber Nils, ich bin zwölf Jahre älter, mein Leben ist im Gegensatz zu deinem sehr kompliziert. Und ich kann mich nicht mehr ausprobieren und machen, was ich möchte. Ich habe einen Sohn, ich muss Verantwortung übernehmen. Du kannst noch alles machen und dich ausprobieren«, sage ich.

»Sicher haben wir verschiedene Ausgangspositionen, aber ich würde dich gerne näher kennenlernen, Carli. Und aus diesem Grund möchte ich, auch wenn es mir schwer fällt, jetzt nicht mit dir schlafen. Dann läuft es nämlich doch auf eine reine Bettgeschichte hinaus.« Ich fasse es nicht. Seit wann denken Männer über so was nach? Ich bin verwirrt. Normalerweise wollen Männer sehr gerne mit einer Frau schlafen, die neben ihnen leicht bekleidet im Bett liegt. Und warum ist er so weitsichtig und denkt darüber nach, mit mir eventuell eine Beziehung zu haben? Sicher, ich mag ihn, aber ich bin noch nicht so weit. Max liebe ich nach wie vor. Und bis ich das alles verdaut habe, wird es noch Zeit brauchen.

»Nils, ich möchte ehrlich zu dir sein«, sage ich kleinlaut.

»Ich bin tatsächlich noch nicht über Max hinweg und ich denke, das ist auch menschlich nach fünf gemeinsamen Jahren und einer Trennung, die erst sehr kurz zurückliegt.

Ich denke nicht, dass das zwischen uns was werden kann.

Ich finde dich wirklich toll, ich denke, das merkst du auch. Aber mehr geht bei mir nicht. Und das Alter ist wirklich auch ein Problem für mich. In ein paar Jahren sehe ich nicht mehr so jung aus. Und mir ständig Gedanken darüber zu machen, dass eine in deinem Alter dich mir wegnimmt, ist mir einfach zu anstrengend.« Ich kuschle mich an ihn. »Ich denke, du weißt, wie du auf Frauen wirkst.« Ich stupse ihn an. »Ja Carla, ich verstehe, was du sagst. Aber trotzdem finde ich dich einfach zu scharf.« Er dreht sich zu mir und wir liegen jetzt Stirn an Stirn.

»Komm, wir küssen noch bisschen«, sage ich neckisch. Nils zieht mich an sich und küsst mich. Diesmal um einiges stürmischer, als er sonst küsst. Ich drücke mich an ihn und spüre, dass er eigentlich sehr gerne mit mir schlafen möchte. Ich quetsche mich regelrecht an ihn und wir küssen uns so wild, dass ich nur schwer atmen kann.

»Carla, vielleicht werfe ich meine Vorsätze, nicht mit dir zu schlafen, über Bord«, sagt Nils keuchend in mein Ohr.

»Das ist eine sehr gute Idee«, sage ich, während er mich weiter küsst.

Ich mach die Augen auf, sehe jedoch nur die Umrisse von Nils Zimmer. Er liegt neben mir und schläft. Zum Glück. Ich möchte nämlich eigentlich schnell und leise verschwinden. Wie spät ist es überhaupt? Ich richte mich vorsichtig auf, um über Nils hinweg zu seinem Wecker gucken zu können. Halb drei schon. Immerhin habe ich dann etwas geschlafen. Um neun Uhr habe ich nach unserem kleinen Stelldichein das letzte Mal auf die Uhr geguckt. Es war wirklich schön mit ihm. Jedoch so anders als mit Max. Überhaupt nicht vertraut und das Alter merkt man auch. Er weiß nicht wirklich, was Frauen gefällt und dadurch war es teilweise etwas krampfartig. Aber wie heißt es? Junge Männer wissen nicht, was sie tun, dafür tun sie es die ganze Nacht. Das kann ich nach dieser Erfahrung heute unterschreiben. Irgendwann war ich so müde, dass ich zu Nils sagte, dass ich einfach nur noch schlafen möchte. Zum Glück hat er es nicht persönlich genommen, sondern kam endlich zum Ende. Meine Güte, was ein Abend und was ein Morgen. Aber jetzt möchte ich wirklich nur noch nach Hause und meine Ruhe. So leise ich kann, stehe ich auf und gehe auf Zehenspitzen zur Tür. Ich drücke ganz vorsichtig den Türgriff nach unten und bete, dass er nicht wach wird. Ich habe gerade keine Lust auf Konversation, denke ich schläfrig. Auf Zehenspitzen schleiche ich ins Bad, ziehe meine Klamotten an und verzichte auf Waschen und Zähneputzen. Leider muss ich so dringend auf Toilette, es wird sich nicht vermeiden lassen, danach die Toilettenspülung zu benutzen. Hoffentlich wird er nicht wach! Ich schnappe meine Tasche, die Handtasche liegt auf der Couch, mein Handy nehme ich vom Tisch und nichts wie raus hier. Als ich den Motor anlasse, atme ich erleichtert durch. Das wäre geschafft. Es war ein toller Abend, aber irgendwie ist mir jetzt gerade alles zu anstrengend. Und ich wäre glücklich, wenn Max, der mir so vertraut ist, zu Hause auf mich warten würde. Und wir hätten einen kuscheligen verkaterten Mittag auf der Couch. Aber das werden wir nie wieder haben. Und auf einmal muss ich weinen. Was bringt dieser ganze Dating-Quatsch überhaupt? Eigentlich suchen wir doch alle nur den Einen. Ich bin es so leid, diese ganzen Typen und doch ist keiner so, dass alles passt.

Ich möchte mich geborgen fühlen und nicht immer suchen müssen. Ich weine die ganze Fahrt nach Hause.

»Frau Cruz, bitte kommen Sie doch herein.« Herr Sayn, ein freundlicher Mann mit Halbglatze, bittet mich in sein Büro. »Was möchten Sie denn mit mir besprechen?« Herr Sayn sieht mich freundlich an.

»Herr Schmitt und ich haben uns getrennt«, bringe ich heraus.

»Oh das tut mir leid.« Herr Sayn macht ein betroffenes Gesicht.

»Ich würde aber sehr gerne das Haus behalten, mein Sohn geht dort zur Schule und wir fühlen uns sehr wohl. Jetzt ist meine Frage, ob wir vielleicht umfinanzieren könnten?

Ich kann die 2000 Euro Abtrag monatlich alleine nicht aufbringen«, sage ich schwach.

Herr Sayn setzt seine Brille auf und tippt auf seine Tastatur ein. »Es dauert einen Moment, ich muss Ihre Daten erst aufrufen. Der Kredit läuft noch fünf Jahre in dieser Form, dann wird ja neu verhandelt«, sagt er, während er weiter auf seine Tastatur einhaut. »Könnten denn vielleicht Ihre Eltern für Sie bürgen? Das Problem, Frau Cruz, ist, dass das Haus auf Sie beide läuft. Sie sind beide selbstständig und dadurch schon Wackelkandidaten. Auch wenn Sie wirklich gute Umsätze haben, kann sich das schnell ändern und Sie können nicht mehr zahlen. In dem Fall würden wir an Herrn Schmitt herantreten. Sind sie aber nur noch alleine für das Haus verantwortlich, fehlt uns eine Sicherheit. Leider ist der Vertrag auch für die nächsten fünf Jahre mit einer monatlichen Rate von 2000 Euro

vereinbart worden. Daran können wir auch nichts ändern.« Herr Sayn schaut mich mitfühlend an. »Es tut mir leid, Frau Cruz, aber Sie müssten einen zweiten Bürgen finden und an den 2000 Euro monatlich für die nächsten fünf Jahre kann ich nichts ändern.«
Ich versuche tapfer meine Tränen runter zu schlucken. Und stehe auf. »Vielen Dank, ich werde mich die nächsten Tage bei Ihnen melden«, sage ich und verlasse die Bank. Im Auto kann ich meine Tränen nicht mehr zurückhalten und schluchze los. Verdammt, ich möchte nicht ausziehen. Loui muss in seinem Zuhause bleiben. Also muss ich doch mit meinen Eltern sprechen. Es gibt keine andere Lösung. Ich möchte nicht von ihnen abhängig sein, aber leider schaffe ich es nicht alleine. Auch wenn ich noch mehr arbeiten würde, bräuchte ich einen Bürgen. Scheiße, es muss eine Lösung geben.
Noch knapp zwei Monate und Max will aus der Sache raus. Meine Eltern wissen nicht mal, dass wir getrennt sind. Das wird kein Spaziergang werden. Sie waren nämlich von der Idee, gemeinsam ein Haus zu kaufen, überhaupt nicht begeistert. Jetzt kann ich mir anhören, dass sie Recht hatten und so weiter.
Vielleicht sollte ich abwarten, bis wir in zehn Tagen alle zusammen in Javea sind. Abuela und Abuelo werden mich unterstützen. Ja, das ist eine gute Idee. Besser als hier. Sie sind gestresst und ich bin im Moment einfach selbst noch zu erledigt, um die Fakten auf den Tisch zu legen. Ich werde die nächsten Tage mit Loui genießen und arbeiten. Und dann geht es ja nach Mallorca. Ich bin sehr gespannt, was sich in den letzten Jahren am Ballermann verändert hat. Zehn Jahre war ich nicht mehr da. Ich hoffe, die ganzen Mädels werden sich verstehen. Und auf Julias Gesicht bin ich so gespannt.

Sie ist bisher völlig ahnungslos. Julia und ich haben zusammen Abitur gemacht. Wir sind immer gut befreundet gewesen. Sie kommt aus derselben Kleinstadt wie ich. Von den anderen 14 Mädels kenne ich alle bis auf vier. Wir kennen uns alle seit unserer Jugend und sind zum Teil eng und zum Teil lose befreundet. Lina ist dabei und allein wir zwei werden den Ausflug schon rocken. Wenn ich genau darüber nachdenke, freue ich mich wie verrückt. Die anderen vier sind Arbeitskolleginnen von Julia. Teilweise waren sie bei der Planung ziemlich schwierig, aber ich denke, es wird alles klappen. Bei so einer großen Anzahl an Frauen werden sich sicher nicht alle permanent verstehen. Aber davon werde ich mir diesen Trip nicht verderben lassen. Eigentlich komme ich mit jedem gut aus, von daher wird es bestimmt schön werden, denke ich fröhlich.

Und dann gibt es diese eine Begegnung, die dein ganzes Leben verändert

»Mann Lina«, ich stoße in ihre Seite, »kannst du nicht aufpassen«, sage ich teils genervt, teils albern überdreht. Mein komplettes Bein ist voll mit Martini. »Sorry, Carli«, Lina lacht laut und drückt den Knopf für die Flugbegleiterin. »Dann muss ich wohl direkt noch einen bestellen«, prustet sie laut lachend los. Ich sehe nach hinten und nach vorne. Tatsächlich sind wir alle sechzehn an Bord. Auf dem Flughafen hat das Chaos schon angefangen, wir haben uns verloren und Kerstin, eine alte Freundin von mir, war beim Einstieg schon so betrunken, dass die Stewardess sie erst nicht einsteigen lassen wollte. Erst nach langem, freundlichen auf sie

Einreden und ihr Erklären, dass die gute Kerstin nach ihrer Drillingsgeburt vor zwei Jahren das erste Mal wieder rauskommt, hatte sie großes Mitleid und Kerstin durfte Platz nehmen.

Das wird was werden, denke ich belustigt. Ich schaue Lina aufgeregt an:»Wir werden eine Megazeit haben, das spüre ich.«

»Oh ja, Schnucki, das glaube ich auch.« Lina stößt mit ihrem neuen Martini fest gegen meinen und wir geben uns einen dicken Kuss. Julia, die scheinbar schon ein paar Martini mehr als ich hatte, oder einfach nicht so oft feiern geht wie ich, steht auf.

»Äh Julia«, zische ich ihr zu,»was hast du vor?«

»Ich werde eine Rede halten«, nuschelt sie.»Ach lass doch, heb es dir für später auf.« Ich versuche sie am Arm wieder auf ihren Sitz zu ziehen, aber scheinbar ist sie von ihrem Vorhaben nicht abzubringen.

Wir blockieren die ersten acht Sitzreihen und Julia stellt sich genau in die Mitte vor uns.»Meine Lieben, ich muss mich bei euch bedanken«, fängt sie an. In der ersten Reihe beginnen ein paar unserer Gruppe zu jubeln und zu klatschen.

Ich schäme mich ein bisschen und auf der anderen Seite könnte ich mich totlachen. Ich sehe mich vorsichtig im Flugzeug um. Natürlich schauen einige Passagiere zu uns.

Julia räuspert sich.»Ich werde meinen Urenkeln, soweit ich welche haben werde, noch davon erzählen, wie ihr mich heute um vier Uhr aus dem Bett geholt habt. Es war eine unglaubliche Überraschung. Aber danke, meine Süßen, dass ich mir noch eine kleine Tasche packen durfte.« Sie lacht fröhlich und eine Spur zu laut. Ich reiche Julia ihr Glas.»Danke Carli.

Also, meine Girls«, sie hält ihr Glas hoch, fast bis zur Flugzeugdecke,»wir machen uns eine super Zeit!«, ruft sie.»Und was das Wichtigste ist, alles, was auf Mallorca passiert, bleibt auf Mallorca.«

»Yeahh!«, brüllen wir alle, klatschen, stoßen an und lachen viel zu laut. Die genervten Blicke der Familien oder verliebten Paare an Bord interessieren mich gerade überhaupt nicht. Ich bin total aufgekratzt, locker und richtig glücklich. Diese Reise ist das Beste, was mir im Moment passieren konnte. Max hat sich nicht mehr gemeldet, obwohl er natürlich weiß, dass ich heute fliege. Aber was sollte er mir auch sagen. Ich muss mich endlich daran gewöhnen, dass wir getrennt sind und aufhören, ihn in mein Leben holen zu wollen. Es interessiert ihn einfach nicht mehr, was ich tue.

Nils hatte sich zwei Tage später gemeldet, nachdem ich seine Wohnung heimlich verlassen hatte. Aber wir haben nur oberflächlich geschrieben und ich sagte, dass ich mich melde, wenn ich zurück bin. Ob ich das tue, weiß ich noch nicht. Wenn ich ehrlich zu mir bin, was bringt mir ein Mann, der zwölf Jahre jünger ist? Ich glaube, ich möchte erst mal alleine sein. Und da ist auch keine Affäre sinnvoll. Ich verliebe mich dann und ganz schnell wird es schwierig. Diese drei Tage werden perfekt und ich lasse mich von keinem Mann zu Hause ablenken. Hier geht es nur um mich. Loui ist gut unter bei seinem Papa. Und in zwei Tagen fliegt er mit meinen Eltern nach Javea, wo wir uns in drei Tagen treffen werden.

Ich lehne mich zurück, trinke aus meinem Glas und kneife Lina zart ins Bein.»Linchen, ich freue mich so.« Sie blickt verschwörerisch zu mir»Das wird super und gerade wir zwei lassen es uns richtig gut gehen«, antwortet sie. Es geht doch nichts über Freundschaft, denke ich selig.

Nachdem wir alle mit vier Taxen in unserem Hotel in El Arenal angekommen sind, versuchen wir einzuchecken. Da ich die einzige bin, die Spanisch spricht, stehe ich an der Rezeption und versuche der gestressten Rezeptionistin zu erklären, dass wir alle acht Doppelzimmer auf einer Etage gebucht hatten. Leider möchte Maria, der Name steht auf ihrem Schild, aber nichts davon wissen. »Wir sind komplett überbucht«, sagt sie gestresst und ziemlich unfreundlich. »Ich kann Ihrer Gruppe noch sechs Zimmer in der dritten Etage anbieten und ein Zimmer wird erst morgen frei. Zwei Personen müssen auf einer anderen Etage diese Nacht verbringen«, schnauzt sie mich an. Meine genervten Erklärungsversuche, dass es eine Frechheit wäre und wir bereits im März gebucht hätten, prallen an ihr ab. Ich drehe mich zu den 15 wartenden Frauen um und schildere die Situation.

»Carli, lass uns im anderen Zimmer die Nacht verbringen«, sagt Lina ruhig, »wir werden eh am spätesten ins Zimmer kommen.«

»Ok, ok, auch wenn ich überhaupt keine Lust habe für drei Nächte morgen nochmal umzuziehen, aber was soll's.« Die anderen bekommen ihre Zimmerkarten und wir verabreden uns für 19 Uhr in der Lobby.

Die Rezeptionistin wendet sich jetzt Lina und mir zu. Wir sollen im Aufzug auf die Null zwei Mal drücken, dann, wenn sich die Tür geschlossen hat, zweimal die Eins drücken.

Ich wiederhole ihren Geheimcode unsicher und ziemlich verwirrt. »Absolut korrekt«, bestärkt sie mich und wir gehen Richtung Aufzug. Als die Türen sich schließen, muss ich nachdenken. »Wie war das nochmal?« Lina hat leider überhaupt nicht zugehört und verstanden hat sie ja sowieso nichts. Ich tippe die merkwürdige Zahlenkombination ein und tatsächlich, der Aufzug setzt sich in Bewegung. Das letzte Mal stand ich im Aufzug, als ich Nils besucht habe. Was fühle ich mich gerade sicherer und entspannter als damals, denke ich mir.

Die Türen öffnen sich und ein Essensgeruch und Fettgestank kommt uns mit voller Wucht entgegen. Mir wird übel. »Ihh, Carli, wo sind wir?« Lina und ich ziehen unsere Koffer in Richtung Zimmer Nummer zwei. Als wir die Tür öffnen, wissen wir nicht, ob wir lachen oder weinen sollen. Das Zimmer ist derart klein, wir können kaum am Bett vorbei, geschweige denn unsere Koffer aufklappen. Im Zimmer stinkt es genauso nach Imbissbude wie im Flur. Ich quetsche mich zum Fenster, um es zu öffnen. Als ich den Vorhang zurückziehe, muss ich so laut lachen, dass ich mich aufs Bett werfe. Direkt vor dem Fenster, vielleicht einen Meter entfernt, ist das nächste Hotel. Eine große weiße Mauer sehe ich, ansonsten nichts. Lina und ich prusten los.

»Wir bleiben definitiv keine einzige Nacht in dieser Absteige«, sage ich.

»Das ist ein Personalzimmer. Wir haben den kompletten Preis bezahlt, dass lassen wir uns nicht gefallen«, bestätigt Lina mich. Ich schnappe mir das Telefon und drücke die Durchwahl der Rezeption. Maria, ich erkenne ihre Stimme direkt, nimmt ab. Ich erkläre ihr, dass wir definitiv keine Nacht hier bleiben werden und sie uns unverzüglich unser bereits bezahltes Zimmer zur Verfügung stellen soll. Andernfalls soll sie uns in ein gleichwertiges Hotel verfrachten, das in Fußnähe ist.

»Gefällt Ihnen das Zimmer jetzt nicht?«, fragt sie tatsächlich noch dreist.

»Äh nein, das Zimmer gefällt uns logischerweise nicht«, sage ich mittlerweile ziemlich patzig.

»Oh, was ein Zufall«, flötet Maria in mein Ohr, »gerade im Moment gab es eine Stornierung und auf der gleichen Etage Ihrer Gruppe ist noch ein schönes Zimmer frei geworden.«

»Wie schön«, maule ich, »also unser reguläres Zimmer!«

Und ich knalle den Hörer auf.

»Unglaublich, Mallorca zur Hauptsaison. Hätten wir uns jetzt nicht massiv beschwert, hätten die unser Zimmer noch Last Minute zum doppelten Preis vertickt«, sage ich verärgert.

»Unbedingt mit allem Geld machen wollen, wirklich frech.« Lina und ich rollen unsere Koffer zurück zum Aufzug und müssen so lachen, dass wir sogar in der Lobby nicht aufhören können.

»Werden wir ins Personalzimmer hinter der Küche abgeschoben, das fängt ja alles spitze an«, lache ich.

Zwei Stunden später stehen 16 Mädels oder eigentlich eher Frauen, top gestylt im Bierkönig.

»Was tun wir jetzt? « Alle starren mich an. »Äh, also ich war auch das letzte Mal vor sechzehn Jahren hier«, sage ich unsicher. »Wir müssen wohl erst mal irgendwo einen Platz für so viele Menschen bekommen. Und dann würde ich sagen, ist die erste Amtshandlung, dass wir uns dringend was zu trinken organisieren.«

»Ja«, pflichtet Lisa, eine alte Freundin von mir, bei, »ansonsten überlebe ich das nicht. Wir sind mit Abstand die Ältesten.«

»Ja, zumindest die Ältesten mit festem Einkommen«, brüllt Kerstin und sieht sich amüsiert um. Tatsächlich sind die Menschen hier alle um die zwanzig oder aber Personen ab fünfundvierzig, die wohl eher auf Staatskosten leben.

Lilly, eine Freundin von Julia, unserer Braut, schaut sich angewidert um. »So hätte ich mir das wirklich nicht vorgestellt.« Lilly kommt aus sehr gutem Hause und ich bezweifle, dass sie so etwas hier schon jemals erlebt hat. Vermutlich wird sie in zwanzig Minuten im Hotel sein und ihren Freund anrufen, damit er ihr für morgen früh einen Flug Richtung Heimat bucht.

Der Bierkönig quillt über vor feierwütigen Menschen und aus den Boxen dröhnt Micky Krause. Zumindest herrscht hier eine gute Luft, da alles klimatisiert ist. Wir zwängen uns an den Massen vorbei, um irgendwie einen geeigneten Platz für sechzehn Frauen zu finden. Schon beim Durchdrängeln werden wir pausenlos von Männern oder eher Jungs angesprochen.

»Sagt mal«, brüllt Lina einmal nach vorne und einmal nach hinten, während wir uns einen Weg bahnen, »ist euch mal aufgefallen, dass es hier fast nur Männer gibt?«

»Ja«, stimmen wir ihr zu. Es stimmt tatsächlich, fast nur Männer feiern hier.

»Kein Wunder, dass die sich alle auf uns stürzen wie die Motten auf das Licht«, brüllt Julia.

»Scheinbar sind dann 15 Jahre Altersunterschied auch egal«, rufe ich lachend den andern zu.

Endlich haben wir an einer Treppe, wo es scheinbar in den nächsten Bereich dieser riesigen Großraumdisco geht, einen schönen Platz ergattert. Zehn Barhocker gibt es um ein großes Fass als Tisch herum. »Wir können uns ja abwechseln mit dem Sitzen«, ruft Julia. »So, ihr Schätze, die nächsten zwei Runden gehen auf mich. Ich zwänge mich mal zur Theke und die Kellner sollen es aber bitte bringen«, ruft sie gegen Micky Krause an.

Vor uns stehen drei Tower, einer mit Gin Tonic, ein anderer mit Bacardi Cola und wieder einer mit Wodka Lemon. Dazu ein riesiger Kühler mit Eiswürfeln, sowie sechzehn Gläser. Julia ist wieder in ihrem Element und steigt auf den Barhocker, von dem sie Kerstin, die da gemütlich saß, herunter geschubst hat. Sie füllt ihr Glas mit Eis, öffnet den Ausschank am Tower und lässt sich Gin Tonic einlaufen.

Dann hält sie ihr Glas in die Luft und brüllt: »Mädels, lasset die Spiele beginnen!« »Prost!«, brüllen wir alle und stoßen an.

»Aua, kannst du das lassen?«, maule ich. Lina wirft mir die ganze Zeit irgendwelche Kleidungsstücke an den Kopf.

»Dann sei bitte still, damit ich weiter schlafen kann«, schnauzt sie zurück.

»Was sage ich denn, verdammt nochmal?«

»Du nuschelst die ganze Zeit: Boa, mein Schädel, ey.«

»Er tut auch verdammt weh«, jammere ich. »Wann sind wir überhaupt wieder hier im Hotel gewesen?«, frage ich Lina. Ich greife neben das Bett und suche verzweifelt die Wasserflasche, die ich heute Nacht vorausschauend noch gekauft habe, als wir mit dem letzten Rest von uns, ich glaube wir waren nur noch zu sechst, den Bierkönig verlassen haben.

»Glaube halb fünf«, antwortet Lina und hält mir die Flasche vor die Nase. »Carli, gib bitte 'ne Ibu, mein Kopf tut auch ziemlich weh.« Wir nehmen beide eine Tablette und legen uns wieder mit dem Kopf in die Kissen. »Was ein Abend!«, sagt Lina amüsiert.

Ich drehe mich zu ihr und grinse glücklich. »Das kannst du laut sagen«, erwidere ich. »Ich glaube du, ich, Julia und Kerstin waren die einzigen, die gestern nicht rumgeknutscht haben«, überlege ich laut.

»Am besten war Lilly, ich hätte mich den ganzen Abend über sie amüsieren können. Zuerst war sie total angewidert und gestresst und nach dem vierten Glas war sie nicht wiederzuerkennen. Julia meinte auch, sie hätte sie noch nie so erlebt.«

»Tja, wenn man sich das ganze Leben zusammenreißen muss, dreht jeder irgendwann durch. Sie stand nur noch auf Tisch und Stuhl und hat geflirtet, was das Zeug hält«, kichere ich.

»Ich fand sie erst ziemlich arrogant«, sagt Lina, »aber nach heute Nacht ist sie für mich Supergirl.«

»Als sie sich auf der Tanzfläche ein Battle mit den Typen im Crazy-Tanzen geliefert hat, ich konnte nicht mehr«, lache ich laut. »Vor allem waren die alle hinter ihr her, dachten wahrscheinlich, sie sei leicht ins Bett zu bekommen.

Aber da war sie dann doch wieder ganz Prinzessin und hat nur mit diesem, ich weiß seinen Namen nicht mehr, rumgeknutscht«, sage ich.

»Ja, der war auch richtig süß«, überlegt Lina. »Sein Freund hat doch die ganze Zeit an dir rumgeschraubt, Carli, oder?«

»Ja, aber der hat mich eher genervt. Und vor allem stellt der mal so ganz locker fest, komm wir knutschen mal. Ich so, äh nein. Und er völlig selbstbewusst: Ja, warum denn nicht?«

»Oh Mann!« Lina schlägt sich mit der Hand gegen den Kopf. »Aua, mein Schädel. Aber was ein Idiot.«

»Ja, eben und dann hat er sich wenigstens verzogen. Ich hatte überhaupt keine Lust jemanden kennenzulernen«, sage ich resigniert.

»Hey Carlchen, was los?« Lina sieht mich mitfühlend an. Und ich merke, wie mir die Tränen kommen.

»Ach, es ist einfach alles scheiße. Ich vermisse Max und ich habe überhaupt keine Lust, meine Eltern wegen des Hauses anzubetteln und ich habe solche Sorgen, dass Loui und ich ausziehen müssen«, schniefe ich.

»Carla«, Lina drückt mir die Hand und sieht mich mit ihren großen grünen Augen an. »Ich finde es ganz toll, wie du bisher alles gemeistert hast. Du bist in kein Loch gefallen, seit Max ausgezogen ist. Du warst total tapfer. Dann bist du zur Bank gegangen, hast dich informiert, anstatt zu jammern. Es ist wirklich keine Schande, deine Eltern jetzt um Hilfe zu bitten. Carla, sie können es sich wirklich leisten, du bist das einzige Kind und Loui der einzige Enkel.«

»Ja natürlich, aber du weißt doch, wie sie sind. Ich werde mir ewig anhören können, dass sie es wussten, dass wir uns trennen werden und so weiter. Ich habe dafür wirklich keinen Nerv.«

»Aber immer noch besser als auszuziehen, Carli.« Lina drückt meinen Arm.

»Ich müsste im Lotto gewinnen, Max auszahlen und der Bank die Hütte abzahlen. Dann müsste nur noch mein Herz heilen«, sage ich theatralisch.

»Ach Carli«, Lina petzt mir zart in die Wange«,
das machst du schon alles. Irgendwie ist es doch auch
wie ein Befreiungsschlag, oder?«
»Teilweise ja«, gebe ich zerknirscht zu. »Es ist herrlich,
mit Loui tun und lassen zu können, was wir wollen.
Keiner, der motzt oder seine Ruhe möchte. Aber
natürlich fehlt er mir auch sehr oft«, sage ich traurig.
»Wir hatten wirklich schöne Zeiten, aber der Alltag war
für uns vier leider nicht zu bewältigen.
Ich finde es nur so verletzend, dass er sich überhaupt
nicht mehr gemuckt hat. Kein Lebenszeichen mehr von
ihm, einfach als hätte es ihn nie gegeben. Auch dass er
nicht mal fragt, was ich mache, wie es mir geht oder so.
Es ist erschreckend, wie Menschen, die uns einmal so
nah waren, so schnell fremd werden können«, sage ich
mehr zu mir selbst als zu Lina.
»Das ist doch normal, Carla, dass es Zeit braucht, ihr
wart fünf Jahre zusammen. Aber sei ehrlich, wie oft
warst du wirklich glücklich?«
»Ja, ja, ich weiß! Los, ich will jetzt was erleben, raus aus
den Federn.« Ich springe aus dem Bett und ziehe Lina
die Decke weg.
»Hey!«, ruft sie lachend.
»Los, wir wecken die anderen Tröten«, kichere ich.
Fünfzehn Minuten später liegen wir mit sechzehn
Mädels total gequetscht halb über- und untereinander
im Bett von Julia und Lilly. Und tauschen uns erst mal
über die Ereignisse des gestrigen Abends aus.
»Es ist eigentlich unfassbar, dass wir alle so fit sind«,
stellt Kerstin fest. »Ich musste mich heute Morgen erst
mal kurz übergeben, aber es geht jetzt wieder. Und
wenn ich den Kater meines Lebens hätte«, lacht sie laut,
ich würde feiern gehen.

Seit zwei Jahren bin ich mal nicht schwanger und die Kinder los, Freunde, es ist ein neues Lebensgefühl. Ich fühle mich herrlich.« Da zwölf von uns sechzehn bereits Mütter sind, verstehen wir absolut, was sie sagt.

»Keiner will was von einem, keiner jammert herum, ich bin endlich mal selbstbestimmt« pflichtet Julia ihr bei.

»Also, was steht für heute auf dem Programm, Freunde der Nacht?«, frage ich in die Runde.

Lilly räuspert sich und schaut uns triumphierend an.

»Naja, also als wir gestern im Bierkönig ankamen, dachte ich, dass ich das da nicht noch zwei Tage ertrage. Ja Stopp«, sie hebt beschwichtigend die Hand, »es war ja wider Erwarten noch richtig lustig. Aber ich habe eine kleine Sache organisiert.« Fünfzehn Augenpaare richten sich auf sie.

»Ja und was?«, platzt Julia als Erste raus.

»Ihr wisst ja, dass ich in London auf einer Eventmanager-Schule war?«

»Ja Lilly, das wissen wir. Und weiter?«, drängt Lina.

»Nun ja und Sam, eine Kommilitonin von mir, hat sich sehr erfolgreich auf Mallorca niedergelassen. Sie hat quasi die ganze Insel, was Party und so weiter angeht, im Griff.«

»Boa, Lilly und weiter?« Julia ist kurz vorm Zusammenbruch, stelle ich amüsiert fest.

»Da habe ich sie einfach mal gefragt, was sie uns für heute empfehlen würde, was vielleicht irgendwie bisschen exklusiver ist als das gestern Abend. Falls es überhaupt an diesem Ballermann so etwas wie Exklusivität gibt.« Lilly rollt mit ihren hübschen Augen.

»So und was hat dir deine Sam dann empfohlen?«, drängelt Julia.

»Um zwölf Uhr, also in einer Stunde, haben wir eine VIP Box, so nennt man das da im Megapark.«
Lillys Stimme erhebt sich vor Spannung auf unsere Reaktion. Leider fällt unsere Reaktion erst einmal verhalten aus. Jeder quatscht auf sie ein. »Häh was soll das denn sein?
Was beinhaltet das?«
Lilly schaut sichtlich gekränkt vom einen zum anderen.
»Ihr Undankbaren, ehrlich. Das bedeutet im Klartext«, sie rollt ihre Augen dramatisch und setzt sich aufrecht hin,
»wir sitzen oben bei den, na sagen wir mal, Z-Promis. Aber das Gute ist, alle Getränke sind frei und wir müssen nicht im Gewühl stehen«, sie sieht begeistert zu uns.
»Das mit den Getränken finde ich super«, sage ich.
»Danke für die Organisation, Lilly. Aber ob es da oben bei den, du hast es ja schon gesagt, Z-Promis, besonders spannend wird, wage ich zu bezweifeln«, sage ich nachdenklich.
»Ja, das denke ich auch«, stimmt Kerstin mir zu. »Da sind diese lächerlichen Bachelorkandidaten, Möchtegern-DJs, Ex-Dschungel-Camp-Bewohner und so.«
»Ja, ja, ihr seid wirklich blöd«, mault Lilly gespielt beleidigt.
»Wir gucken uns diese ganzen Trottel an, trinken einiges und können ja ohne Probleme wieder runter gehen. Und wenn wir Durst haben, gehen wir wieder hoch«, lacht Lina fröhlich.
»Ganz genau. Also Mädels zack zack, hübsch machen und in 45 Minuten Treffpunkt Lobby«, rufe ich.
Der Megapark ist genau wie der Bierkönig eine absolut riesige Diskothek.

Alles ist offen und mit viel Glas gebaut worden. Im unteren Bereich treten halbnackte Tänzerinnen auf. Es gibt Bühnen, auf denen Ballermann Stars wie Micky Krause, Jürgen Drews und andere die extrem betrunkenen Partygäste unterhalten möchten. Der VIP-Bereich ist in der oberen Etage, der nur Gästen mit einer Einladung den Eintritt gestattet.

Lilly stellt sich selbstbewusst vor die Security-Männer, die den Aufgang nach oben absperren. Sie zückt lässig ihr Handy und hält ihnen die Email von ihrer Freundin Sam unter die Nase. Der sehr launische und leider auch sehr ungepflegte Mann der Security Firma überprüft etwas auf seinem Computer.

Dann winkt er eine nach der anderen von uns durch und wir bekommen alle ein Armband, was uns jederzeit bis um zwei Uhr heute Nacht den Eintritt in den VIP-Bereich gewährt.

Wie eine Entenfamilie laufen wir nacheinander die schmale Eisentreppe nach oben. Als ich nach unten schaue, muss ich grinsen. Wir haben erst zwölf Uhr mittags, aber es herrscht eine Partystimmung, als wäre es nachts. Ich sehe Menschen, die auf Tischen tanzen, sich in den Armen liegen, laut alle Lieder mitgrölen und sich am Leben erfreuen. Ja, es ist wirklich teilweise ein spezielles Publikum hier. Ich würde meinen Patienten auch nicht unbedingt von meinem Ausflug hierher berichten. Aber es liegt auch so eine Leichtigkeit und Freude in der Luft, die ansteckend ist. Und wenn ich mir den Rest unserer Gruppe anschaue, geht es wohl allen so. Wir sind alle gebildete Frauen, zum Großteil Mütter, aber ich erkenne, dass das Mallorca-Fieber tatsächlich jede infiziert hat. Sich einfach locker fühlen, keine Arbeit im Kopf, keine Verpflichtungen, keine Kinder, keine Ehemänner. Einfach mal wieder drei Tage nur nach dem Lustprinzip leben. Das kann manchmal genügen, um die Akkus wieder aufzuladen.

Eine hübsche, halbnackte, junge Frau bringt uns zu unserer Box. Die Box ist ein runder Tisch, der runde Lederbänke drum herum hat, welche Platz für zwanzig Leute bieten. Die eine Seite ist etwas erhöht, so hat man ein Gefühl von Privatsphäre.

Die hübsche, junge Frau kommt mit vier Eiskühlern zurück. In jedem liegt eine Flasche Champagner. Wir klatschen alle und die junge Frau freut sich sichtlich mit uns und schenkt uns aus. Lilly schaut uns triumphierend an:

»Na, doch nicht so schlecht, ihr alten Meckerziegen.«

Ich lache und drücke Lilly einen Kuss auf die Wange.

»Hoch die Gläser, meine Damen«, ich nehme mein Glas in die Hand, »auf Lilly, hast du gut gemacht, Süße.« Wir stoßen alle fröhlich miteinander an und können nicht mehr aufhören zu grinsen, stelle ich zufrieden fest.

»Habt ihr den da gesehen?«, Lina schaut amüsiert zu uns.

»Ja, das ist doch dieser eine Trottel, der vor paar Jahren mal der Bachelor im Fernsehen war«, sagt Kerstin.

»Stimmt«, bestätigen wir.

»Und die dahinten war schon im Dschungel-Camp, und da ist doch die, die sich überall auszieht und sich jetzt als Djane«, alleine bei dem Wort kichern wir alle los, »versuchen will. Mann, was für Leute hier!«, lacht Julia laut.

»Ja, aber Getränke gibt es ohne Ende.« Mittlerweile haben wir schon acht Flaschen Champagner geleert und die junge Frau, deren Name Ava ist, bringt Nachschub.

»Geht es euch auch so gut wie mir?«, will Kerstin wissen.
»Absolut!«, rufen wir alle, lehnen uns auf der gemütlichen Bank zurück und lassen alles auf uns wirken.
»Sagt mal, ist euch die Box dahinten, die komplett zu ist, aufgefallen?«, frage ich. Die anderen drehen sich um, um zu sehen, was ich meine.
»Ach du je, was ist da denn los?« Lina bekommt große Augen.
»Ist da die spanische Königsfamilie drin oder was?«, fragt Kerstin sichtlich erstaunt.
»Das sieht schon heftig aus«, stelle ich fasziniert fest. Man kann von außen nicht in die Box schauen, alles ist zu. Und vor der Box stehen sechs Männer mit todschicken, ich würde tippen Armani Anzügen, Knöpfen im Ohr und tatsächlich haben alle eine Waffe bei sich.
»Sind die vom Secret Service?«, sagt Kerstin amüsiert, aber auch beeindruckt.
»Ja, wie Frank Farmer alias Kevin Costner in Bodyguard«, kichert Lina.
»Die könnten alle locker für Armani oder Boss über den Laufsteg laufen«, stelle ich fest.
»Allerdings!« Jede meiner Freundinnen muss mir recht geben, diese Bodyguards strahlen nicht nur Sicherheit aus, sondern sind absolut sexy.
»Ich möchte wirklich gerne wissen, wer da drin ist«, überlege ich laut.
»Definitiv kein Z-Promi und auch kein Normalsterblicher«, ergänzt Julia.
»Nein, definitiv nicht. Aber wer mit so viel Geld feiert im Megapark?«, sage ich verständnislos. »Das sieht nach richtig Geld aus. Allein die Männer vor der Tür sind

Spitzenpersonal. Von den Bodyguards verdient einer im Monat so viel wie wir in drei«, scherze ich.

»Ja, wenn ich mir die üblichen peinlichen Security hier ansehe«, Lina sieht sich um, »ist das wirklich das Beste vom Besten.«

»Und solche Mitarbeiter beschäftigen nur Menschen, die es nötig haben beschützt zu werden. Aufgrund von Vermögen oder adeliger Herkunft«, sage ich.

»Warten wir mal ab. Eine Toilette gibt es da drinnen wohl auch nicht. Von daher werden die Herren oder Damen mit dem vielen Geld auch die Toilette der normalen Menschen benutzen müssen«, stellt Kerstin klar.

Es ist wider Erwarten auch hier im VIP-Bereich ziemlich lustig. Mittlerweile haben wir mit allen Z-Promis angestoßen, uns in den Armen gelegen und einfach nur Quatsch geredet. Kaum einer von uns sitzt noch in der Box, wir stehen überall verteilt im VIP-Bereich herum. Einige von uns sind auch mal nach unten gegangen oder raus, um etwas zu essen.

Die schönsten Erinnerungen im Leben sind meistens die Momente, die wir nicht geplant haben

Ich stehe gerade an einem Stehtisch und plappere mit einer Moderatorin aus dem Fernsehen, als ich das starke Gefühl habe, mich einmal umdrehen zu müssen. Ich wende mich kurz von meiner Gesprächspartnerin ab und drehe meinen Kopf. Oh, die geheimnisvolle Box ist auf und zwei Männer stehen bei den heißen Bodyguards. Ich kann die beiden Männer nur von hinten sehen.

Aber dass sie sehr teuer gekleidet sind, erkenne ich von hier aus. Beide tragen lockere Leinenhosen, Polohemden und verdammt teure, edle Turnschuhe. Einer der beiden ist recht klein und untersetzt, aber der andere ist bestimmt 190 cm und sportlich gebaut. Leider kann ich bei diesem ganzen Lärm, der hier herrscht, nicht hören, welche Sprache sie sprechen. Von hinten kommen sie mir jedoch noch nicht bekannt vor. Verdammt, wer kann das sein?

Meine Neugier ist geweckt. Ich verabschiede mich von der Moderatorin und suche eine meiner Freundinnen, um mit ihr die Sache weiter beobachten zu können.

Alle sind in Gespräche mit irgendwelchen Menschen verwickelt, nur Lilly scheint sich mit dem DJ zu langweilen, der sie heftig anflirtet.

»Danke, Carli, dass du mich gerettet hast, was ein Idiot, der Typ«, sagt sie gelangweilt. Ich schildere Lilly die Situation und wir stellen uns gespannt in die Nähe der Männer und ihren Bodyguards. Leider sprechen sie noch immer mit ihren Angestellten und wir können sie nicht von vorne sehen.

Gerade als ich mir ein neues Glas Champagner bestellen und unseren Beobachtungsposten verlassen möchte, dreht der Größere der beiden sich um. Und schaut mir direkt ins Gesicht. Wir stehen ungefähr vier Meter voneinander entfernt.

Es trifft mich wie ein Schlag. Ich muss ihn so entsetzt ansehen, dass er verwirrt und freundlich lächelt. Ich schaue verschämt zur Seite und Lilly guckt mich amüsiert an.

»Carli, du bist knallrot«, flüstert sie.

»Scheiße, ich weiß«, stammle ich. »Ich glaube, ich bin schockverliebt«, sage ich leise.

Lilly grinst belustigt. »Du spinnst.«

»Ich weiß, aber ich habe gerade gedacht, dass mein Herz stehen bleibt, als ich ihm in die Augen gesehen habe«, sage ich immer noch benommen.

Lilly schaut über meine Schulter vorsichtig zur Box. Er steht da noch und guckt zu uns. »Und ja, du hast recht, er sieht verdammt gut aus. Also eigentlich unfassbar gut«, stellt Lilly fest.

»Scheiße, ich sehe total beschissen aus«, stammle ich.

»Du hast sie doch nicht alle«, sagt Lilly. »Ich finde dich super hübsch, Carla. Du hast eine tolle Figur, deine Haare sind ein Traum, lang, dick und dein Hautton ist so schön. Du siehst immer wie nach dem Urlaub aus. Leicht gebräunt und gesund.« Lilly schaut mich so ehrlich und lieb an, dass ich sprachlos bin.

»Danke Lilly, gerade von dir, die schon als Model gearbeitet hat und immer top gestylt ist, nehme ich das wirklich gerne an.« Ich drücke sie herzlich.

»Und genau das, Carli, mochte ich an dir schon immer. Diese Herzlichkeit und deine natürliche Schönheit. Ich weiß doch von Julia, dass dir die Typen immer zu Füßen liegen.« Ich bin so baff über Lillys Komplimente, dass ich mich jetzt gut und selbstsicher genug fühle, um mich doch einmal vorsichtig umzudrehen. Da steht er, Mister Traum, er hört auf mit dem Bodyguard zu sprechen, hebt stattdessen sein Glas und prostet mir zu. Unsicher sehe ich mich um, natürlich so, dass es ihm nicht auffällt. Meint er auch tatsächlich mich? Es gibt nichts Peinlicheres, als sich angesprochen zu fühlen, aber gar nicht gemeint zu sein. Aber er meint tatsächlich mich.

Also hebe ich mein Glas und lächle ihn an. Dann drehe ich mich wieder Lilly zu und schaue sie gespannt an.

»Gut, Carli, er wird gleich kommen. Er wirkt sehr selbstsicher, von daher gehe ich fest davon aus, dass er sich zu uns gesellen wird«, bemerkt Lilly und beobachtet ihn heimlich weiter.

»Scheiße Lilly, bin ich verschmiert, glänze ich schwitzig oder so?« Ich gerate ein wenig in Panik und finde mich selbst lächerlich. Aber ich war wie vom Donner gerührt, als ich ihn das erste Mal ansah.

»Ruhig, Carla, du siehst super aus. Reiß dich zusammen«, sagt Lilly liebevoll und zwinkert mir zu.

»Lilly, ich mag dich total«, sage ich. »Am Anfang...«, beginne ich,

»Ja, ich weiß«, unterbricht sie mich. »Dachtest du, ich wäre eine arrogante Kuh.«

»Ja, leider«, gebe ich zerknirscht zu.

»Das denken erst einmal alle von mir. Deshalb bewundere ich deine offene Art, Carla, diese ansteckende Fröhlichkeit, die du ausstrahlst. Carla, er kommt sagt Lilly panisch«, Und selbst sie wird rot. Das ermutigt mich wirklich nicht gerade.

Warum bringt er sie zum Erröten?

»Hi«, höre ich seine angenehme, männliche und selbstbewusste Stimme direkt hinter mir. Ich muss mich umdrehen. Ein letzter Blick in Lillys Gesicht zeigt mir, dass auch sie der Schnappatmung nah ist.

Ich schaue ihm in die Augen und sage: »Hi«, zumindest so was in der Art kommt aus meinem Mund heraus. Ich grinse gefühlt dämlich. »Prost«, sage ich, knalle mein Glas an seins und merke, dass meine Kraftdosierung leider versagt hat. Es war viel zu fest und Champagner läuft mir über die Hand. Ich könnte im Erdboden versinken. Man sollte meinen, dass Anstoßen zu einer meiner leichtesten Übungen gehört. Nicht mal das kann ich mehr, wenn dieser Mann vor mir steht.»Oh«, er lächelt und zack, greift er auf den Tisch und reicht mir ein Taschentuch. Ich stammle etwas von Entschuldigung und er wagt es erneut mit mir und natürlich mit Lilly, anzustoßen. Ich hatte leider vergessen, dass sie da ist. Meine Körperfunktionen sind nicht mehr vorhanden. Ich bin nur noch im Autopilot. Mein Herz rast und ich starre ihn die ganze Zeit total dämlich an. Was hat er für eine Wirkung auf mich, verdammt, Carla aufwachen, denke ich mir. Lilly erkennt den Ernst der Lage und versetzt mir einen Seitenhieb mit dem Ellenbogen.»Das ist Carla und ich bin Lilly. Sie sind?«, fragt sie ihn auf Englisch.»Ich bin Eduardo«, er reicht uns beiden die Hand. Sein Händedruck ist fest und selbstsicher. Als er mir die Hand gibt, schaut er mich mit einer Mischung aus interessiert und ein bisschen amüsiert an. Was mich irgendwie stört, sodass ich mich versuche zu ordnen. Er braucht nicht denken, dass ich ihn so toll finde. Scheiße, das tue ich aber. Und wahrscheinlich steht es in scharlachroten Buchstaben auf meiner Stirn.

Ich räuspere mich, trinke einen Schluck Champagner und sage auf Spanisch:»Eduardo? Sind Sie Spanier?«

Er lacht erfreut.»Ja, das bin ich und Sie wohl auch?«

»Ja genau, halb Spanierin, halb Deutsche.«

»Oh wow, wie schön«, antwortet er.»Darf ich Sie beide auf ein Glas einladen?« Er sieht von Lilly zu mir.

»Danke, aber ich gehe mal die anderen suchen.« Lilly dreht sich zu mir und zwinkert mir zu.»Bis später, Carla.«

»Danke ja, ich würde gerne noch etwas trinken«, sage ich freundlich an ihn gewandt. Eduardo guckt nach hinten und gibt den Bodyguards ein Zeichen.

Keine zwei Minuten später bringt ein Kellner, der scheinbar nicht zum Megapark gehört, sondern zu der geheimnisvollen Box, einen Dom Perignon. Ich habe diesen Champagner noch nie getrunken, da er derart teuer ist, dass ich gar nicht wüsste, wo ich ihn kaufen sollte. Soll ich jetzt zeigen, dass ich weiß, dass es der Beste ist und ich Ahnung habe oder soll ich es quasi übersehen und ihm nicht das Gefühl geben, dass er toll ist, weil er mir so was bestellt?

Aber er wirkt weder arrogant noch großspurig, überlege ich. Vermutlich ist das für ihn ganz normal, wenn ich mir die Security, seine Klamotten, seine ganze Erscheinung anschaue.

»Vielen Dank, Prost!«

Ich lächle und sage:»Diesmal mit Gefühl«, und stoße zart mein Glas an seins. Er grinst breit und herzlich. Kerzengerade weiße Zähne legt er mit seinem warmen Lachen frei. Und ich schmelze dahin.

»Was macht so eine schöne Frau im Megapark?«, fragt er mich charmant.

»Ehrlich gesagt, sind sie und Ihre ganze Entourage Menschen, die hier Fragen aufwerfen«, grinse ich und zeige vielsagend auf die Security.

»Ach«, Eduardo winkt lässig mit seiner Hand ab. »wollen wir uns duzen?« Er schaut mir fest in die Augen.

»Ja, sicher. Ich denke, wir sind die einzigen Menschen, die sich hier siezen«, lache ich.

Verwundert sieht er mich an, aber dann grinst er. »Ja, wahrscheinlich«, er lächelt. Tatsächlich erkenne ich ein etwas verlegenes Lächeln. Das macht mich mutiger, dass ich ihn mit meinem bürgerlichen Scherz tatsächlich etwas verwirrt habe. In seiner Welt wird sich

172

wahrscheinlich schon im Kindergarten gesiezt, überlege ich. Und er findet es selbst hier absolut normal. Wer ist er nur? Meiner Anspielung auf sein Gefolge ist er direkt ausgewichen. Was ich jedenfalls sagen kann, ist, dass er der, ja wirklich, schönste Mann ist, den ich jemals gesehen habe. Ich weiß, dass sagte ich immer über Max. Aber Eduardo ist ein ganz anderer Typ Mann. Er hat dunkle, etwas widerspenstige Haare, braune Augen, einen leichten Dreitagebart. Er ist sehr groß und wirkt sehr sportlich. Seine ganze Erscheinung ist besonders. Er wirkt wirklich adelig, wie ein richtiger Kavalier. Zum einen sieht er männlich aus, er versprüht Autorität, dann wirkt er ganz ruhig und gütig. Seine ganzen Bewegungen, wie er das Glas lässig, aber dennoch elegant und auf männliche Art in der Hand hält. Wow, allein seine Hände. Lange, starke, schöne Finger hat er. Selbst seine Hände wirken, als könnten sie von ganz alleine einen neurochirurgischen Eingriff vornehmen. Und auf der anderen Seite wieder ein Haus eigenhändig bauen. Oh mein Gott, was könnten diese Hände alles mit meinem Körper anstellen, denke ich verträumt. Der Typ wirkt, als könnte er alles sein. Ob Model, König oder der Mann mit der ersten Weltherrschaft. Man würde ihm alles zutrauen. Er ist mehr als sehr attraktiv. Es verschlägt mir fast den Atem. Und das hatte ich noch nie.

Nach und nach kommen meine Mädels immer mal vorbei, um zu sehen, mit wem ich seit mittlerweile zwei Stunden die Zeit verbringe. Ich muss jedes Mal lachen, wie sie kurz erstarren, wenn sie Eduardo sehen. Es ist nicht nur seine Optik, es ist seine Art, wie er auf Menschen wirkt. Auf der einen Seite einschüchternd und dann so freundlich und charmant, dass man ihm sofort sein Herz ausschütten möchte.

Aber ich traue mich auch nicht irgendwie locker Quatsch zu reden, ich möchte mich benehmen und von meiner besten Seite zeigen. Ich bin so nervös, obwohl wir seit zwei Stunden hier stehen, dass ich immer nur ganz mädchenhaft an meinem Champagner nippe.

Ich könnte eigentlich ein Glas nach dem andern abkippen, aber ich glaube, das könnte auf ihn irgendwie nicht so gut wirken.

»Hi, ich bin Kerstin«, meine Freundin hält mit ihrer lockeren und kumpelhaftigen Art Eduardo die Hand hin. Obwohl sie so betrunken wirkt im Moment, ist Eduardo perfekt freundlich und es wirkt echt. Er bietet jeder meiner Freundinnen, die zwischenzeitlich bei uns vorbei kamen, großzügig Champagner an.

Als Eduardo sich entschuldigt, um auf die Toilette zu gehen, schubst Kerstin mich an. »Schau mal«, sie zeigt auf den Bodyguard, der Eduardo diskret folgt. »Carla, wer um alles in der Welt ist das?«, Kerstin ist fassungslos und starrt mich an.

»Ich weiß es nicht«, sage ich fasziniert.

»Du stehst seit Stunden mit ihm hier und du hast noch nicht gefragt, was der Secret Service hier macht.« Kerstin knufft mich und lacht laut.

»Ich weiß«, sage ich, selbst über meine Zurückhaltung erstaunt. »Aber er ist derart kultiviert und umwerfend, dass ich nur nichts Falsches sagen möchte.«

»Carli«, Kerstin sieht mich mit ihren glasigen Alkoholaugen prüfend und liebevoll an. »So begeistert warst du das letzte Mal bei Max.« Sie drückt meinen Arm, als sie sieht, wie Traurigkeit in meine Augen steigt.

»Ja, war ich auch«, sage ich und blicke auf meine Sandalen.

»Carli, Mann, der Typ hier ist der Wahnsinn. Und scheinbar eine richtig große Nummer. Und er steht wohl auf dich. Er steht nur bei dir. Obwohl, glaube ich, jede Frau bei ihm stehen würde.« Ich sehe Kerstin interessiert an.

»Hast du dich mal umgesehen?«, fragt sie mich »Jede Frau hier oben im VIP Bereich, die ihn gesehen hat, starrt nur neidisch zu euch. Und fragt sich wahrscheinlich, wie eine ohne Z-Promistatus ihn sich angeln konnte.« Kerstin klopft mir auf die Schulter: »Sehr gut, Carli. Du hast den heißesten Fang in diesem Laden gemacht. Glaube mir, ich war auch schon unten beim Fußvolk«, sie lacht laut, »Keiner ist so heiß, wie er.« Kerstin legt sich den Zeigefinger an die Lippe und überlegt. »Carli, wenn ich genau darüber nachdenke, hast du den besten Fang von ganz Spanien gemacht.« Sie kichert los.

»Ach komm«, sage ich und strahle. »Ja er ist der Wahnsinn. Er fragt mich nur die ganze Zeit aus. Er weiß mittlerweile alles von mir. Alles über mein bisheriges Leben, wirklich«, sage ich nachdenklich. »Immer, wenn ich etwas über ihn erfahren möchte, lenkt er ab und fragt mich wieder etwas. Wahrscheinlich klebt Blut an seinem Geld«, jammere ich gespielt theatralisch los.

Kerstin spielt mit: »Ja, wahrscheinlich gehört er zur Mafia oder zum Franco Clan.« Wir lachen laut. Aber ein bisschen besorgt bin ich schon. Hier stimmt was nicht. Er ist kein gewöhnlicher Mann und die ganzen Sicherheitsvorkehrungen um ihn sind alles andere als normal.

Da! Er kommt zurück, Kerstin sieht mich an.»Und jetzt lass mich mal machen, Schatz. Ich erfahre gleich, was hier los ist.« Sie lächelt mich an. Der Bodyguard ist wieder in diskretem Abstand hinter Eduardo. Aber Eduardo kommt nicht bei mir an. Eine Kandidatin der letzten Bachelor Staffel hat sich lasziv vor ihm aufgebaut.»Oh Mann«, Kerstin rollt die Augen und sieht genervt zu mir.»Egal«, sage ich gespielt gleichgültig. Aber Eduardo lächelt und zeigt auf mich, dann nickt er freundlich und lässt die total fassungslose Dame stehen. Ich spüre eine Welle der Freude in mir aufsteigen. Kerstin sieht mich vielsagend an.»Na, was sage ich, da hast du dir mal wieder das beste Pferd im Stall geangelt.«»Hahaha«, mache ich noch, bevor ich die Luft anhalte. Eduardo hat ganz kurz mit leichtem Druck an meine Lendenwirbelsäule gedrückt. Seine Berührung ging mir durch und durch. Er steht wieder lässig neben mir.»Oh, eure Gläser sind leer«, stellt er sofort fest. Eduardo guckt zu dem Bodyguard und zeigt auf unsere Gläser, sofort gibt dieser scheinbar eine Bestellung durch sein winzig kleines und für mich nicht erkennbares Mikrofon. Denn augenblicklich erscheint der smarte Kellner und gießt Dom Perignon nach. Jetzt erst sehe ich, dass es sich um eine Flasche Rose Vintage handelt. Ich weiß, da ich letztens mit Lina über Champagner gefaselt habe, dass diese Flasche 1900 Euro kostet. Ehrlich gesagt, bin ich etwas fassungslos. Wir haben mittlerweile, da ständig eine meiner Freundinnen kam und ein Glas getrunken hat, die vierte Flasche davon. Eduardo scheint nicht mal darüber nachzudenken, dass er Champagner in der Preisklasse eines Kleinwagens ausschenkt. Ich bekomme ein schlechtes Gewissen, vielleicht weiß er das gar nicht und landet im Gefängnis heute Nacht, weil er die Rechnung nicht zahlen konnte. Ich schaue zerknirscht zu ihm. Er spricht gerade mit Kerstin, sieht aber meinen besorgten Blick. Elegant berührt er Kerstin am Arm und bringt sie damit direkt zum Schweigen. Dann schaut er mich leicht besorgt an. Kerstin ist still, was für ihr Naturell eine Ausnahme ist, und beobachtet uns.

»Carla, ist alles in Ordnung?«, fragt er besorgt.

»Ehrlich gesagt, mache ich mir etwas Sorgen um die Getränkerechnung«, sage ich unsicher. »Der Champagner hier«, ich zeige auf die wunderschöne rosafarbene Flasche im passenden Kühler, »ist sehr teuer.«

Eduardo schaut mich etwas länger an, als suche er nach einer Antwort. Dann schüttelt er den Kopf. »Ach was, keine Sorge, das ist der Junggesellenabschied meines Cousins, das passt schon.«

Sofort erkennt Kerstin ihre Chance. »Aha, der Junggesellenabschied deines Cousins, aber bitte warum hier?« Sie sieht ihn so neugierig an, dass ich mir ein Lachen schwer verkneifen kann.

Eduardo wirkt das erste Mal nervös, stelle ich fest. Was hat er zu verbergen, frage ich mich. »Ach«, er streicht lässig über seinen Bart, »es war eine verlorene Wette«, antwortet er.

»Eine Wette?« Kerstin bohrt weiter. Ich stehe da und versuche desinteressiert zu wirken. Ich merke, wie Eduardo es anstrengt über sich zu sprechen. Aber ich bin dermaßen neugierig, dass ich hoffe, Kerstin lässt nicht locker. So wirke ich wenigstens nicht so penetrant.

»Ja, wir wollten seinen Junggesellenabschied eigentlich auf Ibiza feiern. Aber er hat die Wette verloren und so sind wir hier gelandet.« Eduardo atmet durch und ich merke, dass er gleich gehen wird, wenn sie weiter fragt. Irgendwas hat er zu verbergen, das merke ich ganz genau. Ich möchte auf keinen Fall, dass er geht. Also muss ich schnell Kerstin loswerden. Ich hole mein Handy aus der Tasche.

»Kerstin schau mal, in der Whatsapp-Gruppe wirst du überall gesucht«, sage ich.

»Echt?«, fragt sie, »warum?«

»Keine Ahnung, die anderen tanzen unten auf den Boxen«, ich muss lachen, »das haben sie tatsächlich geschrieben, und denken, dass du fehlst.« Ich schaue sie begeistert an.

»Okay, okay, ich sehe mal nach ihnen. Carli, wie viel Uhr haben wir überhaupt?«, fragt sie mich.

»Schon kurz vor zwölf!«, stelle ich erstaunt fest. Um zwei Uhr verlieren die VIP-Bändchen ihre Gültigkeit. Seit zwölf Stunden sind wir schon hier. Unfassbar! Die Zeit verging wie im Flug. Wahrscheinlich werde ich Eduardo nie wiedersehen, denke ich traurig. Aber ich muss ihn wiedersehen. Ich möchte noch so viel über ihn erfahren. Ich möchte unbedingt Zeit mit ihm verbringen. Ich dachte bisher, dass Max der tollste Mann von allen sei. Aber ich habe noch nie so einen charismatischen und geheimnisvollen Mann wie Eduardo kennengelernt.

Nur fühle ich mich ein wenig gehemmt und unsicher in seiner Gegenwart, das muss ich zugeben.

Kerstin springt fröhlich davon und da stehen wir wieder nur zu zweit. »Carla, ich nehme an, wir werden bald gehen, meine Freunde haben genug. Wir werden um ein Uhr abgeholt«, sagt er. Ich versuche mir meine Enttäuschung nicht anmerken zu lassen. Gespielt lässig lächle ich und trinke einen Schluck des super teuren Champagners.

»Es war jedenfalls sehr schön, dich kennengelernt zu haben, Eduardo.«

»Ja Carla, das finde ich auch. Würdest du mir vielleicht deine Karte geben?«, fragt er mich.

Ich muss innerlich schmunzeln. »Eine Karte habe ich hier nicht dabei«, sage ich freundlich. »Aber meine Nummer könnte ich dir aufschreiben oder du speicherst sie ein.«

»Ja, sicher«, Eduardo wirkt wieder etwas verschämt. Aus welcher Welt kommt er? Im Megapark haben die meisten Menschen mit Sicherheit nicht mal eine eigene Visitenkarte, geschweige denn haben sie eine hier dabei. Ich finde es schon fast süß, wie normal das alles für ihn zu sein scheint.

Eduardo greift in seine Shorts und holt aus der hinteren Tasche das, natürlich neue, IPhone hervor.

»Wie ist dein Nachname?« fragt er mich.

»Carla Cruz ist mein vollständiger Name.« Eduardo tippt es ein und sieht mir tief in die Augen. Mir wird wieder ganz komisch und in meinem Bauch hüpft es.

»Ich werde mich morgen melden und würde dich gerne morgen nochmal sehen«, sagt er und schaut mich fragend an.

»Ja, also, ich muss mal sehen«, stammle ich. »Wir haben morgen Mittag eigentlich einen ganzen Tag am Strand geplant mit den Mädels. Und am Abend wollten wir nochmal losziehen. Da wir ja Sonntag zurückfliegen. Beziehungsweise ich fliege ja nach Alicante, um meine Familie zu sehen.«

»Ah«, Eduardos Augen vergrößern sich. »Du hattest gar nicht gesagt, dass du noch ein wenig Urlaub dranhängst. Vielleicht können wir uns dann nochmal sehen?«, sagt er mehr zu sich selbst.

»Wie soll das gehen?«, frage ich verwirrt. »Du wohnst in Barcelona, hast du gesagt, ich bin in Javea. Das ist schon etwas voneinander entfernt«, stelle ich fest.

»Aber im selben Land.« Er zwinkert mir fröhlich zu.

»Eduardo!« Eine laute, raue, männliche Stimme höre ich hinter mir seinen Namen rufen. Eduardos Gesichtsausdruck wird hart und seine Augen verengen sich. »Na, wo bist du denn die ganze Zeit?«, höre ich die laute unsympathische Stimme. Als ich mich umdrehe, sehe ich den Besitzer und er passt zu seiner Stimme. Ein Mann, etwas untersetzt, viel kleiner als Eduardo, dunkle Haare und dieselben dunklen Augen wie Eduardo. Nur sehe ich in seinen Augen nicht die Freundlichkeit und Güte wie in Eduardos Augen. Der fremde Mann hat stumpfe Augen ohne Glanz und Güte. »Ich bin Carlos, na, wer bist denn du?« Er schaut mich interessiert an und umfasst mein Kinn mit seinen ekligen, feuchten Fingern, um mich scheinbar noch genauer betrachten zu können.

Ich komme mir vor wie ein Pferd, dessen Gebiss geprüft wird, um zu erkennen, ob es gesund ist.

»Hey, lassen Sie das!« Ich gehe einen Schritt zurück und wische mein Kinn mit meiner Hand ab.

»Lass das!«, höre ich Eduardo scharf zischen. Eduardo sieht ihn vernichtend an und stellt sich näher zu mir.

»Ach Edi, entspann dich«, er lacht laut und ein extremer Alkoholgeruch kommt aus seinem Mund. Ich drehe mich angewidert zur Seite.

»Was hast du dir denn hier für 'ne kleine Schlampe aufgerissen«, sagt Carlos. Er geht wohl davon aus, dass ich kein Spanisch spreche.

Bevor Eduardo was sagen kann, erwidere ich: »Die Schlampe ist Spanierin und versteht jedes Wort.

Auch bin ich hauptberuflich Kinderpsychologin. Und nicht im Rotlichtmilieu tätig . Es wäre schön, wenn Sie mal ein Wasser trinken würden, dann würden Sie sich vielleicht besser im Griff haben und nicht über fremde Menschen urteilen.«

Carlos sieht mich, was ich erfreut feststelle, ziemlich verwirrt an.

Er schluckt und sammelt sich. Unauffällig sehe ich zu Eduardo, der sichtlich zufrieden neben mir steht.

»Carlos, du hast sie verstanden. Trink ein Wasser, wir fahren sowieso gleich.« Carlos schaut Eduardo so böse an, dass es mir ein wenig unheimlich wird.

»Wann ich etwas trinke und was ich trinke, kleiner Cousin, entscheide ich selbst!«, sagt er scharf. »Melissa wird sich freuen, dass du den ganzen Tag mit einer Seelenklempnerin verbracht hast.« Triumphierend sieht er in mein verwundertes Gesicht. »Wusste ich es doch, der Kleinen hast du nicht gesagt, dass du vergeben bist.«

»Carlos, verschwinde!«, sagt Eduardo im selben scharfen Ton. Carlos sieht noch einmal von ihm zu mir, grinst listig und verschwindet in der Box.

»Was war das denn?«, frage ich unsicher.

»Das war das Ekel unserer Familie, mein ältester Cousin«, sagt Eduardo angestrengt.

»Wow, nette Familie«, erwidere ich und versuche ein Lächeln. Melissa, der Name spukt in meinem Kopf herum. Und da spucke ich es auch schon aus. Meine Impulsivität ist wohl zurück.

»Eduardo, ich möchte eigentlich nicht, dass wir uns wiedersehen, wenn du in festen Händen bist«, sage ich schweren Herzens.

Eduardo sieht mich fassungslos und eine Spur verschämt an.»Nein Carla, Melissa ist ausgezogen letzte Woche.

Wir waren sechs Jahre zusammen, aber ich habe mich gegen eine Ehe mit ihr entschieden und habe mich von ihr getrennt. Das ist alles noch frisch und muss erst einmal bei allen ankommen, dass es wirklich zwischen uns vorbei ist. Aber ich hatte seit Monaten nicht mehr so einen schönen Abend wie heute mit dir. Ich würde dich sehr gerne wiedersehen, Carla.« Er sieht mich so ehrlich an, dass mir ein riesiger Stein vom Herzen fällt.

»Ich würde dich auch gerne wiedersehen«, sage ich schüchtern.

»Senior«, der Bodyguard steht neben Eduardo und sagt leise etwas, das ich nicht hören kann. Dann nickt er mir zu und geht wieder zu der Box.

»Carla, wir werden jetzt aufbrechen, so gerne ich auch noch länger Zeit mit dir verbringen würde, leider geht es heute nicht.«

Ich trinke meine Cola in einem Zug leer. »Könnten Sie mir vielleicht noch einmal nachschenken«, ich sehe die Stewardess flehend an. Sie grinst arrogant und schenkt mir nach. Scheinbar sieht man mir an, dass ich von einem Ballerman-Trip komme. Mein Nachdurst bringt mich um. Ich lehne mich in meinem Sitz zurück und schließe die Augen. Eduardos Gesicht erscheint vor meinem inneren Auge.

Sofort spüre ich die Schmetterlinge in meinem Bauch.

Ich muss seine Nachricht von gestern Mittag nochmal lesen. Ich setze mich auf und greife nach meinem Handy.

Hallo Carla, ich wollte mich noch einmal für den schönen Abend bei dir bedanken. Der Megapark hat jetzt eine ganz andere Bedeutung für mich. Zumal ich vorher noch nie davon gehört hatte ;-) Ich hoffe, ihr seid gestern

*Abend noch sicher ins Hotel gekommen?! Ich wünsche
dir noch einen tollen restlichen Tag. Ich melde mich
Montag wieder bei dir. Und hoffe sehr, wir werden uns
noch einmal sehen. Gruß Eduardo*
Ich spüre, wie ich dämlich vor mich hin grinse. Ich hoffe
wirklich, er wird sich morgen melden.
Nur habe ich keine Ahnung, wie er sich ein schnelles
Wiedersehen vorstellt, wenn wir über 300 Kilometer
voneinander entfernt sind. Nun ja, ich reibe meine
müden Augen, es wird sich ergeben oder eben nicht.
Jetzt freue ich mich erst einmal auf Loui und meine
Großeltern. Nur bei dem Gedanken, meinen Eltern die
Trennung von Max und mir zu verkünden wird meine
Freude sehr getrübt. Ich werde mir denselben Mist wie
immer anhören können. Das war doch klar, hättest du
dich nicht zusammenreißen können, mein Vater wird
wieder zur Höchstform auflaufen und meine Mutter
wird kaum etwas sagen. Nur um nicht mit ihm
diskutieren zu müssen. Im Endeffekt werde ich mir zwei
Stunden das Gefasel anhören können und dann wird er
rechnen, bezüglich des Hauses.
Aber ob er mir hilft, kann ich leider noch überhaupt
nicht einschätzen. Abuelo würde mir auf jeden Fall
helfen, das weiß ich. Nur leider hat er nicht so viele
finanzielle Möglichkeiten wie meine Eltern. Mein Vater
denkt, er müsse mich nach wie vor erziehen, glaube ich
manchmal. Dass ich mein Leben gut im Griff habe und es
sich um eine Ausnahmesituation handelt, lässt er nicht
gelten. Ich rolle mit den Augen und drehe mich zum
Fenster. Es ist komisch, dass Max sich überhaupt nicht
mehr gemeldet hat, überlege ich. Aber scheinbar war ich
ihm wirklich nie sonderlich wichtig. Zu gut kann er mich
zur Seite schieben, das konnte er schon immer.

Auch wenn ich keine Lust auf das Gespräch mit meinen Eltern habe, fühle ich mich eigentlich recht glücklich. Ich habe ein gutes Gefühl in mir, so habe ich mich lange nicht gefühlt. Es waren tolle und verrückte drei Tage. Lina hat auch einen Typen kennengelernt. Ich fand ihn sehr sympathisch. Sie war richtig begeistert und sie möchten sich wohl wieder treffen. Was haben wir alle die letzten Tage ausgelassen gelacht. Eigentlich müsste man sich als Mutter einmal im Jahr eine absolute Auszeit gönnen. Man kommt gestärkt und fröhlich nach Hause und kann so den Alltag auch wieder mit Schwung meistern. Es war wirklich unglaublich toll. Und Eduardo, wer ist er nur? Sobald ich an ihn denke, muss ich lächeln. Was ein besonderer Mann, denke ich verträumt.

»Caarli«, höre ich Anas Stimme. Meine Freundin steht in der Flughafenhalle und brüllt direkt nach mir. Alle Leute sehen verwundert zu ihr. Ich hebe die Hand und schäme mich ein bisschen. Typisch Ana, immer etwas lauter. Aber einer der liebsten Menschen, die ich kenne.

Wir umarmen uns fest und sofort beginnt Ana im schnellen, hektischen, spanischen Tonfall auf mich einzureden: »Wie war es? Was ist mit diesem heißen Typen, von dem du mir geschrieben hast, ist von den verheirateten Mädels eine fremdgegangen? Ist der Ballermann-Urlaub wirklich so schrecklich primitiv?«, und so weiter. Ana ist in ihrer Neugier kaum zu bremsen.

Endlich sitzen wir in Anas Auto. Auf dem Weg ins Parkhaus habe ich versucht, alle Fragen im Schnelldurchlauf zu beantworten.

»Maus, du bist die Beste«, ich zeige dankbar auf die Dose Cola, die Ana mir in einer Kühltasche mitgebracht hat.

»Ich kenne doch deine Katerbeschwerden«, sie lächelt. »Carli, was ist mit Max?« Anas Stimme wird ruhiger und sie sieht mich mitfühlend an. Etwas schnell in die Realität verfrachtet von den anfänglichen fröhlichen Fragen zu diesem unschönen Kapitel, muss ich schlucken.

»Ich habe dir doch alles geschrieben«, sage ich resigniert. »Und nein, er hat sich überhaupt nicht mehr gemeldet, seit er mit seinen Koffern das Haus verlassen hat«.

Ana startet den Motor und schießt rückwärts aus der Parklücke. »Meinst du, er hat wieder was mit seiner Exfrau?«, sie sieht mich von der Seite an.

»Ich habe sehr häufig darüber nachgedacht, aber das glaube ich nicht«, stelle ich fest. »Sie können sich eigentlich nicht leiden, das würde niemals halten. Trotzdem bin ich sehr enttäuscht und traurig, dass er sich überhaupt nicht mal nach mir erkundigt«, sage ich zu Ana. Ana biegt auf die A7 ab und ich lehne meinen Kopf gegen den Sitz. Sie dreht sich kurz zu mir, während sie zügig auf der Autobahn weiterfährt.

»Carli«, sie tätschelt mein Bein, »willst du sicher nicht zu Max zurück?«

»Ich denke, ich habe keine Wahl, Ana. Und teilweise denke ich, hat Lina recht, dass es besser so ist«, sage ich. »Mittlerweile geht es mir besser. Und die drei Tage haben mir wirklich gut getan.«

»Das freut mich sehr« Ana sieht liebevoll zu mir.

»Es war einfach zu anstrengend. Wir haben, wie viele andere auch, das „Patchworkding" nicht geschafft«, sage ich. Und ich bemerke erstaunt, dass keine Tränen mehr in mir aufsteigen.

Seit vierzig Minuten sitze ich mit meinen Eltern und meinen Großeltern auf der Terrasse und höre mir Vorwürfe an.
Loui liegt seit einer Stunde im Bett. Es war so schön, ihn zu knuddeln und ihm eine Geschichte im Bett vorzulesen. Leider reagieren meine Eltern genau so, wie ich es erwartet habe. Zuerst sind sie aus allen Wolken gefallen und dann gingen die Vorwürfe los. Warum ich Max seine Tochter nicht erziehen lasse, wie er es möchte, warum ich immer so impulsiv sein muss und… und… und...! Mein Opa und meine Oma haben mir immer wieder beschwichtigende Blicke zugeworfen oder mir unter dem Tisch das Bein getätschelt.
»Henrik!« Meine Oma sieht meinen Vater streng an, »Lass das Kind doch mal in Ruhe.«
»Wie soll ich sie in Ruhe lassen, wenn sie schließlich Hilfe braucht, in Form von unserem Geld«, funkelt mein Vater zurück.
»Es geht hier um deine einzige Tochter und deinen einzigen Enkelsohn«, wirft mein Opa ein.
»Dass ihr Carla wieder unterstützen müsst, ist ja normal«, sagt meine Mutter aufgebracht. Ich sehe von einem zum anderen und weine. Mein Opa streichelt meinen Arm und reicht mir ein Taschentuch.
»Es wäre schrecklich für Loui, wenn er ausziehen müsste«, sage ich unter Tränen.
»Es gibt einige Kinder, die ständig umziehen«, erwidert mein Vater in Rage.

»Henrik, was ein Firlefanz!« fährt meine Oma ihn an. »Ihr sollt ihr doch bloß was leihen, damit sie Max seine Unkosten zurückzahlen kann und für sie bürgen. Carla verdient überdurchschnittlich gut, sie wird das alles schaffen«, lenkt meine Oma ein.

»Carla. Darüber müssen deine Mutter und ich alleine«, er betont das Wort laut und sieht in die Runde, »noch einmal sprechen.«

»Ja«, sage ich kleinlaut und fühle mich wie fünf. Ich hasse es, so sehr von jemandem abhängig zu sein. Ich war es noch niemals von einem Mann.

Leider bin ich jetzt gerade wieder im Begriff von meinen Eltern abhängig zu werden, denke ich traurig.

Mein Opa knufft mir in den Arm. »Ach Schatz, was ein Mist. Wenn wir könnten, würden wir dir helfen«, sagt er und sieht mich liebevoll an. Die anderen haben sich in ihre Betten verabschiedet. Nur wir beide sitzen noch draußen und sehen auf das weite Meer. Ich lehne meinen Kopf an seine, mittlerweile ziemlich knochige Schulter und fühle mich geborgen.

»Ach Opa, ich möchte doch nur, dass Loui sein Zuhause nicht verliert.«

»Es wird eine Lösung geben, mein Schatz. Ich verstehe deine Eltern nicht. Sie können ihr Geld doch nicht mit ins Grab nehmen. Und das Haus von euch ist doch eine gute Geldanlage. Aber was weiß ich schon«, er sieht nachdenklich auf das Mittelmeer, das unter uns liegt. Es ist herrlich warm und ich genieße die Zeit mit ihm alleine.

»Ich mochte Max immer«, sagt er in die Stille.

»Er mag dich auch sehr«, antworte ich.

»Es tut mir leid, Carla, dass ihr es nicht geschafft habt. Ich fand, dass ihr eigentlich immer gut zusammengepasst habt.« Er dreht sich mit Anstrengung zu mir. Leider muss ich immer wieder feststellen, wie er von Mal zu Mal älter wird. Nein, er wird noch lange bei mir bleiben. Ihn haut nie etwas um, spreche ich mir selbst zu. Aber in mir ist eine Stimme, die mir sagt, dass es ihm oft nicht gut geht. Aber das möchte ich nicht wahrhaben.

»Ja, das dachte ich auch«, antworte ich ihm. »Aber wir haben es nicht geschafft, Abuelo, und jetzt muss ich nach vorne sehen«, ich drücke seine Hand.

»Ach Carlitta, wie früher sitzen wir hier. Wie immer wir zwei, die als Letzte ins Bett gehen«, sagt er melancholisch. »Weißt du noch, als du klein warst und ich dir immer die Sterne erklärt habe?«

»Natürlich weiß ich das.« Ich spüre eine Wehmut in mir aufsteigen, die ich nur schwer unterdrücken kann. »Opi«, ich schluchze, »bist du eigentlich enttäuscht von mir, dass ich mich von Marc getrennt habe und Loui damit seinen Vater nur am Wochenende sieht? Und dass ich es mit Max und ganz früher mit Emilio auch nicht hinbekommen habe?« Ich sehe ihn an.

»Carla«, er streicht mir über den Kopf, »ich möchte, dass du glücklich bist. Ich würde mir wünschen, dass du einen Mann findest, der dich dauerhaft glücklich macht. Ich möchte, wenn ich sterbe, wissen, dass du sicher aufgehoben bist, mein Schatz. Aber ich sagte dir schon mal, das musst du auch wollen, Liebes. Ich bin immer stolz auf dich. Du bist ein gütiger Mensch, du bist selbstbewusst und stark. Und du und Loui seid meine Besten, das weißt du.« Er versucht näher an mein Ohr zu kommen. Ich komme ihm entgegen.

Im Flüsterton sagt er: »Aber das darfst du nicht deinen Cousinen und Cousins verraten.« Wir lachen beide laut.

»Ich habe dich so lieb«, sage ich. »Mein Schatz, lass uns schlafen gehen.« Mühsam steht er auf und sieht auf mich herunter. »Du machst das alles irgendwie. Davon bin ich überzeugt. Und wenn deine Eltern auf stur schalten, dann werdet ihr euch eine andere Wohnung suchen. Loui ist genauso stark wie du, mein Schatz. Er wird das auch schaffen. Gute Nacht.« Er drückt mir einen Kuss auf den Kopf und geht langsam ins Haus. Ich atme laut aus. Er hat recht, es wird alles irgendwie gut werden.

Wenn es richtig ist, passiert es. Nichts Gutes geht jemals verloren John Steinbeck

Das Wasser ist herrlich. Loui und ich sind zur Promenade gefahren und springen durch das Meer. Meine Eltern konnten mir heute Morgen natürlich noch keine Entscheidung mitteilen. Vermutlich entscheiden sie sich dagegen und ich kann uns in den nächsten Wochen eine neue Bleibe suchen. Davon werde ich Loui aber erst berichten, wenn ich einen Plan habe. Ich möchte ihn nicht verunsichern, solange ich noch keine Fakten habe. Wenn ich daran denke, kommen mir direkt die Tränen. Er möchte niemals sein Zuhause mit all seinen Freunden in der Nachbarschaft verlassen. Aber wie so oft im Leben muss man lernen, mit unschönen Situationen umzugehen, denke ich.
»Komm, Schatz, wir gehen mal kurz raus«, rufe ich Loui zu, der sich ununterbrochen in die Wellen wirft. »Wir müssen mal kurz in den Schatten. Zu viel Sonne ist nicht gut.« Er guckt genervt, aber kommt mit mir auf unsere Decke, die ich unter dem Sonnenschirm ausgebreitet

habe. »Ach Loui, ist das schön hier«, ich gebe ihm einen Kuss. Er nickt und schmatzt, während er seine Ananas futtert.

Ich greife in die Tasche, um auf meinem Handy die Uhrzeit zu überprüfen. Um drei Uhr sollen wir wieder zu Hause sein, zum Kaffee trinken. Eine neue Nachricht leuchtet auf meinem Handy auf. Eduardo! Ich freue mich so sehr, dass ich mir im selben Augenblick total albern vorkomme.

Hallo Carla, was machst du heute Abend?

Hi Eduardo, bisher habe ich keine Pläne.

Hast du ein Lieblingsrestaurant in deiner Stadt? Du hast so von Javea, deinem Zuhause, geschwärmt, dass ich es mir unbedingt angucken möchte. Und ich würde dich sehr gerne zum Essen einladen.

Juhu, ich könnte schreien vor Freude. Ich finde es Wahnsinn, dass er vier Stunden Fahrt auf sich nehmen möchte,

um mit mir essen zu gehen. Nach wie vor ist dieser Mann absolut faszinierend.

Das wäre sehr schön. Ja, ich habe ein Lieblingsrestaurant. Tolles Essen und Ambiente. Nur nicht ganz günstig.

Irgendwie möchte ich mir das Okay einholen, damit er nicht überrascht ist, dass wir nicht im Burgerladen essen gehen. Obwohl ich mir das wahrscheinlich sparen könnte, wenn ich an die Massen Champagner und das Personal denke. Egal, ich möchte nicht wirken, als sei es für mich selbstverständlich, im teuersten Restaurant der Stadt zu reservieren, wenn er mich einladen möchte.

Wie heißt es?

Masena

Zwei Minuten später antwortet er mir wieder.

Ich habe für neun Uhr reserviert. Ich hoffe, das ist für dich in Ordnung. Ich würde dich gerne um halb neun abholen. Schickst du mir bitte deine Adresse?

Ich bin sprachlos. Warum hat er mir das Reservieren nicht überlassen? Ich kenne die Besitzer. Warum hat er scheinbar alles im Griff? Ich muss heute Abend mehr über ihn erfahren. Das ist wirklich alles unfassbar. Oh verdammt, was ziehe ich nur an? Ich habe meine wirklich schicken Kleider alle zu Hause in Deutschland gelassen. Ich muss Ana schreiben, sie muss mir unbedingt was leihen.

Und am besten frage ich, ob Chris, mein Friseur, mir die Haare noch toll föhnen kann. Ja, das werde ich jetzt alles tun. Ich bin so aufgeregt und aufgekratzt, dass ich sofort meinen Freundinnen schreiben muss. Ich fühle mich so glücklich. Und ich dachte nicht, dass ich mich so schnell nach der Trennung von Max je wieder so fühlen kann. Eduardo, der Name spukt in meinem Kopf umher. Ich freue mich so ihn zu sehen. Ich grinse fröhlich und springe mit Loui wieder in die Fluten.

Wenn mir jemand nicht mehr aus dem Kopf geht, gehört er in mein Herz

Chris hat gute Arbeit geleistet. Meine Haare fallen in leichten Wellen über meinen Rücken. Anas schwarzes Kleid mit einem raffinierten Ausschnitt steht mir wirklich gut. Der Ausschnitt ist nicht zu nuttig und trotzdem lässt er erahnen, dass ich trotz Stillen noch recht ansehnliche Brüste habe. Meine Haut ist schön braun und ich habe eine kleine silberne Kette angezogen. Mein Look ist schick, elegant, aber nicht zu aufgedonnert. Meine

Pumps sind auch nicht zu hoch. Ich sehe für das Masena passend gekleidet aus und fühle mich zum Glück in meiner Haut richtig wohl. Trotzdem bin ich so aufgeregt, dass ich es kaum noch aushalte. In fünf Minuten ist es halb neun. Meine Familie ist mit Loui essen gegangen, so brauche ich keine neugierigen Fragen beantworten.

Ahhh, es hat geklingelt. Ich atme tief durch und gehe aus der Haustür raus. Da unser Haus durch eine hohe Mauer komplett abgesperrt ist, kann ich ihn noch nicht sehen. Jetzt muss ich noch diese ewige Treppe nach oben steigen. Es ist heiß, ich hoffe nur, ich bin gleich nicht schon schweißgebadet.

Ich atme tief ein und drehe den Schlüssel zur Tür um. Dann drücke ich die Klinke nach unten und öffne die Tür. Da steht er vor mir. Und es haut mich genauso um wie beim ersten Mal, als ich ihn sah. Er sieht so gut aus, dass ich es eigentlich nicht fassen kann, dass er hier bei mir zu Hause steht. Er trägt ein weißes Leinenhemd und eine hellblaue, lange Leinenhose. Sein Look ist absolut perfekt. Modern, elegant aber nicht übertrieben. Und sieht so teuer aus, dass ich mich leider sofort verunsichert fühle. »Hi«, er strahlt mich an und wir begrüßen uns, wie in Spanien üblich, mit einem Kuss rechts und links. Er riecht frisch geduscht und sein Bart kitzelt mich, sodass ich am liebsten nah an seinem Gesicht bleiben möchte. Es fühlt sich unbeschreiblich an, ihn zu berühren.

»Wow! Du siehst wunderschön aus«, sagt er und sieht mir tief in die Augen. Sofort spüre ich das Kribbeln in mir aufsteigen. »Und dein Zuhause liegt ja traumhaft.« Er blickt über meine Schulter hinter mir auf das Meer.

»Möchtest du es genauer sehen?«, frage ich unsicher. Normalerweise ist jeder, der uns besucht, absolut beeindruckt von der Lage und der atemberaubenden Aussicht auf das Mittelmeer. Da ich mir aber vorstellen kann, dass Eduardo in einem Schloss wohnt, bin ich ziemlich verunsichert.

»Sehr gerne«, er tritt vor auf den Carport und scheint wirklich beeindruckt zu sein. Wir gehen ganz nach vorne und er sieht von oben in unseren, dank meiner Mutter perfekt gestalteten Garten. »Carla, es ist absolut traumhaft hier«, sagt er anerkennend.

»Danke«, sage ich verlegen. Warum macht er mich nur so nervös? Eduardo schaut mich lächelnd an.

»Ich freue mich sehr, dass du meine Einladung angenommen hast.«

»Ich freue mich, dass du mich eingeladen hast«, sage ich mit einem Strahlen im Gesicht.

»Dann komm, fahren wir los.« Er schiebt mich mit seiner Hand an meinem Rücken raus aus unserem Carport. Ich schließe von außen ab und fasse es nicht, als ich mich umdrehe. Da steht einer der top schicken Sicherheitsleute im schwarzen Anzug und hält uns die Tür einer schwarzen Limousine auf.

»Oh wow«, ich sehe Eduardo verwirrt an. Er scheint meine Verwirrung nicht ganz deuten zu können.

»Alles okay?«, fragt er mich entspannt.

»Äh ja, nur wer bist du?« frage ich lachend und knuffe ihm in den Arm. Er grinst schelmisch und deutet auf den Wagen: »Bitte einsteigen, Señora Carla.« Ich lächle den Sicherheitsmann freundlich an und nicke zur Begrüßung. Er scheint sich ehrlich über meine nette Begrüßung zu freuen und zwinkert mir ebenso nett zurück. Meine Güte, was ist das hier alles, denke ich mir, während ich in der perfekt klimatisierten Limousine Platz nehme. Eduardo steigt auf der anderen Seite dazu.

»Sie müssen da unten wenden, es geht hier nur zum Strand, wenn man weiter gerade aus fährt«, rate ich dem Fahrer freundlich. Eduardo berührt vorsichtig mein Bein.

»Lehn dich zurück Carla, Josef weiß immer, was er tut. Er ist mein bester Mann.« Eduardo klopft ihm von hinten kameradschaftlich auf die Schulter: »Nicht wahr?«

»Danke, Senior«, antwortet Josef und lässt die Trennwand hochfahren.

»Eduardo«, sage ich lächelnd, aber auch mit Nachdruck in der Stimme, »wer bist du?«

»Carla«, sagt er ebenso lächelnd und mit einem schelmischen Leuchten in den Augen, »das wirst du schon noch erfahren. Jetzt habe ich erst einmal Hunger. Was kannst du denn in deinem Lieblingsrestaurant empfehlen?« Und damit beendet er das Thema. Naja so leicht wird er mich nicht abservieren können, denke ich mir. Wenn ich wieder nach Hause gefahren werde, weiß ich, wer er ist. Mein Mut und mein Selbstbewusstsein kommen endlich zurück, denke ich erfreut.

Als Josef uns vor dem Masena abgesetzt hat, wird es mir etwas unangenehm. Ich war Jahre immer nur mit Max hier. Valentin, ein reizender älterer Mann, ist der Besitzer von diesem perfekten Restaurant. Valentin ist sehr warmherzig und freundlich. Ich weiß, dass er mich sehr mag. Als Kind, wenn ich mit meiner Familie hier war, durfte ich immer mit ihm in die Küche und noch heute freut er sich immer sehr mich zu sehen. Er ist ein wenig wie ein zweiter Opa für mich. Das Masena ist im Landesinneren von Javea in einer alten Finca. Innen ist es sehr urig, gemütlich, aber auch edel. Im Außenbereich auf der Terrasse sitzt man mitten unter alten Olivenbäumen. Ich liebe diesen Ort. Es ist die perfekte

Mischung aus elegant, entspannt und spanischer Herzlichkeit. Das wunderbare Essen nicht zu vergessen. Nur was denkt Valentin und das Team, wenn ich mit Eduardo komme und nicht mehr mit Max wie die letzten fünf Jahre? Das ist mir unangenehm. Valentin wäre zu diskret, um etwas zu fragen, aber ich fühle mich unwohl. Zu spät - als wir die Tür öffnen, kommt er schon direkt und herzlich auf mich zu.

»Guapa, wie schön, bist du wieder mal zu Hause?«, fragt er mich lächelnd.

»Oh und einen feinen Señor hast du dabei«, er reicht Eduardo herzlich die Hand. Eduardo stellt sich vor, wie immer nur mit seinem Vornamen. Was ist da los?, frage ich mich wieder. Valentin schaut in seinem Buch nach unserer Reservierung.

»Carla, wann hast du reserviert?«, fragt er suchend. Leider ist das heute schwierig, er sieht mich verzagt an.

»Nein, das war ich.« Eduardo kommt näher zu dem Tischchen, auf dem das Buch für die Reservierungen liegt.

»Es wurde auf den Namen Moreno reserviert.« Meine Ohren sind riesig und ich denke mir: Eduardo Moreno. Klingt hübsch. Aber bevor ich weiter überlegen kann, pfeift Valentin anerkennend.

»Das war eine Reservierung, die wir noch nie hatten«, sagt er beeindruckt. Und schaut Eduardo respektvoll an.

»Inwiefern?« frage ich und sehe unsicher zu Valentin.

»Schau nicht so ängstlich Carla«, er grinst. »Komm mein Mädchen.« Valentin deutet mit seiner Hand Richtung Terrasse und wir folgen.

Als wir die Terrasse betreten, weiß ich ehrlich gesagt nicht, ob ich mich freuen soll oder im Erdboden versinken möchte. Nur ein einziger Tisch ist eingedeckt.

195

Die anderen Tische haben einen riesigen Strauß weißer Rosen und zwei Kerzen darauf stehen. Hatte ich erwähnt, dass ich weiße Rosen mag, überlege ich hektisch. Ich beginne zu schwitzen. Einerseits finde ich es wirklich süß, aber auf der anderen Seite ist es mir wirklich etwas zu viel.

Und mir ist es peinlich vor Valentin und dem gesamten Team. Was sollen sie denken?

Dass ich jemanden aus der Königsfamilie abgegriffen habe? Eduardo mustert mich. Ich möchte nicht undankbar wirken, also strahle ich und lass mich auf meinen Platz fallen.

»Wirklich unglaublich alles«, sage ich zu Eduardo.

»Du wirkst nicht so begeistert?« Er sieht mich fragend an.

»Ach weißt du, überrascht trifft es eher«, lenke ich ein. Er freut sich so und wollte mich beeindrucken, also sollte ich es einfach glücklich annehmen, denke ich. Welcher Mann mietet schon ein ganzes Restaurant für das erste Date? Ich könnte mich wirklich freuen. Und Valentin findet es sicher auch schön, wenig Arbeit und 'ne Menge verdienen an zwei Gästen. Ich möchte nicht wissen, was Eduardo dafür bezahlt hat. Das Masena ist nämlich jeden Abend voll besetzt.

Valentin kommt mit Champagner und ich bin wirklich dankbar für ein Glas. Das ist alles zu viel für mich. Ich bin ja ein wenig Luxus von zu Hause gewöhnt. Auch Max und ich haben es uns immer gut gehen lassen, aber so etwas, nein so was habe ich noch nie erlebt. Und irgendwie ist es schon der Wahnsinn. Ich spüre, wie meine erste Unsicherheit der Freude und Begeisterung weicht. Wow, ich habe einfach Glück gerade mal, denke ich mir. Nach allem Stress mit Max, dem Ärger mit meinen Eltern und der ungeklärten Wohnsituation, sollte ich es vielleicht einfach mal genießen, dass dieser wahnsinnig tolle Mann mir so etwas bieten möchte. Eduardo nimmt sein Glas und reicht mir meins.

»Carla, auf den Ballermann, ich dachte niemals, dass ich dort so eine tolle Frau wie dich kennenlernen kann.« Er strahlt mich an. Mir wird wieder ganz schummrig.

»Danke, Eduardo«, sage ich schüchtern, »danke für dies alles hier«, ich zeige umher.

»Sehr gerne«, er sieht mich so tief und lange an, dass ein »Was ist?« aus mir rausschießt, so unsicher bin ich und muss die Situation unterbrechen. Eduardo ist im Gegensatz zu mir völlig gelassen, er stellt sein Glas ab und schaut mich immer noch an.

»Nichts ist, du gefällst mir und deshalb sehe ich dich an.«

»Ah«, antworte ich. Ich rutsche unsicher auf meinem Stuhl herum. »So!« Eduardo richtet sich auf und das Knistern zwischen uns stellt sich ein. Was mich entspannt. Hilfe, der Typ bringt mich völlig aus der Fassung.

»Was kannst du mir denn empfehlen, Carla?«, fragt er mit der Speisekarte in der Hand.

»Also, am liebsten esse ich das Chateaubriand. Jedoch gibt es das nur für zwei Personen und man grillt es sich auf dem heißen Stein selbst«, sage ich.

»Hört sich gut an, dann lass uns das nehmen.« Eduardo nimmt die Weinkarte. »Was möchtest du, weiß, rot oder rosé?«

»Ich hätte bei dem warmen Wetter gerne weiß oder rosé«, sage ich.

»Sehr gut.« Eduardo studiert ungefähr eine Minute die Karte und legt sie wieder weg. Scheinbar weiß er, welchen Wein er für uns möchte. Valentin kommt und nimmt die Bestellung auf. Er lächelt mich so herzlich und freundlich an und dabei wirft er einen beeindruckten Blick auf Eduardo. Direkt bin ich entspannter. Die ganze Situation ist schon ein wenig skurril, aber ich sollte es auch einfach genießen. Ich setzte mich aufrecht und möchte neuen Anlauf nehmen, um endlich mehr von ihm zu erfahren. Aber sobald ich ihn betrachte, verlässt mich der Mut. Er wirkt so wahnsinnig aufregend, geheimnisvoll, selbstsicher und ja, man kann sagen, weltmännisch, während er seinen Blick über die Terrasse gleiten lässt. Aber komischerweise nie arrogant. Diese Güte in seinen Augen hat so etwas Warmes und Herzliches, dass man davon ausgeht, er hat auf jedem Kontinent ein Waisenhaus und kümmert sich selbst um alle armen Kinder. Ich fühle mich in seiner Gegenwart so sicher und beschützt. Er regelt das schon alles, denke ich. Ich würde sofort meine Tasche packen und in jedes Krisengebiet der Welt mit ihm fliegen, mit dem Gefühl in mir, Eduardo würde jedes Unheil von mir fern halten. Das ist komisch, denke ich. Eigentlich bin ich immer die, die alles managt, alles im Griff hat. Aber es tut gut, mal loszulassen, ich möchte mich einfach mal anlehnen. Ich bin so angestrengt von den letzten Wochen und dem ewigen Krieg mit Max. Dem ewigen Verteidigen meiner Position. Was haben wir uns oft bekriegt. Ja, natürlich fühlte ich mich bei ihm auch sicher. Aber es war anders. Eduardo habe ich jetzt zweimal gesehen und ich habe das Gefühl, auch wenn ich mich etwas lächerlich finde bei dem Gedanken, ich könnte ihm mein Leben anvertrauen, er wird das alles klären. Ach, wäre das schön. Aber das wird nicht passieren, ich muss mich selbst um Loui und mein Leben kümmern.

Vor allem ist es das Wichtigste, mich um unser Zuhause zu kümmern und wo das sein wird. Ich habe keine Lust mehr mit meinen Eltern zu diskutieren und mir ihre Sorgen bezüglich ihrer Rente anzuhören. Und vor allem werde ich mich immer abhängig fühlen, das möchte ich nicht mehr.

»Hey!« Eduardo streicht mir liebevoll über meinen Arm, »Was denkst du denn so Angestrengtes?« Er sieht mich aufmerksam an. »Oh«, ich räuspere mich und drehe mich etwas verschämt zur Seite. Scheinbar hat er mich die ganze Zeit beobachtet bei meinem Gedankenwirrwarr. »Ich habe ein bisschen Sorgen wegen meinem Zuhause, aber lass uns über dich sprechen«, sage ich schnell. Aber Eduardo lässt nicht locker. Also erzähle ich ihm alles. Von Max, von Mathilda, von meinen Eltern, von meiner Sorge, Loui sein Zuhause zu nehmen. Als ich fertig bin, atme ich tief durch und hoffe, dass Eduardo mich jetzt nicht total bescheuert findet. Verdammt, aber es kam einfach alles aus mir rausgesprudelt und er hat auch wirklich sehr interessiert geschaut und wollte alle Fakten zu dem Haus haben.

Eduardo sieht mich mit großen Augen nachdenklich an. »Tut mir leid, dass ich dich mit meinen Problemen so vollgequatscht habe«, sage ich zerknirscht. Eduardo nimmt meine Hand, ohne den Blick von mir zu nehmen. »Carla, ich finde, du bist die stärkste Frau, die ich jemals kennengelernt habe. Wie du das alles machst, deine Arbeit, dein Kind, der ganze Ärger mit der Tochter deines Ex-Freundes. Und dass du immer so fröhlich und optimistisch bist. Ich kenne wirklich keine Frau, die so ist wie du.«

»Ach was«, ich winke verlegen ab.

»Nein, das meine ich wirklich so. Die Frauen, die ich kenne, haben noch nie für etwas kämpfen müssen oder sich anstrengen müssen. Ihnen wurde alles auf dem Silbertablett serviert. Ob perfekter Abschluss, Häuser und gesellschaftliche Stellung. Nie mussten sie sich anstrengen. Und so sind sie auch. Immer unzufrieden und gelangweilt. Ich kenne dich kaum, Carla. Aber ich habe dich in diesem Megapark schon eine Weile aus der Box beobachtet.« Oh nein, mir wird heiß und kalt. Ich weiß, wie ich bin, wenn ich in Fahrt bin, denke ich beschämt. Ich springe wie ein Fohlen von hier nach da, plapper mit allen und jedem und bin nur am Lachen und albere herum. Verdammt, warum hat er mich beobachtet?

»Oh nein«, sage ich und schaue ihn entgeistert an.

»Nein, es hat solchen Spaß gemacht, dich zu beobachten«, sagt Eduardo und klingt tatsächlich ehrlich. »Du versprühst so eine Lebensfreude und Stärke, dass ich unbedingt mit dir sprechen musste. Die Leute, mit denen du sprichst, lächeln immer alle danach, das habe ich genau gesehen«, er zwinkert mir zu. »Ich bin niemand, der Unwahrheiten erzählt, Carla. Du hast eine ganz besondere Art und machst Menschen glücklich. Ich hatte seit Jahren nicht mehr so viel Freude wie an diesem Abend. Melissa, meine Ex-Freundin, ich möchte wirklich nicht schlecht über sie sprechen, aber sie war immer unzufrieden, nie ausgelassen. Du bist anders.« Eduardo sieht mich an und sein Mund kommt meinem immer näher. Ich bin immer noch überwältigt von seinen Worten. Wie kann ein Mann, der so eine Ausstrahlung hat, mich als die Frau mit der super Lebensenergie sehen? Komisch, die Welt ist verrückt. Aber jetzt möchte ich einfach nur geküsst werden, denke ich sehnsüchtig. Und das tut Eduardo jetzt auch. Seine Lippen fühlen sich genauso himmlisch an, wie sie aussehen. Sein Mund drückt sich ganz leicht auf meinen und spielt zart mit meiner Lippe.

Dann öffnet er seinen Mund und seine Zunge sucht meine. In mir sind tausend Ameisen und ich habe das Gefühl gleich ohnmächtig zu werden. Wie kann jemand so perfekt küssen! Wahrscheinlich hat er das auch innerhalb eines Elite-Workshops *Wie küsse ich perfekt* gelernt. Anders kann ich mir das nicht erklären. Dann umfasst er auch noch zärtlich meinen Nacken und zieht mich noch näher an sich heran. Ich liebe diese Geste, sie wirkt so männlich. Ich will mehr, denke ich, am liebsten würde ich sofort in seine Limo springen, die Trennwand hochfahren und es mit ihm treiben. Innerlich muss ich grinsen, ich spinne total. Aber diese Leidenschaft, die er ausstrahlt, dann noch dieses Geheimnisvolle! Ich bin, glaube ich, wirklich in Eduardo Moreno verknallt.

Als wir uns zum Luftholen voneinander lösen, sehe ich ihn an.

»Wow, Eduardo Moreno, das war Wahnsinn.«

Ein stolzes Lächeln umspielt seine Lippen, die noch glänzen. »Carla, ich heiße nicht Moreno.«

Ich sehe ihn verwundert an. »Wer bist du?« Und meine Stimme klingt wohl etwas härter als sonst, denn Eduardo setzt sich aufrecht und rückt zu meiner Enttäuschung ein Stück weg von mir.

»Ich bin Eduardo Ortiz.« Mmh, bei mir klingelt nichts. Hätte er jetzt gesagt, ich bin Prinz Harry in Verkleidung, okay. Aber Eduardo Ortiz kenne ich nicht.

Er sieht meinen nachdenklichen Blick. »Ortiz sagt dir nichts?«, fragt er unsicher.

»Es tut mir leid, aber leider nicht«, gebe ich zu.

»Man merkt, dass du viel in Deutschland bist«, er lächelt mir zu. »Mein Großvater ist Fernando Ortiz.« Eduardo sieht mich erwartungsvoll an.

»Sorry, aber auch das sagt mir nichts.« Ich komme mir vor wie ein Idiot. Scheinbar muss jeder ihn kennen. Nur ich Dorftrottel nicht.

»Er ist der Gründer der großen Ladenkette Zina.«

»Zina, wo ich meine Klamotten häufig kaufe, Zina, die es auf der ganzen Welt gibt?«, frage ich ungläubig.

»Ja, genau die.«

»Äh, okay«, mir wird etwas schwindelig. Ich habe letztens im Fernsehen gesehen, dass der Gründer von Zina, Bill Gates sowie sechs andere die Reichsten der Welt sind.

»Eduardo, erzählst du mir auch keinen Quatsch?«, frage ich unsicher.

»Nein Carla, es stimmt.«

Ich trinke von meinem Champagner. Mein Appetit ist völlig verflogen. Doch da kommt unser Essen. Ich lege mir das Fleisch auf den heißen Stein und die Beilagen auf meinen Teller. Irgendwie bin ich sprachlos. Eduardo legt sich auch Fleisch auf, aber er beobachtet mich von der Seite. Und erstaunt muss ich feststellen, er wirkt zum ersten Mal unsicher. Der Grund ist mir schleierhaft, aber dass er unsicher ist, entspannt mich. Ich lege mein Besteck zur Seite und sehe ihm in die Augen.

»Schön, jetzt weiß ich, wer dein Großvater ist. Aber wer bist du Eduardo, um ehrlich zu sein interessiert mich das mehr.«

Sichtlich erstaunt sieht er mich an. »Ja, also ich bin Eduardo Ortiz. Bin 37 Jahre alt. Ich habe eine jüngere Schwester und habe in Harvard Wirtschaftswissenschaft studiert.« Harvard, denke ich, natürlich, was sonst.

Ich glaube, Bill Gates und Obama haben da auch studiert, überlege ich.

»Ich habe keine Kinder und bin auch noch nicht verheiratet gewesen«, spricht Eduardo weiter.

»Wo hast du deine Kindheit verbracht?«, frage ich.

»Bis ich zehn war, in Barcelona. Und dann kam ich in die Schweiz aufs Internat. Dann war ich zum Abschluss ein Jahr in China und in London.« Ich starre Eduardo scheinbar dermaßen dämlich an, dass er aufhört zu sprechen.

»Carla, das klingt alles sehr angeberisch oder?« Eduardo wirkt wieder völlig unsicher.

»Nein«, sage ich, »ich kann es nur nicht fassen, was du jetzt hier in Javea mit mir im Masena machst. Normalerweise dinierst du wahrscheinlich mit der Königsfamilie.«

»Habe ich schon«, er lächelt frech, »aber mit dir esse ich lieber.« Er zwinkert mir zu. Ich fasse das alles nicht, denke ich.

»Ich meine, mein Leben ist auch immer etwas anders verlaufen als das meiner Freundinnen. Ich habe dir ja schon einiges erzählt. Aber du kommst tatsächlich aus einer anderen Welt«, sage ich völlig verwirrt.

»Ich würde gerne mehr Zeit mit dir verbringen, Carla, dich besser kennenlernen, denn ehrlich gesagt interessiert deine Welt mich sehr«, er greift nach meiner Hand. Ich sitze hier mit dem zweitreichsten Enkel der Welt im Masena, er ist unglaublich toll und will mich, Carla Cruz, alleinerziehende Mutter und Psychologin, wiedersehen. Irgendwie weiß ich auch nicht, aber ich könnte schreien vor Glück. Selbst wenn Eduardo einer ganz normalen Familie abstammen würde, ich wäre verknallt in ihn. Aber seine ganze Art und sein

203

Benehmen, sein Auftreten, das ist alles der Verdienst bester und teuerster Erziehung. Deshalb sticht er auch so heraus, denke ich.

»Aber was arbeitest du?«, frage ich ihn, nachdem wir den letzten Krümel des unglaublich leckeren Chateaubriands gegessen haben.

Eduardo faltet die Serviette ordentlich zusammen und legt sie auf den Tisch. Er lehnt sich in seinem Stuhl zurück und sieht mich offen und ernst an. »Ich werde im nächsten Jahr alleine das Unternehmen führen.«

»Bitte?« Ich starre ihn an. »Du wirst Zina alleine übernehmen?«

»Natürlich habe ich sehr viele Berater und mein Großvater wird mir auch immer mal zur Seite stehen, aber er überschreibt mir die Firma zum 31.12.«

»Oh wow, ein großes Erbe, was du da antrittst. Und der Firmensitz ist in Barcelona?«, frage ich.

»Ja richtig«, sagt Eduardo.

»Deshalb die ganzen Sicherheitsleute?«

»Ich reise immer mit vier. Aber da meine ganzen Cousins im Megapark waren, waren es dann etwas mehr«, er lächelt schief.

»Mann Eduardo, das ist wirklich heftig, was du mir hier mal so nebenbei auftischst. Deshalb wolltest du nichts von dir erzählen?«, frage ich.

»Ja, die meisten Frauen sind scharf auf mein Geld oder meine gesellschaftliche Stellung. Aber bei dir dachte ich, ehrlich gesagt, dass es dich eher abschrecken würde. Aus diesem Grund wollte ich dir nichts erzählen, vorerst«, er zieht mich zu sich. Und dann sind seine Lippen wieder auf meinen und es fühlt sich genauso perfekt an wie beim ersten Mal.

Nach einem ewigen Kuss streicht er mir über die Wange: »Carla ich hoffe sehr, du hast auch Lust, dass wir uns besser kennenlernen. Ich möchte dir auch gerne viel von mir erzählen, natürlich nur, wenn es dich interessiert.« Er sieht mich fragend und eine Spur verlegen an.

»Ja Eduardo, ich möchte sehr gerne mehr von dir erfahren«, ich lehne meinen Kopf an seine Schulter. Valentin kommt und schenkt uns Wein nach. Er lächelt mich nur wissend und lieb an. »Bist du denn der Älteste in eurer Familie, da du die Firma übernehmen wirst?« Eduardos Gesichtszüge verengen sich, und sein Blick wird kühl. Er fährt sich durchs Haar. Ich sehe mit Erschrecken die Veränderung in seinem Gesicht auf meine eigentlich belanglose Frage.

»Nein«, sagt er gequält. »Du kannst dich an meinen unmöglichen Cousin Carlos erinnern?«

»Oh ja«, in mir zieht sich alles zusammen. Unglaublich, dass Eduardo und dieser Typ aus einer Familie kommen können, überlege ich.

»Carlos ist sieben Monate älter als ich. Aber er ist ein Taugenichts. Er war schon als Kind schwierig und hat nichts als Ärger gemacht. Er hat in seiner Jugend zu viel getrunken, Drogen genommen und geriet immer an Frauen, die nur sein Geld wollten. Mein Großvater und ich hatten schon immer ein besonderes Verhältnis«, erzählt Eduardo weiter. »Er ist ein besonderer Mann. Ich verehre ihn, könnte man sagen. Er hat aus dem Nichts als armer Junge einer Arbeiterfamilie dieses Imperium erbaut. Er spendet jährlich Millionen. Wir haben Waisenhäuser auf der ganzen Welt. Sein soziales Engagement geht weit über das anderer Reicher hinaus. Und er war, als ich klein war wie auch heute noch meine wichtigste Bezugsperson.«

Ich starre Eduardo die ganze Zeit nur an und fühle mich ihm noch näher als vorher schon. »So ist es bei mir auch«, platze ich heraus.

»Was ist bei dir auch so?«

»Mein Opa ist, so wie bei dir, für mich der gütigste und wichtigste Mensch. Zwar kann er keine Millionen spenden, aber könnte er es, er würde es«, lächle ich nachdenklich. »Ich habe auch ein besonderes, ganz anderes Verhältnis zu ihm, als meine Cousinen und Cousins. Und mit Loui, meinem Sohn, ist es so wie bei mir«, erzähle ich weiter. »Da ist etwas, was uns drei auf besondere Weise verbindet«, sage ich.

»Ich verstehe genau, was du meinst«, sagt Eduardo und streichelt meinen Arm. Sofort bekomme ich Gänsehaut.

»Und mein Opa befürchtet, Carlos würde die Firma runterwirtschaften, den Angestellten Hungerlöhne zahlen und die ganzen Stiftungen und Waisenhäuser nach und nach schließen, um mehr für sich zu bekommen. So hat er ihm vor zwei Jahren gesagt, nachdem Carlos für sechs Monate in Asien untergetaucht war und Millionen für Partys und Frauen ausgegeben hat, dass er die Firma niemals bekommen würde. Nicht mal einen kleinen Anteil. Carlos Mutter wird, wenn mein Opa stirbt, genug bekommen, um Carlos damit ein Leben in Saus und Braus zu ermöglichen. Er würde also nicht leer ausgehen, aber Carlos reicht das nicht. Er möchte Macht. Ich hätte nicht damit gerechnet, dass mein Opa mir die Firmenrechte alleine überlässt, aber scheinbar vertraut er mir. Und das kann er auch«, sagt Eduardo fest und entschlossen.

»Das denke ich auch«, sage ich und schaue ihn völlig verzaubert an. Er ist so selbstsicher und warmherzig, stelle ich erneut fest.

»Deshalb war Carlos so ekelhaft zu dir und mir?«, frage ich.

»Ja genau, er hasst mich. Eigentlich hasst er jeden und sich selbst wohl auch. Ich traue ihm nicht, Carlos war schon immer das schwarze Schaf unserer Familie. Leider hat seine Mutter ihn zu sehr verwöhnt und er musste nie Konsequenzen von ihr erfahren.«

»Was sagt sie denn ihrem Vater dazu, dass er ihren Sohn in der Liste einfach übergangen hat?«, frage ich nachdenklich.

»Das weiß ich ehrlich gesagt nicht genau. Carlos und sie gehen davon aus, dass er das nicht wirklich machen wird. Und Carlos sein Erbe antreten kann.«

»Oh je«, sage ich immer noch völlig überfordert von diesen ganzen Informationen.

»Und was ist mit Melissa, Eduardo?«, frage ich. »Du weißt alles über Max.« Ich lächle ihn offen an.

»Ja, ich erzähle ja schon, aber zuerst möchte ich nochmal einen Kuss«, er grinst und zieht mich zu sich.

»Melissa und ich waren sieben Jahre zusammen. Ich war am Anfang sehr verliebt in sie.« Ahh, das gefällt mir gar nicht, denke ich. Aber so ging es mir mit Max, Marc und Emilio nun mal auch. »Aber nach einiger Zeit haben wir uns eigentlich nicht mehr viel zu sagen gehabt«, spricht er weiter. »Melissa ist die Großnichte von König Felipe.«

»Uff« Ich stöhne resigniert.

»Kein Grund zur Sorge«, sagt Eduardo und küsst mich wieder. Trotzdem, seine Ex kommt aus dem Königshaus, jetzt komme ich mir wirklich vor wie das Mädchen vom Lande. »Sie war natürlich auf den besten Internaten, hat Jura studiert, aber sie musste sich nie bemühen. Und umso älter sie wurde, umso unzufriedener wurde sie. Ich habe ihr immer geraten arbeiten zu gehen, aber sie meinte, das schicke sich nicht. Ihre ganzen Charity-Veranstaltungen haben sie nicht mehr glücklich gemacht. Und so kam es, dass wir uns nur noch stritten und ich sie oft als überheblich und arrogant wahrnahm. Sie wollte unbedingt, dass wir heiraten. Aber ich habe immer mehr gespürt, dass sie nicht die Richtige für mich ist. Wir haben überhaupt nicht mehr miteinander gelacht. Und meine Witze fand sie unangemessen und teilweise primitiv.« Ich frage mich gerade, wie aus Eduardos Mund jemals was Primitives kommen kann, aber gut, wenn sie meint.»Ich denke einfach, wir haben uns auseinander entwickelt. Ich habe durch die viele Zeit in der Firma und als ich realisiert habe, welche Verantwortung ich bald alleine tragen werde, gemerkt, dass das Leben auch was anderes zu bieten hat als Partys und Charity. Es werden etwa 120000 Menschen demnächst von mir abhängig sein und da konnte ich manchmal nicht auf ihr Gerede eingehen, welche Freundin denn jetzt mit wem zusammen ist. Sie behaupte, ich interessiere mich nicht mehr für sie. Und ja, Carla, irgendwie war es auch so. Umso mehr Zeit ich mit meinem Großvater verbrachte und er mir alles beibrachte, und immer wieder an meine Menschlichkeit appellierte, die ich bei keiner Entscheidung außer Acht lassen sollte, umso mehr langweilte Melissa mich. Ich wollte Gutes tun, besuchte unsere Stiftungen und Waisenhäuser, aber sie hatte daran kein Interesse. Es sei denn, die Presse war dabei.«

»Presse?«, frage ich verblüfft.

Eduardo sieht mich verständnislos an.»Ja, Presse.«

»Du bist in der Presse?«, frage ich nochmal.

»Ja, leider täglich, würde ich sagen«, sagt er genervt.

»Oh je, das wird ja immer verrückter«, sage ich. Eduardo versteht scheinbar nicht, dass ich es nicht völlig normal finde, täglich in der Boulevardpresse zu erscheinen. »Carla«, er beugt sich wieder zu mir und streichelt meine Wange. »Es muss dir alles total irre erscheinen, das tut mir leid.« Er sieht mich so schuldig an, dass ich lachen muss.

»Das ist ja nicht deine Schuld«, ich sehe ihn aufrichtig an. »Ja, es ist schon eine Menge, was du zu erzählen hast. Aber ich finde es auch wahnsinnig spannend«, entgegne ich neckisch.

»Da bin ich ja froh«, er lächelt spitzbübisch und küsst mich.

»Valentin traut sich nicht zu schließen«, sage ich lächelnd zu Eduardo. »Das ganze Team sitzt in der Küche und scheint müde zu sein.«

»Hast du es gerade gesehen, als du auf der Toilette warst?«

»Ja, genau«, antworte ich.

»Valentin ist nicht mehr der Jüngste, auch wenn ich die ganze Nacht mit dir sprechen könnte, Eduardo.«

»Ich auch mit dir.« Und wir küssen uns wieder.

»Aber es ist ein Uhr nachts, vielleicht sollten wir für heute Schluss machen?«, frage ich unsicher. Alles in mir sträubt sich mich von ihm zu trennen, aber es wird wirklich Zeit, überlege ich wehmütig. »Du musst ja auch noch nach Barcelona zurück!«, fällt mir plötzlich ein.

»Nein, ich muss von hier direkt nach New York.«

»Bitte?« Ich starre ihn völlig verdutzt an. »Wie kommst du denn bitte jetzt nach New York?« Eduardo lacht liebevoll über meinen entgeisterten Gesichtsausdruck und streicht mir neckend durch mein Haar.

»Also, ich bin mit dem Privatflugzeug nach Muxamiel geflogen.«

»Muxamiel?«, frage ich. »Das direkt bei Alicante, der kleine Flughafen für Privatjets?«

»Ja, genau«, bestätigt er.

»Aber wie kam Josef mit der Limousine hierher?«, frage ich weiter.

»Er hat Familie in Denia.«

»In Denia? Unser Nachbarort?« Ich falle Eduardo erstaunt ins Wort.

»Ja, lustiger Zufall, nicht wahr?«

»Ja wirklich, was ein Zufall.«

»So hat er sich gefreut, die vier Stunden von Barcelona mit der Limousine zu seiner Familie zu fahren, um mich dann hierher zu bringen. Er schläft heute, nachdem er mich wieder zum Helikopter gefahren hat, bei ihnen. Dann fährt er entspannt morgen nach Barcelona zurück.«

»Helikopter?«, hake ich nach. »Du meinst doch Privatjet.«

»Nein Carla«, Eduardo schaut mich halb beschämt, halb amüsiert an. »Der Helikopter steht in der Nähe deines Hauses. Dieser fliegt mich dann zum Jet. Ansonsten verliere ich überall zu viel Zeit.« Ich fasse das alles nicht. Ich schlage ihm zärtlich gegen sein Bein.

»Was für ein Leben führst du!«, rufe ich fassungslos lächelnd aus.

»Eins, bei dem ich dich gerne öfter sehen würde. Komm mit mir nach New York heute Nacht!«

»Was?«, ich sehe ihn völlig verwirrt an.

210

»Es ist mein Ernst, ich würde mir wünschen, dass du mitkommen könntest. Auf dem langen Flug, wo nur du und ich wären, hätten wir genügend Zeit zum Reden und zum Küssen«, sagt er charmant. Er kommt näher und zieht mich zärtlich, aber auch dominant zu sich. Hilfe, in mir spielen die Gedanken und Gefühle verrückt. Im Moment würde ich ihm bis ans Ende der Welt folgen, wenn er mich nur weiter küsst.

Als wir uns voneinander lösen, schaue ich ihn direkt an. »Eduardo, ich würde sehr gerne mit dir fliegen. Aber ich kann Loui nicht einfach bei meiner Familie lassen, ich war erst auf Mallorca. Und ehrlich gesagt genieße ich die Zeit sehr mit meinen Großeltern. Wer weiß, wie lange ich sie noch habe«, sage ich traurig. »Verstehst du das?« Ich sehe ihn unsicher an.

Eduardo atmet tief durch. »Ich finde es sehr schade, aber ich verstehe es. Das zeigt doch auch wieder, was für ein lieber und verantwortungsvoller Mensch du bist.« Er sieht mich tatsächlich ein wenig verliebt an, denke ich selig. Das ist alles zu schön, um wahr zu sein.

Zum Bezahlen geht Eduardo mit Valentin nach vorne an die Theke. Sie lachen laut und freundschaftlich miteinander. Ich bleibe auf der Terrasse stehen und genieße den Moment, ich fühle mich so glücklich. Kann er wirklich der Richtige für mich sein?, frage ich mich. Könnten wir wirklich zusammenpassen? Würde ich mich nicht immer klein und irgendwie unpassend an seiner Seite fühlen? Eigentlich ist es überhaupt nicht meine Art, mich für zu unpassend für jemanden zu halten. Ich weiß, was ich alles leiste und kann. Aber seine Welt ist doch eine ganze andere als die meine. Er hat schon so viel erlebt und erreicht. Ich muss an Emilios Worte denken, als wir am Ambolo Strand saßen. Vielleicht brauche ich genau so einen Mann wie Eduardo. Er würde neben mir keine Komplexe bekommen, weil ich studiert habe, mein Kind erziehe und den Haushalt meistere.

Max war zwar genauso gebildet, aber er hat sich teilweise, vor allem wenn es um Mathilda ging, mir gegenüber unterlegen gefühlt. Und glaubte, ich belächle ihn und seine Erziehung. Was auch so war, wenn ich mit Abstand darüber nachdenke. Eduardo hat keine Kinder, dieses große, nicht zu bewältigende Problem hätten wir schon mal nicht. Ich habe große Achtung vor ihm. Wir sind zwar aus verschiedenen Welten, aber intellektuell auf demselben Stand. Und ich kann, denke ich, mit anderen Dingen punkten. Zwar nicht mit Verwandtschaft aus dem Königshaus, aber mit menschlichen, positiven Aspekten und Stärken. Scheinbar hat Eduardo keine Frauen vor mir gekannt, die sich ihren Lebensunterhalt selbst verdienen. Vielleicht könnte diese ganz besondere Mischung wirklich für uns beide perfekt sein. Ich brauche einen selbstbewussten Partner und einen starken Mann an meiner Seite. Ach, ich muss aufhören zu träumen, erst einmal sehen, wie sich das alles entwickelt. Bevor ich mich schon glücklich an Eduardos Seite sehe. Und dass ich das mit Max schon alles verdaut habe, glaube ich eigentlich nicht. Ich habe so viel Adrenalin gerade in mir, dass ich scheinbar etwas durchdrehe.

»Carli!«, ich höre Valentins freundliche Stimme. »Der Señor ist noch einmal auf Toilette und ich wollte dir auf Wiedersehen sagen, meine Liebe.«

Ich weiß nicht, warum, aber ich sehe Valentin etwas verschämt und unsicher an.

»Valentin«, beginne ich.

»Carla«, er winkt gütig ab. »Du siehst sehr glücklich aus. Und mit deinem Mann vorher wirktest du teilweise etwas unglücklich.« Erstaunt sehe ich ihn an. Ich dachte immer, Max und ich würden zumindest auf die anderen Menschen wie das perfekte Paar wirken. »Und dieser feine Señor hier sieht dich sehr verliebt an, Carla.« Er lächelt mir herzlich zu und wir verabschieden uns.

Josef steht schon vor der Tür, als wir das Masena verlassen. Er öffnet uns die Türen und wir steigen hinten ein. Eduardo und er tauschen ein paar Worte miteinander aus, dann lehnt er sich zu mir und lässt die Wand hochfahren. Leider ist die Fahrt bis zu meinem Zuhause nur ungefähr 15 Minuten lang. Schade, ich würde gerne noch Stunden mit ihm verbringen.

»Carla, danke für den schönen Abend«, sagt Eduardo und sieht mich glückselig an.

»Ich denke, ich muss mich bedanken, Eduardo. Es war wunderschön und ich habe noch nie im besten Restaurant der Stadt als einziger Gast gegessen«, ich zwinkere ihm verschmitzt zu.

»Freut mich, wenn es dir genauso gefallen hat wie mir«, sagt er.

»Wann kommst du aus New York wieder?«

»Am Freitag leider erst. Ich würde dich gerne bald wiedersehen, Carla.«

»Ich dich auch«, ich lächle ihn vermutlich völlig dämlich an. »In paar Tagen bin ich wieder in Deutschland. Und dann ist es schon eine ganz schöne Entfernung. Ich muss wieder arbeiten und Loui habe ich ja auch. Und vermutlich muss ich uns ein neues Zuhause suchen«, sage ich resigniert. Meine euphorische und glückliche Stimmung droht zu kippen.

»Hey!« Eduardo zieht mich in seinen Arm und küsst mich zärtlich. »Es wird alles gut werden«, sagt er. »Ich möchte jetzt auch kein Trübsal blasen, sondern die letzten Minuten nur noch durchknutschen«, kichere ich albern. Eduardo zieht mich auf seinen Schoß und tut, was ich mir gewünscht habe. Wow, ich würde so gerne die Nacht mit ihm verbringen. Es ist kaum auszuhalten, so scharf macht er mich. Aber irgendwie legt er es auch nicht auf mehr an. Er ist nun mal der perfekte Gentleman. Und das macht ihn für mich noch anziehender und attraktiver. Ich spüre, dass er sich sehr kontrollieren muss, um mir nicht an die Brust zu fassen. Aber er tut es nicht.

Josef klopft an die Scheibe. Ich streiche meine wilden Haare glatt und Eduardo ordnet sein Hemd. Wir grinsen uns beide an, als wären wir Teenager. Es fühlt sich auch so an. So leicht, so unkompliziert. Wann habe ich mich jemals so gefühlt, wahrscheinlich das letzte Mal in meiner Jugend. Danach wurden die Beziehungen alle immer komplizierter. Eduardo küsst mich ein letztes Mal und wir drücken uns so fest, als würden wir uns nie wieder sehen. Josef hält mir die Tür auf. Eduardo steigt mit aus und bringt mich direkt vor meine Haustür. »Ich melde mich bei dir, Carla. Schlaf schön. Und pass auf dich auf.« Wir küssen uns noch einmal schnell, Josef schaut zwar diskret aufs Meer, aber es ist unangenehm mit Zuschauern. »Guten Flug«, rufe ich ihm noch nach.

Eine Legende besagt, wenn du nachts nicht schlafen kannst, dann ist es deshalb, weil du im Traum eines anderen wach bist

Als ich am Morgen wach werde, bin ich wie gerädert. Ich konnte die ganze Nacht kaum schlafen. Einerseits vor Glück und auf der anderen Seite drehen meine Gefühle wohl völlig durch. Ich habe mich seit Jahren nicht mehr so zu einem Mann hingezogen gefühlt, außer zu Max. Und da mich das wohl so verwirrt, habe ich die ganze Nacht von Max geträumt. Wir hatten wahnsinnig tollen Sex miteinander und haben uns gegenseitig um Verzeihung gebeten. Ich hatte auf einmal alle möglichen Situationen in meinem Traum, in denen Max und ich so unfassbar glücklich waren. Aufgewacht bin ich von meinem eigenen lauten Schluchzen. Ich denke, da ich in Eduardo ein klein wenig verliebt bin, kommt das alles jetzt nach oben, was ich seit Wochen mit Partys und Alltag verdrängt habe.

Ich liege im Bett und schaue aufs Meer. Mein Wecker zeigt gerade mal acht Uhr. Ich höre oben die vertrauten Geräusche in der Küche. Ich nehme an, meine Mutter, Loui und Abuela werden schon auf sein. Mein Opa und mein Vater schlafen gerne mal länger. Der Abend war unfassbar, lächle ich in mich hinein. Und vermutlich ist es ganz normal, dass ich die ganze Nacht von Max geträumt habe. Er war bisher nun mal die Liebe meines Lebens und was ich mir über ihn schon den Kopf zerbrochen habe!

Kein Wunder, dass ich unbewusst an ihn denke, wenn ich mein Herz wieder einem anderen öffne. Ich muss an einen Satz aus einem Buch denken, den ich mir mal aufgeschrieben habe:

„Es gibt die glücklichen Bilder der Vergangenheit und alles das, was hätte sein können und nicht gewesen ist." Ja, diese Bilder habe ich gerade im Kopf, wenn ich an Max denke. Aber ich sollte die schlechten Bilder nicht zu weit in die untere Schublade stecken.

Den ganzen Ärger, unsere viel zu heftigen Auseinandersetzungen, unsere gegenseitigen Verletzungen, wenn man sich in eine Ecke gedrängt gefühlt hat. Und es ist schon ein wenig so, wie Lina sagt, man konnte das immer und immer wieder gleiche Thema nicht mehr hören. Ich muss jetzt nach vorne schauen. Und der liebe Gott hat mir wohl die heißeste und charmanteste Ablenkung auf seiner Erde geschickt, denke ich. Ich sollte mich gesegnet fühlen, dass ich Eduardo kennengelernt habe. Aber es wirkt im Moment noch zu schön, um wahr zu sein.

Wenn wir es nicht versuchen, hätten wir nie gewusst, ob es funktioniert hätte

Ana reißt an meinem Arm wie verrückt und starrt mich völlig fassungslos an. »Der Typ, in den du scheinbar verknallt bist und der starkes Interesse an dir äußert, ist Eduardo Ortiz?«

»Ana verdammt, schrei nicht so«, sage ich peinlich berührt, alle Menschen auf ihren Handtüchern und Liegestühlen schauen uns erschrocken an. Ana und ich haben uns zu einem entspannten Strandtag mit unseren Kindern verabredet. Loui baut mit Anas Tochter eine Sandburg und ich versuche Ana vorsichtig den gestrigen Abend zu erzählen. Scheinbar kann sie mit Eduardos Namen mehr anfangen als ich gestern, denke ich erstaunt. Er scheint wirklich sehr bekannt zu sein.

»Carla, sag mal, liest du nie die Hola?« Hola ist eine spanische Klatschgazette, die ich in Deutschland eher nicht lese.

»Nein Ana, ich lese sie nicht.«

Ana haut sich an den Kopf. »Während du dir bei Chris die Haare hast machen lassen, hättest du vielleicht mal einen Blick reinwerfen können«, tadelt sie mich. »Dann hättest du gewusst, dass du mit dem heißesten Typen, den Spanien, vermutlich ganz Europa, zu bieten hat, aus warst.« Ana schreit förmlich. »Carla, ich fasse das alles nicht.« Sie legt sich auf ihrem Handtuch auf den Bauch, stützt ihren Kopf ab und schaut mich an. »Carla, er soll nicht nur sehr gebildet sein, sondern auch wahnsinnig gütig und charmant.«

»Ja, Ana, ich kann das absolut bestätigen«, erwidere ich kokett und muss lachen.

»Du Glückskind, wirklich. Hast du ihn schon gegoogelt?«, fragt sie mich ganz aufgeregt.

»Nein, wollte ich aber«, ich lache genauso aufgedreht. Ana zückt das Handy aus ihrer Strandtasche und gibt es mir. Ich gebe seinen Namen ein. Und starre entsetzt darauf.

»Oh scheiße!« entfährt es mir. Als ich die Seite öffne, sehe ich hunderte Schlagzeilen und Bilder von und über Eduardo.

Mir wird ganz komisch. Der Mann, mit dem ich gestern so innig war, ist wirklich weltbekannt.

»Das muss Melissa sein«, entfährt es mir.

»Ja, natürlich ist das Melissa. Angeblich sind sie nicht mehr zusammen«, platzt es aus Ana heraus.

»Ja, Ana, korrekt, sie sind nicht mehr zusammen«, sage ich schnell. »Mach sie mal größer, ich muss sie mir angucken.« Ana zoomt Melissa heran. Sie ist blond, wirkt sehr kultiviert und hübsch. »Mist, ich dachte, sie würde irgendwie unfreundlich und zickig aussehen«, bemerke ich enttäuscht.

»Nein, sie ist hübsch, aber die Presse mag sie nicht sonderlich«, erwidert Ana.

»Warum nicht?«, bohre ich nach. »Ihr wurde häufig unterstellt, nicht mit dem Herzen dabei zu sein, wenn es um ihre Stiftungen ging und dass sie langweilig sei. Aber man weiß ja nie, was da so dran ist«, sagt sie.

»Zeig Eduardo nochmal«, fordere ich Ana auf. »Wow, er sieht so gut aus«, stelle ich erneut fest.

»Ja.« Ana schaut auch ganz verliebt auf ihr Handy. »Carla«, sie sieht mich streng an. »Wenn du es tatsächlich schaffst, dass er der Mann an deiner Seite wird, wird dein Leben nie mehr so sein wie es war.«

»Bitte, jetzt übertreib mal nicht«, entgegne ich.

»Doch, natürlich nicht!« behauptet sie. »Du wirst Sicherheitspersonal brauchen, genauso wie Loui, ihr könntet entführt werden. Dein Leben wird zumindest für die Spanier sehr interessant sein und du wirst vermutlich nicht mehr arbeiten können.«

»Ana, bitte übertreibe es mal nicht«, sage ich leicht verunsichert.

»Carla, er ist nicht irgendein Millionär, er ist Milliardär. Und demnächst hat er die größte Modekette der Welt unter sich. Da gibt es Neider und Verrückte und Menschen, die ihm und seinen Liebsten schaden wollen. Dein Leben wird ganz anders werden.« Ana sieht mich so ernst an, dass mir ein wenig unheimlich wird.

»Ist ja gut, vielleicht wird es gar nichts zwischen uns.«

»Ich könnte mir vorstellen, zumindest so wie er in den Medien beschrieben wird, dass du ihm wirklich gefallen könntest«, sagt sie nachdenklich. »Ich finde es unglaublich spannend, Carli, und ich wünsche dir von Herzen, dass du nach diesem ganzen Max-Kram der letzten fünf Jahre glücklich wirst. Nur kenne ich dich, du lässt dir ungerne was vorschreiben. Aber kommst du mit Eduardo Ortiz zusammen, wird dein Leben nur noch aus Regeln und gesellschaftlichen Verpflichtungen bestehen. Partys mit deinen Freunden vom Land kannst du vergessen.«

»Ach Ana, jetzt ist Schluss«, sage ich. Aber ihre Worte verunsichern mich sehr.

»Hast du Emilio jetzt endlich mal zu- oder abgesagt?« wechselt sie das Thema.

»Nein, aber weißt du was, das mache ich jetzt. Ich werde hingehen. Ich fühle mich gerade so berauscht durch den gestrigen Abend, dass ich diese Hochzeit locker schaffen werde. Und Emilio gehört nun mal zu den wichtigsten

Menschen für mich. Auch wenn seine Damenauswahl zu wünschen übrig lässt. Und Ana«, ich grinse frech, »vielleicht kommt Eduardo ja mit.«
Ana schnappt nach Luft und kichert hysterisch los. »Carli, das wäre der Wahnsinn. Ich möchte dann unbedingt ein Foto mit ihm.«
Ich lache laut. »Du spinnst wirklich.«

Die schönsten Erinnerungen im Leben sind meistens die Momente, die wir nicht geplant haben

»Tschüss mein Schatz«, ich drücke Loui an mich und gebe ihm einen Kuss.
Der kleine Stinker grinst frech und wischt ihn natürlich direkt wieder ab. »Pfui Mama, lass das!«
»Ich küsse dich, wann ich will«, gebe ich lachend zurück.
»Ciao Marc, Dienstag hole ich ihn nach der Schule dann wieder ab.«
Die beiden fahren davon. Und ich atme erst mal durch. So lieb ich Loui habe, seit ich alleinerziehend bin, bin ich wirklich immer froh über meine fünf freien Tage alle zwei Wochen. Alles muss ich alleine machen. Umso mehr brauche ich Zeit für mich. Dass ich mich deswegen nicht egoistisch fühlen muss, weiß ich mittlerweile. Es ist etwas ganz anderes ein Kind alleine zu erziehen und arbeiten zu gehen. Hat man einen Vater im Haus, kann man auch mal Dinge abgeben. Aber so habe ich nur die fünf Tage für mich. Und darauf freue ich mich jetzt.
Eduardo hat sich die letzten Tage täglich von New York gemeldet. Er sagte sogar, er vermisse mich. Dieser Mann hat scheinbar auch mit Emotionen keine Probleme. Nur wann wir uns wiedersehen,

ist leider nach wie vor unklar. Meine letzten Tage mit meiner Familie waren sehr schön. Leider möchte mein Vater nächste Woche mit mir auf die Bank gehen, um sich selbst ein Bild von der Situation zu machen. Ich habe zwar keine Lust darauf, weil der freundliche Herr Sayn ihm auch nichts anderes als mir sagen wird, aber besser als hätte er alles direkt abgelehnt.

So, jetzt muss ich erst einmal Wäsche waschen und bisschen aufräumen. Wahrscheinlich bleibe ich heute Abend zu Hause, überlege ich. Ich hatte ja wirklich genug Trubel. Ballermann, Spanien und jetzt gerade mal eine Stunde wieder zu Hause.

Es klingelt, wer kann das sein?, denke ich genervt. Wahrscheinlich einer von Louis Freunden, die mit ihm spielen wollen.

Ich öffne die Tür und mich trifft fast der Schlag. Eduardo steht mit einem breiten Grinsen vor mir.

»Carli, du siehst so erschrocken aus«, er schaut unsicher.

»Hi«, sage ich verdattert. »Ich hätte nie mit dir gerechnet.« Ich versuche mich zu sammeln und muss grinsen. »Wow, aber ich freue mich sehr.« Eduardo lächelt erleichtert, nimmt mich in den Arm und gibt mir einen leichten Kuss auf den Mund.

»Was machst du hier?«, ich strahle ihn an.

»Ich wollte dich sehen und bin direkt von New York nach Frankfurt geflogen.«

»Du spinnst total«, sage ich glücklich und bitte ihn herein. Ich halte inne: »Wie bist du hierher gekommen?«

»Mit dem Auto«, er grinst frech. »Ich kann auch selbst fahren.«

Ich muss lachen. »Na, da bin ich ja beruhigt. Willkommen in meinem schlichten Heim.« Eduardo zieht seine Schuhe aus und folgt mir ins Wohnzimmer. »Du bist wahrscheinlich anderes gewohnt«, sage ich etwas kleinlaut, »aber ich liebe dieses Haus.«

»Es ist sehr schön«, Eduardo sieht sich um. »So lebt Carla Cruz also.« Er zieht mich wieder an sich und ich spüre sofort die Schmetterlinge in meinem Bauch. Aber irgendwie fühle ich mich mit ihm hier nicht wohl. Das Haus gehört auch noch Max. Und ich finde es nicht okay, hier einen anderen Mann zu empfangen. Denkt er vielleicht, er kann hier schlafen, überlege ich mit einem Anflug von Panik. Er weiß, dass Loui bis Dienstag weg ist. Und dass ich erst Montag wieder arbeiten muss. Also könnte er denken, dass er hier die Tage verbringen kann. Das geht mir auf einmal etwas zu schnell. Wenn die Nachbarn sehen, dass drei Tage ein fremder Mann hier ein- und ausgeht, das wäre mir unangenehm.

»Carla, du schaust so nachdenklich.« Mist, ihm entgeht auch nichts. Ich fühle mich ertappt.

»Es ist nur«, ich stocke, »darf ich ehrlich zu dir sein?«

»Ja, darum bitte ich.«

»Das Haus ist nun mal noch nicht meins alleine«, stammle ich »und irgendwie finde ich es nicht korrekt Max gegenüber.« Ich sehe Eduardo geknickt an. Eduardo schaut mich so sanft an, dass mir ganz warm ums Herz wird. Er zieht mich an sich und umarmt mich ganz fest.

»Carla, ich wusste, dass du so denkst. Und deshalb würde ich dich niemals in so eine Situation bringen. Ich wollte gerne dein Zuhause sehen, damit ich weiß, wenn ich an dich denke, wo du gerade bist. Und dann wollte ich dich eigentlich nur abholen. Aber alleine, dass du so edelmütig denkst, zeigt mir nur noch einmal, dass ich mich wirklich, man könnte sagen schon am ersten Abend, in dich verliebt habe.« Mir wird heiß und kalt auf einmal. Und ich bin etwas überrumpelt.

»Eduardo, ich bin erstaunt, wie leicht du über deine Gefühle sprechen kannst. Die meisten Männer, die ich kenne, können das nicht mal eben so«, ich lächle zaghaft.

»Ich kann das auch nicht immer«, er winkt verlegen ab, »aber ich musste dir das sagen, weil ich es nicht fassen kann, dass wir uns kennengelernt haben.«

»Ja, es kamen einige verrückte Umstände zusammen«, sage ich lachend. »Komm, ich zeige dir die oberen Zimmer«, ich ziehe ihn hinter mir her. Auf der Hälfte der Treppe bleibe ich abrupt stehen, und drehe mich zu ihm um. Er sieht mich erstaunt an. »Was ich eben vergessen habe, ich bin auch verliebt in dich und ich freue mich sehr, dass du hergekommen bist.« Ich gebe ihm einen schnellen Kuss und gehe weiter die Treppe hoch. Aber seinen erfreuten Gesichtsausdruck habe ich definitiv gesehen.

»Du sagtest was von abholen?«, ich sehe ihn neugierig an. Eduardo zieht mich ein Stückchen näher an sich heran.

Wir liegen mittlerweile auf der Couch und erzählen uns von den letzten Tagen.

»Also, du sagtest, dass du erst Montag wieder arbeiten musst?«

»Ja, das stimmt.«

»Und da ich gerne mit dir Zeit verbringen mag, mir aber dachte, dass es zu früh ist, um hier bei dir zu Hause zu bleiben, würde ich dich gerne zu einem kleinen Kurztrip einladen«, er schaut mich gespannt an.

»Wie, ein Kurztrip?« Ich bin mal wieder völlig perplex.

»Ich dachte, wir fliegen, sobald du nachher so weit bist, nach Südfrankreich, meine Familie hat da ein schönes Häuschen direkt am Meer.«

Ich starre Eduardo vermutlich so entgeistert an, dass er laut lachen muss und mich küsst.

»Ganz ehrlich, ich komme mir vor wie im Märchen«, bringe ich fassungslos hervor. »Das heißt, ich soll wieder packen und wir fliegen an die Cote d`Azur?«

»Vorausgesetzt du hast Lust dazu.« Er schaut fragend zu mir.

»Lust? Natürlich habe ich Lust.« Ich umarme ihn stürmisch. Ich fühle mich nach wie vor wie sechzehn, wenn ich mit ihm zusammen bin und irgendwie nicht zurechnungsfähig.

Frisch geduscht, leger, aber auch ein wenig fein gekleidet, kommen wir am Flughafen in Frankfurt an. Ich hatte binnen 20 Minuten meine Tasche ausgepackt und wieder neu gepackt.

Ich bin schon häufig gereist und kenne mich am Frankfurter Flughafen eigentlich gut aus. Aber dort, wo Eduardo mit mir hinfährt, war ich noch nie. Wir biegen direkt mit dem teuren Mietwagen Richtung GAT ab.

»Was heißt GAT?« frage ich ihn.

»Diese Abkürzung steht für *General Aviation Terminal,* das ist das Abfertigungsgebäude für die VIP- und Business Jets. Da steht das Flugzeug für uns bereit«, er lächelt mich von der Seite an. Ich bin so aufgeregt und spüre so eine Freude in mir, dass ich eigentlich am liebsten meine ganzen Freundinnen daran teilhaben lassen würde.

Später werde ich ihnen schreiben, wo ich mich befinde, ich könnte schreien vor Glück. Wir befahren ein kleines Terminal, vor uns ist eine Schranke und

Sicherheitspersonal sperrt die Straße ab. Eduardo grüßt und natürlich, wie von Zauberhand, wird die Schranke nach oben gelassen. Wir fahren in eine Tiefgarage hinein und Eduardo parkt den Porsche Macan. Er hat den Schlüssel noch nicht abgezogen, da wird mir auch schon die Tür von außen geöffnet. Ein junger Mann im teuren Anzug begrüßt uns und nimmt unser Gepäck.

»Guten Tag, Herr Ortiz. Guten Tag, Frau Cruz, darf ich Sie zu Ihrer Maschine bringen?« Der junge Mann lächelt uns herzlich an und geht voraus. Unglaublich, dass ich mit meinem Namen begrüßt werde, denke ich stolz. Eduardo hat mich scheinbar angekündigt.

Die Wartehalle ist klein und nur wenige Geschäftsleute warten darauf, dass sie ihren Flug antreten können. Alles ist top modern. Es gibt eine Bar, einen Raum, in dem es scheinbar was zu essen gibt, und sogar Massagesessel. Wir folgen dem freundlichen jungen Mann durch die Halle, raus aufs Rollfeld. Es gibt hier keine Security oder Ticketschalter. Überall stehen Privatflugzeuge. Teilweise kleine Cessnas, Hubschrauber, aber auch richtige Flugzeuge.

Ich sehe mich ziemlich unsicher um. Wo bin ich hier eigentlich gelandet?, frage ich mich. Mein Grinsen kann ich nicht unterdrücken. Wahnsinn. Wir bleiben vor der größten Maschine stehen. Ich starre Eduardo ungläubig an. »Da steigen wir jetzt ein?« »Ganz genau, das ist die Maschine unserer Firma«, er zwinkert mir zu. Wir gehen die Stufen nach oben. Als ich den Innenraum betrete, kann ich es nicht fassen. Zwanzig Sitze zähle ich, alle aus beigem Leder, überall Flachbildschirme, frische Blumen stehen auf den Klapptischen und eine sehr hübsche Flugbegleiterin begrüßt uns überschwänglich.

Sie begleitet uns zu der einzigen Zweierreihe. Ich lasse mich in den Sitz am Fenster fallen und starre Eduardo ungläubig an. Er sieht meinen Gesichtsausdruck und muss lachen.

»Ich glaube, das ist alles zu viel für mich«, sage ich übertrieben und lache laut vor Glück.

»Es freut mich, dass es dir gefällt, ich möchte dir doch was bieten«, er kneift mir zärtlich ins Bein.

»Ich denke nicht, dass du dir Sorgen machen musst, mir nicht genug bieten zu können«, grinse ich charmant.

»Dann ist es ja gut«, Eduardo erwidert mein Grinsen.

Die Flugbegleiterin reicht uns kühle Tücher und ein Glas Champagner.

»Señor Ortiz, schön Sie wieder an Bord begrüßen zu dürfen.« Der Pilot lächelt und schaut auf seine Uhr.

»Wann haben Sie mich verlassen, vor fünf Stunden? Und schon geht es weiter.« Er grinst Eduardo an und stellt sich mir vor. Der Copilot kommt auch aus dem Cockpit und fragt uns, ob wir bereit zum Starten wären.

Ich bin wie in einem Glücksrausch. Ich sitze mit diesem wahnsinnig aufregenden und attraktiven Mann in seinem Privatjet und wir fliegen mal ganz locker nach Frankreich. Ich hoffe nur, ich wache nicht auf und es war alles nur ein Traum. Wir heben ab und ich selbst fühle mich wie auf Wolke sieben. Eduardo bestellt für uns Champagner nach und wir stoßen erneut an.

»Ich habe Angst, euer Haus zu sehen«, sage ich lächelnd.

»Warum denn das?«, fragt er mich.

»Na«, ich zeige durch die Kabine, »wenn ich das hier sehe, was wird das für ein Haus sein?«

»Carla, ein Haus, das genau richtig für dich sein wird.« Er sieht mich durchdringend an und küsst mich. Zu meiner Freude stelle ich fest, dass er definitiv genauso scharf

auf mich ist wie ich auf ihn. Wir küssen uns immer leidenschaftlicher und ich würde am liebsten mit ihm in einem Bett liegen. Er zieht mich immer näher zu sich und ich muss mich beherrschen,
nicht auf ihn zu klettern. Das wäre hier aber etwas unpassend. Die Flugbegleiterin sieht uns zwar nicht, aber ich möchte mich ja wie eine Dame benehmen und nicht wie eine billige Tussi. Obwohl es mir gerade wirklich schwerfällt. Eduardo löst sich von meinem Mund. Er hält mit einer Hand mein Gesicht, schaut mir in die Augen und sagt schwer atmend: »Ich bin froh, wenn wir alleine sind.« »Ich auch«, hauche ich und kuschle mich in seinen Arm.

Du triffst den einen Menschen und alles ändert sich

Nach wunderschönen zwei Stunden landen wir auf dem Flughafen von La Mole in Saint Tropez. Als wir das Flugzeug verlassen, steht schon eine schwarze Limousine direkt auf dem Rollfeld für uns bereit. Es ist Josef, der uns freundlich erwartet. Ich freue mich ihn zu sehen, er ist mir mittlerweile bekannt und ich fühle mich nicht ganz so verloren in dieser unrealistischen Welt. Josef begrüßt mich herzlich. Eduardo und ich nehmen hinten im Wagen Platz. Ich war noch nie in Südfrankreich, ich schaue aus dem Fenster und lasse die schöne Landschaft auf mich wirken. Ich fühle mich so glücklich und bin gleichzeitig so aufgeregt. Was erlebe ich alles, seit ich Eduardo kennengelernt habe, frage ich mich. Ich liebe diese Zeit mit ihm. Josef fährt mit uns an steilen Felsküsten und wunderschönen Stränden entlang. Wir biegen in eine Küstenstraße und Eduardo legt mir die Hand auf mein Knie. »Wir sind gleich da, Carla« sagt er. Eine Straße, die direkt zum Strand führt, denke ich. Natürlich wird dieses Haus an der ersten Meerseite liegen. Und da bleiben wir auch schon stehen. Josef hält vor einem riesigen Tor, welches von einer riesengroßen Mauer umgeben ist. Bis jetzt sehe ich noch kein Haus. Nur weiße Kalksteinmauern und ein modernes weißes Tor. Mehrere Kameras sind auf uns gerichtet und Josef drückt vom Auto aus einen Zahlencode. Das Tor öffnet sich und ich lächle Eduardo etwas unsicher an. »Alles gut, Carla«, er streichelt zart mein Knie. »Alle sind sehr nett.« Alle? Ich sehe ihn entgeistert an. Wer bitte sind alle, denke ich enttäuscht. Hat er Freunde oder so eingeladen? Ich habe mich auf Zeit mit ihm alleine gefreut!

Josef steuert den Wagen durch das Tor und ich bekomme meinen Mund nicht mehr zu. Was ich da sehe, erschlägt mich regelrecht. Das soll das Ferienhäuschen sein! In was lebt er dann bitte? Ich komme mir auf einmal völlig unpassend vor. Aber Eduardo wäre nicht Eduardo, wenn er meine völlige Verwirrung nicht bemerken würde.

Er tätschelt mir aufmunternd den Arm, »Komm Carla, lass uns erst einmal aussteigen.« Josef öffnet mir die Tür und ich steige mit zittrigen Beinen aus.

»Sind wir hier im Anwesen der Königsfamilie?« Ich versuche zu lächeln, aber Eduardo scheint meine Verwirrung irgendwie zu gefallen. Er nimmt mich an der Hand und zieht mich die fünf Stufen zu einer Art Veranda hinauf. Auf dieser Veranda stehen sage und schreibe 15 Menschen.

Die acht Frauen tragen wie aus den Filmen von früher schwarzweiße Hausmädchenuniformen und die Männer alle schwarze Anzüge.

»Bin ich bei *Downton Abbey*, sag es mir«, ich drücke Eduardos Hand und sehe schief grinsend zu ihm. Ich weiß nicht, ob ich lachen oder weglaufen soll. Eduardo drückt meine Hand und beginnt mir alle anwesenden Personen freundlich vorzustellen.

Es gibt Butler, Köche, Zimmermädchen, Physiotherapeuten, Personal Trainer und Chauffeure. Ich nicke freundlich jedem einzelnen zu und fühle mich wirklich völlig überfordert. Und irgendwie möchte ich gerne mit Eduardo alleine sein. Als ob er meine Gedanken lesen kann, wendet er sich wieder mir zu.

»So Carla, ich hoffe, du hast nichts gegen ein gemeinsames Zimmer.« Er schaut mich frech, aber auch unsicher an.

Ich drücke seine Hand. »Ehrlich gesagt, steht anderes für mich nicht zur Debatte«, sage ich und lächle kokett. »Möchtest du erst alles sehen oder wollen wir direkt in unseren Bereich gehen?«

»Ich würde gerne als erstes was anderes anziehen und auspacken«, erwidere ich.

»Auspacken ist sicher schon erledigt, aber anziehen musst du dich schon selbst.« Er grinst.

Ich schüttle den Kopf: »Unglaublich ihr Reichen, alles bekommt ihr gemacht«, ich kichere los und er zieht mich lachend in seinen Arm.

»Nicht so frech, Fräulein.«

Arm in Arm laufen wir über die, mir scheint nie endende, Anlage. Überall sind Palmen, riesige Gartenlandschaften, dann wieder moderne Hauskomplexe mit direkten Zugängen zum Strand. Der wohl ein Privatstrand ist. Die Luft ist angenehm warm und ein leichter Wind kommt vom Meer. »So, hier ist unser Bereich.« Eduardo bleibt vor einem großen, aus Kalksteinen gebauten Bungalow stehen.

»Das ist größer als mein Zuhause«, lächle ich fassungslos.

»Du Spinnerin«, antwortet Eduardo liebevoll und zieht mich hinter sich her. Die Tür wird von innen geöffnet und ein Butler, dessen Name ich mir nicht merken konnte, lächelt uns so herzlich und freundlich an, dass ich mich sofort willkommen fühle. Das Haus ist so groß und luxuriös, dass es mir die Sprache verschlägt. Alles weiß, beige und mit viel Glas.

Es geht sogar noch eine Treppe nach oben und das Badezimmer hat eine Außendusche, eine Innendusche sowie eine Badewanne. Im Schlafzimmer ist ein riesiges Bett, welches so gemütlich aussieht, dass ich mich am liebsten direkt reinlegen möchte. Dann gibt es einen Ankleideraum, der mit kuscheligem Teppich ausgelegt ist und an jeder Seite riesige Schränke hat. Im Wohnzimmer stehen eine moderne Couch, sehr hochwertige Stühle und ein großer Tisch. Scheinbar nehmen wir unser Essen hier ein, überlege ich. Jedes Zimmer hat einen direkten Zugang auf die Terrasse und diese geht natürlich direkt zum Strand. Alain, mittlerweile habe ich seinen Namen noch einmal genannt bekommen, öffnet die Türen und die angenehme Luft von draußen kommt in die Villa.

»Was ist oben?«, frage ich Eduardo.

»Lass uns gucken«, Eduardo grinst mich an und wir gehen hoch. Der obere Bereich ist durch eine moderne Glastreppe zu erreichen. Im Zimmer oben sind ein Kamin mit Glasfronten, eine Lounge-Ecke und ein Außenbereich. Als Eduardo die Türen öffnet, kann ich es nicht glauben. Oben auf dem Dach ist ein Pool, ein Whirlpool sowie Liegen.

»Das glaube ich alles nicht«, kichere ich. »Unten auf der Terrasse ist doch schon die Liegefläche und am Strand auch.« Ich nehme die Hände an den Kopf. »Das macht mich alles fertig«, lache ich glücklich.

Eduardo zieht mich an sich und küsst mich zärtlich auf den Mund. »Es scheint, als ob es dir gefällt«, er grinst mich an wie ein Schuljunge.

»Das kannst du laut sagen«, ich küsse ihn noch einmal.

»Warte mal ab, bis du alles hier gesehen hast.« Er grinst so frech und überhaupt nicht großspurig oder angeberisch, dass ich mich wieder frage, wie ich so viel

Glück haben kann. »Was möchtest du denn machen, Fräulein Cruz?« Eduardo sieht mich an.

»Monsieur«, höre ich Alain nach oben rufen.

Eduardo antwortet fließend auf Französisch. Was auch sonst, denke ich und fühle mich sofort klein. Gibt es irgendwas, was er nicht kann, überlege ich. Ich finde es beeindruckend, dass Eduardo so weltmännisch ist, aber irgendwie kratzt es auch etwas an meinem Selbstbewusstsein. Ich war noch niemals mit einem Mann zusammen, der irgendwie mehr konnte als ich. Von seinem unglaublichen Reichtum mal abgesehen. Alle meine bisherigen Partner waren auf meiner Augenhöhe und wir haben uns ergänzt oder, ohne arrogant zu sein, stand ich teilweise durch meine Familie in Spanien und meine bilinguale Erziehung auch über ihnen. Aber vielleicht ist es genau das, was ich brauche, überlege ich, auch wenn es mir noch nicht ganz geheuer vorkommt.

»Carla«, Eduardos Stimme reißt mich aus meinen zwiespältigen Gedanken.

»Alain hat unten Champagner ausgeschenkt, hast du Lust?«

»Lust?«, frage ich gespielt entsetzt, »Ich liebe Champagner!« Ich lächle.

»Das habe ich im Megapark gemerkt«, er grinst mich frech an.

»Hey, nicht frech werden, mein Herr«, ich piekse Eduardo in die Rippen und küsse ihn. Es ist so komisch, warum ist er mir so vertraut, obwohl wir uns kaum kennen, denke ich. Ich habe keinerlei Scheu ihn zu küssen oder zu berühren. Max war häufig so unnahbar und in sich gekehrt. Eduardo macht es einem leicht, er ist so offen und wie es scheint, ziemlich verrückt nach mir. Ich strahle Eduardo an, nehme seine Hand und wir gehen nach unten. Auf der unteren Terrasse hat Alain liebevoll die Gartenmöbel mit Kissen belegt und uns zwei Gläser mit Champagner und kleine Häppchen bereit gestellt. Im Kühler liegt die angebrochene Flasche mit einer weißen Stoffserviette. Sie wartet darauf, dass ich mehr trinke,

lächle ich in mich hinein. Eduardo und ich nehmen auf dem gemütlichen Lounge-Sofa Platz. Ich sehe mich glücklich um. Überall sind Blumen und das Meer liegt uns zu Füßen. Eduardo sagt was auf Französisch und Alain verbeugt sich dezent und lächelt mich an. Ich lächle zurück, da er sich scheinbar für den Augenblick verabschiedet.

»Warum kannst du auch Französisch?«, sage ich übertrieben vorwurfsvoll.

»Na, weil ich eine französische Nanny hatte, als kleiner Junge.«

»Oh Mann, Eduardo, kannst du irgendwas nicht?«

»Das musst du schon selbst herausfinden«, er lächelt mich so verführerisch an, dass ich sofort noch näher an ihn heranrücke. »Prost Carla«, er erhebt sein Glas, »ich bin froh, dass du hier bist und ich freue mich auf drei schöne Tage mit dir.«

»Danke für die Einladung. Ich bin auch sehr froh mit dir hier zu sein«, ich sehe ihn etwas unsicher an.

Der Champagner schmeckt herrlich. Ich strecke meine Beine in die Sonne und ziehe meine Schuhe aus. Eduardo legt den Arm um mich und wir schauen beide, ohne etwas zu sagen, auf das Meer. Ich fühle mich so entspannt und gut mit ihm, dass ich überhaupt nicht darüber nachdenken darf, dass das vielleicht bald wieder vorbei ist. Es ist zu leicht, zu schön zwischen uns.

Und so unkompliziert. Es wird sicher noch was passieren, was das alles hier kaputt macht, denke ich traurig.

»Hey, was ist?« Eduardo, dem mein Gesicht, das ich wohl gerade verzogen habe, nicht entgangen ist, sieht mich erschrocken an.

»Ach«, ich drehe mich verschämt zur Seite, »ich dachte nur bisschen nach.«

»Aber es war nichts Schönes«, stellt er fest. »Magst du es mir sagen?«

»Ich habe mich gefragt, wie es ein kann, dass du mir so vertraut bist und dass alles zu schön ist, um wahr zu sein. Es ist im Moment so unkompliziert zwischen uns. Und ich dachte gerade, dass sicher was kommen wird, was das alles kaputt macht.«

Eduardo drückt mich mit seinem Arm, den er locker um mich gelegt hat, näher an sich heran. »Carla, ich frage mich ehrlich gesagt auch, warum du mir so vertraut bist und es sich alles so gut anfühlt. Aber ich glaube, das liegt einfach nur an dir und deiner fröhlichen Art.«

Ich muss lachen. »Weißt du was, dasselbe dachte ich über dich.«

Er schaut mich erstaunt und glücklich an. »Siehst du, vielleicht passen wir einfach so gut zueinander, dass sich nichts komisch anfühlen muss.«

»Ja, vielleicht hast du recht.« Ich lege meinen Kopf an seine Schulter und genieße den Moment.

»Erzähl mir von Loui«, sagt er plötzlich in die Stille hinein. Ich spüre, wie mir warm um mein Herz wird. Interessiert sich der Mann, in den man verliebt ist, für das eigene Kind, ist das ein schönes Gefühl. Max wollte nie was von Loui wissen, obwohl er mit ihm unter einem Dach gelebt hat. Dieser Arsch, denke ich. Er soll auch endlich aus meinen Gedanken verschwinden.

Soll er doch mit seiner verzogenen Mathilda in Deutschland sitzen. Wenn er wüsste, was ich erlebe, und wer mich wohl wirklich gern hat! Würde es ihn stören? Ich weiß es nicht mehr. Max, der mir mal so vertraut war, irgendwie ist er so weit von mir entfernt, dass ich es eigentlich nicht fassen kann.

»Möchtest du mal ein Bild von ihm sehen?« frage ich unsicher. Ich bin es nicht gewohnt, dass ein Mann, außer Marc, sich für meinen Sohn interessiert.

»Ja, sehr gerne.« Aber Eduardos Blick ist wieder so offen und ehrlich, dass ich ihn küsse, noch bevor ich das Handy aus meiner Tasche geholt habe. Er schaut mich erfreut und überrascht an.

»Wow, wofür war der?« Ich sehe ihm in die Augen, mein Gesicht ist noch ganz nah an seinem.

»Weil du einfach bist, wie du bist«, lächle ich.

»Vielen Dank«, er scheint sich ehrlich zu freuen.

»Das ist mein kleiner Stinker«, ich lache und halte Eduardo mein Handy hin. Loui liegt mit dem Kopf auf meinem Bein und ich habe von oben sein Gesicht fotografiert.

»Hübscher Kerl«, sagt Eduardo ehrlich, während er das Bild betrachtet. »Na, bei der Mutter«, er wuschelt mir durch die Haare. »Wie ist Loui so?«

Als ich wieder auf die Uhr schaue, sind drei Stunden vergangen. Alain hat uns mittlerweile ein köstliches Mittagessen serviert, dazu hervorragenden Wein und eine Mousse au Chocolat zum Niederknien.

Eduardo und ich haben uns sämtliche Bilder unserer Familienmitglieder gezeigt und uns soweit wir konnten alles erzählt, was den anderen interessieren könnte. Wir wissen noch so wenig übereinander, aber das macht auch das Spannende aus. Lina sagte mal zu mir, dass ich

ein Muster hätte. Wenn mir in einer Beziehung langweilig werde, würde ich anfangen Streit zu suchen, in den Krümeln zu suchen,
um eine Möglichkeit zu sehen, aus der Beziehung herauszukommen.
Ganz von der Hand zu weisen ist ihre Einschätzung nicht.
Ich habe alle meine Freunde, die ich hatte, bevor ich mit Max zusammen kam, nach spätestens drei Jahren verlassen.
In mir wäre immer eine Sehnsucht nach Abenteuern. Der Satz klingt gut und gefällt mir. Aber kann das glücklich machen? Immer auf der Suche nach Abenteuern? Für eine tiefe Liebe und harmonische Beziehung wird das nicht die richtige Einstellung sein. Aber Eduardo ist so anders. So faszinierend. Wenn er spricht, ich könnte ihm Stunden zuhören. Was er schon alles erlebt hat! Aber da meldet sich die kleine, gemeine Stimme in meinem Ohr. Dachtest du das nicht auch über Max? War er nicht der tollste und attraktivste Mann, dem niemand das Wasser reichen konnte? Verdammt Max, er ist es aber nun mal nicht. Es hat sich herausgestellt, dass wir uns auseinander entwickelt haben. Und unsere einst so große Liebe dem Alltag nicht standhalten konnte.
»Wie viele von diesen Häusern gibt es denn hier auf eurem«, ich schaue mich fasziniert um, »extrem großen Grundstück?«
»Zwölf Stück«, erwidert Eduardo ohne Umschweife.
»Zwölf, liebe Güte, für wen denn alles?«
»Na, für meine ganze Familie. Jeder hat ein eigenes. Meine Eltern, Tanten, Onkel, meine Großeltern natürlich, Cousins und Cousinen. Dann gibt es noch ein Haupthaus, mit Pool und Speisesaal.

Wenn wir Weihnachten oder Ostern manchmal alle hier sind, dann essen wir dort zusammen. Oder liegen gemütlich am Pool.«

»Klingt schön«, stelle ich lächelnd fest.

»Ich zeige dir alles, wenn du magst. Zum Abendessen gehen wir sowieso ins Haupthaus«, er zwinkert mir fröhlich zu. Liebe Güte, wahrscheinlich sind dann alle Angestellten da und ich werde mich komisch fühlen, überlege ich unsicher. »Ach Carla, schau doch nicht so«, Eduardo zieht mich wieder an sich. »Du gewöhnst dich schon an alles.« In mir meldet sich ein Funken Hoffnung, scheinbar möchte Eduardo länger Zeit mit mir verbringen, denke ich glücklich.

»Versteht ihr euch denn alle in eurer Familie?«, frage ich ihn interessiert.

»Ja, alle. Bis auf Carlos, das Arschloch.« Leicht erschrocken schaue ich Eduardo an, so ein Ausbruch und so ein Wort aus seinem Mund, das verwirrt mich. »Alle anderen sind völlig in Ordnung und es gibt untereinander keinen Neid. Mein Großvater hat alle seine Kinder und dadurch natürlich auch seine Enkel gut bedacht. Keiner möchte mit der Firma was zu tun haben. Jeder hat sein eigenes Leben und auch jeder arbeitet, obwohl es durch die Intelligenz meines Großvaters und was er für uns alle erreicht hat, nicht nötig wäre. Dass ich in die Firma gerutscht bin, liegt einfach daran, dass es mich interessiert und ich als kleiner Junge schon immer mit ihm in alle Fabriken gereist bin und mir vor Ort einen Eindruck von den ganzen fleißigen Angestellten machen konnte. Ohne die Zina niemals so ein Erfolg geworden wäre. Man könnte sagen, ich bin in die Aufgabe hineingewachsen. Aber Carlos möchte sein Recht als Ältester natürlich in Anspruch nehmen.

Dabei weiß jeder, dass er alles zerstören würde. Das sind die einzigen Reibungspunkte in unserer großen Familie. Meine Tante und ihr Mann möchten ihn unterstützen, halten zu ihm und mein Großvater schaltet auf stur. Wenn an Silvester alle Anteile mir überschrieben werden, wird es mächtig turbulent werden, nehme ich an.« Eduardos Gesichtszüge verhärten sich und er schaut angestrengt aufs Meer.

Ich lege ihm meine Hand auf sein Bein und streichle sein Knie. »Ich hoffe, es wendet sich alles zum Guten und Carlos hält sich zurück. Er ist mir unheimlich«, sage ich leise.

»Mir auch, Carla«, sagt er fast flüsternd. Eduardo schaut weiter angestrengt aufs Meer. Dann nimmt er einen Schluck Wein und springt auf. »So, genug über unsere Familie gesprochen. Was möchtest du vor dem Abendessen noch machen?«, fragt er mich und wirkt wieder fröhlich.

Hand in Hand schlendern wir frisch geduscht und schick fürs Dinner über die Anlage. Es gleicht mehr einem Luxusresort als einem Familienanwesen, stelle ich fasziniert und eingeschüchtert fest.

Diese ganzen Villen, die vereinzelt am Strand stehen. Die immer genügend Platz für Privatsphäre bieten und alle einen eigenen Pool haben.

Der Strand ist tatsächlich ein Privatstrand. Als wir am Haupthaus ankommen, werden wir direkt von drei Butlern begrüßt. Eduardo zieht mich an der Hand durch das 400 Quadratmeter große Haupthaus. Alles ist offen und derart modern, dass ich mich wie in einem Schöner-Wohnen-Katalog fühle.

Eine endlos lange Tafel mit gemütlich aussehenden Stühlen steht in der Mitte des Raumes mit Blick aufs Meer. Am oberen Teil der Tafel steht ein Sessel, der anders ist als die anderen.

»Da sitzt dein Großvater?«, frage ich ehrfürchtig.

»Ja genau, der Patron«, Eduardo schmunzelt.

Ich gehe durch den hohen Raum und betrachte alles. Es wirkt trotz der modernen Elemente nicht kühl, sondern gemütlich.

»Ich kann mir gut vorstellen, wie ihr alle gemeinsam hier sitzt und esst. Das mag ich an unserer spanischen Kultur so. Die Familie, die gemeinsame Zeit. In Deutschland hat niemand so einen engen Verbund wie wir Südeuropäer«, sage ich nachdenklich. »Meine ganze Familie außer meinen Eltern leben in und um Javea. Die Eltern meines Vaters sind schon vor Jahren gestorben und er hatte keine Geschwister. Meine Mutter hat drei Brüder und meine Großeltern haben viele Brüder und Schwestern. So habe ich zum Glück auch eine wirklich große Familie. Aber wir treffen uns auch nur mit allen zu Weihnachten, Ostern und runden Geburtstagen. Sicher gibt es zwei Cousinen, mit denen ich einen engeren Kontakt habe. Aber zu meiner Kernfamilie zählen meine Eltern, meine Großeltern und natürlich Loui«, ich lächle dankbar.

»Möchtest du eigentlich weitere Kinder?«, fragt Eduardo mich ganz selbstverständlich. Irgendwie mag ich diese eigentlich völlig normale Frage nicht. Ich streiche mir eine widerspenstige Haarsträhne hinter mein Ohr und räuspere mich.

»Loui ist mittlerweile acht Jahre alt. Und somit aus dem Gröbsten heraus. Aber ich denke, wenn ich mir mit einem Mann sehr sicher bin, könnte ich mir ein weiteres

Kind vorstellen. Nichtsdestotrotz bin ich mittlerweile auch schon 35.«

»Naja, Carla«, unterbricht Eduardo mich, »das ist doch heute kein Alter mehr zum Kinderkriegen. Manche sind über vierzig. Ich möchte definitiv Kinder«, seine Stimme klingt fast ein wenig trotzig, stelle ich verwundert fest. Und ich fühle mich zum ersten Mal mit ihm ein klein wenig unwohl.

»Es war so wahnsinnig gut, das Essen«, ich streichle Eduardo über den Arm und schaue ihn dankbar an.

»Nicht mir musst du das sagen«, er grinst in Richtung der Küche, die sich außen befindet.

»Ich würde mich gerne bei den Köchen bedanke«, sage ich. Eduardo sieht mich erst verwirrt und dann liebevoll an.

»Dann lass uns hingehen.« Der Butler kommt und zieht meinen Stuhl zurück.

»Auch vielen Dank für den wunderschönen Abend«, ich lächle den Mann herzlich an. Er schaut verwirrt und dankbar in mein Gesicht, dann schaut er Eduardo an und schenkt ihm einen anerkennenden Blick.

Wir nehmen unsere Weingläser und begeben uns nach draußen zur Küche. Zwei Frauen und ein Mann wuseln fleißig umher. Als sie uns bemerken, bleiben sie freundlich, aber unsicher stehen.

»War etwas nicht in Ordnung?«, fragt uns der Mann auf Spanisch.

Ich komme Eduardo zuvor: »Nein, es war herrlich, ich möchte mich für das wunderbare Essen bei Ihnen bedanken.« Die vier starren mich an. Dann findet eine Frau, die wohl auch Spanierin ist, ihre Mimik und ihre Worte wieder.

»Das ist sehr lieb von ihnen, Seniora. Es war uns eine Freude Sie zu verwöhnen.« Eduardo nickt ihnen zu und ich bemerke, wie er mich lächelnd von der Seite betrachtet, als wir durch den Garten zurück in unser Haus gehen.

»Da hast du jetzt mal einige Steine im Brett«, sagt er in die Stille des Gartens hinein.

»Warum?« Ich bleibe stehen und schaue ihn an.

»Na, weil noch niemand von uns, glaube ich, jemals in die Küche gegangen ist. Meine Familie ist sehr höflich und zu unserem Personal mehr als korrekt und freundlich, aber in die Küche kam noch niemand«, Eduardo wirkt nachdenklich. »Schade eigentlich«, sagt er leise.

»Wollen wir nochmal schwimmen gehen?«

»Ich möchte kein Spielverderber sein«, sage ich schüchtern, »aber ich glaube, das Wasser ist mir noch zu kalt.«

»Carla«, er setzt wieder sein spitzbübisches Lächeln auf, »der Pool ist das ganze Jahr beheizt.«

»Ach natürlich«, ich schlage mir sanft gegen die Stirn, »wie könnte es auch anders sein.«

Er zieht mich an sich und küsst mich. »Los, zieh dir deinen Bikini an und lass uns noch bisschen schwimmen gehen.«

Eduardo sieht in seiner noblen Badeshorts einfach unglaublich aus. Er ist, wie wir Spanier alle, leicht gebräunt, seine Schultern sind breit und sein Bauch leicht muskulös. Genau richtig, nicht wie ein Athlet, der den ganzen Tag in der Muckibude abhängt, aber perfekt definiert und männlich. Zum Glück rasiert er seine Brusthaare nicht. Diesen neuen Modetrend bei den ganzen jungen Kerlen konnte ich noch nie leiden.

Nils war natürlich auch an der Brust rasiert. Es kratzt und wirkt irgendwie unmännlich. Eduardo hat leichte dunkle Brustbehaarung und an seinem Bauchnabel, das liebe ich, einen kleinen Flaum, der nach unten wandert.

Am liebsten würde ich mich auf ihn stürzen. Er ist so unglaublich gutaussehend. Er pfeift anerkennend durch die Zähne und grinst wie ein Schuljunge, als ich etwas unsicher in meinem bunten Bikini vor ihm stehe. Zum Glück bin ich von Mallorca schon richtig schön braun. Eduardo springt wie ein kleiner Junge mit einem, natürlich perfekten Kopfsprung in den Pool. Ich lache, weil ich komplett nass werde. »Auf, komm rein«, fordert er mich auf. Um nicht mädchenhaft zu wirken, mache ich auch einen Kopfsprung, der laut meines Vaters immer sensationell sei. Meine Mascara ist hoffentlich wasserfest, überlege ich noch, während ich im Wasser lande.

»Respekt!« Eduardo sieht mich beeindruckt an. »Das wäre 'ne glatte Eins«, er zieht mich zu sich. Ich wische mir die nassen Haare aus der Stirn und spüre seinen Körper an meinem.

»Wow, das Wasser ist herrlich«, sage ich. »Und die Aussicht erst!« Am Strand sowie links und rechts im Garten sind überall Lichter, die alles in einem romantischen Licht erstrahlen lassen. »Eduardo«, ich sehe ihn ernst an. »Es ist wunderschön hier und ich weiß nicht, wann ich mich das letzte Mal so glücklich gefühlt habe«, sage ich ehrlich.

Erstaunt und erleichtert erwidert er meinen Blick. »Carla, mir geht es genauso«, er zieht mich nah an sich, streicht mir eine Strähne aus der Stirn und küsst mich so leidenschaftlich, dass mir die Luft wegbleibt. Er packt meinen Nacken und streichelt ihn mit seinem

Zeigefinger ganz zart. Ich schlinge meine Beine um ihn und spüre, wie er sich fest und hart an mich drückt. Mein Mund presst sich immer stärker auf seinen und seine Zunge fordert meine gekonnt auf, ihn immer wilder zu küssen. Eduardo nimmt meinen Kopf in seine Hände und sieht mir in die Augen. Seine Augen sehen im schwach beleuchteten Pool fast schwarz aus.

»Carla, lass uns bitte rein gehen«, er sieht mich fordernd und so leidenschaftlich an, dass ich fast ein wenig Stolz verspüre, dass ich diesen Mann verrückt mache. Wir schwimmen zur Treppe, aber berühren uns die ganze Zeit weiter. Ich hülle mich in ein Handtuch und Eduardo zieht mich zur Treppe, die nach unten ins Schlafzimmer führt. Das Zimmer ist dunkel, von außen kommt etwas Licht hinein, sodass wir uns sehen können. Wir stehen uns vor dem Bett dicht gegenüber und Eduardo packt mich wieder im Nacken und zieht mich stürmisch an sich heran. Ich presse mich mit meinem nassen Bikini so dicht an ihn, dass er ein leichtes Keuchen von sich gibt. Mit geschickten Fingern zieht er mir mein Bikinioberteil aus. Das nasse Oberteil fällt mit einem Klatschen auf den Steinboden. Eduardo streicht zart über meine Brüste und schaut mich ehrfürchtig an. »Du bist so schön, Carla«, flüstert er in mein Ohr. Ich streichle seine Brust und küsse ihn wieder hemmungslos. Ich möchte ihn jetzt endlich auf und in mir spüren, denke ich. Ich halte das nicht mehr aus.

Dieser Mann bringt mich um den Verstand. Ich öffne den Knopf an Eduardos Badeshorts und ziehe sie ihm nach unten. Eduardo hebt die Füße und kickt die Shorts gekonnt nach hinten. Vorsichtig fühle ich zwischen seine Beine und eine Erleichterung macht sich in mir breit. Er ist groß und perfekt, denke ich dankbar.

Eduardo zieht meine Hose nach unten und drückt mich auf das kühle Bettlaken. Er legt sich auf mich und möchte scheinbar erst noch das Vorspiel weiter auskosten. Aber ich halte es nicht mehr aus. Ich ziehe ihn auf mich,»Bitte komm erst in mich, dann können wir weitermachen!«

Er lächelt stolz und hört auf meine bettelnden Worte.

Vier Stunden später liege ich im Halbschlaf neben Eduardo.

Er hat besitzergreifend seinen Arm um mich gelegt und atmet ruhig in mein Ohr. Ich bin hundemüde und mir tut mein ganzer Körper weh, nach dieser unglaublichen Nummer.

Es war, wie es besser nicht sein kann. Leidenschaftlich wild, dann wieder so zärtlich und liebevoll, dass ich nur noch Glücksgefühle in mir spüre. Und dermaßen ausdauernd, als wäre er zwanzig. Bisher habe ich noch überhaupt nichts festgestellt, was er nicht kann. Ein wenig verunsichert mich das, aber den Gedanken schiebe ich schnell zur Seite. Ich wäre wahnsinnig schön, er sei verrückt nach mir und er möchte am liebsten noch Wochen mit mir hier alleine verbringen. Einfach so sagt er das alles. Und weder fühle ich mich davon peinlich berührt, noch wirkt es unmännlich. Im Gegenteil, er hat diese spezielle Art mich anzuschauen und zu berühren, als sei ich die tollste Frau auf der Welt. Dadurch wirkt er wahnsinnig männlich und so umsorgend. Er hat mich zugedeckt, bevor er eingeschlafen ist und so süß meine Schulter geküsst, als er sich von hinten an mich gekuschelt und mich fest umarmt hat. Wenn ich daran denke, was er alles mit mir angestellt hat, zieht sich mein Unterleib vor Lust schon wieder zusammen.

Wie herrlich es auch ist, so eng an ihm zu liegen, kann ich so nicht einschlafen. Ich muss aber dringend schlafen.

Wir möchten morgen mal die schöne Altstadt von Saint Tropez besichtigen und bisschen bummeln gehen. Und ich habe keine Lust so fertig zu sein. Es ist mittlerweile drei Uhr nachts. Aber ich bin so aufgedreht und glücklich, dass ich es irgendwie mit jemandem teilen muss. Ich winde mich ganz vorsichtig aus Eduardos Umarmung und taste auf dem Boden nach meinem Handy.

Meine Mädels muss ich einfach informieren wo ich gerade bin, denke ich glückselig. In die Mallorca-Gruppe werde ich schreiben, da sind die Wichtigsten drin. Und Ana und Lina bekommen noch eine detaillierte Fassung, überlege ich aufgedreht. Bevor ich auf Reaktionen zu meinem perfekten Glück warten kann, bin ich mit der Nase an Eduardos Arm glücklich eingeschlafen.

Als ich die Augen aufmache, sehe ich Sonnenstrahlen, die durch die Lamellen scheinen. Ich drehe vorsichtig meinen Kopf zur Seite und muss augenblicklich lächeln. Eduardo liegt neben mir und wird auch gerade wach.

»Hey«, sagt er liebevoll und streicht mir zärtlich über die Haare. Verschmitzt lächle ich ihn an. »Es war unglaublich schön mit dir gestern«, er zieht mich in seine Arme und ich drücke meinen Kopf auf seine Brust.

»Ja, das finde ich auch«, gebe ich grinsend zurück.

»Und das für unser erstes Mal zusammen. Scheint zu passen«, er drückt mich fester an sich und grinst wieder sein schelmisches Grinsen.

»Ja, wir sind scheinbar Naturtalente«, lache ich.

»Von daher«, er zieht mich lachend auf sich, »geht es in die Verlängerung, Señora.«
»Sehr gerne «, ich beuge mich zu ihm herunter und wir küssen uns leidenschaftlich.

Nachdem wir noch drei Stunden im Bett verbracht haben und Alain uns eine perfekte Frühstück-mit -Mittagessen- Kombination in unser Häuschen gebracht hat, laufen Eduardo und ich jetzt Hand in Hand durch die Altstadt.
»Es ist wirklich schön hier, aber Javea ist schöner«, stelle ich stolz fest.
»Dann musst du mir mal die Altstadt von Javea zeigen.«
Eduardo zwinkert mir zu.
»Das kann ich gerne mal machen, wenn es unsere vollen Terminkalender zulassen«, sage ich nachdenklich.
»Möchtest du einen Kaffee trinken?«
»Ja gerne«, antworte ich.
»Da vorne in dem kleinen Innenhof ist ein schönes Café.« Eduardo zieht mich gemütlich durch die kleinen verwinkelten Gassen. Die Sonne scheint und der Himmel ist herrlich blau.
»Hier würde ich gerne mal rein.« Wir stehen vor einem kleinen Modeschmuckladen, der in seiner Auslage hübsche Armbänder und Ketten hat.
»Wenn du magst«, Eduardo folgt mir in das kleine Geschäft. Hinter dem Tresen sitzt eine ältere, aber sehr feine Dame, sie lächelt uns herzlich an. Auf Französisch erklärt sie Eduardo, dass alle Stücke Handarbeit seien. Ich entdecke ein wunderschönes silbernes Armband, mit zwei feinen Perlen. Ich lege es mir um mein Handgelenk und betrachte meinen Arm im Spiegel.

Als ich Eduardos Meinung zu dem Armband wissen möchte, sehe ich, dass er mich die ganze Zeit beobachtet hat.

»Was?«, frage ich leicht verschämt und grinse ihn an. Er verzieht keine Miene, schaut mich weiter an und wendet sich abrupt der Verkäuferin zu.

»Das nehmen wir, was kostet es?«

»Fünfundvierzig Euro«, sagt sie überrascht über seine schnelle Reaktion. Eduardo holt sein Portemonnaie aus seiner Leinenhose und reicht ihr das Geld passend.

Als wir den Laden verlassen, ist er ruhig und spricht kein Wort.

»Hey, du brauchst mir das nicht zu kaufen, ich zahle es dir zurück«, sage ich verwirrt.

»Auf keinen Fall«, sagt er entschlossen und nimmt mich wieder bei der Hand. Die zwei Minuten zu dem kleinen Café spricht er weiterhin kein Wort. Was ist mit ihm? Hat ihm der Laden nicht gefallen, bin ich unter seiner Würde, weil ich Modeschmuck mag? Was ist los, überlege ich angestrengt.

Das Café ist sehr urig und gemütlich. Wir bekommen einen Tisch außen unter einem großen Olivenbaum. Die Tische und Stühle sind aus weißem, verschnörkeltem Metall hergestellt und gefallen mir sehr. Wäre Eduardo wieder normal, könnte ich hier lieb und gerne eine Stunde sitzen. Als die Bedienung unsere Kaffeebestellung aufgenommen hat, rutsche ich unruhig auf meinem Platz hin und her. Eduardo schaut einfach nur nach vorne auf eine weiße Statue, die als Dekoration dient.

»Was ist mit dir?«, breche ich das Schweigen. Er räuspert sich und dreht sich zu mir. »Was ist los?«, frage ich nervös und langsam nervt es mich auch.

Eduardo fährt sich durch die Haare und wirkt irgendwie nervös. »Carla«, er sieht mir fest in die Augen. »Das klingt für dich vielleicht alles etwas komisch und geht dir vielleicht auch alles zu schnell. Aber«, Eduardo nimmt meine Hand und schaut auf die Kieselsteine, mit denen der Innenhof aufgeschüttet ist. Ich werde langsam ungeduldig, was will er mir eigentlich sagen? »Als du eben in diesem kleinen Laden dieses einfache Armband anprobiert hast und ich gesehen habe, wie du dich darüber freust, weil es dir so gefällt, da habe ich gemerkt, dass ich wirklich mit dir zusammen sein möchte, dass ich richtig, wirklich richtig in dich verliebt bin. Ich habe die letzten Tage ständig an dich denken müssen, und der Tag gestern, die Nacht«, er grinst wieder schelmisch und ich fühle mich besser, »waren schöner als ich es mir gewünscht habe. Du bist anders als alle anderen Frauen, mit denen ich vorher zusammen war. Sie hätten so ein Geschäft niemals beachtet. Du erfreust dich an so vielem, du lachst so oft. Du bist zu allen Menschen immer freundlich und aufmerksam. Und...« Eduardo stockt. Hallo, warum hört er auf zu sprechen, denke ich, es hat mir sehr gefallen, ich muss in mich rein grinsen, so glücklich machen mich seine Worte. Eduardos Miene verzieht sich sorgenvoll, stelle ich erschrocken fest.

»Ich bin auch sehr gerne mit dir zusammen«, platzt es aus mir heraus. »Und ich möchte noch so viel von dir erfahren«, plappere ich weiter.

»Carla«, er schaut mich so eindringlich und traurig an, dass mir angst und bange wird. »Wenn wir wirklich weiter machen wollen und wir uns vielleicht immer mehr verlieben und ...«

»Ja, was?«, ich unterbreche ihn, ich verstehe hier gar nichts mehr. Nur das ungute Gefühl, das sich in mir breit macht, gefällt mir nicht.

»Das Problem ist, es ist nicht leicht mit mir zusammen zu sein«, sagt er leise. »Wird das mit uns Ernst, kannst du dein normales Leben so nicht mehr weiter leben.« Ich starre Eduardo scheinbar so entgeistert an, dass er mich reflexartig in den Arm nimmt.

»Ich möchte nicht abgehoben klingen, leider interessieren sich sehr viele Menschen und auch Menschen, die es nicht immer nur gut meinen, für mein Leben. Bekommt die Presse davon Wind, werden sie alles über dich erfahren wollen, dein ganzes Leben wird auseinander genommen. Jeder kleine Fehltritt wird in der Öffentlichkeit breitgetreten. Wird es ganz ernst mit uns, kannst du ohne Leibwächter nicht mehr vor die Tür. Dein Zuhause muss abgesichert werden, es gibt leider Menschen, die krank sind und Geld erpressen möchten mit Entführungen. Auch Loui muss sein Leben ändern.«

Mein Herz rast und mir wird schlecht. »Ana!«, platzt es aus mir heraus.

»Ana?« Eduardo sieht mich fragend an.

»Ja, meine beste Freundin in Javea, genau das sagte sie zu mir. Ich hielt das für übertrieben.«

»Leider hat Ana recht.« Eduardo streichelt mein Bein und schaut mich unglücklich an. Der Gedanke, dass die Presse mein ganzes Leben an die große Glocke hängen würde, macht mich panisch. Und der Gedanke, dass Loui etwas zustoßen könnte, nur weil ich mit einem Milliardär zusammen bin, ist nicht zu ertragen.

»Können wir denn nicht einfach so zusammen sein, ohne dass jemand von der Öffentlichkeit was mitbekommt?«, frage ich zaghaft.

Eduardo streicht sich schon wieder nervös durch die Haare und sieht mich so unglücklich an, dass mir peinlicherweise die Tränen in die Augen steigen.

»Hey«, er zieht mich in seinen Arm und ich versuche mich zusammenzureißen. Ich schlucke tapfer den Kloß in meinem Hals runter.

»Wir könnten es vielleicht versuchen«, Eduardo klingt und schaut so wenig überzeugend, dass meine Hoffnung sich in Luft auflöst. »Melissa hatte damit schon zu kämpfen, aber sie hatte quasi kein eigenes Leben. Also kein normales, bürgerliches Leben. Du hast aber ein eigenes Leben und du arbeitest, für dich wird es sehr schwer werden«, er streichelt meinen Arm.

»Aber was ist die Alternative?«, frage ich resigniert.

»Nur, dass wir uns nicht mehr treffen.« Eduardo schaut so traurig und schuldbewusst, dass ich ihn fest umarme.

»Das kommt für mich nicht infrage«, flüstere ich in sein Haar.

»Für mich ja auch nicht, Carla, ich möchte noch so viel mit dir erleben. Aber ich möchte ehrlich zu dir sein, du musst wissen, auf was du dich einlässt.« Ich atme tief durch und straffe meine Schultern.

»Eduardo«, sage ich entschlossen, »wenn man was will, bekommt man es schon hin«, sage ich lächelnd. Ich spüre, wie mein Optimismus zurückkommt. Die kleine, warnende Stimme in meinem Ohr überhöre ich gekonnt.

Wünsche sind Vorahnungen von Dingen, die man tatsächlich verwirklichen kann Johann Wolfgang von Goethe

Mit gesenktem Blick verlassen mein Vater und ich das Büro von Herrn Sayn. Natürlich hat er ihm nochmal alles ganz haarklein und genauso erklärt wie mir vor Wochen schon. Aber mein werter Herr Vater dachte, er könne noch am monatlichen Abtrag was ändern. In mir macht sich ein Gefühl von Panik breit. Mein Vater schaut ziemlich übellaunig und nachdenklich.

»Lass uns da vorne noch einen Kaffee trinken, wir müssen die Situation besprechen«, sagt er mit seiner norddeutschen kühlen Art. Als der Kellner uns jeweils einen Milchkaffee gebracht hat, sieht er mich streng an.

»Carla, deine Mutter und ich sind zu dem Entschluss gekommen, dass wir dir mit dem Haus nicht helfen können.« Mein Herz schlägt so schnell und mir schießen die Tränen mit einer Geschwindigkeit in die Augen, dass ich automatisch die Hände vor meine Augen drücke. Loui, Loui, das ist das Einzige, was ich denken kann. Er darf sein Zuhause nicht verlieren!

»Wieso?«, bringe ich schluchzend hervor.

»Auch wenn wir für dich bürgen sollten, wirst du die Summe von zweitausendeinhundert Euro Abtrag im Monat nur schwer aufbringen können. Carla, du hast noch kein Strom, kein Wasser, nichts ist in dieser hohen Summe enthalten. Es wird zu teuer werden. Und wir möchten, wie du weißt, bald ganz nach Spanien gehen. Die gesamte Familie wohnt dort und deine Mutter möchte nicht mehr im Krankenhaus arbeiten. Noch zwei Jahre, dann sind wir sechzig und dann reichen wir die Rente ein. Wir haben uns viel zusammengespart, um im Alter ohne finanzielle Sorgen leben zu können. Und wir können dich, nur weil du dich mal wieder trennst, nicht unterstützen. Es tut uns sehr leid für Loui, aber ihr werdet euch eine Wohnung nehmen müssen. Dieses Haus ist einfach zu teuer. Wir sind stolz auf dich, wie viel du arbeitest und wie fleißig du bist, aber das wirst du nicht stemmen können.« Er schaut mich nachdenklich an.»Wir haben dir mehr als einmal davon abgeraten, mit Max ein Haus zu kaufen, es war eigentlich sicher, dass ihr das nicht schaffen werdet. Aber du wolltest wie immer mit dem Kopf durch die Wand.

Und vielleicht solltest du auch mal darüber nachdenken, warum du nicht in der Lage bist, dich länger zu binden.« Er sieht mir angestrengt und trübsinnig in die Augen. »Darauf hast du als Fachfrau vielleicht eher eine Antwort als ich«, sagt er.

Ich muss schwer durchatmen, um nicht laut und impulsiv zu reagieren. Immer muss er mit meinen gescheiterten Beziehungen anfangen. Nie kann er mich mal trösten oder in den Arm nehmen. Ich setze mich aufrecht, wische mir die Augen und schnäuze wenig damenhaft in mein Taschentuch.

»Okay, also werden Loui und ich auf Wohnungssuche gehen und Max werde ich informieren, dass wir das Haus an Dritte verkaufen müssen.« Ich merke, dass meine Ansage sich immer noch mehr wie eine hoffnungsvolle Frage anhört anstatt wie eine Feststellung.

Mein Vater schaut mich unglücklich an, dann wendet er den Blick ab. »Ja, so sieht es aus. Ich muss jetzt auch los. Ich habe Redaktionsschluss.« Wie immer mit ihm, bloß keine Gefühle zeigen und mich hier sitzen lassen. Und meine Mutter hat ihn mal wieder alles machen lassen. Scheiße, ich kann es nicht glauben, dass wir ausziehen müssen. Die Vorstellung, meinem Sohn das zu erklären, ist kaum zu ertragen.

Seit sechs Tagen sind Eduardo und ich wieder zurück. Er in Barcelona, ich in Deutschland. Der Alltag hatte mich so schnell wieder, dass mir diese unglaublich schöne Zeit schon so weit weg vorkommt. Und ich vermisse ihn sehr. Wir telefonieren täglich und schreiben uns ständig Nachrichten. Bevor ich ihm den Verlauf des Termins bei der Bank erzähle, werde ich aber das Café verlassen. Meine Großeltern muss ich auch anrufen, sie werden aus allen Wolken fallen. Sie sind fest davon ausgegangen, dass meine Eltern Loui und mir helfen werden. Ich bin so enttäuscht, aber ich habe auch so eine Wut in mir. Sie sollten doch nur bürgen, ich hätte das irgendwie geschafft. Aber es einfach kategorisch abzulehnen, kann ich nicht verstehen.
»Ach Carla, das tut mir so leid. Es wird eine Lösung geben, sodass Loui und du nicht ausziehen müsst.« Eduardos Stimme zu hören, hat mir beim Erzählen sofort wieder die Tränen in die Augen schießen lassen. »Bist du sicher, dass deine Eltern nicht noch einmal mit sich reden lassen? Ich kenne sie ja noch nicht, um das richtig einschätzen zu können.« Noch nicht, die Worte lassen mich trotz aller Verzweiflung lächeln. Er meint das alles völlig ernst mit uns, er ist genauso verrückt nach mir wie ich nach ihm. Und er möchte meine Familie kennenlernen. Ich kann es immer noch nicht fassen, was ich mit Eduardo für ein Glück habe. Mal von seinem Geld abgesehen, er ist so liebevoll, männlich und gutherzig, dass ich es eigentlich unwirklich finde. Dann diese Optik. Dieses extrem Männliche, durch die breiten Schultern,

seine Größe, die dunklen, wuschigen Haare und seinen leichten Bartansatz. Ich habe in den letzten Tagen häufiger seinen Namen vor Neugierde googeln müssen. Ich glaube, es gibt kein Magazin, auf dem er nicht schon in dem Titel war. Es existieren keinerlei negative Schlagzeilen über ihn. Keine Eskapaden, keine Drogenabstürze, rein gar nichts. Er wird überall als sehr sozial engagiert, gebildet und freundlich sowie äußerst charmant beschrieben. Und ich kann allem bisher absolut zustimmen.

»Nein Eduardo, sie werden nicht mehr mit sich reden lassen. Es ist für meine Eltern erledigt. Es fällt ihnen nicht leicht, aber sie möchten diese Belastung nicht. Ich kann es sogar nachvollziehen, aber es macht mich derart fertig, Loui rauszureißen, dass...« Ich kann nicht weiter sprechen, da meine Stimme bricht und ich laut schluchzen muss.

»Hey, Carla »Ich würde dich jetzt gerne in den Arm nehmen«, sagt Eduardo verständnisvoll.

»Das wäre schön«, flüstere ich mit tränenerstickter Stimme. »Ich hoffe, dass wir es nächste Woche hinbekommen«, sage ich traurig. Eigentlich wollte Eduardo heute zu mir fliegen,

da ich aber Loui am Wochenende bei mir habe, möchte ich es nicht. Es ist mir sehr schwer gefallen, ihm abzusagen, aber das ist noch zu früh. Und das Haus ist nun mal trotzdem noch Max. Max, verdammt, ich muss mit ihm in Kontakt treten. Meine Schonfrist endet in fünf Wochen. Dann beendet er die Zahlung. Und er möchte eine Antwort, ob ich das Haus behalte oder wir einen Käufer suchen müssen. Ich sollte mich schleunigst auf die Suche nach einer Wohnung machen, denke ich traurig.

Meine Oma hat den gesamten Weg von der Bank bis zu meiner Praxis am Telefon nur geschimpft. Sie könne nicht verstehen, wie meine Eltern so sein können, was das alles soll und so weiter. Mein Opi kam ans Telefon und hat mich mit seiner ruhigen Stimme und seinen so liebevollen und aufmunternden Worten direkt wieder zum Weinen gebracht. Er meint es immer nur gut mit Loui und mir und ich konnte hören, wie ihm das alles weh und leid tut.

Ich werde Loui aber erst etwas sagen, wenn ich eine Wohnung gefunden habe. Kinder brauchen Sicherheiten und ihn vor das Chaos stellen, vor dem ich gerade stehe, bereitet ihm nur Angst und Sorgen. Vielleicht finden wir ja eine schicke Wohnung in der Nähe und er kann trotzdem zu Fuß zu seinen Freunden gehen. Und Max werde ich erst in fünf Wochen kontaktieren. Wenn ich bis dahin nichts gefunden habe, wird er mich schon nicht auf die Straße setzen, aber ganz sicher bin ich mir, ehrlich gesagt, nicht. Ich schnappe meine Handtasche und steige aus, jetzt muss ich erst einmal arbeiten und dann freue ich mich auf ein schönes Wochenende mit Loui. Lina wollte mit Mia mal vorbeikommen und wir machen es uns gemütlich. Das Wetter ist traumhaft und ich werde für uns ein neues Zuhause finden. Es geht immer weiter, sage ich mir hoffnungsvoll. Obwohl gefühlt Steine auf meinen Schultern lasten.

Mein Optimismus relativiert sich ziemlich schnell, als ich heute Morgen, nachdem Loui und ich gefrühstückt hatten, nach Wohnungen im Internet geschaut habe. Es gibt in unserer kleinen Stadt genau zwei Stück mit vier Zimmern und Balkon. Und sie sind beide so abgewohnt und alt, dass ich schwer schlucken muss. Unmöglich, da kann ich niemals einziehen, denke ich verzweifelt. Ich schaue mich in meinem traumhaften Zuhause um, ich möchte hier einfach nicht ausziehen. Es ist so hoffnungslos, denke ich traurig.

Nichts ist falsch, wenn dein Herz dir sagt, dass es richtig ist

Nachdem ich am Wochenende mit Lina alle Zeitungen sowie Internetseiten durchgesucht habe und wir wirklich überhaupt nichts Passendes gefunden haben, werde ich mich an einen Makler wenden müssen. Vielleicht hat ein Makler einen anderen Zugriff und kann mir was Schönes suchen, denke ich mit gemischten Gefühlen.

Du fehlst mir, zeigt mein Handy Display an. Und direkt hüpft mein Herz. Eduardo, denke ich selig.

Du mir auch, tippe ich zurück.

Was machst du heute an diesem langweiligen Montag?, fragt er.

Am Abend habe ich nichts geplant, da Loui mit Marc auf dem Geburtstag von Marcs Vater ist. Und da auch übernachtet.

Also könnten wir uns treffen?, fragt Eduardo. Und ich merke, wie ich lächeln muss. Was hat er wieder vor, frage ich mich.

Ja, das könnten wir, aber wie?

Wann hast du in der Praxis Schluss?

Um fünf, es fehlt ein Patient, antworte ich.

Dann wirst du um sieben abgeholt. Und der Rest ist ein Geheimnis.

Ich muss so grinsen vor Freude, dass ich kurz meine Probleme vergesse.

Wow. Du bist verrückt, ich freue mich sehr.

Und ich mich erst, bis später, Carla.

Punkt sieben bin ich startklar. Ich sollte eine kleine Tasche für eine Nacht packen, hat Eduardo mir noch geschrieben. Ich muss am morgigen Dienstag erst um zehn arbeiten, von daher ist das kein Problem. Was hat er sich wieder Tolles ausgedacht?, denke ich freudig . Mit ihm ist es immer aufregend und spannend. Aber das war es mit Max am Anfang auch, da ist sie wieder, die kleine, fiese Stimme der Vorsicht. Ach, lass mich in Ruhe, denke ich genervt. Ich überprüfe mein Outfit nochmal im Flur vor meinem bodentiefen Spiegel.

Da ich nicht weiß, was wir machen, habe ich mich für ein elegantes, aber auch schlichtes Outfit entschieden. Ich trage einen schwarzen Bleistiftrock, ein lockeres rosa Top und hab mir für den Fall, dass es kühler wird, meinen Burberry Trenchcoat mitgenommen. An meinen Füßen habe ich Sandalen mit leichtem Keilabsatz. Ich hoffe, wir gehen nicht in die Oper oder so. Dafür wäre ich etwas zu schlicht gekleidet. Aber das wird hoffentlich nicht passieren. Außerdem möchte ich mich gerne mit Eduardo unterhalten und nicht nur ruhig neben ihm sitzen. Oh, es klingelt.

Ein junger Mann im schneidigen Anzug steht vor meiner Tür.

»Frau Cruz?« Er sieht mich freundlich und fragend an.

»Ja genau«, antworte ich lächelnd.

»Sind Sie fertig, ansonsten warte ich gerne noch im Wagen auf Sie.«

»Danke, ich bin fertig«, ich greife nach meiner Tasche.

Vor meinem Haus steht ein schwarzer, sehr teurer Mercedes. Der junge Mann hält mir die hintere Tür auf und ich setze mich. Im Wagen steht eine kleine Flasche

Champagner sowie Wasser und natürlich jeweils passende Kristallgläser.

»Ein Gruß der Firma«, sagt der junge Mann und schenkt mir den Champagner ein.

»Vielen Dank, wo fahren wir überhaupt hin?«, frage ich gespannt.

»Ich bringe Sie nach Frankfurt.«

»An den Flughafen?«, frage ich. Ehrlich gesagt habe ich keine Lust irgendwohin zu fliegen. Ich liebe diese ganzen wahnsinnig aufregenden Dinge mit Eduardo, aber für eine Nacht wieder wohin, lohnt sich kaum.

»Nein, ich bringe Sie ins Steigenberger Hotel«, antwortet er und startet den Motor. Juhu, mein Herz hüpft. Eduardo hat immer die besten Ideen, wir haben so keinen Anreisestress, zumindest ich nicht, denke ich zerknirscht. Er leider schon. Verdammt, warum muss er auch in Spanien leben! Er fehlt mir jeden Tag mehr. Ich möchte noch so viel mit ihm erleben und von ihm erfahren. Ich könnte mich wieder kneifen, allein um zu realisieren, dass ich, Carla Cruz, gerade von einem Chauffeur abgeholt wurde, Champagner trinke und zu meinem Traummann ins beste Hotel der Stadt gefahren werde. Was habe ich für ein Stein beim lieben Gott im Brett, denke ich glücklich.

Die Fahrt von dreißig Minuten vergeht wie im Flug. Daniel, so stellt sich der Fahrer vor, redet unentwegt, ich höre interessiert zu und trinke meinen Piccolo genüsslich aus. »Wow!«, entfährt es mir, als wir am Steigenberger Hotel vorfahren. Das Gebäude erschlägt mich fast. Es ist wunderschön und herrschaftlich. Wir halten direkt vor dem Eingang und Daniel öffnet mir die Tür. Zwei Pagen kommen sofort angeeilt, um mein nicht vorhandenes Gepäck zu tragen.

Ich verabschiede mich von Daniel und möchte ihm fünf Euro zu stecken. »Das ist sehr lieb von Ihnen. Aber mir wurde ausdrücklich verboten, etwas von Ihnen anzunehmen. Ich bekam im Voraus ein sehr großzügiges Trinkgeld«, er zwinkert mir herzlich zu. Dieser Eduardo, gibt es eigentlich etwas, an das er nicht schon vorab denkt, überlege ich selig. Die beiden Pagen begleiten mich mit leeren Händen zur Rezeption. Ich sehe mich beeindruckt in der riesigen Empfangshalle um. Lobby wäre ein zu saloppes Wort für diesen eleganten Raum, stelle ich fest.

Eine junge Frau begrüßt mich überschwänglich. »Frau Cruz, wie schön, Sie in unserem Haus begrüßen zu dürfen.« Ich lächle sie unsicher an. Woher kennt mich eigentlich jeder? Aber es gefällt mir, spüre ich und grinse.

»Ich hoffe, Sie hatten eine angenehme Anreise. Können wir noch etwas für Sie tun?«, fragt sie mich mit großen, freundlichen Augen.

»Also, ich würde gerne zu ... «

Bevor ich den Satz beenden kann, fällt sie mir ins Wort. »Natürlich, Herr Ortiz erwartet Sie bereits an der Bar.«

Mein Herz schlägt schneller. Eduardo ist schon da, was ein Glück, ich bin richtig aufgeregt ihn zu sehen, bemerke ich glücklich. »Bitte folgen Sie mir.« Die junge Frau klappert mit ihren Absätzen über den Marmorboden, ich folge ihr.

Als wir die riesige, mit bodentiefen Fenstern und barocken Möbeln ausgestattete Bar erreichen, sehe ich mich suchend um. Da sitzt er. Ich freue mich so sehr ihn zu sehen, dass ich ihm am liebsten um den Hals fallen würde. Eduardo sitzt in der Ecke einer gemütlichen Couch mit Blick nach draußen.

Er trägt einen Anzug, fein und dennoch lässig. Seine dunklen Haare sind leicht verwuschelt, wie ich es liebe. Da er mit dem Rücken zu uns sitzt, kann er uns nicht sehen.

»So, Herr Ortiz, Frau Cruz habe ich sicher zu Ihnen gebracht«, flötet die junge Rezeptionistin und sieht Eduardo flirtend an. Ich spüre, wie die Eifersucht in mir hoch kommt. Blöde Gans, denke ich. »Vielen Dank«, sagt er an sie gerichtet, sieht aber nur strahlend zu mir, stelle ich glückselig fest. Die flirtende junge Frau stellt das wohl auch fest, schaut zu Boden und tritt den Rückzug an.

»Carla«, Eduardo erhebt sich und nimmt mich liebevoll und fest in seine Arme. Ich drücke ihn fest an mich und er küsst mich auf den Mund.

»Danke für die tolle Anfahrt, die du für mich organisiert hast.«

Er küsst mich auf die Stirn, »Nur standesgemäß für dich « Ich kichere wie ein Teenager, stelle ich peinlich berührt fest. Eduardo scheint es zu gefallen, denn er zieht mich wieder an sich und küsst mich erneut auf den Mund.

»Ich wollte dich eigentlich abholen, aber ich kam aus der Firma nicht raus. Tut mir leid.«

Ich schüttle lächelnd den Kopf. »Du Spinner, alles gut, ich freue mich sehr, dass du es möglich gemacht hast, hierher zu kommen.«

»Ich musste dich sehen«, sagt er ohne Umschweife. »Was magst du trinken? Ich habe mir mal einen Whisky gegönnt«, grinst er.

»Da hast du auch recht.« Ich kuschle mich in seinen Arm, den er lässig um mich gelegt hat. »Ich nehme gerne noch einen Champagner«, sage ich lächelnd.

Eduardo winkt dem Kellner vom Sofa aus herbei und zieht mich noch näher an sich.

»Lass dich mal ansehen«, er setzt sich auf und mustert mich liebevoll. »Nach wie vor wunderschön«, stellt er anerkennend und grinsend fest. Ich kichere wieder albern und merke, dass ich leider etwas rot werde.

»Du bringst mich in Verlegenheit«, ich drücke neckisch sein Bein und gebe die Verlegene. Er lacht sein herzliches Lachen und küsst mich wieder.

»Tja, dann solltest du deine Optik verschlechtern, ansonsten kann ich nicht anders, als es dir ständig zu sagen.«

»Du!!« Ich ziehe ihn an mich und denke, dass man glücklicher gerade nicht sein kann. Der Kellner kommt und ich bestelle mir einen Champagner.

»Aber einen Dom Perignon«, wirft Eduardo freundlich ein.

Der Kellner schaut verlegen: »Ähm, den dürfen wir nur in Flaschen ausschenken, das tut mir leid.«

»Ja natürlich«, Eduardo lächelt. »Bringen Sie eine Flasche und dann zwei Gläser. Ich steige hier nach um«, er tippt an seinen Whisky. Der Kellner schaut erleichtert und geht wieder Richtung Bar.

»Mir hätte ein Glas Moet gereicht«, sage ich unsicher.

»Ach was«, Eduardo zwinkert mir zu und ich schwebe auf Wolke sieben. »Das Beste für die Beste«, er schaut mich so verliebt und verführerisch an, dass ich am liebsten den Champagner auf das Zimmer bringen lassen würde. »Carla, du hast mir sehr gefehlt.« Eduardo drückt mich an sich.

»Du mir auch«, entgegne ich etwas verhalten. Er ist so unkompliziert, denke ich. Ich kann mit diesen lockeren Emotionen kaum umgehen.

Max war es schon zu viel „ich liebe dich" zu sagen, überlege ich. Und Eduardo sagt einfach immer, was er denkt. Unglaublich. Es muss einen Haken geben, es ist zu perfekt. Ich sitze hier im Nobelhotel, trinke gleich Champagner, einer der reichsten Enkel der Welt hält mich im Arm, er hat keine Probleme mit Emotionen, und er sieht aus wie ein Adonis. Hallo Gott, was hast du noch mit mir vor? Ist das hier alles mein letztes Abendmahl und dann kommt der große Knall? Die letzten Wochen mit Eduardo, es ist wie im Traum. Ich kann das alles nicht realisieren. Meine Freundinnen fiebern total mit, sie sind teilweise aufgeregter als ich. Keine kann es fassen, dass ich mit Eduardo Ortiz zusammen bin. Auch wenn die deutschen Mädels ihn erst einmal googeln mussten. Aber jetzt ist jeder völlig aus dem Häuschen. Und wie unkompliziert das alles ablief. Die meisten Männer heute möchten doch erst mal ganz entspannt 'ne lockere Bettgeschichte anfangen, ob sich nicht doch noch 'ne bessere Frau findet. Lieber nicht zu schnell binden. Und Gefühle zeigen, bloß nicht. Erst mal den Coolen raushängen lassen. Und er hier, ich schaue Eduardo verliebt von der Seite an, ist perfekt. Und scheint mich unbedingt haben zu wollen. Obwohl er jedes Model, jede blaublütige Schönheit haben könnte. Aber nein, er will mich.

Eduardo dreht sich zu mir. »Hey, was schaust du so glücklich«, er nimmt meine Hand und sieht mich aufrichtig an.

Ich zeige durch den Raum und auf ihn: »Wie sollte ich hier unglücklich schauen? Und ich habe gerade überlegt, dass du so, so perfekt bist.« Ich schaue etwas verschämt in seine Augen. Und da ist es, das Funkeln, das ich so liebe.

»Wow danke, komm her«, er zieht mich in seine Arme und küsst mich ganz zart. »Carla,« mein Gesicht ist noch genau vor seinem Mund.

»Ja«, ich flüstere fast.

»Ich weiß selbst nicht, was mit mir los ist, aber ich liebe dich. Ich habe das noch nie so schnell zu einem Menschen gesagt. Ich habe das Gefühl, ich kann bei dir einfach so sein, wie ich wirklich bin. Alles, was ich am Tag erlebe, möchte ich dir am liebsten erzählen, ich möchte deine Meinung zu so vielen Dingen hören. Und um ehrlich zu sein, möchte ich dich gerne viel häufiger sehen.«

Ich starre Eduardo immer noch an. Mein Herz rast wie verrückt. »Das war das Liebste und Tollste, was ich seit Jahren gehört habe«, sage ich. Und es ist die Wahrheit. Max hat seit Jahren kaum liebevoll mit mir gesprochen. Nicht abschätzig, aber nie so emotional. Alle Emotionen musste ich aus ihm herausholen und hoffen, dass er mir mal wieder ein gutes Gefühl gibt in unserem ganzen Alltagsstress. Und dann Eduardo, der so herzlich und offen ist, dass mir fast die Tränen kommen. Ich küsse ihn leidenschaftlich und lasse mich in seine Arme sinken. Zum Glück ist in der Bar wegen des schönen Wetters nicht viel los. Selbst wenn, es wäre mir egal. Ich fühle mich selbst albern. Aber ich bin so voller Gefühle, dass mir fast schwindelig wird. Ich setze mich auf und sehe Eduardo an. »Mir geht es genauso, ich brauche mit dir keine Spielchen spielen, in der Angst du verlierst dann das Interesse an mir. Ich benehme mich wie eine ganz andere Frau in deiner Gegenwart und bin doch mehr ich selbst als je zuvor.« Erstaunt, was da gerade aus mir heraus gesprudelt ist, fahre ich mir nervös durch die Haare. Aber es stimmt, ich kann mich an ihn kuscheln, wenn mir danach ist, ohne zu überlegen, ob er auch gerade in der Stimmung ist, ich kann ihm meine Probleme erzählen, ohne zu denken, dass er doch findet, bei ihm sei alles viel anstrengender. Es ist einfach so leicht, so schön. Ist das Liebe, frage ich mich, Liebe auf Augenhöhe? So etwas hatte ich eigentlich noch nie. Mit Max hätte es so sein können, aber sein Naturell und die Umstände haben dazu geführt, dass es sich nie leicht angefühlt hat. In Augenblicken vielleicht.

Der Kellner kommt mit einem Kühler und dem Dom Perignon. Fast bin ich froh für die Unterbrechung. Ich muss mich erst einmal sammeln. Er hat gesagt, dass er mich liebt. Ich könnte schreien, ich bin so glücklich.

Ich habe beschlossen, den Rest meines Lebens zu dem Besten meines Lebens zu machen

Als ich die Augen aufmache, sehe ich direkt in Eduardos warme, braune Augen. »Guten Morgen, meine Guapa«, er küsst mich liebevoll auf die Stirn.

Ich strecke mich und sehe ihn verschlafen an. »Hey du«, sage ich glücklich. Und kuschle mich in die Kissen. »Wie spät ist es?«, frage ich.

»Erst sieben Uhr.« Eduardo zieht mich eng an sich. »War 'ne heiße Nacht«, er lächelt schelmisch und kitzelt mich an meiner Taille. Ich lache auf, da bin ich besonders kitzelig.

»Kann ich nur zurückgeben«, ich lache laut und ziehe zärtlich an seinem Ohr. Die Suite des Steigenbergers ist noch moderner und luxuriöser, als ich es mir je vorgestellt hätte. Wir liegen in einem riesigen Boxspringbett auf ägyptischer Seidenbettwäsche.

Wenn ich an die letzte Nacht denke, wow, Eduardo ist scheinbar in allen Dingen perfekt. Er hat mir, während wir miteinander schliefen, noch einmal gesagt, dass er mich liebt und ich habe es erwidert. Ich musste gar nicht darüber nachdenken, es kam einfach aus mir heraus. Und es ist auch so, ich liebe ihn. Ich hätte niemals gedacht, dass ich das nach Max noch einmal so schnell wieder fühlen kann.

»Wollen wir uns das Frühstück kommen lassen?«, holt Eduardo mich aus meinen Gedanke zurück. »Oder möchtest du diesmal unten essen? Da wir das Abendessen schon im Zimmer eingenommen haben, besser gesagt im Bett.« Als wir nach der Flasche Champagner nach oben sind, sind wir erst mal zusammen im Bett gelandet. Ich schmunzle, wenn ich darüber nachdenke. Wir konnten im Aufzug schon nicht die Finger voneinander lassen.

»Eduardo«, ich richte mich auf.

»Ja«, er sieht mich interessiert an, »was ist los?«

»Magst du in zwei Wochen mit mir auf die Hochzeit meines Ex-Freundes kommen? Er lebt in Javea und ich würde dir gerne meine Familie vorstellen.«

Eduardo sieht mich aufmerksam an. »Sind deine Eltern da auch eingeladen?«

»Ja, meine Großeltern auch und Loui natürlich. Ich möchte dir sehr gerne Javea zeigen und dich meiner Familie und meinen Freunden dort vorstellen. Geht das denn in Spanien?«, frage ich unsicher. »Ich meine wegen deines Bekanntheitsgrades dort?«

Eduardo denkt nach, dann nimmt er meine Hand und sieht mir ehrlich in die Augen. »Carla, das möchte ich sehr gerne. Es ehrt mich, dass du mich deiner Familie und Loui vorstellen möchtest. Ich weiß, dass es dir nicht leicht fällt, Loui einen neuen Mann vorzustellen, wir haben ja schon darüber gesprochen. Und glaub mir, du wirst es nicht bereuen.« Er küsst mich.

»Das weiß ich«, sage ich. »Du hast mir in den letzten Wochen schon so viel geboten, Eduardo, dass ich dir gerne etwas zurückgeben möchte, auch wenn meine Mittel weit unter deinen liegen. Ich werde dir meine geliebte Stadt zeigen und hoffe, sie gefällt dir genauso wie mir.«

Eduardo grinst mich an. »Du bist süß, du schwärmst so von deiner Heimat, ich werde sie bestimmt auch lieben. Wann genau ist die Hochzeit und wo werde ich schlafen?«, er grinst mich frech an.

»Natürlich bei uns im Gästehäuschen«, entgegne ich kokett, »und ich besuche dich heimlich da.« Wir lachen beide. Wie ich das meinen Eltern alles klarmache, weiß ich noch nicht, denke ich etwas panisch. Aber egal, sie werden ihn anhimmeln wie irgendwie jeder. Meine Oma und mein Opa kennen ihn mit Sicherheit aus der Presse. Es vergeht kein Tag, an dem nichts in Spanien über ihn zu lesen ist, überlege ich.

»Carla, ich würde dich auch gerne meiner Familie vorstellen.«

Mein unsicherer Blick entgeht ihm natürlich nicht. »Hey«, er zieht mich dichter an sich, »sie werden dich lieben. Meine Eltern sind keine arroganten Snobs, ich glaube, meine Mutter hat sich genauso eine Frau wie dich für mich gewünscht.«

Mist, ich werde rot, das hasse ich. Ich quetsche mein Gesicht in seine Armbeuge und murmle: »Dann freue ich mich drauf.« Obwohl ich jetzt schon aufgeregt bin, wenn ich daran denke.

»Und was für ein Ex-Freund ist das?«, Eduardo lächelt keck, »Einer, auf den du noch stehst, Señora Cruz?«
Er will mir wieder an meine Taille greifen, aber diesmal bin ich schneller und zucke schnell und lachend zurück. Irgendwie möchte ich ehrlich sein. »Emilio, so heißt er, war meine erste große Liebe, wir haben während des Studiums zusammen gelebt und er ist mir auch heute noch sehr wichtig.«
Zwanzig Minuten später komme ich aus seiner Armbeuge, sehe Eduardo an und bin fertig mit meiner Emiliogeschichte. Sogar unsere Aktion im Mai habe ich nicht ausgelassen. Auch wenn es sich komisch anfühlte, aber ich möchte einfach keine Geheimnisse mehr haben. Max und ich hatten immer dieses „du lebst dein Leben, ich meins und in Momenten mal zusammen"- Ding. Das hasste ich und das möchte ich nie mehr.
»Danke für deine Ehrlichkeit, Carla. Aber ich überlege gerade, ob dieser Emilio mir nicht doch nochmal gefährlich werden kann«, Eduardo kratzt sich am Ohr und sieht mich an.
»Nein, definitiv nicht«, ich schlinge meine Arme um seinen Körper und küsse ihn. »Wenn du weiter so bleibst, wie du ja scheinbar wirklich bist, wird dir niemals jemand gefährlich werden können.« Ich wuschle durch seine Haare und wir küssen uns heftig.
Außer Atem und schnaufend sieht Eduardo mich an.
»Dann bin ich beruhigt und dasselbe gilt für dich.« Ich lache und schüttle den Kopf. »Was ist los?«, er sieht mich lächelnd an.
»Ich kann es nur einfach nicht fassen, dass wir scheinbar wirklich so glücklich miteinander sind und über welche verrückten Schicksalsverkettungen wir uns kennengelernt haben.«

»Da hast du recht, Carla, es ist eigentlich absolut irre. Im Traum hätte ich auf Mallorca nicht mit dir gerechnet«, sagt er.

»Das kann ich nur zurückgeben«, ich kichere und bin mal wieder nur fröhlich.

»Mama, ich bin es, hast du 'ne Minute?« Nachdem ich die Woche wieder fleißig arbeiten war und täglich nach Wohnungen gesucht habe, rückt die Hochzeit immer näher. Auch wenn ich einerseits große Lust habe, Eduardo meiner Familie vorzustellen, graut es mir auch ein wenig davor. Sie werden zum Einen ausflippen, wenn sie erfahren, wen ich seit zwei Monaten an meiner Seite habe, aber sie werden auch besorgt sein, ob es nach Max nicht alles zu schnell ging.

»Hallo Süße, klar, wie geht es dir? Hast du eine Wohnung gefunden?« Meine Mutter hat mir mittlerweile circa zwanzig Mal ihr Bedauern ausgesprochen, dass meine Eltern mir nicht helfen können.

»Nein, habe ich leider nicht.« Ich versuche nicht schon wieder zu heulen, das Thema macht mich einfach fertig.

»Ich möchte dir etwas anderes erzählen«, sage ich schnell. »Ich habe einen neuen Freund, es ist wirklich was Ernstes und ich möchte ihn zu Emilios Hochzeit mitnehmen. Kann er bitte bei uns im Gästehäuschen schlafen? Mama?«

»Mmh ok, Schatz, das ging aber schnell«, entgegnet meine Mutter. »Du weißt, dass dein Vater kein besonderer Freund von Fremden ist.«

»Ja, das weiß ich, aber ihr werdet ihn total mögen.«

»Was ist mit Loui, hältst du es für eine gute Idee, ihm schon einen neuen Mann vorzustellen?«

»Mama«, ich merke wie ich ärgerlich werde, »ich habe mir sehr wohl Gedanken darüber gemacht, und ich denke wirklich, dass ich mit ihm zusammen bleiben will und ich möchte ihn euch sehr gerne vorstellen. Es ist wirklich was Ernstes.«

»Carla, entschuldige meine Skepsis, aber du und die Männer, das ist so ein Thema.«

»Was soll das?«, rufe ich verärgert. »Ich war sechs Jahre mit Max zusammen. Ich habe einiges durchgemacht, oft war ich unglücklich, bitte tu nicht so, als würde ich alle Monate den Mann wechseln.« Nach kurzer Zeit der Stille höre ich meine Mutter tief durchatmen.

»Es tut mir leid, Schatz, aber ich möchte einfach nur, dass du nichts überstürzt. Und ich weiß, dass du es dir sicher überlegt hast. Also erzähl mir von ihm. Er muss ja ein toller Typ sein, wenn du ihn uns allen vorstellen möchtest.« Meine Mutter hat wieder in ihren freundlichen, mütterlichen Modus gewechselt und ich atme erleichtert aus.

»Er ist der tollste, charmanteste, heißeste Typ, den ich je kennengelernt habe, Mama. Und er ist Eduardo Ortiz und demnach Milliardär.«

Meine Mutter lacht laut am anderen Ende. »Und ich bin Schneewittchen«, prustet sie los. Ich weiß nicht, ob ich mitlachen oder beleidigt tun soll.

»Mama«, ich atme laut aus, »es ist die Wahrheit. Wir haben uns auf Mallorca bei Julis Junggesellenabschied kennengelernt. Ich bin schon im Privatjet nach Saint Tropez geflogen, wir waren im Masena, und im Steigenberger in Frankfurt. Ich weiß, es klingt alles total verrückt, aber ich liebe ihn. Ich hatte so etwas noch nie, er ist mir so vertraut und...« Ich atme aus, ich rede wie ein Wasserfall auf meine Mutter ein. »Als wären wir wirklich füreinander bestimmt. Er möchte mich nach Milos Hochzeit seinen Eltern vorstellen, sie leben alle in Barcelona und er liebt mich wirklich, Mama.«

»Wow, Carli, das ist alles unglaublich,« ich höre die Faszination in der Stimme meiner Mutter. »Das ist der Wahnsinn! Meine Süße, ich würde dir von Herzen wünschen, dass du glücklich wirst und es wirklich so traumhaft bleibt. Und natürlich werde ich deinen Vater schon bequatschen und er kann im Gästehaus wohnen.

Ist das überhaupt standesgemäß für ihn?« Meine Mutter ist nicht der Typ Frau, der sich verunsichern lässt, aber ich höre tatsächlich eine kleine Unsicherheit in ihrer Stimme.

»Mama, so ist er nicht, er ist total bodenständig und einfach unglaublich.« Nach einer Stunde und allem, was es bisher über Eduardo und mich zu berichten gab, ist meine Mutter genauso im Fieber wie ich und wir verabschieden uns. Alles, was ich über ihn, seine Familie den miesen Cousin Carlos weiß, weiß sie jetzt auch. Nur die Details aus dem Bett habe ich natürlich nicht erwähnt. Ich muss grinsen. Ich fühle mich befreit. Es tat gut, mit ihr zu sprechen und sie einzuweihen. Jetzt rufe ich noch Abuela und Abuelo an. Sie werden sich freuen.

Und genauso ist es. Meine Oma kann es nicht fassen, sie plant schon, welche Paella sie machen wird, wenn Eduardo kommt, und was sie anziehen wird. Ob das Gästehäuschen vielleicht nochmal gestrichen werden sollte, ob sie neue Bettwäsche kaufen soll und so weiter und so fort. Sie ist einfach süß. Abuelo konnte mit dem Namen Ortiz auch sofort etwas anfangen.

Alle irgendwie außer mir noch vor ein paar Wochen. Er freut sich für mich, aber ich höre auch die Sorge in seiner Stimme. Ob sich solche Männer denn überhaupt wirklich binden wollen? Ich beruhigte ihn und denke, wenn er Eduardo kennengelert hat, wird er meine Euphorie verstehen. Und er wird wissen, dass er einer von den Guten ist, der es mit seiner Enkelin gut meint. Ana und alle anderen sind schon total aus dem Häuschen, als ich ihnen erzähle, dass Eduardo meine Familie und mich zu Emilio begleiten wird. Nur Emilio habe ich noch nicht gesagt, dass er meinen neuen Freund wahrscheinlich aus der Presse kennen wird. Ich freue mich schon ein wenig auf sein Gesicht, muss ich zugeben. Eduardo hat angeboten, dass er auf der Hochzeitsfeier ganz auf Sicherheitspersonal verzichten wird. Auch wenn seine Familie davon wohl überhaupt nicht begeistert ist. Aber der Bitte seines Großvaters, dass unser Haus in der Zeit von Eduardos Besuch durch Sicherheitsmänner abgesichert wird, hat er zugestimmt. Meine Familie wird das etwas befremdlich finden, aber ich kann es nicht ändern. Und wir werden ganz normal mit unserem Auto zur Hochzeit fahren, das war mein Wunsch. Ich möchte ihm ja mal mein Leben vorstellen, und da gibt es nun mal keine Chauffeure. Als ich Eduardo das sagte, hat er gelacht und ganz selbstverständlich: »Noch gibt es sie nicht« entgegnet.

Eines Tages wird jemand in dein Leben treten und dir zeigen, warum es nie mit einem anderen funktioniert hat

Seit elf Uhr sind meine Eltern, Loui und ich im spanischen Zuhause. Und alle sind irgendwie ziemlich aufgeregt wegen Eduardos Besuch am frühen Abend. Meine Oma hat das ganze Haus geputzt, überall frische Blumen hingestellt, das Gästehäuschen, ich kann es nicht fassen, tatsächlich letzte Woche nochmal streichen lassen. Meine Mutter fummelt permanent an kleinen Dekorationsdetails herum und ich überlege, was ich anziehen soll. Mein Vater tut total cool, aber sogar er scheint leicht angespannt zu sein. Nur mein lieber Abuelo ist wirklich entspannt und beobachtet lächelnd mit Loui auf dem Schoß alles von der Terrasse aus. »Macht euch doch nicht so verrückt!«, ruft er liebevoll nach innen. »Der Herr Ortiz wird schon was an Carla finden, wenn er extra hierher kommt für drei Tage. Da machen die schönen Blumen auch nichts mehr besser oder schlechter.« Er zwinkert mir schelmisch zu. Und verdreht gespielt genervt die Augen in Richtung meiner Mutter und meiner Oma.
Im Auto vor unserem Haus sitzen zwei Leute von Eduardos Sicherheitspersonal.
Sie haben sich vorgestellt und sind diskret wieder in ihren Van verschwunden. Meine Oma konnte es sich nicht nehmen lassen, den Herren ein Stück Kuchen und eine Kanne Kaffee zu bringen. Die beiden waren laut meiner Oma erst etwas zögerlich, aber hätten sich dann doch sehr gefreut. Ich muss grinsen, so etwas haben sie wahrscheinlich auch noch nicht erlebt.

Die anderen bringen Eduardo später und positionieren sich, wo auch immer. Ich muss das irgendwie lernen auszublenden. Selbst im Steigenberger standen vier Männer vor der Suite. Wenn wir zur Hochzeit morgen Mittag fahren, fahren sie unauffällig hinterher und werden nur in der Altstadt, aber auch unauffällig mit Blick auf die Kirche warten. Dann geht's zur Feier ins Siesta, dem tollsten Beachclub der Stadt, dort werden sie auch nur unauffällig davor warten. Eduardo ist, glaube ich, der ganze Rummel um ihn in meinem normalen Umfeld unangenehm. Und dadurch finde ich ihn noch toller. Er möchte sich nie wichtigmachen, sondern nimmt sich diskret zurück. Aber ganz ohne Sicherheitspersonal geht es wohl einfach nicht, denke ich. Es wäre einfach zu gefährlich. Und Eduardo ist nun mal so aufgewachsen. Für ihn ist das selbstverständlich.

Meine Oma hat natürlich ihre köstliche Pollo Paella gekocht und das ganze Haus duftet. Der große Tisch auf der Terrasse ist gedeckt und wir sind alle leger, aber auch vornehmer als sonst angezogen.

»Mama«, Loui kommt ins Bad, als ich mir gerade einen Fischgrätenzopf versuche zu flechten.

»Ja, Schatz?«

»Bist du in den Mann eigentlich verliebt?« Mein Sohn grinst und kichert.

»Komm mal her«, ich setzte mich auf den Wannenrand und ziehe Loui auf meinen Schoss. »Mann, bist du schwer«, ich kitzle ihn unter dem Kinn. Er windet sich lachend und sieht mich interessiert an. »Loui, ich war so traurig, als Max auszog, aber manchmal hat man im Leben Glück und jetzt kenne ich Eduardo. Erst mochte ich ihn sehr und ja, jetzt bin ich in ihn verliebt. Ich denke,

273

du wirst ihn mögen«, sage ich und drücke meinem Sohn einen Kuss auf die Backe.

»Wenn du ihn magst, ist er bestimmt nett«, sagt mein Sohn entspannt. Ich lächle Loui glücklich an. Ich hoffe sehr, dass ich recht behalte.

Als es klingelt, sind auf einmal alle ganz still. Und ich muss etwas zu laut lachen. Ich bin so aufgeregt, dass mir schon übel ist. Ob sich alle verstehen werden? »So, kein Grund aufgeregt zu sein«, plappere ich etwas zu schnell meiner Familie entgegen. »Ich werde dann mal hoch gehen und ihm oben aufschließen«.

Ich streiche meine Haare zurück und gehe die Stufen nach oben. Als ich die Haustüre aufschließe, platze ich fast vor Anspannung.

»Hi«, Eduardo steht in seiner vollen Pracht vor mir. Er trägt ein lockeres Hemd, die Ärmel sind hochgekrempelt und eine hellgraue Stoffhose. Sein Dreitagebart sieht wieder so sexy aus, dass ich ihn eigentlich gerne erst einmal für mich alleine hätte.

Ich grinse ihn unsicher an. »Ich bin etwas aufgeregt«, sage ich. Er zieht mich an sich und küsst mich.

»Du bist süß, ich auch ein bisschen, ich möchte ja einen guten Eindruck machen«, er lächelt schief.

»Das wirst du«, ich drücke ihn an mich. »So, dann lass uns mal gehen«, ich ziehe an seiner Hand.

»Stopp, warte«, Eduardo dreht sich wieder zu der Limousine, mit der er kam und der Chauffeur reicht ihm eine große Chanel-Tüte. »Ich komme ja nicht ohne eine Kleinigkeit zu Besuch«, er grinst mich an.

»Oh nein! Du! Das wäre doch nicht nötig.«

»Oh doch, ich schlafe ja auch hier und das ist das Mindeste.«

»Du Quatschkopf«, ich zwicke Eduardo leicht in den Rücken, während er vor mir die Treppe nach unten geht. Als wir unten vor der Haustür ankommen, atmen wir beide durch. Ich finde es süß, dass Eduardo aufgeregt ist. Er macht täglich Millionengeschäfte und ist laut Presse ein sehr selbstbewusster Geschäftsmann, und er ist aufgeregt, wenn es darum geht, meine Familie kennenzulernen. Ich bin so stolz, dass er an meiner Seite ist. Ich drücke seine Hand. »Wir machen das schon«, ich lächle ihm zuversichtlich zu.

Meine Familie sitzt nach wie auf der Terrasse, durch die große Glasfront im Flur können sie uns sehen und wir sie auch. Ich ziehe Eduardo durch den Flur und das Wohnzimmer, raus auf die Terrasse. Freundlich begrüßt meine Familie ihn, alle stehen auf. Eduardo gibt jedem sehr herzlich die Hand und drückt meine Großeltern sogar. Bei meinen Eltern ist er noch zaghafter.

Dann steht er vor Loui, Loui schaut unsicher auf den Boden und Eduardo klopft ihm freundschaftlich auf den Rücken.

»Hey, du bist Loui, stimmt's?«

»Ja«, sagt mein Sohn und schaut weiter verlegen auf den Boden.

»Ich habe schon so viel von dir gehört«, Eduardo sieht zu mir.

»Ja, nur Gutes natürlich«, sage ich und lache. »Gell, Loui, den Dickkopf habe ich mal verschwiegen.«

Loui grinst frech und mein Opa lacht und bittet alle wieder Platz zu nehmen. Meine Oma und auch meine Mutter schauen Eduardo völlig begeistert an. Ich habe auch nichts anderes erwartet, grinse ich in mich hinein.

Ich stelle gerade den letzten Teller in die Spülmaschine, da kommt mein Opa, um sich sein Insulin aus dem Kühlschrank zu holen.

»Und ?« Ich sehe ihn erwartungsvoll an.

»Ein sehr feiner Mann«, sagt er und streichelt meinen Arm. »Carlitta, du weißt, ich mochte Max, ich bin zu alt, um eure ganzen Probleme zu verstehen. Aber wenn du jetzt glücklich bist, dann freue ich mich sehr. Ich möchte dich gut aufgehoben wissen, mein Schatz. Und Eduardo, er scheint wirklich ein guter Kerl zu sein. Ich hoffe, dass du in seiner Welt zurechtkommst.«

Ich grinse: »Opa, ich komme doch leicht mit Glamour und Luxus zurecht.«

Er lacht und gibt mir einen leichten Kuss auf die Backe. »Das stimmt, mir ist nach wie vor schleierhaft, von wem du den Hang dazu hast, aber eine kleine Prinzessin warst du schon immer.« Ich möchte die Spülmaschine schließen, da packt mein Großvater zärtlich meinen Arm. »Aber Carla, egal wer es ist. Die Liebe eines Mannes kann dich auf Dauer nicht glücklich machen. Du alleine kannst dich nur glücklich machen, indem du mit dir selbst im Reinen bist, mein Schatz. Du hast schon immer nach Höherem gestrebt. Und ich finde, du hast sehr viel erreicht, vielleicht ist es an der Zeit mal durchzuschnaufen und zur Ruhe zu kommen. Wenn Eduardo so gütig ist, wie er im ersten Moment erscheint, dann komm bitte zur Ruhe und werde glücklich, meine Kleine. Mehr geht nicht mehr. Ich denke, dann hast du einen tollen Mann an deiner Seite.« Er sieht mich eindringlich an.

Ich drücke ihn fest. »Danke Opi, ich werde zur Ruhe kommen, ich spüre das.« Und das meine ich tatsächlich so.

Nach drei Flaschen Wein und einem grandiosen Essen lehne ich mich glücklich in meinem Stuhl zurück und lasse alles auf mich wirken. Eduardo erklärt gerade meinem Vater und meinem Opa seine Firma. Loui spielt mit meiner Mutter und meiner Oma Mau Mau. Alle wirken glücklich und völlig gelöst. Eduardo hat zärtlich seine Hand auf mein Knie gelegt und er wirkt selbst in meiner Welt völlig entspannt. Als hätte er hier schon immer hergehört.

»Wollen wir noch einen Schnaps trinken?« fragt meine Oma in die Runde.

»Aber Eduardo, du als Spanier bist die guten deutschen Brände sicher nicht gewohnt«, warnt meine Mutter ihn lächelnd.

»Mama, Eduardo war schon überall, er wird deinen super Germany Import schon vertragen, den du dir angewöhnt hast«, ich zwinkere meiner Mutter zu.

»Ach Carla«, Eduardo winkt verschämt ab, »ich war noch nicht überall. Aber ich versuche gerne einen.«

»Sehr gut, ein Mann, der keinen Schnaps trinkt, ist mir unheimlich«, meine Oma lacht herzlich und wir alle stoßen miteinander an.

Loui verdreht die Augen und lacht: »Ihr und euer Schnaps immer. Ihr Saufnasen!« Wir lachen alle laut.

»Salud«, mein Vater prostet Eduardo zu. »Schön, dich kennenzulernen.«

»Das gebe ich gerne zurück.« Eduardos Augen strahlen herzlich und ich sehe ihn verliebt an. Mittlerweile ist es dunkel draußen und ich habe die Außenlampen angemacht. Der Mond steht hoch am Himmel und spiegelt sich im Meer, das wie eine glatte Scheibe unter uns liegt.

»Es ist wunderschön hier.« Eduardo sieht begeistert zu meiner Familie. »Ein wunderschönes Fleckchen auf unserer Erde bewohnt ihr hier.« Und ich höre, dass er das absolut ernst meint. »Ich habe ein kleines Geschenk für jeden dabei«, sagt er, als sei es völlig normal.

»Das ist doch nicht nötig!«, rufen alle im Chor.

»Oh doch, danke für die Gastfreundschaft, und dass ich sogar hier schlafen kann.«

Meine Oma lächelt selig. »Wir müssten uns dafür bedanken, dass wir die Ehre haben, dich zu empfangen.«

»So ein Quatsch«, Eduardo wirkt verlegen. Er greift in seine mitgebrachte Chanel-Tüte und holt ein kleines, fein eingepacktes Geschenk heraus. »Als Erstes habe ich etwas für Carla.«

»Für mich?« Ich schaue ihn überrascht an. »Du Spinner«, ich drücke seine Hand unter dem Tisch.

»Oh doch, unbedingt möchte ich dir etwas schenken«, er schaut mich so verliebt an, dass mein Herz vor Liebe fast platzt.

Er reicht mir die Schachtel und sagt leise und schüchtern: »Weil du die Tollste von allen bist.«

Ich drücke erneut seine Hand und antworte leise: »Das Dankeschön fällt in einem ruhigen Moment größer aus.« Wir grinsen uns verschwörerisch an. Liebesbekundungen sind in meiner Familie nicht an der Tagesordnung. Wir gehen immer herzlich und freundlich miteinander um, aber küssen oder so ist mir doch unangenehm vor meinen Eltern.

Als ich vorsichtig das lila Seidenpapier aufmache, kommt eine Schmuckdose von Tiffany zum Vorschein. »Du!«, sage ich gespielt entsetzt. Ich kann meine Freude aber nicht unterdrücken. Mit einem Lächeln öffne ich die Dose. Ich erstarre.

278

In der Dose liegt eine Kette, befestigt auf Samt und an der silbernen Kette hängt ein ziemlich großer, funkelnder Diamant. Ich starre Eduardo fassungslos an. »Bist du verrückt geworden?«, frage ich ihn ungläubig. »Nein, bin ich nicht«, er streicht mir eine Strähne hinter mein Ohr. »Das Beste für dich und das soll in Zukunft so bleiben.« Meine Mutter hat feuchte Augen, auch wenn sie sich wegdreht, habe ich es genau gesehen. Mein Vater starrt Eduardo auch entsetzt an. Er räuspert sich, »Verwöhn sie nicht so«, er lacht. »Doch, das werde ich.« Eduardo ist es wohl egal, dass meine Familie am Tisch sitzt, er nimmt mich herzlich in den Arm und flüstert in mein Ohr, während meine Familie das Schmuckstück bewundert: »Carla, du bist viel mehr wert, nimm es einfach. Ich liebe dich und es ist das Geringste für mich, dir eine kleine Freude zu machen.« Er schaut mich aufrichtig an. »Danke, die Kette ist unglaublich«, sage ich. »Ich liebe dich auch.«
Dann wenden wir uns wieder meiner Familie zu. »So, das ist für Loui«, Eduardo kramt in seiner Tasche und reicht Loui ein großes Päckchen. »Loui, ich hoffe es gefällt dir. Deine Mama sagt, du bist ein riesiger Star Wars Fan?« Loui nickt aufgeregt und reißt das Paket auf. Zum Vorschein kommen der neue Todesstern von Lego Star Wars und ein Umschlag. »Wow, wo hast du den her?«, fragt Loui aufgeregt, »Den gibt es doch noch gar nicht im Geschäft.«
Eduardo schaut Loui freundlich an: »Den hat mir mein lieber Mitarbeiter Andre besorgt, er kann alles besorgen.« Eduardo zwinkert Loui verschwörerisch zu. »So wie das Christkind?« fragt Loui völlig begeistert.

»Ja, so ungefähr«, Eduardo lacht herzlich. »Mach mal den Umschlag auf«, fordert er Loui auf.
Loui öffnet hektisch den Umschlag und hält drei Karten in der Hand. »Mama, was ist das?« Er sieht mich fragend an.
»Ich weiß es nicht, lies doch mal«, antworte ich.
»Star Wars Premiere Berlin.«
Ich sehe zu Eduardo, »Bitte?«
»Ja, ich dachte, Loui, es gefällt dir als Erster deiner ganzen Freunde den Film zu sehen, mit allen Schauspielern.«
Loui starrt Eduardo völlig perplex an. »Mit Darth Vader, C3PO und so?« fragt er unsicher. »Ich kann die alle in Echt sehen?«
»Ja, mit allen, die mitspielen«, Eduardo wuschelt ihm durch die Haare. Und mein Herz freut sich. Max hat Loui zwar nie unfair oder schlecht behandelt, aber er war einfach nie warmherzig oder hätte ihn mal gedrückt. Und Eduardo kann das scheinbar ganz ohne Probleme. Ich sehe ihn an und liebe ihn in diesem Moment noch mehr. Loui fällt Eduardo um den Hals und meine Familie schaut fassungslos zu. Loui ist, wenn er Leute nicht kennt, überhaupt nicht der körperliche Typ.
Er liebt es zu kuscheln, aber nur mit ihm vertrauten Personen. Und dass er Eduardo so um den Hals fällt, ist äußerst verwunderlich.
»Das ist so lieb von dir«, ich schaue Eduardo bewundernd an.
»Ich dachte, wir drei bleiben nach der Premiere noch einen Tag in Berlin und unternehmen was.«
»Jaa«, brüllt Loui aufgeregt.
Die Blicke meiner Familie sagen mir alles. Alle, sogar mein skeptischer Vater sind im Eduardo-Bann.

Meine Oma bekommt ein Hermes Halstuch, und meine Mutter eine Chanel Handtasche, die sie beinahe zum Umfallen bringt. Mein Vater einen Loui Vuitton Aktenkoffer und mein Opi die schickste Hermes Krawatte, die ich je gesehen habe. Alle sind leicht peinlich berührt, aber auch total begeistert. Meine Familie ist es nicht gewohnt, solche Geschenke entgegenzunehmen. Mein Vater ist eigentlich sehr stolz, ich hatte zuerst Sorge,

er würde es nicht annehmen wollen, aber scheinbar ist es für alle in Ordnung, da sie wissen, dass diese Geschenke für Eduardo in der Preisklasse liegen wie für Normalsterbliche ein paar hochwertige Blumen. Hätten sie abgelehnt, wäre es für Eduardo unangenehm gewesen und der Abend wäre dahin.

Loui schläft mittlerweile auf der Couch und die letzten Gläser sind leer. Ich räume noch den Tisch mit ab, es wird langsam Zeit, ins Bett zu gehen. Wir müssen morgen alle um zwölf Uhr in der Kirche sein. Ich habe um neun einen Friseurtermin mit meiner Mutter und meiner Oma und das heißt, wir haben nicht mehr als acht Stunden zu schlafen.

Eduardo kommt mit dem schlafenden Loui in die Küche und ich kann nicht genug hinschauen. Wie selbstverständlich nimmt er mein Kind auf den Arm und möchte es ins Bett tragen. »Wo soll er hin?«, fragt Eduardo flüsternd.

»Leg ihn unten in sein und Carlas Zimmer.« Meine Oma geht vorweg, um Eduardo den Weg zu zeigen.

Als die drei nach unten verschwunden sind, helfe ich meiner Mutter noch die restlichen Gläser abzuräumen.

»Carla«,

»Ja, Mama?«

»Ich finde ihn perfekt für dich, mein Schatz.« Meine Mutter sieht mich gerührt an. »Wenn er so ist, wie er scheint, hast du den größten Fang überhaupt gemacht. Und damit meine ich nicht sein Geld.«

»Das weiß ich, Mama.«

»Er ist total verliebt in dich«, sie zwinkert mir zu. »Ich habe ihn beobachtet, permanent sucht er deinen Blick oder deine Nähe.«

»Ich weiß, Mama«, lächle ich, »Das habe ich gesehen.«

»Ach mein Schatz, ich wünsche mir so, dass du glücklich bist. Wie er Loui behandelt, so liebevoll und unvoreingenommen«, sagt sie begeistert. »Die Geschenke für uns, mir ist es richtig peinlich. Das wäre doch nicht nötig gewesen.

Wahnsinn, was er sich überlegt hat. Carla, Süße, wirklich, ich bin total hin und weg.« Meine Mama sieht mich mit leuchtenden Augen an.

»Das bin ich auch«, sage ich leise.

In Wahrheit sind doch die Momente im Leben am schönsten, in denen uns alles egal ist

»Chris, ich hätte gerne meine Haare offen mit kleinen Blumen eingeflochten.« Seit zwanzig Minuten sitzen meine Mutter, meine Oma und ich mit einem Champagner im Status, dem absolut besten Friseursalon in Javea. Chris, der Inhaber, ist seit Jahren ein guter Freund von mir. Und er macht mir meine Haare immer perfekt. »Emilio war gestern hier«, sagt Chris, »Er war noch ziemlich entspannt für jemanden, der am nächsten Tag heiratet.« Na, wenn man die Braut auch nicht wirklich liebt, denke ich patzig.

Vielleicht hat er sich ja mittlerweile gefühlsmäßig völlig für Laura entschieden, überlege ich. Ich habe seit unserer Aktion und dem Gespräch im Mai sowie der Einladung nichts mehr von Emilio gehört. Aber meine Oma hat recht, ich kann nicht jeden Mann haben, ich habe Eduardo, warum soll Emilio nicht glücklich werden? Die Tür zum Salon geht auf und ich muss lächeln, Ana stürmt mit einem Fascinator in der Hand herein und begrüßt alle lauthals. Sie ist so hektisch, laut und so einmalig liebenswert. Sie begrüßt alle Kunden im Salon mit Namen, scheinbar kennt sie wirklich jeden in der Stadt. Abby, die junge Frau, die im Status Termine ausmacht, bringt Ana auch direkt einen Champagner und Ana lässt sich neben mich auf den freien Stuhl fallen.

»Carla, dieser ganze Stress heute, das wird die Hölle, ich sag es dir.« Sie fächert sich mit der Zeitung, die sie aus ihrer Tasche gezogen hat, Luft zu. »Ich steh völlig unter Strom.«

»Ana, liebe Güte«, meine Oma schaut zu ihr, »Was bist du denn so aufgeregt?« Ana sieht ernst zu meiner Mutter, dann zu meiner Oma und dann zu mir.

»Was ist?«, frage ich langsam etwas nervös.

Ana streicht die Zeitung, die sie mitgebracht hat, glatt.

»Ähm, also ich habe sie eben am Kiosk geholt. Maria hat sie gerade bekommen und ausgelegt.«

Ich reiße Ana die Zeitung aus der Hand und erstarre. Auf dem Titelbild ist ein Bild von Eduardo und mir in der Bar des Steigenbergers zu sehen. Ich schlucke und gebe wortlos die Zeitung meiner Mutter und Oma weiter, die auf den Friseurstühlen neben mir sitzen.

Meine Mutter wird bleich, selbst meine Oma verliert an Farbe. »Carla, du bist auf dem Titel dieser

Klatschzeitung!«, meine Oma schaut entsetzt zu meiner Mutter, dann zu mir und zu Ana.

Chris, der gut gelaunt aus dem Nebenraum kommt, wo er scheinbar meine Blumen geholt hat, sieht verwundert von der einen zur anderen. »Was ist los?«, fragt er irritiert.

Ich reiße meiner Oma die Zeitung aus der Hand und presse sie mit dem Bild an meine Brust. »Nichts ist«, sage ich hektisch, »Alles in Ordnung.« Ich richte mich im Stuhl auf, »Du kannst dann gerne anfangen«, versuche ich ruhig zu sagen. Ana sieht mich leicht panisch an.

»Carli, was ist los?«, Chris kennt mich seit Jahren und weiß genau, dass ich was zu verheimlichen versuche. »Was steht da, Carli? Hat Prinz Harry 'ne Neue? Nur was seid ihr dadurch so geschockt? Ihr seht aus, als wäre jemand der Familie auf dem Titel.«

Meine Mutter beugt sich zu mir, nimmt mir die Zeitung ab und reicht sie Chris. Ich sehe sie finster an. »Carli, Süße, du kannst nicht alle Exemplare kaufen, die in Spanien heute zum Verkauf stehen. Es werden ab heute Mittag sowieso alle wissen«, sagt meine Mutter sanft.

Chris starrt völlig fassungslos auf das Cover, dann sieht er fragend zu mir. »Bist das du oder hast du 'ne heimliche Doppelgängerin?«

»Nein Chris«, ich atme schwer durch, »das bin ich.«

»Hola Carli, dein Max war ja schon ein toller Mann, okay, die Details kenne ich jetzt ja. Aber Eduardo Ortiz?« Er sieht so entgeistert aus, dass ich hysterisch auflachen muss.

»Ja, unsere Carli ist ja auch ganz toll«, meine Oma greift über meine Mutter und tätschelt meine Wange.

Sie zwinkert mir verschwörerisch zu. »Schatz, du musst jetzt lernen, dir nicht alles durchzulesen, was über dich geschrieben wird. Das sind alles Neider. Und den Neid der Menschen muss man sich hart erarbeiten.« Ich sehe sie unglücklich an. Jetzt wird alles so kommen, wie Ana es prophezeit hat.

»Sie haben dich jetzt im Visier, Carli«, Ana sieht mich unglücklich an. »Die Hetzjagd wird beginnen.«

»Stopp mal, Ladies.« Chris schlägt die Seite über die Story auf. »Jetzt lesen wir erst mal, was da steht… Vier Seiten!«, entfährt es ihm.

»Scheiße«, rufe ich laut aus. Wie konnten da Bilder entstehen, frage ich mich. Ich überlege:»Zeig nochmal die Perspektive.« Es muss jemand geschossen haben, der gegenüber von uns saß. Tatsächlich, da war ein Pärchen, bei dem Eduardo sogar überlegte, warum sie sich nicht miteinander beschäftigen würden, sondern permanent das Handy in der Hand hätten.

Auf dem einen Bild sitzen Eduardo und ich eng umschlungen auf dem Sofa und küssen uns, auf dem anderen, ahh, ich muss unwillkürlich lächeln, da hat er gesagt, dass er mich liebt. Ich sehe meinen überglücklichen Blick.

»Mann, Carli, du siehst immerhin auf allen Bildern super aus«, Chris tätschelt anerkennend meinen Kopf, während er hinter mir steht und die Zeitung für uns hält.

»Zum Glück, ich sehe meist beschissen aus auf Bildern«, sage ich wahrheitsgemäß. Ana, meine Mutter und Oma ziehen die Augenbrauen hoch und schütteln verständnislos den Kopf. Auf dem nächsten Bild verschwinden wir Arm in Arm Richtung Aufzug. Und das letzte zeigt, wie wir uns am nächsten Morgen verabschieden. Ich steige in die eine schwarze Limousine und Eduardo in die andere.

»Das Bild sieht hollywoodreif aus«, kreischt Ana.

»Ana bitte«, ich werde rot. Ich sehe genau im Spiegel, wie mir die Röte immer höher ins Gesicht steigt.

»Es stimmt«, meine Mutter zieht die Zeitung hektisch an sich, um genauer sehen zu können. Eduardo umfasst zärtlich meinen Nacken, ich stehe auf den Zehenspitzen in meinen flachen Sandalen und wir küssen uns vor der Limousine. Meine langen Haare fliegen leicht im Wind. Darunter steht:

Ein Abschied für immer?

»Chris, bitte lies uns den Text vor, ich habe meine Brille nicht dabei«, meine Oma sieht ihn auffordernd an.

»Ach nein«, ich schlage die Hände peinlich berührt vors Gesicht. »Lassen wir das doch.«

»Nein!«, brüllen alle anderen im Chor. Abby und Rebecca sowie Noemi sind auch noch dazu gekommen. Sie starren mich fassungslos und respektvoll an.

»Carli, Wahnsinn, ich träume teilweise von Eduardo«, kichert Noemi, die Auszubildende.

»Schön«, ich schäme mich und mir wird das gerade zu viel. Ich hole mein Handy aus der Tasche und schicke Eduardo den Link mit einem traurigen Smiley.

»Schreibst du ihm?«, fragen alle.

»Wie ist er so?«, will Rebecca wissen.

»Hallo Leute, jetzt mal Schluss.« Chris hat die Stimme erhoben und seine Angestellten lassen mich in Ruhe.

Er räuspert sich und ich gucke beleidigt. »Ich dachte, du liest es nicht vor!«, jammere ich.

»Carli, dann lege ich die Zeitung hin und jeder liest es halt alleine«, sagt er.

»Ja, das wäre mir lieber«, sage ich flehend.

»Papperlapapp«, meine Oma mischt sich von der Seite ein. »Jetzt lies endlich vor, Chris!«

Eduardo Ortiz wurde in Deutschland im Frankfurter Nobelhotel Steigenberger mit einer schönen Unbekannten gesichtet.

Laut Augenzeugen soll Eduardo mit der Unbekannten die Nacht im Steigenberger Hotel verbracht haben. Sie hätten sehr vertraut miteinander gewirkt und äußerst verliebt. Hätten die Hände nicht bei sich lassen können, seien gemeinsam im Zimmer verschwunden und erst am nächsten Morgen wieder rausgekommen. Brisant ist, dass sie in getrennten Limousinen das Fünf Sterne Haus verlassen haben. Eduardo wurde am nächsten Tag wieder im Firmensitz in Barcelona gesehen. Eine offizielle Trennung von Melissa hat der Sprecher der Familie Ortiz noch nicht bekannt gegeben. Jedoch wurden die beiden das letzte Mal gemeinsam im April auf einer Charity Veranstaltung in Madrid gesehen. Wer ist die Frau, die sich den größten Fisch auf dem Single Markt geangelt hat? Wir bleiben dran.

Chris klappt die Zeitung zu und legt sie diskret zurück in Anas Tasche. »Wow Carli, das wird was geben«, er streicht mir trostspendend über die Schulter. Ich sitze wie erstarrt da.

»Guapa«, meine Oma tätschelt mein Bein, »das wird hart werden. Sie werden dein Leben auseinandernehmen«, sie sieht mich mitfühlend und leider auch besorgt an. »Aber du hast ja nie was Verwerfliches getan«, sie schaut aufmunternd und liebevoll in meine Augen. Ich sacke im Stuhl nach unten. Und schaue unsicher zu Ana. Sie sieht leider genauso unsicher und leicht panisch aus, wie ich. Wenn ich an meine ganzen Partys und Flirts denke! Oh nein! Ich schlage die Hände vors Gesicht.

Ana zieht mich leicht zu sich. »Carli«, flüstert sie in mein Ohr, »wir hoffen, sie finden nicht alles raus.« Ich nicke paralysiert.

»Nichtsdestotrotz heiratet Emilio bald und wir sollten nicht aussehen wie begossene Pudel«, meine Mutter hat am schnellsten wieder die Fassung erlangt. »Auf geht's, meine Lieben.«

»Ja.« Chris und die anderen sammeln sich und beginnen an uns herumzuwerkeln. Leider muss ich natürlich während des Frisierens Rede und Antwort stehen. Aber die genauen Details behalte ich natürlich für mich. Eduardo hat meine Nachricht noch nicht gelesen, ich habe es gerade überprüft. Was er dazu sagen wird? Mir ist das alles so unangenehm.

Und wenn es rauskommt, dass ich Max schon betrogen habe! Wird das die Leute überhaupt interessieren? Ach, keine Ahnung.

Chris kommt mit der Flasche Champagner an und gießt allen nach. »Carli«, er hat sich tatsächlich selbst ein Glas gegönnt, »trotzdem, ich finde es unglaublich«, sagt er. »Du bist der Knaller. Priscila wird ausrasten, wenn ich ihr das erzähle.« Priscila ist Chris Ehefrau, ich mag sie sehr. Sie hat ihre eigene Handtaschenkollektion auf den Markt gebracht. Und mittlerweile läuft das Geschäft richtig gut. »Sie wird dir sicherlich die komplette Kollektion zukommen lassen«, grinst Chris. »Damit du jede auf dem roten Teppich, den du sicher bald betreten wirst, tragen kannst. Carli, du wirst sowieso Kleider und Taschen von allen Designern geschenkt bekommen, damit du Werbung machst.«

»Du wirst 'ne Stilikone werden«, Ana starrt mich freudig an. »Und alles wirst du danach mir übergeben«, sie knufft mich freundschaftlich in die Seite.

»Ihr spinnt total«, sage ich, sogar fast amüsiert. »Ich warte jetzt erst einmal ab«, sage ich optimistisch. »Vielleicht werde ich gar nicht auseinander genommen und ich bin viel zu uninteressant. Wow, meine Haare sind der Wahnsinn, Chris«, ich sehe ihn glücklich an.

»Für die angehende Frau Ortiz nur das Beste. Sage bitte immer, wo du zum Friseur gehst«, er grinst frech und stößt mit mir an.

»Hallo, jetzt hört auf damit«, sage ich, langsam etwas verärgert. »Können wir uns jetzt auf den Tag von Emilio konzentrieren«, frage ich genervt in die Runde.

»Ja sicher, Schatz«, meine Oma sieht beschwichtigend zu mir.

»So, jetzt können eure Nägel gemacht werden«, sagt Rebecca und sieht nach wie vor völlig aufgeregt aus.

Als meine Familie, Ana und ich den Salon verlassen, sehen wir wirklich alle toll aus. In meinen Haaren sind lauter kleine weiße Blumen eingearbeitet, die sich toll von meinen dunklen, langen Wellen absetzen. Ana trägt einen pinken Fascinator, der sie richtig britisch aussehen lässt. Als würde sie bei einem Pferderennen zuschauen. Meine Mutter hat eine wunderschöne Hochsteckfrisur. Und meine Oma hat ihre Haare modern geföhnt. Als wir Ana verabschiedet haben, fahren wir drei im flotten Tempo nach Hause.

»Wir haben nur noch eine Stunde zum Umziehen und schminken«, sage ich hektisch.

»Eduardo hat meine Nachricht noch nicht gelesen«, merke ich unsicher an.

»Carla«, meine Mutter setzt den Blinker und schaut schnell zu mir. »Eduardo ist das gewöhnt. Die einzige, die dadurch aufgebracht und gestresst ist, bist du. Für dich ist das alles neu, für ihn ist das der Alltag.« Ich lehne

289

mich im Sitz zurück und lasse die Worte meiner Mutter auf mich wirken.

Als wir zu Hause ankommen, sitzen mein Vater, mein Opa, Loui und Eduardo am Pool. Loui und Eduardo spielen mit den Star Wars Figuren. Eduardo unterhält sich nebenbei mit meinem Vater und meinem Opa. Mein Herz fühlt sich glücklich an. Loui wirkt fröhlich und zeigt überhaupt keine Berührungsängste. Max hat noch nie mit ihm gespielt, überlege ich traurig. Pah egal, ich habe keine Lust mehr über ihn nachzudenken. Ständig ziehe ich Vergleiche, warum überhaupt, frage ich mich. Weg mit ihm aus meinem Hirn. Was er wohl macht? Er hat nicht einmal mehr im Haus geschlafen, obwohl er bisher nach wie vor bezahlt hat, denke ich.

»Hallo«, Eduardo blickt erfreut auf, als er uns kommen sieht.

»Wow, ihr seht ja spitze aus«, mein Opa pfeift anerkennend.

»Da guckt ihr, was?« Meine Oma und ich drehen uns im Kreis, meine Mutter lacht laut. »So, es wird Zeit, dass sich alle umziehen«, fordert sie uns auf.

»Eduardo, du hast meine Nachricht nicht gelesen«, sage ich betrübt.

»Ich habe das Handy drinnen liegen«, sagt er. »Was ist denn gewesen?«, er streift zärtlich mein Bein.

Ich hole die Zeitung aus der Tasche, die ich Ana weggenommen habe, und halte sie ihm vor die Nase. Er schaut drauf und reicht sie mir zurück.

Als er meinen verzweifelten Ausdruck sieht, zieht er mich auf seinen Schoß.

»Was ist denn los?«, fragen mein Opa und mein Vater. Ich reiche ihnen wortlos die Zeitung.

»Ach du Scheiße!«, entfährt es meinem Vater.

»Oh«, bringt mein Opa hervor.

Loui lacht aufgrund der Ausdrucksweise laut. »Was ist denn da?«, fragt er neugierig.

»Deine Mama ist in der Zeitung«, sagt mein Vater regungslos.

»Oh Mama, bist du berühmt oder so?«

»Nein Schatz, Eduardo ist berühmt. Ich nicht.«

Loui schaut Eduardo begeistert an. »Toll, wow!«, ruft er.

Mein Vater studiert in seiner nordischen kühlen Art den Artikel. Dann sieht er zu mir auf. »Ich hoffe, du kommst damit zurecht«, Carla. »Das wird nicht einfach«, er legt die Zeitung auf den kleinen Tisch. »Ich geh mich umziehen.« Damit geht er. Er macht sich Sorgen um mich, das ist sein Zeichen, wenn er geht und nachdenken muss. Leider verunsichert mich das nur noch mehr, wenn er sich Sorgen macht.

Eduardo sieht mich unglücklich an. Leise sagt er in mein Ohr: »Carli, ich habe gewusst, dass das kommen wird. Ich hoffe sehr, du kannst lernen, damit umzugehen. Du musst lernen, dir nicht alles zu Herzen zu nehmen, was in Zukunft geschrieben wird. Das ist die Presse, sie lieben es, Gerüchte zu streuen.«

Ich blicke aufs Meer und sammle mich. »Ja, du hast recht«, sage ich wieder taff, »Ich werde versuchen es zu ignorieren.« Ich gebe Eduardo einen Kuss und stehe auf. »Loui komm, wir ziehen uns um.«

Es heißt Sehnsucht, weil man nicht einfach mal so damit aufhören kann

Als wir mit unseren zwei Autos in der Altstadt eintreffen, ist schon fast kein Parkplatz mehr frei. Ich bin total aufgeregt, wie Emilio reagieren wird. Und ich hoffe inständig, dass nicht jeder Eduardo erkennen wird. Er sieht aber leider schon optisch wie ein Prominenter aus. Er trägt einen edlen Armani Smoking, seine Haare sind dafür total locker und zerzaust. Meine Oma hat ihm direkt wieder ein Kompliment gemacht. Aber ich fühle mich auch gut. Ich trage ein knielanges, schwarzes Etuikleid von Boss und zwölf Zentimeter High Heels in Weiß. Passend zu meinen weißen Blüten in den Haaren. Loui sieht so lässig aus in seinem Anzug mit den Hosenträgern. Die andern sind auch alle herausgeputzt und wir geben ein tolles Bild ab, wie wir durch meine geliebte Altstadt zur Kirche stöckeln. Mein Vater schießt permanent Bilder und wirkt sichtlich stolz.

Die Sicherheitsleute bemerken wir kaum. Sie sehen aus, als gehörten sie zur Hochzeitsgesellschaft und laufen mit diskretem Abstand hinter uns.

Als wir vor der Kirche ankommen, sehe ich mich suchend nach meinen Freunden um. Emilio wird schon drinnen sein und Laura wird gleich mit ihrem Vater zur Kirche kommen, nehme ich an.

»Carla«, ich höre Ana laut rufen. Da entdecke ich sie auch schon. Sie steht mit Leo, ihrem Mann, und der restlichen Clique am Eingang. Als uns alle anderen entdecken, sehe ich schon die Blicke.

Wir begrüßen alle und ich sage locker: »Ich denke, ihr wisst es schon, das ist Eduardo, mein Freund.« Alle grinsen und ich strecke ihnen lachend die Zunge raus. »Ja ja, war mir klar, dass ihr schon Bescheid wisst.« Alle sind lieb und freundlich zu Eduardo, ich bin ja auch nichts anderes von ihnen gewohnt, denke ich dankbar. Die Männer haben Eduardo direkt in ein lockeres

Gespräch verwickelt und wir Frauen stehen mit den Kindern entspannt dabei.

Ana streichelt meinen Rücken: »Na, hast du es verdaut, Guapa?«, fragt sie mich liebevoll.

»Ja, ich muss mich einfach dran gewöhnen.«

Und leise sagt sie: »Scheiße Carli, er ist der Wahnsinn. In natura noch heißer als in den Gazetten.«

»Allerdings«, wirft Amanda ein. »Hut ab, Carli, du musst die glücklichste Frau der Welt sein. Weiß Emilio, mit wem du zusammen bist?«

»Nein.«

»Mal sehen, wie er das findet«, sagt sie nachdenklich, für meinen Geschmack zu nachdenklich.

»Oh nein«, entfährt es mir.

»Was denn?« Alle sehen mich an.

»Da!« Ich zeige mit dem Finger auf die schmale Gasse, aus der Hufgeräusche kommen.

»Ich fasse es nicht«, sagt Ana, »Sie kommt tatsächlich auf dem Gaul.«

»War klar«, stimmt ihr Leo zu und schaut amüsiert.

»Regt euch doch nicht immer über Laura auf, Mädels«, sagt Paolo.

Eduardo sieht mich fragend an. » Laura ist...«

»Ein wenig anders«, beendet Amanda meinen Satz.

»Danke«, ich werfe ihr einen belustigten Blick zu. Und da werden die Geräusche lauter und Laura kommt hoch zu Ross im Damensattel in einem weißen, mehr als schlichten Kleid auf einem braunen Pferd angeritten. Weiter hinten ihr Vater im schlichten Anzug mit Zylinder auf dem Kopf. Ich muss grinsen und kann mir beim besten Willen nicht vorstellen, was Emilio in dieser Familie zu suchen hat. Ich hatte noch keine Gelegenheit, seine Eltern, die ich sehr mag, zu begrüßen. Aber ich sehe, dass seine Mutter, die einige Meter von mir entfernt steht, genauso peinlich berührt schaut wie einige andere Gäste.

»Was ein Glück steht Emilio drinnen und muss sich das nicht mit ansehen«, sage ich leise.

Ana lacht und sieht mich fassungslos an. »Was ein Theater, wirklich.«

Eduardo schaut amüsiert unsere Runde an. »Scheinbar seid ihr alle keine Fans von Laura«, stellt er mehr fest, als dass er fragt.

Ich zucke nur die Schultern und grinse frech. »Sie ist sehr öko. Und auch absolut langweilig.«

»Ich weiß wirklich nicht, was Milo von ihr will«, wirft Amanda ein.

»Ich auch nicht«, bestätigt ihr Mann Paolo.

Noch während Laura vom Pferd steigt, wirft sie mir einen giftigen Blick zu. Sie muss es hassen, dass ich eingeladen bin, denke ich mir. Fast tut sie mir schon leid, ich wollte auch keine Ex-Freundin auf meiner Hochzeit, überlege ich.

Die Gäste sammeln sich und wir gehen geschlossen in die Kirche. Laura und ihr Vater warten davor. Ich freue mich sehr Emilio zu sehen, ich bin tatsächlich aufgeregt. Was wird er zu Eduardo sagen, ich lege immer großen Wert auf seine Meinung. Als wir die wunderschöne, große und prachtvolle Kirche betreten, bin ich auf einmal sentimental. Ich wollte immer in dieser Kirche heiraten. Sogar Emilio und ich hatten schon darüber gesprochen, damals. Und jetzt heiratet er auch. Fast meine ganzen Freunde sind verheiratet, überlege ich geknickt, nur ich nicht. Wow, da steht Emilio. Er sieht wahnsinnig gut aus. Er trägt einen tollen modernen Smoking. Er hatte schon immer Geschmack, nur seine

Brautwahl passt überhaupt nicht, überlege ich nachdenklich. Eduardo, meine Familie und meine Freunde besetzen drei der mittleren Reihen. Emilio hat uns noch nicht gesehen, er wirkt ziemlich aufgeregt, irgendwie ärgert mich das.

Eduardo flüstert leise: »Gut sieht er aus«, und grinst mich schelmisch an.

»Ich weiß«, gebe ich genauso frech zurück. Und küsse ihn auf die Wange. Gespielt empört starrt er mich an. Ich lächle und ziehe an seinem Ohr. »An dich kommt keiner ran.«

Er schaut übertrieben erleichtert, »Na was ein Glück«, und zwickt mir ins Knie.

Ana sitzt auf meiner anderen Seite. »Eduardo sorgt schon für Gesprächsstoff«, flüstert sie. »Sieh dich um.« Und tatsächlich, als ich mich umsehe, bemerke ich, wie einige der Gäste freundlich, aber auch sehr interessiert und unsicher zu uns schauen.

»Sie besprechen sich gerade, ob er es wirklich ist«, kichert Ana.

Ich rolle die Augen: »Oh Mann.«

»Oh, Ruhe jetzt«, sagt Eduardo gespielt streng.

Die Orgel setzt ein und Laura mit ihrem Vater am Arm betritt die Kirche. Ich beobachte Emilio, ich versuche seinen Gesichtsausdruck zu deuten.

Er schaut freudig, muss ich definitiv feststellen. Als Laura an unserer Bankreihe vorbeikommt, erkenne ich einen kleinen Bauch mittlerweile.

»Das Kleid ist 'ne Katastrophe«, raunt mir Ana zu.

Ich nicke ihr nur zu. Eduardo beobachtet alles. Er achtet zum Glück nicht auf mich, so kann ich Emilio weiter versuchen zu interpretieren. Jetzt küsst Lauras Vater sie und übergibt sie Emilio. Er lächelt herzlich und es versetzt mir tatsächlich einen Stich. Er schaut Laura freudig an, aber in seinen Augen ist kein Funkeln. Überhaupt keins. Emilio gehört zu den Menschen, die ein Leuchten in ihren Augen tragen, wenn sie glücklich sind. Und es bleibt aus in diesem Moment. Ich fühle mich wie ein Biest, weil es mich freut. Aber er passt auch einfach nicht zu ihr. Der Pfarrer richtet das Wort an die beiden und ich höre eigentlich nicht zu. Eduardo drückt mein Bein und lächelt mir verschmitzt zu. Ich lächle zurück, aber irgendwie fühle ich mich hundeelend.

Als Eduardo wieder aufmerksam nach vorne schaut, starre ich ins Leere. Ich merke, dass ich beobachtet werde und drehe meinen Kopf nach rechts. Ich blicke direkt in die Augen meiner Großmutter. Ihre Blicke durchbohren mich und ohne ihre Stimme zu erheben, lese ich von ihren Lippen ab: »Verdammt, reiß dich zusammen. Wir sprechen uns noch.« Beschämt setze ich mich wieder gerade und schaue nach vorne. Warum mich das hier gerade so runterzieht, weiß ich auch nicht.

Nach einer für mich gefühlten Ewigkeit ist die Zeremonie zu Ende. Jetzt stehen wir vor der Kirche an, um zu gratulieren. Eduardo ist an meiner Seite und es sind nur noch zwei Personen vor uns. Als Emilio den Mann, der vor mir war, umarmt, sieht er direkt in mein Gesicht und zwinkert mir zu. Eduardo steht vor Laura, stellt sich vor und gratuliert ihr herzlich. Sie ist tatsächlich in Schockstarre verfallen und sieht fassungslos zu mir, dann zu Emilio, der auch mehr als erstaunt schaut.

Selbst sie kennt Eduardo, denke ich. Nur ich kannte ihn nicht, langsam wird es echt peinlich.

»Alles Gute ihr beiden. Ich habe meinen Freund Eduardo mitgebracht«, sage ich an Emilio und Laura gewandt.

»Aber scheinbar kennt ihr ihn schon«, lächle ich keck.

»Milo, komm her.« Ich ziehe Emilio in meine Arme und er drückt mich so fest, dass mir die Luft wegbleibt.

»Carli, ich bin so froh, dass du gekommen bist, ich habe fast nicht damit gerechnet, spricht er in mein Ohr.« Seine Herzlichkeit und in seinen Armen zu liegen, das treibt mir die Tränen in die Augen. Ich darf jetzt nicht heulen, wie würde das auf die anderen wirken! Er lässt mich aber auch nicht los. Ich spüre, wie er den Duft von mir einatmet und ich spüre eine kurze Traurigkeit, die von ihm ausgeht.

Dann räuspert er sich und lässt ein paar Zentimeter von mir ab. »Du bist nicht ernsthaft mit dem Ortiz zusammen!«, fragt er, während ich immer noch auf Zehenspitzen vor ihm stehe und in seinen Armen liege.

»Doch«, sage ich in sein Ohr.

»Und Max?«, fragt er leise.

»Erzähl dir alles später, lass mich langsam mal los, deine Frau wird, glaube ich, unruhig.«

Emilio drückt mich nochmal herzlich an sich, um mich dann loszulassen. Ich ordne meine Haare und sehe in Lauras weniger herzliches Gesicht. Ich springe über meinen Schatten und nehme sie in den Arm. »Alles erdenklich Gute, Laura.«

»Danke«, gibt sie kühl zurück und starrt weiter Eduardo an. Er gratuliert freundlich, aber auch etwas distanziert Emilio, stelle ich fest. Als er sich wieder zu mir dreht, sehe ich erstmals einen frostigen Blick, der eindeutig mir gilt.

Den Sektempfang richtete das Palau de Javea aus. Das stilvolle Restaurant ist genau gegenüber der Kirche. Überall stehen Bistrotische und Eduardo und ich stellen uns zu den anderen.

Wir stoßen alle an, aber Eduardo schaut nach wie vor verärgert. »Was ist los?«, frage ich leise, als die anderen sich unterhalten und uns nicht hören können.

»Nichts ist los«, sagt er patzig.

»Okay«, gebe ich zurück und trinke einen großen Schluck Champagner. Wir starren beide eisig in eine andere Richtung.

»Ich gehe Emilios Eltern gratulieren«, sage ich an Eduardo gewandt. »Kommst du mit?«

»Nein danke, ich werde hier stehen bleiben.«

Ohne ein weiteres Wort gehe ich zu Emilios Eltern, die mit meinen zusammen stehen.

»Carli«, Emilios Mutter drückt mich herzlich an sich. »Wie schön, dass du da bist. Dein neuer Freund sorgt für eine Menge Gesprächsstoff«, sagt sie grinsend.

»Ja, das kenne ich«, gebe ich gelangweilt zurück.

»Alles in Ordnung, meine Liebe?«, fragt sie besorgt.

»Ja sicher«, ich setze mein Lachen wieder auf und stelle mich höflich allen Fragen. Ich merke, dass Eduardo zwar freundlich mit meinen Freunden spricht, aber mich genau im Auge behält. Was ist mit mir nur los?, überlege ich. Warum bin ich genervt von ihm? Ich verstehe mich selbst nicht.

Jede Frau hier starrt ihn an. Jeder findet ihn umwerfend und ich liebe ihn ja. Oder? Ich mache mich selbst verrückt. Was ist los mit mir, verdammt nochmal!

»Carli«, meine Oma packt mich lachend am Arm. Aber ich erkenne, dass es nur aufgesetzt ist. »Schatz, komm doch mit mir kurz zum Auto,

wir müssen noch was am Geschenk verändern«, sagt sie, dass alle am Tisch es hören können.

Ohne meine Antwort abzuwarten, zieht sie mich hinter sich her. Ich gebe über die Menschenmenge Eduardo zu verstehen, dass ich gleich wieder da bin. Er nickt nur muffig. Als meine Oma in einer engen Seitengasse meinen Arm loslässt, trinkt sie einen Schluck aus ihrem Glas und sieht mich streng an. Ich winde mich unter ihrem Blick und versuche nicht zu zerknirscht zu schauen.

»Was ist los?«, frage ich sie.

»Was los ist!«, platzt sie hervor. »Das würde ich gerne von dir wissen. Seit du die Kirche betreten hast, siehst du aus, als wärst du auf einer Beerdigung. Und Eduardo ist nicht blöd, Carla, er merkt das.«

»Ja, ich weiß«, sage ich genervt. »Er ist sauer auf mich. Emilio hat mich wohl für Eduardos Verhältnisse zu lange gedrückt.«

»Mein liebes Fräulein!«, meine Oma baut sich mit ihren 160 Zentimetern vor mir auf. »Nicht Emilio ist das Problem, sondern ganz alleine du.«

Ich schaue sie entgeistert an. »Warum?«

»Warum!«, giftet sie mich tatsächlich an. »Du hättest doch am liebsten, dass Emilio immer parat wäre, wenn dir danach ist. Dass er einfach immer in dich verliebt ist, dass du über ihn Macht hast.«

»Das ist nicht wahr«, sage ich aufgebracht.

»Oh doch, Carla«, meine Oma funkelt böse. »Warum haut es dich denn sonst so aus der Bahn, dass er heiratet?«

»Na weil«, ich suche nach Worten, »weil es halt Emilio ist.«

»Ach und würde Max jetzt heiraten, dann wäre es, weil es halt Max ist«, stellt sie streng fest.

»Ja, vielleicht«, ich schaue verschämt nach unten.

»Mädchen, Mädchen«, meine Oma schaut mich besorgt an und schüttelt den Kopf. »So wirst du nie zur Ruhe kommen. Emilio möchte zur Ruhe kommen und das hast du ihm zu gönnen. Du, Carla, hast ihn verlassen, du hast ihm das Herz gebrochen. Und wenn seine Auserwählte nicht deinem Geschmack entspricht, geht dich das verdammt nochmal nichts an. Hör auf, ihn immer wieder an dich zu reißen, du schadest ihm damit.«

»Aber ich bin traurig, dass er heiratet, er war mein erste Liebe und ich, Abuela«, rufe ich, mir kommen die Tränen,»werde wahrscheinlich nie heiraten.«

Sie sieht mich liebevoll, aber auch streng an.»Carli, das liegt alleine bei dir. Du hast dich in deinem ganzen Leben noch nie für einen Mann voll und ganz entschieden«, sagt sie.

»Das ist nicht wahr«, sage ich leise.

»Du hast dir immer Türen offen gelassen, du liebst das Gefühl, wenn jemand in dich verliebt ist, dir hinterher trauert.«

»Nein«, entgegne ich.

»Oh doch, lass mich ausreden«, funkelt sie.»Mit Marc hast du es eigentlich nie ernst gemeint, ihr habt auch wirklich nicht zueinander gepasst. Aber mit Max, du wolltest alles mit ihm, hast deine Familie quasi kaputt gemacht. Aber dann Carla, als es schwierig war, hast du dich nie ganz für ihn entschieden. Sicher hat auch viel an ihm und an Mathilda gelegen.

Aber du bist immer um die Häuser gezogen und erzähle mir nicht, du hast nicht immer nach was Besserem Ausschau gehalten.

Immer in der Hoffnung, einen anderen zu finden, mit dem es keine Probleme gibt. Und damit, Carli, verbaust du dir die Zukunft für eine wahre Liebe. Sobald es anstrengend wird, magst du nicht mehr. In der Liebe suchst du immer das Abenteuer. Aber so wird jeder, der dich liebt, Angst bekommen, dich nicht halten zu können. Und du wirst nicht heiraten, das ist dann der Preis, den du zahlen musst.

Dass es mit Eduardo für dich auch schwierig wird und nicht nur das Leben im Privatjet und Ketten für 200 000 Euro geben wird...« Ich schaue sie entsetzt und fragend an. »Dein Vater wäre nicht dein Vater, wenn er den Stein nicht geschätzt und gegoogelt hätte.«

Ich starre sie völlig dämlich an und greife nach der Kette, die um meinen Hals hängt. »Ich trage hier also die Hälfte meines Hauses um den Hals.

»Wenn du es so sagen möchtest, ist das korrekt«, gibt meine Oma völlig entspannt zurück. »Du hast heute Morgen, als Ana dir die Zeitung gezeigt hat, doch schon miese Laune bekommen. Ich habe es gesehen«, sie packt meinen Arm. »Aber Carla, verdammt, es wird immer Probleme in einer Beziehung geben. Ob sie Mathilda heißen, Paparazzi, Patchwork oder Alltag. Aber du musst lernen, dass es nicht nur die Sonnenseiten gibt. Und dann wirst du auch glücklich werden. Und hör auf, Emilio jetzt hinterherzutrauern. Es stinkt dir doch nur, dass einer deiner Verehrer weg ist. Du kannst nicht jeden haben. Du kannst nicht jedes Mal, wenn es mit dem einen zu schwierig wird, dich in die Arme des anderen flüchten. Und wird es da schwierig, wieder in die Arme des nächsten. So funktioniert Liebe aber nicht, Schatz. Eduardo passt, zumindest bisher, perfekt zu dir. Er ist ein Mann, er lässt sich von dir nichts sagen. Er ist absolut auf Augenhöhe. Du kannst sogar etwas hochschauen. Und das brauchst du«, sie zwinkert mir zu. »Und er möchte dich glücklich machen. Das ist das Wichtigste. Max hatte immer nur Mathildas Glück im Auge. Wenn du an zweiter Stelle kommst, ist das nichts für meine Prinzessin.« Sie lächelt liebevoll. »Aber für Eduardo stehst du an erster Stelle. Das sehe ich alte Frau genau.« Ihre Augen bekommen wieder ihren herzlichen Abuela-Ausdruck »Bitte mach das nicht kaputt, Carla. Das ist dein großer Fünfer, den du schon seit deiner Kindheit gesucht hast.« Sie zwinkert mir mit Tränen in den Augen zu. »Bitte komm endlich wo an, mein Schatz. Und was Besseres gibt es nicht.«

»Ich weiß«, sage ich beschämt und drücke sie an mich. Als Abuela und ich zum Sektempfang zurückkehren, fühle ich mich wieder besser. Ich glaube, ich habe tatsächlich mal eine Ansage gebraucht. Und ich werde mit Eduardo sprechen. Ich hatte mich so auf den Tag gefreut, mit ihm, meinen Freunden und meiner Familie in meinem Javea. Wir kommen aus der Straße, da sehe ich Eduardo von hinten am Tisch stehen mit meinen Freunden. Und tatsächlich steht Loui schon wieder bei ihm. Mein Sohn sucht permanent seine Nähe. Eduardo gießt gerade Wasser in einen Becher und reicht ihn Loui. Luiza, Anas Tochter, steht auch bei ihm und über irgendwas lacht er laut mit Ana und Leo.

Meine Oma stößt mir zart in meine Rippen: »Was sagte ich.« Sie sieht siegessicher zu mir. »Er ist perfekt. Alle lieben ihn. Und er ist so offen zu Loui, was sehr wichtig ist.«

Ich atme tief durch. »Ich weiß. Ich kann selbst nicht verstehen, was mit mir los war«, sage ich betrübt.

»Egal, du weißt, was zu tun ist«, meine Oma gibt mir einen Schubs und geht selbst wieder an den anderen Tisch, wo mein Opa mit Emilios Großeltern und Freunden steht.

Als ich an den Tisch komme, fühle ich mich unsicher.

»Na, habt ihr alles am Geschenk fertig gemacht?«, Ana sieht mich verschmitzt und wissend an. Meine Ana, denke ich, sie kennt uns alle zu gut.

»Ja, sicher«, sage ich, »alles perfekt jetzt.«

»Na, dann bin ich ja froh«, Ana zwinkert mir zu und lächelt erleichtert.

»Salud«, ich hebe mein Glas an und möchte mit Eduardo anstoßen. Er sieht mich noch frostig an, aber in seinen Augen ist seine Herzlichkeit zu sehen. »Können wir uns kurz auf die Treppen setzen«, frage ich schüchtern, »Ich würde gerne mit dir sprechen.«

»Sicher«, er nimmt sein Glas und folgt mir zu den Stufen der Kirchentreppe.

Wir setzen uns vor den Seiteneingang der Kirche, damit nicht die ganze Gesellschaft einen Blick auf uns hat. Vor uns spielen auf dem Kirchplatz nur Loui und die anderen Kinder Fangen. Die Erwachsenen stehen auf der anderen Seite.

»Es tut mir leid, Eduardo, dass es für dich komisch aussah«, sage ich ehrlich. »Bitte sei nicht mehr sauer.«

»Carla«, sein Tonfall ist streng und selbstbewusst. »Ich möchte was Grundlegendes zwischen uns klarstellen.«

»Ja«, sage ich irritiert, »was denn?«

»Ich weiß, dass du eine sehr schöne und attraktive Frau bist und dass du eine große Anziehung auf Männer hast. Ich sehe, wie sie dich anschauen, wenn du an ihnen vorbeiläufst, und das weißt du selbst auch. « Er schaut mich eindringlich an. Ich gucke wohl etwas zu erstaunt. »Bitte tu nicht so, du weißt es genau. Es ist ja auch nichts dabei«, er zwinkert mir zum Glück liebevoll zu.

»Aber...«

»Ja?«, frage ich wieder.

»Ich kann damit gut umgehen, ich habe ein gesundes Selbstbewusstsein und weiß, was ich kann und wer ich bin. Ich sehe mich in diesem Punkt absolut auf einer Augenhöhe mit dir. Ich bin mir meiner Wirkung auf Frauen genauso bewusst, wie du dir deiner auf Männer. Jedoch gibt es bei mir in keinster Weise eine Toleranz beim Fremdflirten oder Fremdgehen. Egal wie unglücklich ich in einer Beziehung oder wie gelangweilt ich war, ich habe meine Freundin nie betrogen. Möglichkeiten hätte ich immer haben können.«

»Das glaube ich«, ich lache bitter. Der Gedanke gefällt mir gar nicht, Eduardo mit anderen Frauen.

»Und das erwarte ich von dir auch, Carla. Ich habe überhaupt keine Toleranzgrenze, was das angeht. Ich liebe dich, Carla, und ich denke, wir können uns wirklich glücklich machen, aber nicht, wenn ich denke, du hängst noch an Emilio oder an Max oder du flirtest einfach nur gerne.« Ich schaue nachdenklich auf die Steintreppe der Kirche, auf der wir sitzen.

»Dass Emilio noch Gefühle für dich hat, war kaum zu übersehen«, spricht Eduardo weiter. »Ich stand hinter dir und konnte bei eurer sehr langen Umarmung in seine Augen sehen. Und sie haben vor dem Traualtar nicht einmal so gestrahlt, wie als er dich dann im Arm hatte. Aber ich kann es ihm nicht verübeln. Ich möchte nur, dass du weißt, wo du hingehörst«, er sieht mich von der Seite an. Ich fühle mich auf der einen Seite geschmeichelt, aber auf der anderen irgendwie bedroht. Warum, überlege ich.

Max wollte nie über Gefühle sprechen und Eduardo möchte für ihn wichtige Dinge direkt klären, eigentlich sollte ich froh sein. Was stimmt mit mir nicht, ich könnte mich selbst ohrfeigen. Jetzt reiß dich zusammen, verdammt nochmal, sage ich mir. Ich liebe ihn, er ist eigentlich zu unrealistisch, um wahr zu sein. Ich räuspere mich und sehe Eduardo offen in die Augen. »Eduardo, es stimmt, es hat mich, ehrlich gesagt, umgehauen, Emilio vor dem Altar stehen zu sehen. Er war meine erste Liebe und ich hänge auf gewisse Weise wohl immer noch an ihm. Leider haben wir auf Dauer nicht zusammengepasst. Aber er wird immer ein Teil meines Lebens sein und ich schätze ihn. Irgendwie habe ich manchmal das Gefühl, ich bekomme, was Männer angeht, überhaupt nichts hin«, ich schlucke schwer. Eduardo schaut geradeaus, auf die kleine Touristeninformation, die paar Meter vor uns liegt.

Aber er hört mir aufmerksam zu, das merke ich.

»Ich wollte mich nie von dem Mann trennen, mit dem ich Kinder habe, dann wollte ich mit Max eine Familie im zweiten Anlauf schaffen, aber auch das ist mir nicht gelungen. In meinen frühen Zwanzigern kann ich auch nur Beziehungen vorweisen, in denen ich gelangweilt war und Schluss gemacht habe.« Ich haue mir laut auf meine Knie, die ich angezogen habe, Eduardo sieht erschrocken zu mir. »Ich weiß nicht, was mit mir nicht stimmt«, sage ich resigniert, »ich weiß es einfach nicht!« Ich sehe ihn verzweifelt an. »Und dann kommst du.

An dir ist alles perfekt, du bist so toll zu Loui, so offen und überhaupt so herzlich zu jedem. Dann war das heute Morgen in der Zeitung und ehrlich gesagt, Eduardo«, ich greife nach seiner Hand und sehe ihn an, »habe ich Angst,

dass ich das alles nicht schaffe. Ich bin nicht so toll, wie du denkst«, sage ich und schaue verschämt und traurig unter mich. »Ich habe Max betrogen. Eduardo, ich bin nicht so fehlerfrei wie du. Ich war so häufig unglücklich und habe mich als unfähig an seiner Seite gefühlt, dass ich mir Bestätigung woanders holen musste. Ziemlich charakterschwach, ich weiß«, sage ich und mir kommen die Tränen.

»Komm her«, Eduardo rückt näher an mich heran und legt schützend den Arm um mich. Dann küsst er mich auf die Wange und streichelt meinen Rücken.

»Nein Carla, Glanzleistungen waren das nicht, das stimmt. Aber wir haben schon so viel über deine sehr schwierige Beziehung mit Max geredet. Und ich denke, er hat dich einfach nicht glücklich machen wollen. Er scheint selbst sehr unglücklich zu sein und kann somit auch niemand anderen glücklich machen. Und wenn immer nur einer in einer Beziehung, in eurem Fall du, sich abstrampelt und nichts zurückkommt, ist man nun mal frustriert und sucht das Glück woanders.« Ich atme schwer durch und hole mir ein Taschentuch aus meiner Tasche. Ich schnäuze mich und tupfe vorsichtig meine Augen. Hoffentlich bin ich nicht verschmiert, denke ich. Eduardo, als könne er Gedanken lesen, nimmt mein Kinn und dreht mich zu sich. »Zeig mal«, er sieht mich aufmerksam an. »Schön siehst du aus, alles sitzt.«

Reflexartig küsse ich ihn auf den Mund. »Du bist unfassbar, als könntest du meine Gedanken lesen«, sage ich und schüttle fasziniert den Kopf.

»Carla, ich habe eine Schwester«, Eduardo lacht schelmisch.

Ich haue mir an die Stirn »Ach, daher bist du der Frauenversteher«, lache ich.

»Max hat auch eine«, entfährt es mir, »aber da hat man es nicht bemerkt«, ich ziehe den Mund auseinander.

»Egal«, sage ich. »Eduardo«, ich drehe mich zu ihm und sehe ihn ehrlich an. »Ich liebe dich auch, mir fällt das teilweise schwer zu sagen«, gestehe ich. »Ich war es Jahre gewohnt, meine Gefühle immer nur anzubringen, wenn es Max danach war. Ansonsten habe ich immer alles unterdrückt«, sage ich. Und als ich es Eduardo erkläre, wird mir das selbst erst wirklich klar. Ich habe gelebt wie unter einer Gefühlskäseglocke. Wenn mir nach Kuscheln war oder ich mal eine Umarmung gebraucht hätte, musste ich vorher erst einmal abschätzen, ob Max in der Stimmung war.

Und Gefühlsbekundungen gab es einmal im Jahr knapp unter der Weihnachtskarte. Ich habe teilweise auf diese scheiß Karte gehofft, um mal wieder zu lesen, dass er mich wirklich angeblich liebt. Ich könnte platzen vor Wut, wenn ich mal mit Abstand darüber nachdenke. »Ich würde wirklich gerne mit dir zusammen sein«, sage ich. »Und ich werde es lernen auszuhalten, wenn Probleme entstehen und es schwierig wird. Zum Beispiel wenn Dinge über mich ans Tageslicht kommen, für die ich mich schäme. Wirst du auch damit zurechtkommen, Eduardo, wenn alle Welt liest, dass ich eine Fremdgeherin bin?«

»Ach du!« Eduardo drückt mich ganz fest an sich und küsst mich auf meinen Kopf.

»Ich möchte wirklich eine Beziehung, die auf Augenhöhe ist. Und ich werde nicht bei der kleinsten Anstrengung davonlaufen oder mir jemanden suchen, mit dem es vermeintlich kurzzeitig leichter wäre«, sage ich ernst.

»Das ist schön zu hören, Carla«, er grinst liebevoll. »Das hört sich gut an. Und solange wir uns vertrauen, können die schreiben, was sie wollen«, sagt er. »So, auf, ich glaube, es geht langsam zum la Siesta und dann feiern wir mal richtig zusammen«, er lacht und zieht mich auf die Beine. »Übrigens«, er flüstert in mein Ohr, während wir eng umschlungen voreinander stehen, »ist die

Altstadt von Javea«, er sieht sich um, »wirklich so traumhaft wie du es gesagt hast.«
»Morgen bekommst du eine komplette Stadtführung«, sage ich lächelnd.
Ich fühle mich wirklich glücklich.
Neben mir sitzt Eduardo, er hat locker den Arm um meinen Stuhl gelegt. Auf meiner anderen Seite sitzt Ana und alle meine Freunde sitzen an unserem Tisch im La Siesta. Meine Eltern und Großeltern sitzen mit ihren Bekannten einen Tisch weiter. Loui und die anderen Kinder spielen am Strand. Das Siesta ist grundsätzlich schon ein toller Beach Club. Direkt am Kiesstrand gelegen, alles in Weiß und Hellblau gehalten. Wenn keine Hochzeit stattfindet, kann man mit Freunden hier essen, auf den Strandbetten Drinks genießen oder sich massieren lassen.
Aber wird eine Hochzeit hier gefeiert, ist es wirklich noch traumhafter hier. Alle Tische wurden zusammengestellt, es ist eigentlich eine riesige Tafel. Dann sind überall Blumen und alles ist weiß eingedeckt. Emilio und Laura haben einen DJ engagiert, der tolle Musik macht und das Essen war auch sehr gut. Langsam geht die Sonne unter. Aber da wir August haben, ist es so angenehm warm, dass ich nicht mal eine Jacke brauche.
Einige Gläser Champagner und Wein haben wir schon getrunken und Eduardo scheint sich wirklich wohl zu fühlen unter meinen wichtigsten Menschen. Obwohl ich mich schon freue, ihn Lina und meinen Liebsten in Deutschland näher vorzustellen.
Die kurzen Sätze im Megapark, die sie mit ihm getauscht haben, waren ja nicht wirklich ein Kennenlernen. Zumal meine Mädels alle gut Alkohol im Blut hatten, lächle ich. Und immer noch erstaunlich, dass ihn keine erkannte.

Erst als ich es ihnen dann später schrieb, wer Eduardo ist, kannten einige sogar tatsächlich seinen Namen.

In der Mitte des Siesta ist eine große Tanzfläche, die mit Sand aufgeschüttet ist. Und sie füllt sich langsam.

Der DJ spielt immer mehr Musik zum richtig Tanzen und einige Gäste konnten sich wohl nicht mehr auf ihren Stühlen halten. Ich sehe mich um und bin einfach nur glücklich. Vom Meer kommt eine leichte Brise und ich bin erstaunt, wie perfekt Chris meine Haare frisiert hat. Sie sitzen noch wie am Mittag, tadellos.

Es war gut, dass Eduardo und ich noch einmal gesprochen haben. Jetzt weiß er alles. Meine Fassade hat ein paar Risse bekommen, aber er liebt mich noch und das zählt. Und ich muss keine Angst haben, dass Dinge rauskommen, da er alles weiß.

»Carla«, mein Opa steht hinter mir und hält mir seine Hand hin. »Komm Schatz, wir tanzen mal.«

»Oh«, Eduardo lacht aufmunternd, »wie schön, tolle Idee«, sagt er an meinen Opa gewandt. Der DJ spielt gerade *My way* von Frank Sinatra, als wir die Tanzfläche betreten. Es ist dunkel geworden, überall sind Fackeln und Lichter an. Das Meeresrauschen ist zu hören und es liegt eine ganz besondere Stimmung in der Luft. Fast fühlt es sich magisch an. Jeder scheint zufrieden. Menschen lachen, andere reden angeregt miteinander und wieder andere tanzen. Auch wenn ich Laura nach wie vor farblos und langweilig finde, ist diese ganze Atmosphäre der Hochzeit atemberaubend. Mein Opa ist mittlerweile sehr langsam in seinen Bewegungen, aber Rhythmus hatte er schon immer im Blut. Und er führt mich perfekt und elegant über den Sand.

»Na, mein Schatz, bist du glücklich?« Er sieht mich wie immer so lieb an, dass ich sofort gerührt bin.

»Ja, ich denke, das bin ich«, sage ich ehrlich.

»Eduardo wird dich glücklich machen, Carla, aber bitte lass es auch zu.« Mein Glück liegt meiner Familie wirklich sehr am Herzen, stelle ich immer wieder beseelt fest.

»Das werde ich.« Ich drücke ihn fest an mich. »Danke, dass du immer so ehrlich zu mir bist«, sage ich.

Er zwinkert mir verschwörerisch zu und ich fühle mich, wie immer an seiner Seite, uneingeschränkt geliebt.

Eduardo kommt mit Ana und den anderen auf die Tanzfläche, die Musik wird wieder moderner und mein Opi ist außer Puste.

»Danke Schatz, ich übergebe dich Eduardo,« er lächelt ihn an und klopft ihm freundschaftlich auf die Schulter.

»Vielen Dank, die Dame nehme ich doch gerne an«, sagt Eduardo grinsend.

»Ach ja«, ich strecke ihm die Zunge raus und lache keck, »dann zeig mal, was du drauf hast, Señor Ortiz.«

»Ich habe es voll drauf«, Eduardo sieht mich herausfordernd und lachend an.

Es ist weit nach zwei Uhr. Laura hat sich mittlerweile verabschiedet. Wir anderen tanzen, trinken, lachen und amüsieren uns wirklich sehr. Eduardo hat einige Schnäpse mit Emilio getrunken und sie haben sich umarmt und Freundschaft für immer versprochen. Ich muss lachen, Männer! Ana, Amanda und ich sitzen lässig an der Theke und trinken einen Champagner. Ich weiß nicht, der wievielte es mittlerweile ist.

Unsere Eltern haben die Kinder vor einer Stunde mit nach Hause genommen. Obwohl alle natürlich laut protestiert haben und behaupteten, sie wären noch fit. Mein Vater hat mir eben eine Whatsapp-Nachricht geschrieben, dass Loui im Auto schon eingeschlafen wäre.

Ah, da ist noch eine Nachricht von Lina. Zwei Bilder hat sie geschickt. Ich öffne das erste Bild und sehe das Foto von Eduardo und mir, dass ich heute Morgen schon bei Chris sah. Das nächste Bild ist ein kurzer Text über uns. Ich öffne das Bild, um den Text zu lesen.

Eduardo Ortiz, der Enkel des milliardenschweren Unternehmers Fernando Ortiz, wurde im Steigenberger in Frankfurt mit einer schönen Unbekannten gesichtet.

Eduardo wird das große Zina Erbe seines Großvaters zum Teil übernehmen und ist somit laut der Forbes Rankingliste der drittreichste unter 40-jährige der Welt. Eduardo wird unglaublicher Geschäftssinn nachgesagt sowie großes soziales Engagement. Zuvor war er mit Melissa Santos zusammen, einer entfernten Verwandten des spanischen Königshauses. Eine offizielle Trennung liegt uns jedoch nicht vor. Wer die schöne Unbekannte ist, wissen wir derzeit noch nicht.

Alles in der deutschen Gala und in der Bunten, hat Lina darunter geschrieben. Na prima, denke ich mir, jetzt ist es schon in der deutschen Presse. Ich halte Ana und Amanda mein Handy hin.

»War doch klar, Carla«, Ana tätschelt aufmunternd mein Bein. »Komm, trinken wir einen Schnaps darauf«, sie lächelt.

»Ganz genau«, pflichtet ihr Amanda bei. »Luzi«, sie ruft die Barkeeperin, »mach uns bitte noch drei«, sie zeigt auf unsere leeren Schnapsgläser. Als Luzi aufgefüllt hat, erheben wir drei die Gläser.

»Carla«, Amanda richtet das Wort an mich, »du schaffst das schon, außerdem wird es auch viele Vorteile haben«, sie grinst gewinnend.

»Und«, Ana ruft rein, »ist Eduardo allein schon der Wahnsinn, von daher scheiß auf die Presse, Carli.«
»Genau! Scheiß auf die Presse!«, rufe ich. Wir hauen die Gläser aneinander und kippen den Schnaps in einem Zug herunter. »Wo ist Eduardo überhaupt?«, ich sehe mich suchend um.
»Da.« Ana zeigt mit dem Finger auf ihn, er sitzt mit Leo an einem Tisch und die beiden unterhalten sich. Langsam werden es immer weniger Gäste. Aber unsere Stimmung ist noch super, muss ich feststellen.
Emilio kommt an und umarmt uns drei von hinten.
»Lasst mich mal an eurer Runde teilnehmen«, sagt er.
»Ich kann langsam nicht mehr stehen, heiraten ist wirklich anstrengend.«
Er knöpft an seinem Hemd zwei Knöpfe auf und legt die Fliege ab. »Überall muss man stehen, überall mit auf jedes Foto. Ich habe noch überhaupt nicht mit meinen Lieblingsdamen trinken können. Luzi«, er winkt der Barkeeperin. »Für die Ladies, er deutet auf unsere Schnapsgläser und für mich bitte auch Nachschub.«
»Schöne Hochzeit«, ich sehe Emilio ehrlich an.
»Danke Krawallschachtel«, er grinst frech.
»Ey, du«, ich haue ihm zart an die Stirn. Ana und Amanda sind auf Toilette und Emilio und ich sitzen noch an der Bar. Ich schaue zu Eduardo, ich möchte nicht, dass er sich komisch fühlt, wenn ich mit Emilio alleine hier sitze.
Aber er scheint sich prächtig mit Leo einen einzuschwenken und prostet uns fröhlich über die Köpfe der anderen noch verbleibenden Gäste zu.
»Er ist ein Guter, Carli.« Emilio drückt meine Hand.
»Eduardo?« Ich sehe ihn fragend an.

312

»Ja. Er ist verrückt nach dir, er sieht jedes Mal glücklich aus, wenn er dich ansieht.« Mein Herz hüpft und es berührt mich, dass Emilio das sagt.

»Danke, dass du mir das sagst.«

»Hast du das mit Max denn verdaut?«

»Ja, es wird von Tag zu Tag besser. Und hey«, ich deute auf Eduardo, »die Alternative ist schon der Wahnsinn«, ich grinse. »Nur mit dem Haus, das liegt mir schwer im Magen. Aber es wird sich alles fügen.«

»Wenn es eine meistert, dann du.« Emilio sieht mich herzlich an.

»Bist du denn glücklich?«, ich sehe ihn unsicher an.

»Ja, Carla. Ich weiß, du magst sie nicht. Aber ich war nie auf der Suche nach dem großen Fünfer, so wie du.« Er lächelt und schaut mir in die Augen. »Den hatte ich ja mit dir. Aber ich wusste leider schon immer, dass es mit uns nicht für immer sein würde. Und ja, ich bin zufrieden. Ich denke, ich werde ein gutes Leben mit Laura haben.«

Mir kommen die Tränen. »Emilio, ich möchte aber, dass du ein glückliches Leben hast«, sage ich leise und schlucke schwer.

»Glück, Carli, ist für jeden Menschen etwas anderes. Für mich ist Glück Zufriedenheit und Gesundheit. Für dich ist Glück Abenteuer und Leidenschaft.« Er sieht mich eindringlich und liebevoll an. Ich drücke ihn spontan fest an mich und atme seinen mir so vertrauten Emiliogeruch ein. Als ich mich von ihm löse, blicke ich in seine Augen. Sie funkeln diese Leidenschaft, die er ein Leben lang nicht verlieren wird, wenn es um uns beide geht.

»Das Gefühl jetzt gerade ist uns«, flüstere ich und seufze schwer.

»Ja Carli, nur uns«, und darauf erhebt er sein Glas.

Ich schulde meinen Träumen noch Leben

»Javea gefällt mir wirklich.« Eduardo trinkt von seinem Café Cortado und ich blicke entspannt aufs Mittelmeer. Seit drei Stunden sind wir unterwegs in meiner schönen Stadt.

»Ich bin so froh, dass wir keinen Kater haben«, sage ich fröhlich.

»Ich auch, eigentlich unfassbar, wir haben dermaßen viel getrunken«, er grinst.

»Ja, wirklich«, ich lache laut und strecke meine Beine aus. Nach einer Führung von mir durch die gesamte Altstadt sind wir an den Hafen gefahren und jetzt sitzen wir im La Bambula an der Promenade. Die beiden Sicherheitsleute, die uns überallhin folgen, bemerke ich mittlerweile kaum noch.

Leider wurde Eduardo von etlichen Menschen erkannt.

»In Deutschland könnten wir wirklich unerkannt herumlaufen«, sage ich leicht genervt.

»Ja, in Spanien erkennt mich vermutlich wirklich jeder. Und daran ist nur die Presse schuld. Aber ganz Spanien hatte schon immer großes Interesse an meinem Großvater, was er geleistet hat und dadurch natürlich auch an seinen Nachkommen.«

»Na, kein Wunder bei der Optik«, ich zwinkere ihm verliebt zu.

»Oh danke, Schatz«, er grinst geschmeichelt.

»Das ist doch so, würdest du aussehen wie ein hässlicher Kauz, wäre das Medieninteresse an dir nur halb so groß.«

Eduardo sieht mich nachdenklich an. »Ja, wahrscheinlich«, er zieht mich an sich und küsst mich liebevoll. »Es war wirklich ein toller Abend gestern, ich hatte so viel Spaß mit deinen Freunden«, er lächelt.

»Danke, das freut mich, ich fand es auch super.« Um sechs Uhr waren wir im Bett. Ich stütze meine Ellenbogen auf dem Tisch ab und meine Hände an meine Stirn und sehe Eduardo von unten verschmitzt an.

»Unglaublich, dass wir um zehn schon wieder mit meiner Familie frühstücken konnten.«

»Ja tatsächlich, wir können es halt.« Er grinst siegesgewiss und streicht mir zärtlich über den Kopf.

»Was du trinken kannst, eigentlich nicht zu fassen«, sagt er anerkennend.

»Ha ha, ich trinke dich locker unter den Tisch«, ich grinse frech und Eduardo lacht laut.

»Das glaube ich kaum, komm mal her, du kleine Schnaps-Lady.«

Ich rutsche ganz dicht an ihn heran und lege meinen Kopf an seine Schulter. »Das Leben ist wirklich schön«, sage ich und schaue weiter lächelnd auf das Meer.

»Hätte ich meine Wohnsituation noch geklärt, wäre eigentlich alles perfekt.« Ich seufze laut und versuche mich nicht von meinen Sorgen runterziehen zu lassen.

»Carli?«

»Ja, was ist?« Eduardo zieht den Arm um mich herum weg und richtet sich auf.

»Hey, was soll das?«, frage ich empört. »Ich saß gerade so gemütlich.«

Er schaut mich eine Spur aufgeregt und freudig gespannt an. »Ich habe noch eine Überraschung für dich.«

»Was denn für eine Überraschung?«, frage ich verdutzt.

»Die Kette war für die nächsten Jahre Überraschung genug«, sage ich, nach wie vor verlegen, wenn es um dieses monströse Geschenk geht.

»Du wirst die Tage Post von der Bank bekommen.«

»Hä?« Ich sehe Eduardo ratlos an. »Weshalb das denn?«

»Señor Ortega, er ist meine rechte Hand, hat mit deiner Bank wegen dem Haus gesprochen und ich werde es kaufen. Also eigentlich wirst du es kaufen.«

»Bitte was?« Ich starre Eduardo an, als sei er verrückt geworden.

»Ich bezahle das Geld und es ist aber direkt auf deinen Namen im Grundbuch eingetragen. Ich habe sozusagen dann damit nichts mehr zu tun. Max wird die Tage auch Post bekommen. Er braucht nur unterschreiben, dass er zustimmt, dass du alleinige Eigentümerin wirst und dann ist er vollkommen raus und kann tun, was er möchte. Das Geld, was er für die Renovierung und so ausgegeben hat, bekommt er natürlich dann auch direkt überwiesen.«

Ich sehe Eduardo an, als hätte ich Halluzinationen. »Was?«

Eduardo kann meinen fassungslosen Gesichtsausdruck wohl nicht deuten und wirkt irgendwie langsam unsicher. »Freust du dich denn nicht? Loui kann sein Zuhause behalten und du musst dir deinen hübschen Kopf nicht zerbrechen.«

»Das kann ich unmöglich annehmen«, entfährt es mir.

Jetzt sieht Eduardo mich fassungslos an. »Was redest du denn da? Natürlich kannst du das annehmen. Carla«, er streicht sich nervös durch die Haare. »Ich möchte wirklich nicht überheblich und gar arrogant klingen.

Aber das ist für mich ein Leichtes, verstehst du. Da geht es um vierhundertsechzigtausend Euro.«

»Warum um vierhundertsechzig?« frage ich.

»Weil die Bank sechzigtausend Euro fordert, damit ich es direkt bezahlen kann. Und wir aus dem noch bestehenden Vertrag rauskommen. So hast du nichts mehr mit der Bank zu tun. Das Haus ist dir und das wolltest du doch. Keinen monatlichen Abtrag mehr, gar nichts.« Ich habe Eduardo aufmerksam zugehört. Sicher, es hört sich an wie ein Traum, das Haus wäre mir alleine. Loui könnte dort wohnen bleiben, mein Leben wäre tatsächlich perfekt. Aber das kann ich nicht annehmen, ich käme mir schäbig vor.

»Wir kennen uns doch kaum«, platzt es aus mir heraus. Ich sehe unsicher zu ihm. Eduardo legt wieder den Arm um mich und drückt mich feste an sich.

»Aber so gut, dass ich weiß, dass ich die glückliche Carla sehen möchte. Deine Energie lässt mich richtig aufleben und ich mach dich gerne glücklich.«

»Eduardo, du bist wirklich nicht von dieser Welt«, ich sehe ihn verliebt an. »Das ist alles zu schön, um wahr zu sein«, sage ich.

»Nein Carla, ich möchte einfach ein glückliches Leben haben. Und ich hätte dich gerne dabei. Ich habe genug Geld, aber nur eine Carla«, er lächelt mich fröhlich an. »Und diese eine Carla möchte ich lachen sehen. Sobald du an die Sache mit dem Haus denkst, wird dein Blick traurig und das möchte ich nicht. Ich werde leider nicht alles, was dich traurig macht, von dir fernhalten können.« Er sieht mich unglücklich an. »Aber alles, was in meiner Macht steht, werde ich von dir fernhalten. Und wenn es etwas ist, was mit Geld zu lösen ist, dann sofort. Ich habe dieses große Privileg nun mal tatsächlich in die Wiege gelegt bekommen und davon möchte ich der tollsten Frau natürlich was abgeben.« Ich sehe ihn an und muss weinen. Wie peinlich, ich wische mir über die Augen und schaue Eduardo schüchtern an. Das ist das Liebste, was mir je ein Mann gesagt hat, denke ich gerührt.

»Hey«, er lächelt und drückt mich noch enger an sich.

»Freu dich doch, Schatz. Wieder eine Sorge weniger. Und ganz uneigennützig war es ja auch nicht«, er grinst verschwörerisch.

»Hmm?« Ich sehe ihn fragend an. »Dann darf ich endlich bei dir schlafen«, er lächelt frech.

»Du«, ich boxe ihn zart an die Brust und lache laut. »Nein Eduardo, mal im Ernst. Ich komme mir komisch vor, wenn ich das einfach so annehme. Was sagt deine Familie dazu, mir ist das total unangenehm, wenn ich sie morgen treffe.«

»Das erfahren sie doch überhaupt nicht. Carla, ich habe mein eigenes Geld. Dachtest du, wir haben alle ein gemeinsames Konto und jeder darf sich mal was nehmen?«, er lacht.

»Ach«, ich raufe mir die Haare, »keine Ahnung. Ich kann mir in eurer Liga gar nichts vorstellen, irgendwie. Eduardo, das ist alles ein Wahnsinn für mich, ehrlich gesagt.«

»Sollten wir uns trennen, was ich nicht hoffe«, er drückt meine Hand, »ist notariell festgelegt, dass ich in keinster Weise was von dir zurückfordern darf. Es ist ein Geschenk und somit habe ich keinerlei Anspruch. Damit das alles ganz klar geregelt ist.

Bitte freu dich jetzt einfach und schau nicht so, Schatz.«

Er drückt mir einen dicken Kuss auf die Stirn.

Ich muss das alles erst einmal verdauen, das ist wirklich alles derart unrealistisch für mich.

»Oh Mann, was werden meine Eltern denn dazu sagen?«, frage ich mich laut.

»Ach, die wissen es seit gestern Abend schon«, er lacht verschmitzt. »Bitte?« Ich sehe ihn schon wieder fassungslos an. »Ja, sie sagten ungefähr dasselbe wie du. Dein Vater kam sich, glaube ich, ein bisschen als Rabenvater vor. Da er dir nicht helfen wollte und ich es stattdessen tue.« Ich grinse: »Das gefällt mir sogar ein bisschen«, sage ich schlitzohrig. »Du kleines Biest«, Eduardo lacht laut. »Sie haben sich dann nach unserem langen Gespräch damit angefreundet, denke ich. Deine Abuela meinte in einer stillen Minute so lieb zu mir, Eduardo danke, dass du Carla hilfst. Du wirst es nicht bereuen, da bin ich sicher. Sie ist ein guter Mensch.« Ach Abuela, ich hoffe, ich enttäusche niemanden, denke ich. Bisher habe ich, was meine Beziehungen angeht, jeden enttäuscht. Ich muss an Emilios Satz von heute Nacht denken. Glück sei für mich Abenteuer und Leidenschaft. Da ist was Wahres dran. Aber Eduardo, mit ihm ist mein ganzes Leben ein Abenteuer. Und er ist so gütig und großzügig. Wenn das nicht der doppelte Riesenfünfer ist, dann weiß ich auch nicht. Das Leben ist schön und ich denke, jetzt bleibt es so.

Da greift die Seele nach den Sternen und das Herz erkennt sein wahres Glück

Nachdem wir mit meinen Eltern, Loui und meinen Großeltern gefrühstückt haben, sind Eduardo und ich auf dem Weg zu seinem Hubschrauber, der uns nach Barcelona bringen soll. Dort werden wir mit seiner Familie zu Abend essen. Morgen fliege ich alleine dann zu meiner Familie zurück, um noch bis Freitag mit ihnen Zeit zu verbringen. Da Sommerferien sind, habe ich wenige Patienten in der Praxis und Loui hat Ferien. So können wir die Woche noch entspannt in Javea bleiben. Aber jetzt muss ich erst mal diesen Tag und diese Nacht in Barcelona hinter mich bringen. Ich bin so aufgeregt, dass ich mich selbst kaum wiedererkenne.»Wow«, entfährt es mir. Da steht der Hubschrauber nur fünf Minuten von meinem Zuhause entfernt auf einem großen, freien Grundstück. Ein mir unbekannter Chauffeur öffnet die Tür der Limousine, damit Eduardo und ich aussteigen können. Der Hubschrauber ist riesig und komplett schwarz. Das Firmenlogo der Modelinie Zina sehe ich darauf. Dieser Hubschrauber sieht sehr teuer und edel aus, fast wie eine Sonderanfertigung.

»Das würde Loui gefallen«, sage ich an Eduardo gewandt.

»Das nächste Mal nehmen wir ihn mit«, er lächelt fröhlich. »So, du bist Copilotin und setzt dich neben mich.«

»Bitte? Du fliegst?«, frage ich verblüfft.

»Klar«, Eduardo lacht. »Oder traust du mir nicht?«, er zwickt mich leicht in den Nacken.

»Doch natürlich, ich bin nur fassungslos, dass du auch eine Hubschrauberlizenz hast.«

»Schon seit ich achtzehn bin «, sagt Eduardo, als wäre es das Normalste der Welt.«

»Dann ist ja genügend Erfahrung da«, ich strecke ihm lachend die Zunge heraus.

Der Pilot, der den Hubschrauber wohl hergeflogen hat, öffnet die Türen und begrüßt uns freundlich.

Nachdem er und Eduardo ein paar Minuten technische Details geklärt haben, setzt der Pilot sich diskret ganz nach hinten. Ich setze mich vorsichtig, um nichts kaputt zu machen bei der ganzen Technik, auf den Platz neben dem Piloten. Eduardo zieht sorgfältig meinen Gurt zu und geht um den Hubschrauber herum auf seinen Platz. Er klärt noch irgendetwas mit dem Chauffeur, dann setzt er sich neben mich. Ich sehe ihn aufgeregt an und lächle. »Dann mal los, Carla.« Eduardo drückt verschiedene Knöpfe und die Rotorblätter beginnen sich zu drehen. Es wird ein wenig lauter als in einem Flugzeug, stelle ich fest. Eduardo setzt sich Kopfhörer mit Mikrofon auf und reicht mir welche. »So können wir uns besser unterhalten, Carla.« Eduardo nimmt auf Englisch Kontakt zum nächsten Tower auf und wir starten.

»Wow«, ich schaue begeistert nach unten. »Können wir nochmal über unser Haus fliegen«, sage ich fast flehend durch mein Mikrofon.

»Klar, hatte ich sowieso vor.« Eduardo sieht kurz zu mir und zwinkert. Ich streichle sein Knie. Er ist einfach nur bemerkenswert. Ich sitze neben meinem Freund und wir fliegen in seinem Hubschrauber, der übrigens für zwölf Personen zugelassen ist, nach Barcelona. Der eigentliche Pilot sitzt so weit hinten, dass ich das Gefühl habe, wir sind alleine in der Luft.

»Da!«, rufe ich erfreut auf, »da ist mein Zuhause.« Eduardo fliegt direkt über das Meer und wir haben einen einmaligen Blick auf unsere Terrasse, den Pool und das ganze Haus. Loui sehe ich und meine restliche Familie, sie sehen nach oben und winken wie verrückt.

»Hast du ihnen gesagt, dass wir nochmal vorbei fliegen?«

»Natürlich«, Eduardo lächelt herzlich. Wir drehen drei Runden und alle winken aufgekratzt von unten. Loui rennt und hüpft vor Aufregung auf und ab. Ich bin so beeindruckt von der Perspektive, dass ich über mein ganzes Gesicht strahle.

Als wir abdrehen und über das wunderschöne blaue Meer weiter fliegen, kann ich nur glücklich sein.

»Danke, Eduardo. Es war schön, meine Familie so fröhlich und herzlich zu sehen«, sage ich gerührt. »Und nochmal tausend Dank für das Haus, ich habe das noch immer nicht wirklich realisiert. Ich weiß gar nicht, wie ich das wieder gut machen soll. Ich komme mir schäbig vor.«

»Carla, du kannst es damit gut machen, indem du einfach glücklich bist und es nicht mehr erwähnst. Ich tat es, weil ich es wollte, und nicht, damit du dich in irgendeiner Form schuldig fühlen musst. Okay?« Er sieht kurz fragend zu mir. Ich nicke nur.

Den ganzen Flug über schaue ich fasziniert aus dem Fenster. Und kann nicht aufhören zu lächeln. Eduardo fliegt die Küste entlang und es ist traumhaft. Umso mehr wir uns Barcelona nähern, umso nervöser werde ich. Zum Glück gehen wir erst zu Eduardos Haus und dann zu dem seiner Eltern. So wie ich es verstanden habe, ist es dort ähnlich angelegt wie in Saint Tropez, ein riesiges Grundstück von der Größe eines Dorfes, und jeder hat sein eigenes Haus. Auch der dortige Sitz der Firma ist in der Nähe.

Ich bin sehr gespannt. Eduardo spricht über Funk mit wem auch immer und ich sehe von oben den Hubschrauberlandeplatz auf einem wahnsinnig großen Gebäude.

»Was ist das?«, frage ich

»Das ist der spanische Firmensitz von Zina, mein Arbeitsplatz sozusagen.«

»Da landen wir?«, frage ich.

»Ja, genau und dann fahren wir erst mal zu mir«, er streichelt wieder mein Bein. Er deutet mit dem Kopf auf ein riesiges Anwesen, das von dem Firmengebäude getrennt liegt.

»Da wohnt ihr alle?«, frage ich ungläubig.

»Ja, genau. Aber es ist, als wohne man alleine, wenn wir nicht wollen, sehen wir uns nicht«, er lächelt.

»Ich bin schon ganz aufgeregt«, ich sehe schüchtern zu ihm.

»Ach Schatz, du bist süß. Alle werden dich mögen. Und jetzt sind wir ja erst mal alleine.« Puh, denke ich, zum Glück. Eduardo landet gekonnt auf dem Dach der Firma. Noch bevor die Rotorblätter zum Stillstand gekommen sind, laufen schon zwei Männer auf uns zu. Natürlich, wie soll es anders sein, in schicken Anzügen. Ihre Haare wehen durch die noch nicht ganz ruhigen Rotorblätter im Wind. Die Männer versuchen sich ihre Haare wieder ordentlich zu streichen und öffnen uns danach die Türen. Wie von allen bisher werden wir äußerst freundlich begrüßt. Der Pilot steigt aus und übernimmt den Hubschrauber. Er setzt sich ins Cockpit, schreibt und funkt, so wie ich das erkennen kann. Schön, das Leben der Reichen, denke ich. Mal fliegen, aber danach direkt abgeben und sich um nichts weiter kümmern wie Fahrtenbuch, Tanken, Inspektion und was es alles gibt. Die beiden Herren reden freundlich mit Eduardo und begleiten uns zu dem Aufzug auf dem Dach.

»Magst du zuerst einmal mein Büro sehen oder wollen direkt nach Hause?«

»Natürlich würde mich dein Büro auch interessieren«, antworte ich. Eduardo lächelt stolz, scheinbar hat er auf diese Antwort gehofft. Der Aufzug fährt in rasanter

Geschwindigkeit nach unten. Im Stockwerk 35 gehen die Türen auf.

»So, Señora Cruz«, Eduardo steigt aus und nimmt mich bei der Hand.

»Wow«, entfährt es mir mal wieder. »Ich glaube „wow", Eduardo, ist mein meist genutztes Wort, seitdem ich dich kenne«, ich lache.

Eduardo ist sichtlich stolz, das erkenne ich an seinem breiten Grinsen und seinem Leuchten in den Augen. Das ganze Stockwerk ist mit bodentiefen Glasfenstern ausgestattet. Alles ist hell und offen. »Wer arbeitet auf dieser Etage?«, frage ich.

»Mein Großvater, zehn unserer wichtigsten Berater, ich und Carlos.« Als Eduardo seinen Namen ausspricht, verzieht sich sein Gesicht und seine Augen bekommen einen feindseligen Ausdruck.

»Er ist auch in der Firma?« frage ich, fast geschockt. Alles, was ich von Carlos gesehen habe und über ihn weiß, hat mich zu der Erkenntnis gebracht, dass er eigentlich der Firma nur schaden kann.

»Ja, noch«, sagt Eduardo leise zu mir. Wir gehen den Flur weiter entlang. Plötzlich öffnet sich die Tür vor uns und Carlos tritt hinaus. Sein Anzug ist das Einzige, was an diesem Mann fein ist, denke ich bitter. Sein Haar hat er schmierig zur Seite gekämmt, sein Bauch hängt über der Hose und seine Augen sehen kalt aus, wie ich sie in Erinnerung hatte.

»Ach, sieh da, die Seelenklempnerin hat es tatsächlich bis zu uns geschafft«, er lacht arrogant auf. Gleichzeitig mustert er mich von oben bis unten und sieht mich dabei lüstern an. »Ach und mein Herr Cousin«, er klopft Eduardo auf die Schulter, »du kommst dann wohl mal wieder nicht zur Arbeit heute«, sagt er süffisant.

»Ich arbeite mehr als du«, sagt Eduardo eiskalt. »Und es geht dich einen verdammten Scheiß an, wann ich hier bin und wann nicht.«

»Oh Eduardo, hast du dir schon die Sprache der Normalsterblichen angewöhnt«, dabei sieht er herablassend auf mich.

»Carlos, verschwinde in deinem Büro oder ich vergesse mich«. Eduardos Stimme hat einen aggressiven Ton und er zieht mich an Carlos vorbei.

»Schönen Tag noch, die Verliebten«, ruft er uns nach und lacht so laut, als hätte er einen guten Witz gemacht.

Ich sehe Eduardo geschockt an, während wir weiter den endlos langen Flur entlang gehen. »Er ist ja wirklich ein schrecklicher Mensch«, sage ich entsetzt.

»Ja, das ist er, Carla, und es wird schlimm werden, wenn er zum Ende des Jahres sicher weiß, dass mein Großvater ihm nichts aus der Firma überschreiben wird. Und ich der alleinige Erbe werde. Ich weiß nicht, zu was er alles fähig sein wird.« Eduardo streicht sich mit seiner freien Hand unruhig durch die Haare. Da ich nicht weiß, was ich sagen soll, drücke ich seine Hand fest. Als wir am letzten Zimmer des Ganges angekommen sind, öffnet Eduardo mit einem Zahlencode die Tür.

»Dein Büro ist ein Traum«, ich bin total begeistert. Jede Wand besteht aus Glas, und überall hat man freie Sicht aufs Meer. Ein Balkon mit Sitzmöglichkeiten und einem Strandbett gibt es auch. Möbliert ist der Raum mit einem Kühlschrank, einem Sofa, einem riesigen Schreibtisch und einer Sitzgruppe um einen großen Tisch. Alles ist in Weiß gehalten und wirkt trotzdem nicht zu steril. Das Sofa ist beige, ebenso wie die Polsterung der Sitzreihe und sein Schreibtischstuhl.

»Es ist das schönste Zimmer im ganzen Gebäude, außer dem meines Großvaters«, er zwinkert mir zu.

»Es ist fantastisch«, sage ich beeindruckt.

»Komm, lass uns rausgehen«, Eduardo öffnet die elektrische Balkontür. Als ich heraustrete, rieche ich das Meer, das weit unter uns liegt.

»Die Aussicht ist umwerfend, Eduardo, es ist der Wahnsinn. Unter uns das Meer und die Stadt, einfach grandios.«

»Schön, wenn es dir gefällt.«

»Na, wofür hast du das denn?«, ich zeige auf das Strandbett und lächle ihn lasziv an. Er nimmt mich stürmisch in den Arm und flüstert in mein Haar: »Damit ich so heiße Señoras wie dich vernaschen kann.«

»Du!«, entgegne ich gespielt empört. »Na dann zeig mal, wie du das so anstellst.«

Eduardo grinst mich fasziniert an. »Hier?«

»Ja, das machst du doch immer«, ich lache kokett.

»Carla, Carla«, Eduardo sieht mich begeistert an, »Na, dann komm mal her.«

Ich schreie auf, weil ich mich so erschrecke, als er mich über seine Schulter schmeißt und auf das Strandbett trägt. »Hey«, rufe ich lachend und zappelnd, »Was soll das?«

»Na, du gehörst jetzt mir und ich mache mit dir, was ich will.« Eduardo legt mich vorsichtig auf dem Bett ab und legt sich zu mir. Als wir anfangen uns zu küssen, vergesse ich, dass wir eigentlich in seinem Büro sind.

Noch dreißig Minuten, dann gehen wir zu seinen Eltern! Mein Herz rast, während ich in Eduardos Flur vor einem riesigen Spiegel stehe und mich mustere. Ich trage einen knielangen, engen schwarzen Rock, eine lila Bluse und schwarze, halbhohe Sandalen. Mein Make-up ist dezent und meine Haare habe ich zu einem seitlichen Dutt zusammengesteckt. Ich sehe sehr spanisch aus mit dieser Frisur, sagt mein Opa immer. Und er hat recht, denke ich. Aber das kann ja nichts schaden, wir sind ja nun mal in Spanien und ich bin bei den reichsten Bewohnern des Landes eingeladen. Oh Gott, allein die Vorstellung, mir wird übel. Ich werde keinen Bissen herunter bekommen. Ich habe heimlich seine Familie gegoogelt, alle sehen natürlich super aus. Und laut Presse seien sie sehr freundlich und sozial engagiert. Ich hoffe so, sie mögen mich.

Eduardos Haus ist natürlich auch unfassbar modern, riesig und elegant. Ich glaube 400 m² hat er gesagt. Mit Pool, Sauna, Meerblick und allem, was man sich wünschen kann. Ich fühle mich auf Anhieb wohl. Aber es ist auch er, der es so wohnlich macht. Eduardo strahlt eine Wärme und Freundlichkeit aus, dass ich mich in seiner Nähe immer wohl fühle. Ich denke, selbst in den Slums von Kalkutta, in denen ich damals war, um den Kindern zu helfen, hätte er es geschafft, dass ich mich sicher und wohl fühle.

»Sag mal, wer kommt eigentlich alles zum Abendessen?«, rufe ich zum Badezimmer hin, in dem Eduardo gerade duscht.

»Meine Großeltern, meine Schwester, ihr Freund und meine Eltern.« Ich gehe ins Bad und sehe Eduardo in der begehbaren, riesigen Dusche mit Blick aufs Meer stehen. Und sofort kommen mir die Gedanken daran, was wir vorhin in seinem Büro gemacht haben, ich muss grinsen. Er sieht aber auch so gut aus, dass ich ihn nur anstarren könnte. »Hey Señora, was gucken Sie so?« Eduardo lacht und sieht mich herausfordernd an. Ich strecke ihm die Zunge raus und stelle mich ans Waschbecken, um meine Zähne nochmal zu putzen.

»Ich habe meinen Eltern extra gesagt, dass sie bitte im kleinen Kreis einladen sollen, damit du nicht sofort alle kennenlernen musst.« Ich werfe ihm im Spiegel einen dankbaren Blick zu.

Eduardo hat das Golf-Kart vor dem Haus seiner Eltern geparkt und wir gehen die riesige Treppe nach oben zur Haustür. Das gesamte Anwesen ist so riesig, dass wir mit dem kleinen Elektrofahrzeug circa zehn Minuten durch eine Art Park und an den Häusern von seiner Schwester und seinem Onkel vorbeigekommen sind. Dieses Anwesen ist wirklich größer als manches Dorf.

Eduardo drückt aufmunternd meine Hand: »Mach dir keine Sorgen. Hätte ich die geringste Befürchtung, du könntest dich unwohl fühlen, würde ich dir das nicht zumuten.«

Es berührt mich so, dass er das sagt, dass ich stehen bleibe, um ihm einen Kuss zu geben. »Danke, dass du so ein lieber Mensch bist.«

Eduardo lächelt und grinst: »Aber nicht zu jedem.« Er zwinkert mir zu und wir gehen weiter. An der Haustür bleiben wir stehen.

»Bereit?«

»Ja, bin ich.« Mein Herz zerspringt fast, aber weglaufen kann ich jetzt auch nicht mehr.

Die Tür wird geöffnet von einer Frau um die sechzig. Sie trägt dieselbe Hausmädchenuniform wie die Angestellten damals in Saint Tropez. Ihre Augen strahlen herzlich, als sie uns sieht.

Eduardo umarmt sie stürmisch und stellt mich ihr liebevoll vor. »Carla, das ist Rosa, sie hat mich quasi aufgezogen.«

Sie knufft Eduardo liebenswürdig in die Seite. »Mein Kleiner, lass das deine Frau Mama nicht hören.« Kleiner? Ich muss schmunzeln. Eduardo überragt Rosa um fast drei Köpfe.

»Rosa«, Eduardo lacht, »sieh nur, wie groß ich bin«, er macht mit der Hand eine Bewegung zwischen ihr und sich.

»Ja, ach, papperlapapp, du bist nun mal mein kleiner Edi.«

»Edi?«, frage ich amüsiert.

»Ja«, Eduardo schaut gespielt verärgert. »Aber Carla, gewöhne dir das nur nicht an«, sagt er lachend, »Das darf nur Rosa.« Er drückt sie erneut herzlich an sich.

Rosa wendet sich nun freundlich mir zu. »Carla, wie schön Sie kennenzulernen. Er hat schon von Ihnen erzählt.« Sie sieht verschwörerisch zu Eduardo. »Du hast recht, sie ist wirklich sehr hübsch.« Ich lächle verschämt. Sie drückt herzlich meine Hand: »Sie werden das hier schon meistern, meine Liebe. Keine Sorge«, sie nickt mir aufmunternd zu. Jetzt erst bemerke ich, in was für einem fantastischen Herrenhaus wir uns befinden. Die Decke im Eingangsbereich ist riesig hoch und eine lange geschwungene Treppe führt nach oben in den zweiten Stock. Vor uns liegt ein langer Flur und aus dem Bereich hinten höre ich Stimmen.

»So, dann wagen wir es mal«, Eduardo drückt mich zart nach vorne, so dass ich loslaufen muss. Rosa läuft vorweg und ich in der Mitte. Dieses Haus ist ein Traum. Es war bestimmt früher einmal der alte Landsitz eines Adligen, denke ich. Eduardos Familie hat es modernisiert, aber den alten Charakter absolut gewahrt. Im Flur hängen überall riesige Portraits der Familie in Öl gemalt. Dann wieder moderne Fotografien. »Du kannst dir später alles ansehen«, sagt Eduardo liebevoll, dem meine begeisterten Blicke wohl nicht entgangen sind. Das gesamte Haus wirkt sehr hell, mit viel Glas. Ich denke, sie haben einige Wände einreißen müssen, um große Fenster einbauen zu können.

Die Häuser früher hatten ja bekanntlich eher kleine Fenster. Es ist wirklich wie ein Schloss mit moderner Note, stelle ich überwältigt fest. Als ich die Stimmen immer näher wahrnehme, merke ich, wie mein Herz rast. Ich atme tief durch.

Als wir den Raum betreten, bin ich schon, ohne die Menschen darin zu sehen, erschlagen. Allein dieser Raum hat vermutlich eine Größe von 150 Quadratmetern würde ich schätzen.

Ein riesiger Tisch mit zwanzig Stühlen steht in der Mitte des Zimmers. Am Ende des Raums befinden sich ein Sofa, einige Sessel und ein kleinerer Tisch. Überall sind Fenster mit Blick in den Garten und die Terrassentür ist weit geöffnet. Jedoch scheint die Familie draußen im Freien zu sein, überlege ich.

»Deine Eltern wollten draußen essen, Edi.« Rosa lächelt herzlich, als sie sich zu uns umdreht.

Meine Bedenken waren wirklich unbegründet, denke ich, als ich mich kurz alleine auf die Toilette verziehe. Der Nachtisch wurde schon gereicht und jetzt gibt es noch einen Digestif. Eduardos Familie ist tatsächlich genauso herzlich und gütig wie er. Seine Mutter ist eine sehr elegante Dame. Erst wirkte sie etwas einschüchternd auf mich, da sie sehr vornehm wirkt. Aber sobald sie spricht, ist dieselbe Wärme in ihrer Stimme und in ihren Augen wie bei Eduardo. Und ich denke wirklich, sie hat mich gern. Eduardos Vater ist optisch sehr attraktiv, er wirkt wie ein absoluter Businessman, der über ein großes Selbstbewusstsein verfügt. Aber auch er ist sehr freundlich und zuvorkommend. Auch wie er mit Flora, Eduardos Schwester, umgeht und sie liebevoll ständig aufzieht, zeigt, was für ein guter Mann er ist. Flora, sie ist ein absoluter Traum. Sie hat gar nichts Divenhaftes an sich oder Überhebliches. Sie hat mich direkt freundschaftlich umarmt und mich dafür bewundert, dass ich es mit ihrem Bruder aushalten könnte. Sie könnte wirklich eine meiner Freundinnen sein. Und optisch sieht sie genauso aus wie Eduardo. Irgendwie wirken sie erst mal alle wie aus dem Reagenzglas. Vom Scheitel bis zur Sohle perfekt und natürlich auch die besten Umgangsformen. Da haben alle Nannys, Privatlehrer und Internate beste Arbeit geleistet. Raul, Floras Verlobter, ist auch ein netter Mann. Er ist eher ruhig, was bei der quirligen und fröhlichen Flora ein guter Kontrast ist. Natürlich sieht auch er umwerfend aus. Wie sollte es auch anders sein. Ich hoffe tatsächlich, dass ich in diese Familie allein rein optisch schon reinpasse.

Am meisten muss ich jedoch sagen, faszinieren mich Eduardos Großeltern. Sie erinnern mich so wahnsinnig an meine. Ihre Beziehung und der Umgang miteinander sind so ähnlich. Seine Abuela ist die „Bestimmerin" und noch sehr auf Zack. Sie ist natürlich um einiges vornehmer als meine Oma. Aber man merkt, dass sie einer ganz normalen Familie entstammt und sich das Leben mit Eduardos Abuelo gemeinsam aufgebaut hat.

Keinerlei Arroganz oder Allüren. Ich achte immer besonders darauf, wie Menschen mit ihren Angestellten umgehen. Sie behandeln genau wie alle anderen Familienmitglieder ihre Angestellten respektvoll und niemals von oben herab. Sie machen kleine Scherze mit ihnen und man merkt, die Mitarbeiter arbeiten alle gerne für die Familie Ortiz. Mir fällt ein so großer Stein vom Herzen, ich hätte große Probleme damit gehabt, wenn seine Familie sich für was Besseres halten würde. Ich habe überhaupt nicht das Gefühl, dass ich bei den reichsten Menschen Europas sitze, wenn ich das Haus und die Butler sowie die Hausmädchen ausblende. Sein Großvater ist genau, wie Eduardo ihn beschrieben hat. Ein Mann, der sich aus eigener Energie und Kraft was aufgebaut hat. Er lächelt mich immer verschmitzt von seinem Platz mir gegenüber an. Und ich merke sofort, dass er mich mag. Seine Augen haben wie bei meinem Opi dieses Leuchten, dass nur bestimmte Menschen haben.

Damit faszinieren sie und ziehen andere in ihren Bann. Er ist unglaublich herzlich und liebenswert.

Dennoch wirkt er auch autoritär, aber man weiß genau, wie es gemeint ist. Ich mag ihn auf Anhieb.

Und würde gerne noch viel über ihn erfahren, er ist wirklich ein bemerkenswerter Mann. Und Eduardo hat einiges von ihm. Kein Wunder, dass Menschen, die so einen herzlichen Charakter haben, Angst bekommen, ein Scheusal wie Carlos würde alles, was über die Jahre mühevoll erschaffen wurde, zerstören. Ich kann nicht verstehen, von wem Carlos diese Art geerbt haben soll. Ich stehe vor dem antiken Badezimmer-spiegel und sehe mich an. Carla, du hast verdammt Glück gehabt, sage ich mir selbst. Wie sich in drei Monaten ein Leben komplett verändern kann. Manchmal muss ich mich wirklich kneifen.

»Carla, meine Liebe, setzen Sie sich doch mal zu mir.« Wir haben uns mittlerweile auf die bequemen Gartenmöbel gesetzt und Eduardos Opa klopft freundlich auf den Platz neben sich.

Eduardo zwinkert mir zu. »Oh, du darfst schon bei ihm sitzen«, sagt er leise mit einem übertriebenen Grinsen. Seine Eltern haben mir direkt das Du angeboten, aber seine Großeltern noch nicht. Was mich aber überhaupt nicht stört. Ich nehme meinen Champagner und setze mich neben Eduardos Opa, der mich offen anlächelt.

»Na meine Liebe, wie gefällt es Ihnen bei uns?«, fragt er mich freundlich.

»Darf ich ehrlich zu Ihnen sein?«

»Darum bitte ich«, er zwinkert mir fröhlich zu.

»Ich war zuerst sehr aufgeregt und wusste auch nicht, wie Sie auf mich reagieren würden. Aber ich bin so erleichtert, wie freundlich Sie alle sind und überhaupt nicht arrogant. Oh!« Ich haue mir an den Mund. »Bitte entschuldigen Sie«, sage ich zerknirscht.

»Aber warum denn?« Eduardos Opa lacht laut auf. »Grund zu der Annahme, dass wir überheblich sind, hätten Sie gehabt. Ich bin sehr froh, dass Sie das so nicht empfinden«, er lächelt freundlich. »Erzählen Sie mir von Ihrer Familie, Carla. Eduardo sagt, sie haben einen Sohn?«

Und so erzähle ich Fernando, mittlerweile darf ich ihn duzen, seit einer Stunde aus meinem Leben. Er wirkt so interessiert, dass ich fast gerührt bin. Er ist sichtlich beeindruckt, wie ich eine eigene Praxis und das Erziehen von Loui alleine meistere.

»Eduardo hat in den höchsten Tönen von deiner freundlichen und gebildeten Familie gesprochen«, sagt er und schaut mich ehrlich an.

»Oh, das kann ich wohl nur zurückgeben und deute auf ihn und die Familie, die hinter uns gemütlich zusammen sitzt und Schach spielt.

»Ich mag dieses Spiel nicht«, sagt Fernando. Dann flüstert er:»Ich habe es noch nie verstanden, aber das gebe ich nicht zu.« Er lacht und sieht mich grinsend an.

»Ich auch nicht«, flüstere ich zurück.

Fernando lacht laut auf und tätschelt großväterlich meine Hand.»Du gefällst mir, Carla. Eduardo hat nicht zu viel versprochen.«

Ich spüre, wie ich leicht erröte. Zum Glück ist es dunkel und die Lampen tauchen alles in ein warmes Licht, so wird man mein rotes Gesicht nicht sehen, denke ich dankbar.»Das ist sehr freundlich, vielen Dank.«

»Weißt du, Carla, eigentlich sind wir ganz normale Leute, durch die Presse müssen wir uns ein bisschen einmauern. Da sie, warum auch immer«, Fernando schüttelt verständnislos den Kopf,»unser Leben so spannend finden. Und leider müssen wir vorsichtig sein, da es auch viele Verrückte auf der Welt gibt. Ich hatte immer große Angst, als Eduardo, Flora und meine anderen Enkel noch klein waren. Ich hatte große Sorge, sie könnten entführt werden. Das hätte ich mir nie verziehen. Aber bisher hatten wir, natürlich auch durch unser hochqualifiziertes Personal, immer alles unter Kontrolle.

Wenn es publik wird, wer du bist, müssen wir über einen Personenschutz für dich und vor allem für deinen kleinen Sohn nachdenken.«

»Ach!« Ich möchte abwinken. Aber Fernando unterbricht mich. »Nein Carla, das ist mein Ernst, das darf man in dieser Welt nicht zu leichtsinnig sehen. Aber bisher, ich verfolge ja die lästigen Artikel, bist du nur die schöne Unbekannte.«
Er lächelt herzlich.

»Carla!« Eduardo streicht mir zärtlich eine Haarsträhne hinters Ohr. »Was denkst du?«
»Dass ich unfassbar glücklich bin. Dank dir.«
»Danke, das nehme ich gerne an«, sagt er keck und gibt mir einen Kuss auf meinen Kopf. Bis weit nach Mitternacht haben wir mit seiner Familie getrunken und noch Kuchen gegessen. Es sind alles wunderbare Menschen und ich fühle mich sehr wohl. Und jetzt liege ich in Eduardos Bett in seinem Arm, nach unglaublich tollem Sex und einem so großen Gefühl der Zufriedenheit, dass ich mich nicht erinnern kann, wann ich das so jemals verspürt habe.
»Eduardo, ich liebe dich wirklich sehr und es ist ganz leicht, es dir zu sagen«, bemerke ich nachdenklich.
Er drückt mich an sich: »Ich dich auch. Und ich bin so stolz darauf, wie gerne meine Familie dich hat. Mein Großvater hat mich vorhin beim Verabschieden so herzlich gedrückt, wie glaube ich das letzte Mal, als ich ein kleiner Junge war. Er meinte zu mir: Eduardo, verdirb es ja nicht.«
Ich lächle stolz in die Dunkelheit. »Wow, das freut mich«,
sage ich.
»Mich auch, Schatz. Ich glaube, ich lasse dem Megapark eine kleine Spende zukommen. Als Dankeschön, dass wir

uns da kennengelernt haben.« Eduardo lacht laut über seine Idee.

»Du Spinner, die verdienen doch genug.«

»Stimmt«, er kuschelt sich ganz eng an mich und ich umschlinge ihn, damit das hier nie aufhören kann.

Wenn die Vergangenheit anruft, geh nicht ran, es gibt nichts Neues zu sagen

Max, Scheiße, warum ruft er an? Da steht er, sein Name, ganz dick auf meinem Display.

»Was ist?« Meine Mutter schaut von ihrem Buch auf. Ich halte ihr wortlos das vibrierende Handy unter die Nase. »Geh ran, er wird Post von der Bank bekommen haben«, fordert sie mich auf. Ich presse die Lippen zusammen und sehe sie panisch an. »Carla, reiß dich zusammen, was willst du noch? Du hast den tollsten Mann der Welt. Und jetzt kläre mit dem unentspanntesten Mann, dass was zu klären ist, und Ende.«

Sie hat recht. Ich drücke auf Annehmen und gehe ins Haus. »Hi Max«, sage ich so taff wie möglich.

«Hallo Carla«, er klingt aufgeregt. Monate habe ich seine Stimme nicht gehört, denke ich.

»Wie geht es dir?«, frage ich angespannt.

»Ja es geht so, als weiter. Dir scheint es ja richtig gut zu gehen«, der Ton seiner Stimme klingt etwas spitz, stelle ich fest. »Ich habe Post von der Bank bekommen.«

Warum spricht er nicht weiter, denke ich. »Ja und, hast du unterschrieben?«, frage ich nervös.

»Es liegt hier vor mir, ich werde unterschreiben. Aber ich wollte dich fragen, seit wann du mit dem Typen, der dir mal ganz locker ein Haus kauft, was hast?« Seine Stimme klingt leicht aufgebracht, aber ich merke, wie er versucht, sich in den Griff zu bekommen.

»Max, ich habe Eduardo auf Mallorca erst kennengelernt, auf Julis Junggesellenabschied«, sage ich ruhig.

»Aha und was ist der, ein scheiß Millionär oder was?« fragt er giftig.

»Max, ich denke nicht, dass es von Bedeutung ist, wer er ist. Gut für dich ist, du bekommst dein gefordertes Geld und bist komplett aus dem Vertrag raus. Du hast keine Schulden mehr und kannst ein neues Leben beginnen. Wie ich auch«, sage ich leise und leider klingt es etwas traurig.

»Zieht er jetzt in unser Haus ein?«, fragt er impulsiv.

»Nein, Loui und ich wohnen alleine. Eduardo lebt in Barcelona und daran wird sich aus beruflichen Gründen auch nichts ändern«, sage ich wieder gefasster.

»Aha, na Carla, wie schön, dann hast du ja endlich deinen ganz großen Fang gemacht«, sagt er missmutig und eine Spur aggressiv.

»Max, du hast mich verlassen.«

»Ja, nachdem du mich betrogen hast«, brüllt er in den Hörer.

»Jetzt sei doch realistisch«, bringe ich aufgebracht hervor, »Du hättest mich auch ohne diesen dämlich Kuss mit dem Barkeeper verlassen. Du kannst nicht glücklich sein, Max, und ich hatte keine Chance, es neben dir zu werden, also lass mich in Ruhe. Unterschreibe es und hör auf mich anzurufen«, brülle ich durch mein Handy, während mir die Tränen die Wangen runterlaufen. Ich drücke auf Auflegen und schmeiße mein Handy aufs Bett. Mein ganzer Körper zittert, verdammt, warum habe ich mich so aus der Fassung bringen lassen?

Warum kommt er jetzt mit Fragen an? Er soll aus meinem Leben verschwinden!

»Süße?« Meine Mutter kommt in mein Zimmer. Ich sitze heulend auf meinem Bett und starre aufs Meer. »Carli«, sie nimmt mich in den Arm, »lass dir das nicht von ihm kaputt machen. Er wird, so wie ich ihn einschätze, wieder versuchen, an dir herum zu zerren, wie immer, wenn ihr euch früher versucht habt zu trennen. Was glaubst du, wie das an seinem Männerstolz kratzt, dass du jemanden gefunden hast, der dich scheinbar so sehr liebt, dass er dir das Haus kauft? Max weiß, was für eine Affinität du zum Luxus hast«, sie sieht mich schelmisch an. »Und er hockt in einer Drei-Zimmer-Wohnung in Gießen, während du scheinbar die Welt zu Füßen gelegt bekommst. Natürlich stinkt ihm das alles.

Aber Carla, bitte lass dich nicht um den Finger wickeln. Es wird keine Zukunft mehr mit ihm geben.«

»Das weiß ich, und ich liebe Eduardo.« Meine Mutter atmet erleichtert aus.

»Was ein Glück und jetzt vergiss diesen Anruf und komm essen.« Es ist das letzte Abendessen, bevor wir morgen alle vier wieder nach Deutschland fliegen. »Wann siehst du Eduardo wieder?«

»Er kommt übermorgen, um zwei Tage mit mir zu verbringen.«

Ich wünschte, ich würde ihn schon heute sehen, denke ich wehmütig. Dieser Anruf hat mich wieder ganz schön aus der Bahn geworfen.

Es wird nicht leicht, aber es lohnt sich

Max hat tatsächlich unterschrieben und das Haus ist mir. Einerseits ist mir ein riesiger Stein vom Herzen gefallen. Aber leider muss ich mir eingestehen, fühlt es sich auch schmerzhaft an. Wir wollten hier unsere Zukunft beginnen lassen, glücklich werden. Aber wir waren es leider nur in kurzen Momenten. Und jetzt ist es endgültig besiegelt. Es gibt nichts mehr, was mich noch an Max bindet. Er hat eine kurze SMS geschrieben, dass er in den nächsten Wochen sein restliches Zeug holen würde, natürlich in Absprache mit mir. Und mir dann auch den Schlüssel übergeben würde. Dass er das Haus jetzt niemals ohne mein Wissen betreten würde, verstehe sich von selbst. Und das weiß ich auch. Und dann bleibt auch nach wie vor noch das schlechte Gewissen, dass Eduardo mir das alles ermöglicht hat. Aber meine Freundinnen sagen, ich solle aufhören, die Emanzipierte zu mimen und mich einfach über dieses Geschenk freuen. Für ihn sei es 'ne Kleinigkeit. Ich versuche mich jetzt einfach daran zu erfreuen und nicht mehr darüber nachzudenken.

Es ist ein Wahnsinnsgefühl in einem abbezahlten Haus zu leben. Ohne Schulden.

»Carli« Lina klingt ziemlich panisch.

»Was ist?«, frage ich in mein Handy.

»Sie wissen, wer du bist.« Ich weiß sofort, was sie meint. Mein Herz beginnt augenblicklich zu rasen.

»Woher hast du das?«, frage ich ebenso panisch.

»Es steht überall im Netz. Promiflash, Gala, Bunte, überall, Carli. Und dann kommt es auch in jede Zeitung. Und dasselbe in Spanien.«

»Scheiße, wie konnten sie es so schnell erfahren!«

»Na ja, ehrlich gesagt, Carli, wir haben Ende Oktober. Eduardo geht bei dir ein und aus, du fliegst seit Wochen nach Barcelona mit dem Privatjet, wenn Loui bei Marc ist. So oft, wie ihr euch seht, war das doch nur eine Frage der Zeit. Ich habe schon seit Wochen damit gerechnet«, sagt Lina herrisch.

»Was maulst du mich so an?«, frage ich verwirrt.

»Nee, gar nicht, nur wundere ich mich, dass es dich jetzt so schockt. Carla, vielleicht solltest du mal verstehen, dass du mit Eduardo Ortiz zusammen bist. Du tust ständig so, als ob es der normalste Freund der Welt wäre. Er ist alles andere als normal und du spielst das irgendwie bisschen arg runter, finde ich.« Irgendwas an Linas Tonlage gefällt mir nicht. Ist da Neid in ihrer Stimme? Sie ist meine wirklich beste Freundin und absolute Vertraute. Ich möchte ihr nichts unterstellen. Nein, Lina gönnt mir Eduardo, warum sollte sie irgendwie Groll gegen mich hegen, überlege ich. Wir sind seit zwanzig Jahren unzertrennlich. Ich bin wahrscheinlich einfach bisschen überempfindlich, wenn es um dieses Pressethema geht, so dass ich schon überall Gefahren wittere.

»Okay, ich guck mir das jetzt mal an. Ich melde mich später bei dir, danke für die Info.«

Als ich in meinem Handy die von Lina genannten Seiten öffne, zittern meine Finger. Eduardo hat eigentlich gesagt, ich solle auf keinen Fall Dinge über mich lesen.

Aber da es das erste Mal ist, dass öffentlich Dinge über meine Person geschrieben werden, kann ich nicht anders.

Da! Mein Herz rast. Auf der allerersten Seite der Website sind Eduardo und ich zu sehen. Das Bild ist letzte Woche gemacht worden, als wir einen Shopping Trip nach

Madrid unternahmen. Hand in Hand laufen wir durch die Stadt. Dann das nächste, verdammt, als wir hier in Idstein bei Edeka einkaufen waren, das muss schon länger her sein. Es war noch warm, ich trage ein Kleid und Eduardo lässige Shorts. Wir stehen an meinem Auto und laden die Tüten ein. Oh mein Gott, da ist ein Bild von meinem Haus, als wir reingehen. Mir wird übel. Dürfen die das überhaupt? Irgendwie bekomme ich Panik. Es ist natürlich keine Adresse angegeben, aber unter dem Bild steht:

Carla C. aus dem hessischen Idstein. Das ist unfassbar, sie geben an, wo ich wohne. Was ist, wenn mir jetzt jemand was tun will? Tief durchatmen, Carla, ich darf mich jetzt nicht fertigmachen lassen. Ich werde jetzt Eduardo anrufen und fragen, was zu tun ist. Aber zuerst muss ich mir den Text zu den Bildern durchlesen.

Die Frau, die seit Monaten mit Eduardo Ortiz, dem attraktivsten und reichsten Unternehmer Europas zusammen ist, heißt Carla C. (35). Sie kommt aus dem hessischen Idstein. Die studierte Psychologin ist in eigener Praxis tätig. Sie ist spezialisiert auf Kinder und Jugendliche. Sie selbst hat laut Insiderangaben einen Sohn (8). Carla C. soll spanische Wurzeln haben und erst seit Kurzem von ihrem Lebensgefährten getrennt sein, mit dem sie das Haus in Idstein kaufte, der jedoch nicht der Vater des Sohnes von Carla C. ist. Ob Eduardo Ortiz für die Trennung verantwortlich ist, konnten wir nicht erfahren.

Was wir jedoch wissen, die beiden scheinen sehr verliebt zu sein und verbringen jede frei Minute zusammen. Ob sie nach Barcelona zieht oder Eduardo etwa nach Hessen, ist noch nicht bekannt. Aber vielleicht handelt es sich auch nur um eine Sommerromanze, die noch bis in den Herbst hinein geht.

Auf den anderen Seiten der anderen Onlinemagazine steht ungefähr dasselbe. Die Bilder sind absolut identisch. Ich fühle in mich hinein. Es ist ein sehr befremdliches Gefühl, über sich Dinge in öffentlichen Portalen zu lesen. Noch wurden keine Dinge über mich geschrieben, die meinen Ruf schädigen könnten oder unwahr sind. Nur leider habe ich das ungute Gefühl, dass das jetzt passieren wird. Das hier ist erst der Anfang.

Eine Woche ist vergangen, seit mein Name und selbst das Bild meines Zuhauses öffentlich gemacht wurde. Kein Tag ist vergangen, an dem nicht etwas über Eduardo und mich geschrieben wurde. Ständig fahren Autos durch unsere, ansonsten eher ruhige Wohngegend und machen Bilder. Zwei meiner Nachbarinnen haben mir gesagt, dass bei ihnen geklingelt wurde und um Informationen über mich gebeten wurde. Zum Glück haben sie abgelehnt.
In meiner Praxis haben alle Zeitungen angerufen und um ein Interview gebeten, für teilweise horrende Summen.
Das ist alles völlig verrückt. Und ich hoffe, dass dieser ganze Rummel weniger werden wird, jedoch glaube das wohl nur ich. Eduardo hat eine Firma beauftragt, welche an meinem ganzen Haus Kameras sowie eine Alarmanlage angebracht hat. Ich habe im Haus einen Notknopf, ähnlich einer Fernbedienung. Drücke ich ihn, wird sofort die Polizei alarmiert. Eduardos Anwälte haben erreicht, dass Loui zumindest nur mit geschwärztem Gesicht gezeigt werden darf. Natürlich

wurde er auch schon fotografiert und ich fühle mich schlecht dabei. Eduardo möchte unbedingt, dass ich zwei Sicherheitspersonen bei mir im Haus habe. Aber mein Haus ist für so etwas überhaupt nicht ausgelegt. Es ist zu klein. Ich hätte keine ruhige Minute mehr, egal wie diskret sie sich verhalten würden. Ich habe zugestimmt, auch wenn es mir vor den Nachbarn sehr unangenehm ist, eine riesige Mauer um mein Grundstück bauen zu lassen, so dass es wirklich niemandem mehr gelingt, auf unser Grundstück zu kommen. Eduardo und seine Familie haben mich schon so verrückt gemacht, dass ich Loui jetzt immer zur Schule fahre. Mir tut das alles so leid für ihn. Im Moment findet er das alles noch sehr spannend. Aber ich frage mich, wie lange noch. Er ist es gewohnt, sich in unserer Gegend völlig frei zu bewegen. Geht er jetzt auf die Straße, merke ich, wie ich unsicher bin und permanent aus dem Fenster schaue. In meiner Praxis wurden auch Kameras angebracht und meine Tür steht nicht mehr offen wie vorher, sondern meine Patienten müssen klingeln. Da leider häufig Paparazzi vor meiner Praxis stehen, sind meine Patienten ziemlich angespannt.

Nicht jeder möchte dabei gesehen werden, wie er sich psychologische Beratung holt. Natürlich dürfen die Patienten nicht abgelichtet werden, aber das komische Gefühl, das sie dabei haben, kann ich absolut nachvollziehen. Mit Marc hatte ich natürlich auch schon Differenzen, da er sich um Loui sorgt. Ich bin im Moment wirklich etwas verzweifelt und diese ganze Umstellung müssen wir erst einmal verarbeiten. Ich finde es toll, wie besorgt Eduardo um uns ist, aber es strengt mich ehrlich gesagt auch an. Ich weiß, dass er sich Gedanken macht, da er ja, wenn man es so sieht, Schuld an dem ganzen

Zirkus hat. Aber ich fühle mich extrem eingeschränkt. Täglich schlage ich die Zeitung auf und befürchte irgendwelche Lügen über mich zu lesen. Ich kann mittlerweile verstehen, warum die Reichen in ihrem eigenen Bereich leben. Überall werde ich angesprochen und bekomme von fremden Leuten Fragen gestellt. Viele Menschen wussten überhaupt nichts von Eduardos Existenz hierzulande. Aber seit sein Leben hier in Deutschland ausgeschlachtet wird, was wiederum daran liegt, dass ich hier lebe, kennt ihn mittlerweile jeder. Im deutschen Fernsehen wurde schon über uns berichtet und ich finde das alles andere als angenehm, muss ich sagen. Aber wie sich das alles legen soll, weiß ich auch nicht. Am meisten habe ich Angst davor, dass Loui darunter leidet, und meine Praxis. Wer ruft mich denn nun schon wieder mit unbekannter Nummer an? Ich nehme mein Handy vom Couchtisch und drücke den Fernseher leiser.

»Ja. Hallo?«

»Carla?« Ich erkenne die Stimme sofort und es trifft mich wie ein Schlag. »Mathilda hier, hallo.« Sie stockt, ich spüre, dass sie aufgeregt ist.

»Was ist los?«, frage ich freundlich.

»Ich wollte mich bei dir entschuldigen«, sagt sie nervös und unsicher.

»Wie kommst du darauf?«, frage ich erstaunt. Keine Antwort. »Mathilda, bist du noch dran?«

»Ja, Carla.« Ich spüre, dass sie ihren ganzen Mut zusammennimmt. Und warum auch immer, aber es rührt mich und ich bin wirklich gespannt, was sie mir zu sagen hat.

Mathilda atmet tief durch. »Es tut mir leid, dass ich Papa und dir so viel Ärger gemacht habe.

Ich war irgendwie oft so eifersüchtig, weil er mit dir öfter zusammen war als mit mir.« Sie macht eine Pause. »Also unter der Woche und so, verstehst du.«

»Ja Mathilda.«

»Und überhaupt, ihr habt in dem schönen Haus gewohnt, ich mit Mama in der kleinen Wohnung. Ja, Carla, ich weiß ja, dass Mama mehr arbeiten könnte, damit wir das auch haben. Aber irgendwie habe ich das erst alles seit paar Wochen verstanden. Ich geh jetzt zur Therapie und meine Schule habe ich gewechselt.«

»Oh wirklich, das wusste ich nicht. Wie geht's dir denn damit?« frage ich mitfühlend.

»Erst wollte ich es natürlich nicht, aber jetzt ist es besser. So habe ich nichts mehr mit der Clique zu tun und mache nicht mehr so viel Mist.« Mathilda schluckt laut.

»Mathilda, ich finde es sehr lieb und mutig, dass du mich angerufen hast«, sage ich ehrlich berührt.

»Ich habe dich im Fernsehen gesehen, Carli, und im Internet«, sagt sie mit einer Mischung aus beeindruckt und befremdet.

»Ja«, erwidere ich resigniert. Das ist alles ein Wahnsinn.

»Papa hat es auch gesehen, Carli. Er ist dann immer ganz komisch und geht auf Toilette. Carla, du fehlst ihm sehr, das merke ich.« Ich kann es nicht fassen, das aus Mathildas Mund zu hören. Was ist mit ihr die letzten Monate passiert, überlege ich fasziniert.

»Mathilda, es ist lieb, dass du mir das sagst. Aber du weißt, dass dein Vater und ich häufig Probleme hatten. Und es geht mir jetzt besser.«

»Aber Carla, es lag doch meist an mir«, sagt sie verzweifelt.

»Nein, Mathilda«, ich rede ruhig und beschwichtigend, »wir hatten auch sonst viele Probleme. Das lag nicht an dir, glaube mir.«

»Carli, aber ich merke, dass Papa jetzt ständig traurig ist, seitdem du weg bist.« Das war er auch vorher schon, denke ich betrübt.

»Es wird ihm bald wieder besser gehen. Er ist ein toller Mann, Mathilda, bestimmt wird er bald jemanden kennenlernen.«

»Das glaube ich nicht, Carla. Er hat nachts, davon bin ich wach geworden, ganz laut geweint und geflucht.«

Ich spüre, wie sich ein dicker Kloß in meinem Hals ausbreitet. Egal was war, es trifft mich sehr, dass Max weint.

»Es tut mir leid, Mathilda, aber ich kann euch nicht mehr helfen, wir sind getrennt. Bitte pass immer auf dich auf. Ich weiß deinen Anruf sehr zu schätzen.«

»Vielleicht können wir uns ja mal treffen?«, fragt sie flehentlich.

»Ja, vielleicht«, sage ich. »Lass es dir gut gehen, Mathilda.« Damit lege ich auf. Meine Hände sind nass geschwitzt und ich fühle mich elend. Tausend Gedanken gehen mir durch den Kopf. Max weint, Mathilda war ein ganz anderer Mensch am Telefon, sie war richtig traurig. Scheiße nein, ich darf mich da nicht wieder reinfallen lassen. Eduardo ist so liebevoll und fröhlich von Natur aus. Nein, ich lass mir das nicht zerstören, nur weil Max merkt, was er an mir hatte und Mathilda scheinbar normal geworden ist. Die Frage ist, wie lange sie das bleibt. Und wie oft war ich schon wegen Max traurig. Es hat ihn nie besonders interessiert. Oh nein, davon lass ich mich jetzt nicht verunsichern.

Wäre die Presse nicht und das ständige Getrenntsein von Eduardo, wäre mein Leben perfekt.

Und manchmal reicht eine Nachricht und nichts wird wieder, wie es war

Eduardo sitzt mal wieder mit Loui und mir beim Abendessen. Ich fühle mich glücklich und wohl. Mathildas Anruf vor zwei Wochen habe ich fast vergessen. Jedoch habe ich es auch Eduardo nicht erzählt. Warum sollte ich es ihm auch erzählen. Es hat ja im Grunde mit unserem Leben nichts zu tun. Eduardo hat in den letzten Monaten öfter mit Loui und mir gegessen oder Dinge unternommen als Max in den letzten Jahren.

»Mama, kann ich noch kurz Fernsehen?«, fragt Loui mich.

»Ja, aber nur kurz, du musst morgen in die Schule.« Loui strahlt und wirft sich auf die Couch, während Eduardo und ich am Tisch sitzen bleiben und noch ein Glas Wein trinken.

»Oh, meine Mutter ruft aus Spanien an, da muss ich rangehen, Schatz.« Ich drücke auf mein Handy. »Hi Mama, was los?«, frage ich fröhlich.

»Carli«, die Stimme meiner Mutter lässt mir mein Blut gefrieren. Mein Herz rast und ich sehe panisch aus dem Fenster. Eduardo, dem meine Reaktion nicht entgangen ist, sieht mich nervös an.

»Carli , Abuelo wurde eben ins Krankenhaus gebracht. Er hatte wahrscheinlich einen Herzinfarkt. Es sieht nicht gut aus.« Meine Mutter schluchzt laut auf.

»Wo bist du?«, frage ich entsetzt.

»Im Krankenhaus. Zum Glück kam ich heute an, ich wollte ja noch paar Tage hier bleiben. Er hatte kurz nach meiner Ankunft starke Schmerzen in der Brust und der Notdienst hat ihn direkt nach Alicante gefahren. Im Rettungswagen wurde er schon versorgt. Er liegt auf der Intensivstation«, sie weint. Ich schlucke schwer und mir kommen die Tränen.

Eduardo nimmt meine Hand,»Was ist?«, fragt er leise.

»Abuelo ist im Krankenhaus, ich muss irgendwie hin.«

»Ich kümmere mich«, Eduardo geht aus dem Zimmer und ich höre ihn telefonieren.

»Mama, ich versuch zu kommen. Bitte sag ihm, ich komme. Er soll bloß keinen Quatsch machen«, ich kann meine Tränen nicht mehr zurückhalten und muss weinen.

»Ja Carla, bis später«, meine Mutter legt auf. Ich muss Marc anrufen, Loui muss jetzt erst einmal unterkommen, ich will ihn nicht belasten.

Zehn Minuten später steht Marc mit Mona vor der Tür. Marc hat meinen Opa sehr gerne. Er war trotz unserer Trennung mindestens einmal im Jahr mit Loui bei ihnen zu Besuch. Er wirkt auch sehr traurig und bestürzt.

Marc drückt mich,»Carli, ich hoffe alles wird gut.«

Mona drückt mich ebenfalls,»Ich drücke euch die Daumen. Komm, Schatz«, sie nimmt Loui an die Hand, der aber panisch an meiner hängt.

»Mama, ich möchte mitfliegen. Was hat Opa denn?«

»Loui«, ich gehe in die Hocke,»ich habe dir doch gesagt, dass du in drei Tagen nachkommst. Eduardo holt dich mit dem Privatjet ab.«

»Oh, wow«, Marc versucht wie ich für Loui die Sache spannend zu gestalten.

»Opa geht es dann besser und du kannst ihn sehen, okay? Im Moment dürfen keine Kinder zu ihm, Schatz. Lass es dir bei Papa und Mona gut gehen. Ich rufe dich morgen vor der Schule noch an. Und ich drücke Opa ganz fest von dir. Okay?«

Loui sieht nachdenklich von einem zum anderen. »Aber ich darf nachkommen?«, fragt er zweifelnd.

»Auf jeden Fall.« Eduardo zwinkert ihm zu. »Ich hole dich persönlich ab. Nur wir zwei im Jet.«

»Okay.« Loui klingt zumindest etwas überzeugt, denke ich ein wenig beruhigt. Als sie gefahren sind, steht schon die von Eduardo bestellte Limousine bereit, die uns direkt nach Frankfurt bringt. Wenn alles planmäßig läuft, sind wir um elf im Krankenhaus.

So lang kam mir der Flug noch nie vor. Als wir das Krankenhaus endlich erreichen, bin ich so panisch, dass Eduardo an der Anmeldung nach meiner Familie und dem Zimmer fragt. Vor der Intensivstation sitzen meine drei Onkel, mein Vater und meine Oma.

»Carla, da bist du ja.« Meine Oma umarmt mich. Sie sieht so traurig aus, dass ich sofort wieder Tränen in die Augen bekomme.

«Was gibt es Neues?«, frage ich nervös.

»Sie haben ihn angeschlossen und hoffen, er überlebt die Nacht.«

»Was?«, entfährt es mir mit einem Schluchzen. Mein Opa, er ist doch immer so stark gewesen, er darf nicht sterben! Er kann einfach nicht sterben, er ist immer wieder nach jeder schweren Operation auf die Beine gekommen. Nichts haut ihn um. Das dachte ich als kleines Mädchen schon und das hat auch als Erwachsene nicht aufgehört. Er, der Starke. »Ich möchte zu ihm.«

»Du musst erst im Schwesternzimmer anfragen und dich umziehen. Es darf eigentlich keiner mehr ins Zimmer und du benötigst die Schutzkleidung«, erklärt sie weiter. »Ich weiß«, ich berühre sanft ihren Arm. Eduardo begleitet mich zum Schwesternzimmer. Die entzückten Blicke der Schwestern, als sie meinen Freund sehen, strafe ich mit einem verächtlichen Blick. Sie schauen peinlich berührt und besinnen sich wohl wieder darauf, wo wir sind und in was für einer Situation wir uns befinden. Zumindest traut sich jetzt keine mehr, mir den Zugang zum Zimmer zu untersagen. Ich ziehe mir Schutzkleidung über und könnte nur weinen.

»Alles Gute für ihn«, Eduardo sieht mich traurig an und drückt mich fest, als ich die verschlossene Tür der Intensivstation geöffnet bekomme. Ich atme tief durch und gehe zum Zimmer drei. Als ich leise die Türklinke öffne, spüre ich, wie meine Beine zittern. Das Zimmer ist fast dunkel, meine Augen müssen sich erst einmal an die Lichtverhältnisse gewöhnen.

»Mama?«, frage ich in das Dämmerlicht.

»Ach Schatz, du bist ja schon da.« Meine Mutter steht auf und ich erkenne mehr. Sie drückt mich und ich sehe, dass sie weint. »Es sieht diesmal gar nicht gut aus, Carli.«

Als ich an das Bett herantrete, muss ich mich sehr zusammenreißen, um nicht zu weinen. Er hat in der Nase Schläuche und überall piept und summt es. Seine Augen sind geschlossen. Ich drücke zart seine Hand und sehe meine Mutter verzweifelt an.

»Hast du mit den Ärzten gesprochen?«

»Sicher, sie sagen, es war ein Infarkt und dass seine Herzleistung nie wieder so werden wird, dass er laufen kann.«

»Oh nein«, ich sehe sie entsetzt an.

»Ja leider. Er wird, wenn er das alles übersteht, wohl bettlägerig sein und im Rollstuhl sitzen. Das wird für ihn das Schlimmste sein«, sagt sie. »Er ist so ein stolzer Mann.«

»Aber er darf nicht sterben«, presse ich heraus.

»Das möchte ich auch nicht, Carli, aber ich weiß, dass er nicht auf Hilfe angewiesen sein möchte. Er konnte es ja nicht mal ertragen, wenn ihm einer die Füße eincremen wollte, die durch seinen Diabetes so schlecht durchblutet waren. Selbst dafür war er zu stolz. Wenn er sich kaum noch alleine bewegen kann, Carli, wird es für ihn die Hölle sein.«

»Jetzt warten wir erst einmal ab«, sage ich in meinem Optimismus. »Er wird wieder gesund«, ich streichle ihm sanft die Wange. Meine Mutter sieht mich nur traurig an.

Ich muss eingeschlafen sein. Durch ein lautes Husten werde ich wach. Wo bin ich überhaupt? Oh nein, im Krankenhaus. Ich setze mich hektisch auf.

»Abuelo«, meine Stimme zittert, »du bist wach.« Ich greife seine Hand, meine Mutter steht schon an seinem Bett.

»Ich habe so schrecklichen Durst«, seine Stimme ist so schwach, dass ich ihn kaum verstehen kann. Ich laufe auf den Flur und suche die Schwester. Er ist wach, ich könnte schreien vor Glück. Ich wusste es, er verlässt uns nicht.

In winzig kleinen Schlückchen hat mein Opa aus einer Schnabeltasse getrunken. Seine Lippen waren schon aufgesprungen, ich hatte zum Glück Nivea Creme in der

Tasche und habe sie ihm damit vorsichtig eingeschmiert. Meine Oma ist auch wieder im Zimmer und wir stehen alle vor seinem Bett.

»Ich hatte solche Angst um dich«, ich drücke vorsichtig seine Hand. Er sieht mich verwundert an, als er die Tränen in meinen Augen sieht. Da er nicht weiß, wie er darauf reagieren soll, schaut er hilfesuchend zu meiner Oma. Sie streicht mir nur wortlos über den Arm und sieht genauso fertig aus.

»Herr Cruz«, der Arzt, ein autoritärer Mann Mitte fünfzig, betritt den Raum. »Sie haben uns wirklich alle einen Schrecken eingejagt«, sagt er ernst.

»Wie ist die Prognose?«, schießt es aus mir heraus.

»Wir versuchen Sie jetzt erst einmal stabil zu bekommen und von der Intensivstation auf die normale Station verlegen zu können«, sagt er an meinen Opa gewandt. »Danach besprechen wir alles weitere«, sagt er freundlich. Okay, zumindest besteht die Chance, dass er auf die normale Station verlegt wird. Meine Mutter und der Arzt besprechen vor der Tür noch lange Details, aber vorerst bin ich etwas beruhigt.

»Ach Opi«, ich umarme ihn vorsichtig, »ich bin so froh, wenn es dir besser geht.«

»Ich auch, mein Schatz«, er sieht mir zuversichtlich in die Augen. »Wie geht es Loui?«

»Er hat sich große Sorgen gemacht, Marc hat ihn gestern geholt. Viele Grüße von allen, wir hatten solche Angst«, ich schlucke schwer.

»Mich werdet ihr nicht los«, sagt er schwach, sein schelmisches Grinsen klappt wieder ganz gut, denke ich beruhigt.

»Loui kommt übermorgen, Eduardo holt ihn ab.«

»Oh, da wird Loui stolz sein«, sagt mein Opa leise. Das Sprechen fällt ihm noch sehr schwer, muss ich leider feststellen. »Fahrt ihr mal alle nach Hause, ruht euch mal aus. Mir geht es wirklich besser«, sagt er tapfer. »Ach du, sorge dich doch nicht um uns.« Ich sehe ihn liebevoll an und er erwidert meinen Blick.

Nachdem der Arzt uns allen versichert hat, dass wir wirklich mal fahren können, auch um ihm frische Sachen zu holen, haben wir uns schweren Herzens überreden lassen. Am Nachmittag, haben wir meinem Opa versprochen, kommen wir wieder. Loui habe ich vor der Schule noch angerufen und beruhigt, er hörte sich fröhlich an und das ist wichtig.

Eduardo hat die ganze Nacht mit meinem Vater und den drei Brüdern meiner Mutter vor der Tür gewartet. Er hat alle mit Getränken versorgt und auch jetzt hier, zu Hause, versucht er alles, damit es mir gut geht.

»Wann wollen wir später wieder ins Krankenhaus?«, fragt er.

»Gegen drei würde ich sagen«, ich schaue meine Familie fragend an.

»Ja, warum?«

»Weil ich den Helikopter kommen lasse. So haben wir keine Anfahrt von über einer Stunde«, sagt Eduardo.

»Das ist sehr lieb, Eduardo, aber wir können doch mit dem Auto fahren«, wirft meine Mutter ein.

»Nein, auf keinen Fall«, sagt er bestimmend. Und geht telefonieren.

Meine Mutter und meine Oma sehen mich ehrfürchtig an.

»Er ist so ein lieber Mensch«, sagen sie fast gleichzeitig.

»Ich weiß«, sage ich fassungslos.

»Der Helikopter ist unterwegs und schon in dreißig Minuten da. So könnten wir auch früher los, falls etwas sein sollte«, erklärt Eduardo zwei Minuten später.

Wenn die Sonne des Lebens untergeht, leuchten die Sterne der Erinnerung

»Nein«, ich weine so leise, dass mir die Luft wegbleibt. Meine ganze Familie und ich stehen im Vorderraum der Notaufnahme.
»Ich kann das nicht glauben«, stammelt meine Oma ständig.
»Das kann doch gar nicht sein«, wirft meine Mutter permanent ein. Und ich, ich sitze nur da und weine leise. Als wir den Anruf bekamen, es ginge ihm wieder schlechter, waren wir schon unterwegs. Meine Oma und meine Mutter durften in sein Zimmer. Er hätte da nur noch ein einziges Mal tief Luft geholt und sei einfach gestorben. Eduardo, mein Vater und ich standen vor der Tür. Ich habe das alles noch nicht wirklich verstanden. Er ist tot, er ist wirklich tot. Wir werden gleich geholt, um ihn noch einmal zu sehen, wenn er von den Schläuchen befreit ist. Eduardo streichelt mir den Rücken, aber eigentlich nehme ich gar nichts wahr, ich bin wie betäubt.
Als die Schwester uns in das Zimmer führt, merke ich erst gar nicht, wie ich Eduardos Hand vor Angst und Anspannung fast zerquetsche.
Da liegt er, als ob er schlafen würde. Zugedeckt und braun im Gesicht, wie immer. Da ich nicht anfangen möchte, laut zu weinen, starre ich aus dem Zimmer in den Himmel. Da bist du jetzt Opi, warum?, frage ich

mich in Gedanken. Ich hatte so gehofft, du siehst Loui noch aufwachsen, wie soll das alles werden ohne dich? Ich kann mir das überhaupt nicht vorstellen. Ich bin nur noch körperlich in diesem Zimmer. Was der Arzt noch erklärt, der dazu kam, und was meine Familie leise sagt, gar nichts bekomme ich mit. Das darf nicht sein, nein, ich möchte eigentlich nur alleine sein.

Als wir alle wie benebelt wieder zu Hause ankommen, rufe ich Marc an und weine ins Telefon, als ich es ihm erzähle.

Eduardo ist auf dem Weg Loui zu holen, aber er und Marc mussten mir versprechen Loui noch nichts zu sagen. Das Kind soll sich noch über den Flug freuen und nicht schon traurig sein. Ich werde es ihm hier in Ruhe erklären. Mein Vater hat eine Mail an seine Schule geschickt, dass er morgen schon nicht kommen wird. Danach ist Wochenende und wir sehen weiter. Ich bin so dankbar, dass ich Eduardo habe. Ohne ihn hätte ich meinen Opa heute Nacht nicht einmal mehr sehen können. Ich hätte bis zum nächsten Tag auf einen Flug warten müssen und dann wäre es schon zu spät gewesen. Auch dafür, dass er direkt vorgeschlagen hat Loui zu holen, bin ich so dankbar.

Mein Gehirn hat nämlich auf Autopilot geschaltet.

Ich sitze zusammengekauert im Sessel meines Großvaters und versuche, seinen mir so vertrauten Geruch zu riechen.

Und tatsächlich, überall riecht es nach ihm. Ich lege mich wie ein kleines Kind in den Sessel rein und weine die ganze Zeit. Der Schmerz, den ich seit dem Krankenhaus, warum auch immer, unterdrückt hatte, walzt mich mit voller Wucht platt. Und ich weine so laut, dass ich froh bin, alleine zu sein. Er ist fort, er wird nie mehr zurückkommen. Keine Umarmungen mehr, keine aufmunternden Worte mehr, kein Lächeln mehr in seinen Augen, wenn er mich ansieht. Nie mehr das Gefühl, von jemandem uneingeschränkt und egal was ich tue geliebt zu werden. Der Mensch, der mich so geprägt hat und auf den ich mich immer verlassen konnte, war fort für immer.

Zwei Wochen ist der Tod meines Opas her. Obwohl ich und meine Familie versuchen, wieder im normalen Alltag anzukommen, bin ich nach wie vor innerlich wie tot. Sobald ich an ihn denke oder wir über ihn sprechen, muss ich weinen. In meinen Träumen taucht er jede Nacht auf. Immer umarme ich ihn ganz fest und möchte ihn nicht mehr loslassen.
Loui hat die ersten Tage leise und still geweint. Aber seit wir aus Spanien zurück sind und er wieder seine Freunde und seine Schule hat, ist er wieder recht gut gelaunt.
Kinder sind nun einmal viel anpassungsfähiger als Erwachsene. Mich kann ein Gedanke an ihn umhauen und ich muss weinen. Und leider habe ich die Befürchtung, dass es auch vorerst nicht besser werden wird. Wir waren alle froh, als die Beerdigung vorbei war.
Die Menschen aus der Stadt und weiter entfernte Familienmitglieder meinen ihre Kondolenzwünsche ja nur gut, aber als enger Verwandter ist so ein Tag kaum zu ertragen. Eduardo saß mit meiner Familie und mir in der ersten Reihe.
Marc kam sogar zur Trauerfeier nach Spanien geflogen und hat uns alle liebevoll unterstützt. Emilio habe ich aus den Augenwinkeln wahrgenommen. Sein Baby müsste bald kommen. Aber ich hatte noch keine Kraft, danach

zu fragen. Und Max, warum auch immer, habe ich von dem Tod noch nichts gesagt. Immer wenn ich es jemandem erzähle, wird *es* umso realer. Wenn ich arbeite und versuche, den Gedanken zu verdrängen, fühle ich mich besser. Aber spreche ich darüber oder erzähle es jemandem, zerreißt es mich förmlich. Meine Mutter hat Urlaub genommen und ist noch bei meiner Oma geblieben. Auch kommen ihre Brüder sowie meine Cousinen und Cousins täglich zu meiner Oma.

Das beruhigt mich sehr.

Leider musste Eduardo gestern Morgen beruflich nach China fliegen. Er versucht, alle drei Tage hier zu sein, um mich zu unterstützen. Aber ehrlich gesagt bin ich froh, auch mal alleine zu sein. Ich spüre, dass ich auch die Tränen mal richtig rauslassen muss. Ist jemand bei mir, versuche ich es zu unterdrücken, ich weine einfach nicht gerne vor anderen.

Loui ist bei Marc und ich liege mit einem Glas Wein auf der Couch. Es hat sich in meinem Leben mal alles so schön angefühlt. Warum musste er jetzt gehen, warum? Schon wieder kommen mir die Tränen und ich schluchze laut.

Bis zu einem Jahr kann es dauern, bis man den Tod eines sehr nahestehenden Menschen einigermaßen verarbeitet hat.

Ob es mir wirklich irgendwann besser geht, ich kann mir das nicht vorstellen.

Manche Dinge bereut man, noch bevor man sie tut, aber man tut sie trotzdem

Ich zucke zusammen, als es klingelt. Zweimal diese Woche habe ich diese verdammten Reporter schon abgewimmelt. Aber es ist dunkel draußen und mittlerweile nach sechs. Ich gehe an das IPad, das mir die Bilder der Kamera aufzeichnet. Mir rutscht das Herz in die Hose. Da steht Max! Er möchte tatsächlich jetzt seine restlichen Sachen holen, er hätte ja wohl mal anrufen können, denke ich leicht verärgert.

»Hi«, sage ich durch die neu installierte Sprechanlage.

»Hi, Carli, machst du auf, damit ich meine restlichen Klamotten holen kann?«

»Äh Max, ehrlich gesagt passt es nicht so. Warum hast du nicht angerufen?«

»Ich habe dir eine SMS geschrieben, dass ich gegen sechs Uhr komme. Da du mir nicht geantwortet hast, bin ich davon ausgegangen, dass es okay ist.«

»Ich habe es nicht gelesen«, sage ich erschöpft.

»Es dauert nicht lange, aber ich würde es wirklich gerne schnell machen. Okay?« fragt er unsicher.

Dann werde ich das wohl hinter mich bringen müssen, denke ich genervt. Ich habe überhaupt keine Lust auf Besuch und auf seinen schon mal gar nicht. Ich drücke auf die Öffnung des neuen Tores und es fährt auf. Schnell rase ich ins Bad, um meine verschmierte Mascara wenigstens ein wenig abzuwischen. Dann gehe ich leider völlig nervös und angespannt an die Haustür.

»Hi!« Max steht vor der Haustür und sieht mich kurz verwirrt an. »Hier hat sich ja beim Hereinkommen einiges verändert. Schwieriger als Fort Knox anzugreifen«, er grinst verunsichert.

Als er genauer in mein Gesicht schaut gefriert sein Grinsen. »Alles okay bei dir? Du siehst, also ohne dir zu nahe treten zu wollen, ziemlich fertig aus.«

Und zack, wie auf Kommando füllen sich meine Augen erneut mit Tränen. Ich drehe mich um und gehe einfach zurück ins Wohnzimmer.

»Hey Carla, warte.« Max schließt die Tür und kommt mir schnell und scheinbar sehr ratlos hinterher. »Ich wollte dich mit meiner Frage nicht verletzen, entschuldige.« Max steht verdattert vor der Couch, auf der ich sitze und scheint völlig überfordert zu sein.

Ich ziehe meine Knie an und vergrabe mein Gesicht in meinen Händen. Leider kommt ein lauter Schluchzer aus mir heraus, der mich selbst erschreckt.

»Oh Gott, Carli«, Max setzt sich reflexartig neben mich und berührt unsicher und betreten mein Knie. »Kann ich dir irgendwie helfen?«, fragt er verkrampft.

»Abuelo ist gestorben.« Ohne Max ansehen zu müssen, spüre ich seine Fassungslosigkeit.

»Was? Wann ist das passiert? Das tut mir so leid. Ich kann mir kaum vorstellen, wie es dir gehen muss«, presst er ehrlich betroffen raus. »Es tut mir so leid für euch«, redet er überfordert weiter. »Warum hast du dich nicht gemeldet?«

Irgendwie erkläre ich ihm mit ein paar Wortfetzen die genauen Vorkommnisse. Jedes Mal muss ich aufhören zu sprechen, weil ich so weinen muss, dass ich mich selbst nicht verstehen würde. Er streichelt vorsichtig meinen Rücken, während ich immer noch zusammengekauert in meine Hände schluchze.

»Ich mochte ihn sehr, ich hoffe, er wusste das.«

»Ja, das wusste er«, bringe ich unter lautem Weinen heraus.

»Ach Mensch, Carla, komm mal her.« Max zieht mich, während ich immer weiter weinen muss, in seinen Arm. Erst ist es mir unangenehm, ich war ihm seit Monaten nicht mehr nah. Aber irgendetwas in mir löst sich und ich weine hemmungslos an seiner Schulter. Max hält mich die ganze Zeit nur im Arm und streichelt meinen Rücken. Ich weiß nicht, wie lange wir so da sitzen, aber mein Arm tut weh.

Scheinbar ist mein Arm eingeschlafen. Auch wenn ich jetzt vermutlich fürchterlich aussehe, drücke ich mich nach oben und sehe Max an.

»Danke, es geht für den Moment erst einmal wieder«, sage ich traurig. Ich suche in meiner Hosentasche nach einem Taschentuch und wische mir die Tränen weg. Max beobachtet mich die ganze Zeit, das spüre ich, ohne ihn ansehen zu müssen. »Ich wäre sehr gerne zu der Beerdigung gekommen«, sagt er fast traurig.

»Ach nein, das war nicht nötig«, ich versuche lässig zu wirken und mache eine abwinkende Bewegung mit meiner Hand. »Ehrlich gesagt hatte ich überhaupt keinen Gedanken für irgendetwas«, sage ich wahrheitsgemäß. »Tut mir leid, dass ich dir nicht Bescheid gegeben habe.« Schon wieder erstirbt meine Stimme und ich schluchze. »Er fehlt mir so, Max. Ich kann das überhaupt nicht beschreiben.«

Erneut zieht Max mich in seinen Arm. »Das glaube ich dir, Carla, ihr wart euch so nah, auf besondere Weise.«

Ich habe überhaupt kein Zeitgefühl mehr. Ich möchte mich, warum auch immer, aber auch nicht aus Max Umarmung befreien, um nachzusehen, seit wann er hier ist.

Wenn ich mich bewege, wird er den Arm wegziehen. Ich möchte es mir selbst nicht eingestehen, aber ich fühle mich irgendwie gerade ein wenig ruhiger. Es tat gut, so hemmungslos zu weinen. Und mit jemandem über Abuelo zu sprechen, der ihn gut kannte. Und egal, was zwischen Max und mir war, er ist mir nun mal total vertraut. Eduardo ist der tollste Mann der Welt, aber ich versuche ihm natürlich noch zu gefallen und reiße mich bei gewissen Dingen einfach auch zusammen. Max kennt mich, egal in welcher Lebenslage. Wir haben drei Jahre unter einem Dach gelebt, da ist es mir auch egal, wie ich aussehe. Bei Eduardo ist noch dieses Anfangsgefühl, sich von der besten Seite zeigen zu müssen. Und in meiner Trauer im Moment ist das für mich zu anstrengend. Ich kann das Gefühl gerade schwer einordnen, was ich habe, wenn ich hier in Max Arm liege. Aber es fühlt sich gut an, vertraut und geborgen. Wo bleibt die Stimme, die mir sagt, dass es sich gar nicht lange geborgen zwischen uns anfühlt, nur in kurzen Momenten? Ach, das ist mir jetzt egal, ich fühle mich gerade einfach mal einigermaßen stabil. Was ist schon dabei, versuche ich mich selbst zu beruhigen.

»Wie geht es dir sonst so?« Max streichelt mir über meinen Kopf, während dieser immer noch an seiner Brust ruht.

»Eigentlich gut, wäre nicht...« Und schon wieder muss ich weinen. Ich kann es einfach nicht stoppen. Ich schluchze so laut, dass ich mich mittlerweile doch langsam schäme. Max rutscht mit seinem Körper weiter nach unten, so dass sein Kopf jetzt auf der Höhe meines Kopfes ist.

»Ach Carli«, er sieht mich traurig und mitfühlend an. Wenige Zentimeter trennen unsere Gesichter.

Zärtlich wischt er mit seinem Finger meine Tränen weg. Seine Hand lässt er vorsichtig an meiner Wange ruhen. »Du fehlst mir so«, sein Blick ist warm und liebevoll. Seine Augen haben den Ausdruck, den sie immer hatten, wenn er dachte, ich verlasse ihn wirklich. Oder wenn ich ihm deutlich machte, dass ich so nicht weiterleben kann. Dann wurde er ganz weich und anschmiegsam. Er wusste, dass es mir so schwer fallen würde, wirklich einen Schlussstrich zu ziehen. Er dachte in diesen Momenten, in denen er sich mir so nah fühlte, wahrscheinlich wirklich, dass er was ändern könnte. Dass er sich ändern könnte. Dass ich nicht nur in Momenten ein Teil seines Lebens sein konnte.

Nur ich nahm die Veränderung dann nach ein bis zwei Wochen wahr, wenn wir es doch wieder miteinander versuchten.

Nämlich dass der sanfte Blick wieder seinem harten Blick gewichen ist und ich wusste, jetzt entfernt er sich wieder von mir. Und ich bleibe wie jedes Mal alleine zurück.

»Max, ich…« Bevor ich meinen Satz beenden kann, zieht Max mich an sich und küsst mich. Mein Herz rast und ich bin völlig überfordert.

Seine Hand streichelt zärtlich meine Wange und sein Mund ist mir so vertraut, dass ich wie selbstverständlich seinen Kuss erwidere. Als Max leidenschaftlicher küsst, nimmt mein Gehirn wieder seine Arbeit auf.

Abrupt entziehe ich mich ihm und sehe ihn entsetzt an. »Das dürfen wir nicht. Warum hast du das getan?«, frage ich vorwurfsvoll.

»Carla, es schien dir zu gefallen«, er grinst charmant und versucht mich erneut zu küssen.

»Nein, hör auf, das dürfen wir nicht«, wiederhole ich.

»Wieso, wird dein Milliardär sonst sauer?«, fragt er spöttisch.

»Ja, das wäre der Fall und Max, hör auf so zu reden. Eduardo ist ein toller Mann. Und das war gerade scheiße von mir.«

»Ach Carla, jetzt stell dich nicht so an.« Max sanfte Augen sind seinen kalten gewichen. Er wird übellaunig, da er nicht bekommt, was er will.

»Ich habe dich nach wie vor gerne, aber wir beide haben keine Zukunft«, sage ich energisch.

»Warum hast du meinen Kuss dann erwidert, Carla?«

»Weil...« Ich breche ab. »Na weil du mir vertraut bist und ich in einem katastrophalen, emotionalen Zustand bin. Und es war schön, mit dir so lange über Abuelo zu sprechen. Aber ich werde Eduardo nicht verletzen.«

»Hört, hört, die brave Carla, möchte niemanden verletzen. Bei mir ging das aber recht gut mit dem Barkeeper«, er sieht mich verletzt und aufgebracht an.

»Max bitte«, ich versuche ruhig zu bleiben. »Du weißt, dass unsere Beziehung da schon kaputt war.«

»Nein, Carla, das wusste ich ehrlich gesagt nicht. Ich hätte dich sonst nicht in den Urlaub eingeladen, aber du bist ja jetzt sowieso nur noch die Upper Class gewöhnt«, er schnaubt verächtlich.

»Das ist nicht wahr, ich habe dich sehr geliebt und die schönen Momente mit uns sehr genossen. Aber du hast mir gesagt, Max, du kannst nur für Mathilda da sein. Du hast mich verlassen!«, ich schreie mittlerweile. »Du hast mich allein gelassen, wie immer, wenn dir danach war.«

»Aber ich vermisse dich wie verrückt«, Max sieht selbst erschrocken aus über seine ehrlichen Worte, die er mir lauthals entgegen brüllt. Wie vor den Kopf geschlagen starre ich ihn traurig an.

»Leider kommt das zu spät«, sage ich resigniert. »Bitte hole deine Sachen, ich möchte wirklich alleine sein.« Bevor Max etwas erwidern kann, schneide ich ihm das Wort ab. »Und wenn du wirklich noch was für mich empfindest, packst du einfach und lässt mich jetzt bitte in Ruhe.« Das Traurige in meiner Stimme hat ihn wohl beruhigt. Max nimmt die drei Taschen, die er mitgebracht hat und geht nach oben. Da ich nicht weiß, was ich machen soll, setze ich mich an den Esszimmertisch und lese auf meinem Handy die Nachrichten. Ich hoffe, er braucht nicht lange. Ich möchte einfach nur alleine sein. Was ist nur in mich gefahren, warum habe ich das zugelassen? Er hat immer diese spezielle Macht über mich. Ich hoffe wirklich, ich sehe ihn so schnell nicht wieder. Ich werde mir mein Leben von ihm nicht kaputt machen lassen. Lange genug ging es nur um ihn. Er soll mich endlich in Ruhe lassen.

Endlich kommt er nach unten. Max steht an der Haustür und sieht mich zerknirscht an.

»Ich geh dann wohl«, sagt er wieder eine Spur freundlicher.

»Ja, ich denke, das wird das Beste sein, antworte ich bedrückt.«

»Ich hoffe, du wirst glücklich, Carli.«

»Das hoffe ich für dich auch, Max.« Er nickt mir traurig zu und schließt die Tür hinter sich.

Und wenn du endlich das bekommst, was du immer haben wolltest, wird es immer jemanden geben, der es dir wegnehmen will

Max war tatsächlich über drei Stunden hier, stelle ich verblüfft fest. Ob ich Eduardo überhaupt von seinem Besuch erzähle? Ich habe ein derart schlechtes Gewissen, dass ich mich selbst schlagen möchte. Ich kenne seine Einstellung seit unserem Gespräch an Emilios Hochzeit zum Thema Treue ganz genau. Er würde mich vermutlich sofort verlassen, denke ich panisch.

Mann, verdammt, wer klingelt denn schon wieder? Wenn das wieder Max ist, raste ich aus, denke ich ärgerlich.

Auf dem IPad ist niemand zu sehen. Das heißt, wer auch immer geklingelt hat, steht nicht mehr vor dem Tor, sondern vor meiner Haustür. Vor ein paar Monaten wäre das für mich kein Grund zur Panik gewesen, aber durch Eduardos Sorge um mich bin ich total ängstlich geworden. Es käme aber niemals jemand hier herein ohne den Code, überlege ich. Von daher kann es nur Max sein, der einfach drin geblieben ist. Und jetzt zehn Minuten später nochmal mit mir sprechen möchte. Trotzdem halte ich den Polizeiknopf in der Hand. Mann Carli, entspann dich, hier kann kein Fremder rein, versuche ich mich zu beruhigen. Ich atme tief durch und öffne genervt die Tür.

Mein Schock hätte nicht größer sein können, als ich in Carlos aufgedunsenes, abscheulich grinsendes Gesicht blicke.

»Na, die Freude steht dir ja ins Gesicht geschrieben, werte Namensvetterin«, sagt er hinterlistig.

»Was willst du hier?«, frage ich, so taff es mir möglich ist.

»An deiner Stelle würde ich mich hereinbitten, Carla.«

»Auf keinen Fall!«, widerspreche ich kühl.

»Na gut, dann eben hier«, er grinst mich so böse an, dass ich eine Gänsehaut bekomme.

»Wie bist du hier hereingekommen?«, frage ich aggressiv.

»Na na, wer wird denn hier so patzig sein?«, er schaut mich finster an. »Da Eduardo das alles hier bezahlt hat«, er macht eine ausschweifende Handbewegung, »bin ich davon ausgegangen, dass er denselben Code gewählt hat wie bei sich zu Hause.«

»Was hast du in Eduardos Haus zu suchen?«, frage ich herausfordernd.

»Da gibt es für mich so einiges zu entdecken, wenn mein Cousin, der Verräter, nicht da ist.« Er presst die Lippen zusammen und sieht mich angriffslustig mit seinen kalten Augen an.

»Und was willst du hier und wie kommst du verdammt nochmal hierher?«, zische ich.

»Ich wollte gegen sechs mit dir plaudern, aber da ist mir der Mann, der eben bei dir war, zuvor gekommen. Und er hat sich als echtes Geschenk erwiesen«, Carlos lacht listig. »Ich möchte dir jetzt einen kleinen Deal anbieten, meine Liebe«, er lächelt arrogant. Carlos greift in seine Manteltasche und holt eine Kamera heraus.

»Was willst du damit?«, frage ich drohend.

»Immer mit der Ruhe und sei nicht so frech«, sagt er scharf. Mein Herz pocht bis zu meinem Hals und mir ist kotzübel. Dieser Typ macht mir richtig Angst, aber das darf ich mir auf keinen Fall anmerken lassen. Ich zittere ein wenig, ob von der kalten Luft oder vor Angst, ist mir unklar. Carlos drückt die teure Kamera an und hält sie mir vor meine Augen. Oh nein, ich habe das Gefühl umzufallen. Das kann nicht wahr sein! Carlos beobachtet mich und kann sich sein siegesgewisses, lautes Lachen nicht verkneifen.»Na, das überrascht dich jetzt, meine Schöne.« Auf dem Video ist deutlich zu sehen, wie Max und ich auf der Couch liegen, wie er mich im Arm hält, wie ich weine und natürlich wie wir uns küssen.

»Was hast du damit vor?«, frage ich panisch. Meine gespielte Coolness ist leider verschwunden und meine Stimme zittert.

»Ach, kleine Carla«, er lacht dreckig,»wenn du tust, was ich dir sage, wird es niemals jemand zu sehen bekommen.«

»Was willst du von mir?«, meine Stimme hat wieder an Stärke gewonnen.

»Wie du sicher schon weißt, hat mein Großvater, der Bastard, mich um mein Erbe betrogen. Ich habe in Eduardos Haus Unterlagen gefunden, die er und mein Großvater unterschrieben haben, die besagen, dass Eduardo, der kleine Heuchler, tatsächlich alleine die Firma überschrieben bekommt. Und ich, der eigentliche Erbe, werde einfach übergangen. Aber kleine Carla«, er sieht mich aggressiv an,»das lasse ich mir nicht gefallen.«

»Carlos, Fernando hat die Firma Eduardo überschrieben, da er weiß, dass du sie vernichten würdest.«

Carlos lacht laut,»Und wenn, wen interessiert das?«

»Es interessiert deinen Großvater und die anderen eurer Familie, sie haben alle hart dafür gearbeitet, es ist ein Lebenswerk. Hunderttausende Menschen wären arbeitslos.«

»Das ist mir scheißegal, Carla. Es ist mein Recht, die Firma hälftig zu bekommen. Es ist, seit Eduardo und ich auf der Welt sind, festgelegt, dass das erste Kind meiner Mutter und das erste Kind von Eduardos Mutter die Firma bekommen. Und nur, weil ich nicht so ein scheiß Schleimer mit Heiligenschein bin wie er, lasse ich mir das nicht wegnehmen. Und jetzt kommst du ins Spiel, Fräulein«, er sieht mich mit seinen kalten Augen, die nur noch Schlitze sind, an. »Mein Cousin scheint, warum, ist mir schleierhaft«, er sieht mich herablassend an, »verrückt nach dir zu sein. Du wirst ihm klar machen, dass er mir meinen Anteil abtreten muss.«

»Das wird er niemals«, entgegne ich böse.

»Oh doch, das wird er. Heul ihm die Ohren voll, er sei zu viel unterwegs, ihr würdet euch zu wenig sehen. Bla Bla, dieses Frauengejammer halt. Du verstehst mich«, er sieht mich fies an. »Plädiere an seine Menschlichkeit, dass es doch im Grunde genommen mir gegenüber nicht fair sei, mich meiner Anteile zu berauben. Ich halte dich für clever genug, das hinzubekommen«, er sieht mich herausfordernd an.

»Und wenn du das bis zum Vertragsabschluss an Silvester geschafft hast, gebe ich dir mein Wort darauf, dass dieses kleine Video ohne Kopie für immer verschwinden wird.«

Ich sehe Carlos fassungslos an. »Du glaubst doch nicht ernsthaft, dass ich es schaffe, Eduardo dazu zu bewegen. Selbst wenn, dein Großvater würde niemals zustimmen.«

»Ach, wenn Eduardo es als richtig empfindet, dann dieser Drecksack auch.«

»Wie kannst du so von diesem gutherzigen Mann sprechen?« Ich schaue ihn angewidert an.

Carlos äfft mich nach. »Ach, Carla, du bist leider genauso ein Gutmensch wie der Rest dieser Idioten. Schade«, er greift mir sexistisch um die Taille. »Fass mich nicht an!«, gifte ich ihn an. Kurz wirkt Carlos verblüfft über meine starke Reaktion. Dann sieht er mir in die Augen, dass mir heiß und kalt wird. »Du hast noch knapp sechs Wochen, ansonsten bist du wieder Single und heimatlos«, er lacht böse auf. »Eduardo wird dir das nie verzeihen. Egal, was für ein gutes Herz er hat«, er lacht hämisch auf, »das verletzt seinen Stolz. Und Eduardo lässt sich, wie alle aus der Familie Ortiz, niemals seinen Stolz nehmen. Findet er heraus, dass du nach nur sechs Monaten einen anderen küsst, wird er einen Weg finden dir auch das hier«, er zeigt auf mein Haus, »wieder zu nehmen. Und dann, kleine Carla, stehst du blöd da.« Das Lachen, das aus Carlos Kehle kommt, klingt wie vom Teufel persönlich. »Mir ist kalt«, sagt er, »Carla, du weißt, was zu tun ist. Mach's gut.« Und damit verschwindet er pfeifend und siegesgewiss in der Dunkelheit.